Ngaio Marsh

Le portrait défiguré

TRADUIT PAR
ROXANE AZIMI

Cet ouvrage a été publié en langue anglaise
sous le titre :

FINAL CURTAIN

53, avenue Victor-Hugo, Paris XVIe - Tél. 45.00.65.00
ISBN 2-280-13013-0

A Joan et Cecil
avec toute mon affection

LES PROTAGONISTES

Agatha Troy Alleyn
Katti Bostock
Nigel Bathgate
Sir Henry Ancred, baronnet
Claude Ancred, son fils aîné (absent)
Thomas Ancred, son fils cadet
Pauline Kentish, sa fille aînée
Paul Kentish } ses petits-enfants
Patricia Kentish (Panty) } ses petits-enfants
Desdemona Ancred, sa fille cadette
Millamant Ancred (épouse de feu Henry Irving Ancred), sa belle-fille
Cedric Ancred, son héritier présomptif (fils de Millamant)
L'Honorable Mme Claude Ancred (Jenetta), sa belle-fille
Fenella Ancred (sa fille)
Miss Sonia Orrincourt
Miss Caroline Able
Barker, majordome du manoir d'Ancreton
Dr Withers, généraliste à Ancreton
M. Juniper, pharmacien
M. Rattisbon, avoué
M. Mortimer, de chez Mortimer et Loame, entrepreneurs et embaumeurs
Inspecteur principal Roderick Alleyn
Inspecteur Fox } Bureau d'Investigation Criminelle, New Scotland Yard
Brigadier Bailey } Bureau d'Investigation Criminelle, New Scotland Yard
Dr Curtis, médecin légiste } Bureau d'Investigation Criminelle, New Scotland Yard
Brigadier Thompson } Bureau d'Investigation Criminelle, New Scotland Yard
Agent de police local } Bureau d'Investigation Criminelle, New Scotland Yard

1.

Le siège de Troy

— Vus séparément, déclara Troy, entrant brusquement dans l'atelier, un furoncle, un mois de congé et un mari qui rentre des antipodes ne constituent pas un désastre. Mais lorsqu'on les additionne, c'en est un.

Katti Bostock s'écarta pesamment de son chevalet et, louchant d'un air indifférent sur son travail, demanda :

— Pourquoi ?

— J'ai eu un coup de fil du bureau, annonçant le retour de Rory. Il sera là dans trois semaines environ. Quand mon furoncle sera guéri et que j'aurai repris le collier.

— Au moins, observa Miss Bostock, grimaçant horriblement devant sa toile, il n'aura pas à faire face au furoncle. C'est déjà ça.

— Je l'ai à la hanche, le furoncle.

— Je sais, pauvre courge.

— Mais enfin, Katti, protesta Troy, avoue que c'est déprimant. D'ailleurs, tu le deviens, toi aussi, ajouta-t-elle, contemplant l'œuvre de son amie.

— Il faudra que tu retournes à Londres un peu plus tôt que prévu, voilà tout.

— Si seulement le furoncle, Rory et mon congé étaient arrivés en même temps — le furoncle un peu avant, bien sûr — nous aurions pu passer quinze jours ici ensemble. L'adjoint du préfet de police nous l'avait promis. Rory en parlait dans toutes ses lettres. Honnêtement, c'est dur, Katti. Et ne t'avise surtout pas de me dire qu'il y a pire...

— Bon, bon, d'accord, fit Miss Bostock, conciliante. J'allais simplement remarquer que par chance, ton travail et celui de Roderick se situent à Londres. Essaie donc de voir le bon côté des choses, ma vieille, ajouta-t-elle sur un ton peu amène. Au fait, quelle est cette lettre que tu tripotes dans ta poche ?

Troy desserra sa main étroite et regarda une feuille froissée.

— Ça ? murmura-t-elle. Ah oui, il y a ça aussi. Jamais rien vu d'aussi délirant. Lis-la.

— Elle est toute badigeonnée de rouge de cadmium.

— Je sais. Je l'ai laissé tomber sur ma palette. Sur le verso, heureusement.

Miss Bostock étala la lettre sur sa table de travail y rajoutant quelques taches de bleu de cobalt. C'était une feuille de papier d'avant-guerre, blanche, épaisse, avec un en-tête gravé et surmonté d'armoiries : une croix aux branches cannelées.

— Tiens ! dit Miss Bostock. Le Manoir d'Ancreton. Mais c'est le... ça alors !

Et, étant de ces gens qui lisent invariablement leur courrier tout haut, elle se mit à marmonner :

— « Miss Agatha Troy (Mme Roderick Alleyn),
Tatlers End House,
Bossicot, Bucks.

Chère Madame Alleyn,

Je vous écris à la demande de mon beau-père, Sir Henry Ancred, au sujet d'un portrait de lui sous les traits de Macbeth, dont il aimerait vous confier l'exécution. Ce portrait sera accroché dans le grand hall du Manoir d'Ancreton, où il occupera un espace de 1,20 m sur 1,80 m. Compte tenu de sa santé précaire, mon beau-père souhaiterait que vous veniez le peindre sur place ; il serait heureux si vous pouviez rester à la maison du samedi 17 novembre jusqu'au jour où la toile serait achevée. Selon lui, cela devrait prendre une semaine. Merci de nous faire savoir par télégramme si cet arrangement vous convient et de nous communiquer le montant de vos honoraires.

Respectueusement,

Millamant Ancred ».

— Elle ne manque pas de toupet, celle-là, déclara Miss Bostock.

Troy sourit, amusée.

— Tu as remarqué, je dois réaliser une toile de 1,20 m sur 1,80 m en sept jours. Peut-être veut-il que j'y rajoute les trois sorcières et l'enfant ensanglanté.

— As-tu déjà répondu ?

— Pas encore, marmonna Troy.

— Elle date d'il y a six jours, gronda Miss Bostock.

— Je sais. Il faut que je réponde. Mais comment formuler le télégramme : « Avec tous les regrets de ne pas être un peintre domestique ? »

Katti Bostock planta un doigt carré sur les armoiries.

— Je croyais que seuls les pairs agrémentaient ainsi leur papier à lettres.

— Tu as vu, les extrémités de la croix ressemblent à une ancre. D'où le nom d'Ancred, j'imagine.

— Tiens, fit Katti, se frottant le nez d'un doigt bleu. C'est drôle.

— Quoi donc ?

— N'as-tu pas réalisé une série de décors pour cette représentation de « Macbeth ».

— Si. C'est pour ça qu'ils ont dû penser à moi.

— Juste ciel ! Tu te souviens, nous l'avons vu jouer ? Toi, Roderick et moi. Ce sont les Bathgate qui nous ont emmenés voir la pièce. Avant la guerre.

— Je m'en souviens parfaitement, répliqua Troy. Il était superbe, n'est-ce pas ?

— Qui plus est, il avait un physique superbe. Cette tête ! Souviens-toi, Troy, nous nous sommes dit...

— C'est vrai. Katti, as-tu l'intention de me suggérer...

— Non, bien sûr que non. Seigneur ! Mais c'est tout de même drôle d'avoir pensé qu'il aurait été amusant de le peindre dans tout son attirail. Avec l'arrière-plan réalisé d'après ton dessin : les nuages orageux et la masse sombre d'un château. La silhouette elle-même devait être floue et drapée dans une cape.

— A mon avis, ce n'est pas du tout ce qu'il désire. Le vieux gentleman voudrait sûrement apparaître à la lueur d'un éclair, grimaçant effroyablement. Bon, il faut que j'aille envoyer ce télégramme. La barbe, soupira Troy. Si seulement je pouvais me trouver une occupation digne de ce nom !

Miss Bostock enveloppa son amie d'un regard pensif. Quatre années de travail intensif dans les services cartographiques de l'armée l'avaient durement éprouvée. Elle était maigre et passablement nerveuse. Il eût fallu qu'elle pût peindre davantage, pensa Katti, pour qui les cartes militaires, aussi complexes fussent-elles, n'avaient pas grand-chose à voir avec l'Art. Quatre années de labeur sans peinture et sans mari. « Dieu merci, je suis différente, se dit Katti. Je m'en sors très bien. »

— S'il doit arriver dans trois semaines, disait Troy, où peut-il bien être en ce moment ? A New York, tu crois ? Mais dans ce cas, il m'aurait télégraphié. Sa dernière lettre était postée en Nouvelle-Zélande. Ainsi que le télégramme.

— Pourquoi ne te remets-tu pas au travail ?

— Au travail ? fit Troy distraitement. Bon, allez, je vais expédier ce télégramme.

Elle alla à la porte, puis revint chercher la lettre.

— 1,20 m sur 1,80 m, fit-elle. Tu te rends compte ?

II

— M. Thomas Ancred ? dit Troy, contemplant la carte qu'elle tenait à la main. Figure-toi, ma chère Katti, qu'il est ici. En personne.

Katti, qui avait presque terminé sa toile magistrale, reposa ses pinceaux.

— Voilà la réponse à ton télégramme. Il est venu faire pression sur toi. Qui est-ce, d'ailleurs ?

— Un fils de Sir Henry Ancred, je suppose. N'est-ce pas un metteur en scène ? Il me semble avoir vu : « Mise en scène de Thomas Ancred » en dessous de la distribution. Oui, c'est bien lui. Cette représentation de « Macbeth » dont nous avons parlé avait eu lieu à la Licorne. Et il était de la partie. Regarde, le nom du théâtre est marqué sur la carte. Il va falloir l'inviter à dîner, Katti. Il n'y a pas de train avant neuf heures. Autrement dit, nous devrons ouvrir une autre boîte. Quelle plaie !

— Je ne vois pas pourquoi il resterait ici. Il y a un pub au village. S'il a vraiment envie de jouer les médiateurs.

— Je vais aller voir à quoi il ressemble.

— Tu n'enlèves pas ta blouse ?

— Oh non, répondit Troy, l'air absent.

L'après-midi était froid. Les arbres dénudés tremblaient sous les rafales du vent du nord, qui chassait les nuages dans un ciel gris. Tandis qu'elle remontait le sentier qui menait de l'atelier à la maison, Troy se prit à songer : « Supposons qu'en entrant, je m'aperçoive que c'est Rory. Il aurait voulu me faire une surprise, et voilà que je tombe sur lui dans la bibliothèque. Il a allumé le feu. Son visage serait exactement comme la première fois qu'il est venu ici : pâle d'excitation. Supposons... » Elle avait une imagination très vive, et cette histoire qu'elle se contait à elle-même lui réchauffa le cœur. L'impression fut si nette qu'elle en éprouva un trouble physique ; son cœur battait à tout rompre, et sa main trembla lorqu'elle poussa la porte de la bibliothèque.

Un homme grand et légèrement voûté se tenait devant l'âtre éteint. Ses cheveux clairsemés ressemblaient à un duvet d'enfant. A la vue de Troy, il cligna des yeux derrière ses lunettes.

— Bonjour, madame, dit-il. Je suis Thomas Ancred, mais vous le savez déjà, puisque vous avez eu ma carte. J'espère que ma visite ne vous ennuie pas trop. Je n'avais pas très envie de venir, mais ma famille a insisté.

Il lui tendit la main, sans rien faire d'autre, et Troy fut obligée de la serrer brièvement avant de la lâcher.

— Cette histoire est absurde, poursuivit-il. A propos du portrait de papa, j'entends. Nous l'appelons tous « papa », même si certains trouvent cela affecté. A propos de son portrait, donc. Je dois dire que votre télégramme leur a causé un grand choc. Ils m'ont téléphoné pour me dire que vous n'avez pas dû comprendre et que je devais venir vous expliquer.

Troy alluma le feu.

— Je vous en prie, asseyez-vous, fit-elle. Vous devez être gelé. Que croient-ils que je n'aie pas compris ?

— Eh bien, tout d'abord, que c'est un honneur que de peindre papa. Je leur ai rétorqué que c'était exactement l'inverse, à condition, toutefois, que vous consentiez à venir. Merci, je vais m'asseoir. C'est long, pour venir chez vous de la gare, et je crois bien que j'ai attrapé une ampoule au talon. Me permettez-vous d'y jeter un coup d'œil ? Je la sens à travers la chaussette.

— Allez-y, dit Troy.

— Oui, déclara Thomas après une pause, c'est bien une ampoule. Pour sauver les apparences, je vais garder mes orteils dans la chaussure, et je pense que l'ampoule partira d'elle-même. Mais pour en revenir à mon père. Vous connaissez, bien entendu, ce Grand Vieillard de la scène britannique ; je n'ai donc pas besoin d'entrer dans les détails. Dites-moi, vous est-il arrivé d'admirer son jeu ?

— Je l'admire énormément, répondit Troy, heureuse de pouvoir dire la vérité.

Elle sentait qu'une dérobade polie n'eût certainement pas échappé à ce curieux personnage.

— Vraiment ? fit-il. C'est gentil à vous. Il est excellent, en effet, même s'il n'est pas toujours commode. Et ses maniérismes ! Il est incapable de faire passer une émotion sans inspirer bruyamment au préalable. Mais il est très bon à sa façon, pour tout ce qui est tant soit peu grandiose.

— Venons-en aux faits, monsieur Ancred, répliqua Troy. De quoi s'agit-il, au juste ?

— Eh bien, tout cela fait partie de la campagne qui vise à vous faire voir les choses sous un jour différent. Le grand acteur britannique peint par la grande artiste britannique vous comprenez ? A mon avis, vous ne vous plairez pas beaucoup à Ancreton, et pourtant, la maison vaut qu'on y jette un coup d'œil. C'est très seigneurial. Le portrait sera accroché sous la tribune des musiciens, avec un éclairage spécial. Papa ne regardera pas à la dépense. C'est pour la célébration de ses soixante-quinze ans. Il estimait que la nation aurait dû le lui offrir, mais comme la nation n'a pas l'air d'y songer, il a décidé de se l'offrir lui-même. Ainsi qu'à la postérité, bien sûr, ajouta Thomas comme après réflexion, glissant précautionneusement l'index dans sa chaussure délacée.

— Certains percent les ampoules, observa Thomas, mais pas moi. Non, je vous remercie, ils ont déjà pensé à des remplaçants. Mais j'étais en train de vous parler d'Ancreton. Vous connaissez ces gravures de châteaux dans les livres du début du siècle ? Avec des tourelles et une chouette volant en travers de la lune ? Ça, c'est Ancreton. Il a été érigé par mon arrière-grand-père, qui a abattu la jolie demeure du temps de la reine Anne pour construire Ancreton à sa place. Il y avait les douves également, mais comme les gens attrapaient la diphtérie, on les a abandonnées et maintenant, on y fait pousser des légumes. On y mange très bien justement, à cause de tous ces légumes ; et, comme pendant la guerre papa a décimé la forêt de Great East Spinney, on ne manque pas de bois pour se chauffer.

Thomas sourit à son hôtesse. Il avait un sourire oblique et hésitant.

— Oui, fit-il, voilà Ancreton. Vous le trouverez sans doute abominable, mais en même temps, vous ne pourrez vous empêcher d'en rire.

— Mais puisque je n'y vais pas, de toute façon... commença Troy, prise d'un début de panique.

— Ensuite, il y a la famille, bien sûr, continua Thomas sans s'émouvoir. Avec, en premier lieu, papa, Millamant, Pauline et Panty. Vous intéressez-vous aux émotions ?

— Je ne vois absolument pas de quoi vous voulez parler.

— Ma famille est composée de gens excessivement émotifs. Ils ressentent tout avec une grande acuité. Le plus drôle, dit Thomas, est que c'est la vérité. Ils sont réellement sensibles, voyez-vous. Malheureusement, les autres pensent qu'il est impossible d'atteindre un tel degré de sensibilité. C'est cela, le drame des miens.

Thomas ôta ses lunettes et posa sur Troy un regard candide de myope.

— Cependant, ajouta-t-il, ils ont la satisfaction de se savoir bien plus sensibles que n'importe qui d'autre. C'est un point qui pourrait vous intéresser.

— Monsieur Ancred, répondit Troy patiemment, je suis en congé pour des raisons de santé...

— Ah bon ? Vous avez bonne mine, pourtant. Que vous arrive-t-il ?

— Un furoncle, rétorqua Troy rageusement.

— Vraiment ? dit Thomas en faisant claquer sa langue. Pas de chance.

— ... en conséquence, je ne suis pas au mieux de ma forme. La commande dont votre belle-sœur parle dans sa lettre exigerait au moins trois semaines de travail intensif. Or il est question d'une semaine.

— Combien de temps dure votre congé ?

Troy se mordit les lèvres.

— Là n'est pas le problème. Il se trouve que...

— Moi aussi, j'ai eu un furoncle. Mais on se sent mieux si on continue de travailler. C'est moins déprimant. Moi, déclara Thomas fièrement, je l'ai eu au postérieur. C'était assez gênant, d'ailleurs.

Il jeta un regard inquisiteur sur Troy qui, selon son habitude, était assise sur le tapis.

— Le vôtre, visiblement...

— C'est sur ma hanche. Ça va beaucoup mieux...

— Dans ce cas...

— ... mais ce n'est pas la question. Je ne puis accepter cette commande, monsieur Ancred. Mon mari doit revenir après une absence de trois ans...

— Quand cela ? s'enquit Thomas aussitôt.

— Dans trois semaines, apparemment.

Troy regrettait de ne pas pouvoir mentir à son visiteur.

— Mais on ne sait jamais. Cela pourrait être plus tôt.

— Scotland Yard ne manquera pas de vous en

avertir, je présume. Car votre mari est un personnage haut placé, n'est-ce pas ? En admettant que vous soyez à Ancreton, ils pourraient aussi bien vous téléphoner là-bas.

— Le problème est, cria Troy, que je n'ai aucune envie de peindre votre père en Macbeth. Désolée de le formuler aussi crûment, mais c'est comme ça.

— Je leur ai dit que vous refuseriez, fit Thomas avec suffisance. Mais les Bathgate ont cru mieux vous connaître.

— Les Bathgate ? Vous voulez dire Nigel et Angela Bathgate ?

— Qui d'autre ? Nigel est un vieil ami à moi. Quand la famille m'a contacté à propos de cette affaire, je suis allé lui demander conseil. Il m'a dit que vous étiez en congé et que selon lui, c'était une bonne idée.

— Qu'en savait-il ?

— Il a dit que vous aimiez rencontrer des êtres excentriques. Que papa vous enchanterait et que sa conversation serait un plaisir pour vous. Cela prouve, n'est-ce pas, combien nous comprenons peu nos amis.

— Oui, dit Troy. En effet.

— Mais je me demande tout de même ce que vous penseriez de Panty.

Troy avait fermement résolu de ne plus poser de questions à Thomas Ancred. Ce fut donc avec un sentiment de rage impuissante qu'elle entendit sa propre voix :

— Vous avez bien dit « Panty » ?

— C'est ma nièce, la cadette de ma sœur Pauline. Nous l'appelons Panty car elle perd tout le temps sa culotte. C'est une Enfant à Problèmes. Son école, qui est une école pour Enfants à Problèmes, a été évacuée à Ancreton. On les a installés dans l'aile Ouest sous la houlette d'une charmante personne nommée Caroline Able. Panty est absolument odieuse.

— Oh, fit Troy, car, apparemment, il semblait attendre une réaction.

— Elle est si effroyable que je l'aime bien. C'est une petite fille avec des couettes et un visage diabolique. Un peu dans ce style.

Thomas porta ses longs index à ses tempes, grimaça horriblement et gonfla les joues. Ses yeux brillèrent. Malgré elle, Troy se retrouva soudain face à un petit monstre. Elle rit brièvement. Thomas se frotta les mains.

— Si je vous racontais toutes les bêtises de cette enfant, vous en resteriez bouche bée. Rien que le cactus dans le lit de Sonia ! Malheureusement, c'est la préférée de papa, ce qui la rend absolument intenable. Et, bien entendu, il ne faut pas la battre sauf si on est en colère, car c'est contraire à la psychologie enfantine.

Il contempla les flammes d'un air songeur.

— Puis il y a Pauline, ma sœur aînée, une maîtresse femme. Et Milly, ma belle-sœur, qui rit constamment pour rien et s'occupe de la maison depuis la mort de son mari, mon frère aîné Henry Irving.

— *Henry Irving*[1] *!*

« Il doit être fou », pensa Troy, alarmée.

— Henry Irving Ancred, naturellement. Papa avait une grande admiration pour Irving et il se considère comme son héritier spirituel. C'est pourquoi il a donné son nom à Hal. Puis, enfin, il y a Sonia. Sonia, c'est la maîtresse de papa.

Thomas se racla pudiquement la gorge.

— Une situation presque biblique, n'est-ce pas ? Vous souvenez-vous de David et Abisag la Suna-

1. Henry Irving : acteur anglais célère pour ses interprétations de Shakespeare. (N.d.T.)

mite ? Personne n'aime Sonia. Et moi, je dois avouer que c'est une actrice déplorable. Je ne vous ennuie pas trop ?

Troy, qui ne s'ennuyait nullement, n'eut cependant aucune envie de le reconnaître.

— Pas du tout, marmonna-t-elle.

Après quoi, elle demanda à Thomas si elle pouvait lui offrir un verre.

— Volontiers, répondit-il, si vous en avez assez.

Elle sortit donc chercher les boissons, espérant entre-temps se remettre de l'ordre dans les idées. Dans la salle à manger, elle trouva Katti Bostock.

— Pour l'amour du ciel, Katt, fit Troy, viens avec moi. J'ai une espèce de monstre dans la bibliothèque.

— Reste-t-il dîner, ton monstre ?

— Je ne le lui ai pas demandé, mais je pense que oui. Il nous faudra ouvrir une autre boîte de Rory.

— Tu ferais mieux de retourner auprès de ce type, non ?

— Je t'en prie, viens avec moi. Il me fait peur. Il me présente les membres de sa famille sous un jour repoussant, et pourtant, il semble s'attendre à ce que mon seul souhait soit de les rencontrer. Et le plus inquiétant, Katti, est que son récit n'est pas dépourvu d'une sorte de fascination morbide. Pauline, la maîtresse femme ; Sonia l'intrigante ; l'abominable petite Panty ; Milly, qui rit constamment pour rien : c'est Millamant, bien sûr, celle qui a écrit la lettre. Et papa, plus vrai que nature, qui s'offre son propre portrait parce que la nation a trompé son attente...

— Ne me dis pas que tu as accepté !

— Moi ? Juste ciel, non ! Je ne suis pas folle. Mais tout de même, Katti... surveille-moi.

III

Thomas resta dîner, assurant qu'il serait ravi de goûter à sa portion de langoustines néo-zélandaises en boîte.

— Nous avons des amis en Nouvelle-Zélande, et en Amérique aussi, expliqua-t-il, mais malheureusement, les conserves de fruits de mer provoquent chez papa des crises de gastro-entérite. Et, comme il ne peut pas résister à la tentation, Milly préfère ne pas les servir. La prochaine fois que j'irai à Ancreton, elle me donnera des boîtes pour que je les emporte chez moi.

— Vous n'habitez pas Ancreton ? demanda Troy.

— Je ne peux pas, puisque je travaille à Londres. Mais j'y vais de temps en temps le week-end, pour leur permettre de me faire leurs confidences. Papa aime bien que nous lui rendions visite. On va organiser une de ces fêtes pour son anniversaire ! Paul, le fils de Pauline, qui a été blessé à la jambe, sera là ; ainsi que Cedric, le fils de Millamant, qui est styliste. Je ne pense pas que celui-ci vous plaira. Il y aura également ma sœur Desdemona, qui est disponible pour le moment, bien qu'elle espère obtenir un rôle dans la nouvelle pièce au Crescent. Et mon autre belle-sœur, Jenetta, avec sa fille Fenella. Son mari, mon frère Claude, est colonel dans l'armée d'occupation, et il n'est pas encore rentré.

— Cela en fait du monde, observa Katti. Vous allez sûrement vous amuser.

— Il y aura fatalement des disputes, répondit Thomas. Dès qu'on réunit deux ou trois Ancred, on peut être certain qu'ils vont se blesser mutuellement. C'est alors que j'entre en scène car je suis l'insensible de la famille, et chacun vient me parler des autres. Et de Sonia, cela va sans dire. Nous parlons toujours de Sonia. Nous espérions exposer le portrait de papa à cette occasion, fit-il, considérant Troy d'un œil mélancolique. Au fond, c'était le but réel de la fête.

Troy marmonna quelque chose d'inintelligible.

— Papa a pris un énorme plaisir, la semaine dernière, à exhumer son costume de Macbeth, continua Thomas. Je me demande si vous vous en souvenez. C'est Motley qui l'a créé pour nous. Il est rouge, d'un rouge intense à la Véronèse, avec une cape gris fumé. Nous avons un petit théâtre à Ancreton, voyez-vous. J'y ai accroché l'un des arrière-plans originaux. C'est une drôle de coïncidence, n'est-ce pas, ajouta Thomas innocemment, que ce soit vous qui aviez dessiné les décors ? Vous vous souvenez sûrement de celui dont je parle. Il est très simple. La silhouette audacieusement déformée d'un château. Papa s'est donc habillé et s'est posté devant, appuyé sur son épée, tête baissée, comme en écoutant. « Les bonnes créatures du jour commencent à s'assoupir et à dormir », vous vous rappelez ?

Cette réplique, Troy s'en souvenait parfaitement. Elle fut frappée de l'entendre de la bouche de Thomas, car Alleyn aimait à lui raconter comment, aux premières lueurs d'une aube pluvieuse, un sergent de ville la lui avait citée. Thomas l'avait prononcée comme seul peut la prononcer un homme de théâtre, éveillant dans la mémoire de Troy l'écho de la voix de son mari.

— ... il a été malade ces derniers temps, disait Thomas, et il est devenu très dépressif. L'idée de ce portrait lui a redonné un coup de fouet, et il s'est mis dans la tête de faire appel à vous. Car vous avez exécuté le portrait de son rival abhorré.

— Sir Benjamin Corporal ? murmura Troy en regardant Katti.

— Oui. Le vieux Ben est allé crier sur les toits que vous peignez uniquement des sujets qui vous plaisent... du point de vue artistique, bien sûr. Il nous a raconté qu'il vous avait conquise. Qu'il était le seul comédien que vous ayez jamais eu envie de peindre.

— Au contraire, rétorqua Troy, courroucée. C'était une commande de Huddersfield, sa ville natale. Espèce de vieux fat !

— Il a dit à papa que s'il tentait de vous approcher, il essuierait sûrement une rebuffade. En fait, votre télégramme est arrivé au moment où papa était habillé en Macbeth. « Ah, voilà qui est un bon présage, a-t-il dit. Crois-tu, mon cher, que Miss Troy — aurait-il dû dire Mme Alleyn ? — aimerait bien cette pose ? » Il avait l'air très jeune à cet instant. Puis il a ouvert le télégramme. Il l'a pris assez bien, finalement. Il l'a simplement rendu à Milly, disant : « Je n'aurais pas dû mettre ces habits. Cette pièce m'a toujours porté malheur. Je ne suis qu'un vieil imbécile. » Puis il est allé se changer et il a eu une crise de gastro-entérite, le pauvre. Il est certainement temps que je retourne à la gare, n'est-ce pas ?

— Je vais vous y conduire, fit Troy.

Thomas protesta vaguement, mais elle coupa court à la conversation et alla sortir la voiture. Poliment, Thomas fit ses adieux à Katti Bostock.

— Vous êtes malin, monsieur Ancred, déclara Katti d'un air sombre.

— Vous croyez ? répondit Thomas, clignant modestement des yeux. Malin, moi ? Oh non ! Seigneur Dieu, non. J'ai été ravi de vous connaître.

Une demi-heure plus tard, Katti entendit la voiture revenir. La porte s'ouvrit, et Troy entra dans la pièce, vêtue d'un manteau blanc. Une mèche courte et brune lui barrait le front. Les mains dans les poches, elle s'avança d'un pas hésitant, regardant Katti à la dérobée.

— Tu as expédié ton étrange ami ? demanda Miss Bostock.

Troy s'éclaircit la voix.

— Oui. Il a fini par manquer de souffle.
— Alors, fit Miss Bostock après un long silence, quand pars-tu pour Ancreton ?
— Demain, répliqua Troy, laconique.

2.

Le départ

Troy eût aimé que Thomas Ancred lui dît adieu et la laissât savourer le moment du départ. Elle adorait voyager en train et ne voulait pas perdre la moindre seconde du précieux inconfort. Mais il y avait Thomas, planté sur le quai de la gare de Euston et certainement rempli d'ennui inhérent à ce genre d'occasions. « Il n'a qu'à enlever son chapeau et s'en aller », pensa Troy, irritée. Mais lorsqu'elle croisa son regard, il lui adressa un sourire si anxieux qu'elle se crut aussitôt obligée de le rassurer.

— Je me demande, dit Thomas, si après tout, vous allez détester ma famille.

— En tout cas, je vais travailler.

— Oui, opina-t-il, immensément soulagé, ce sera toujours ça. Vous savez, j'ai souvent de l'antipathie pour les acteurs, et pourtant, quand je travaille avec eux, je finis par les aimer. A condition qu'ils fassent ce que je leur dis, bien sûr.

— Vous avez du travail, ce matin ?

Comme les occupations des gens qu'on laissait sur le quai de la gare semblaient irréelles, pensa Troy.

— Oui. Une première répétition.

— Je vous en prie, ce n'est pas la peine d'attendre, dit-elle pour la quatrième fois.

Et pour la quatrième fois, il lui répondit :

— Je voudrais vous voir partir.

Elle le vit jeter un coup d'œil à sa montre. Plus haut, les portières claquèrent. Troy se pencha par la vitre. Le train partait, enfin. Un homme en uniforme, scrutant fébrilement l'intérieur des wagons, se frayait un chemin jusqu'à elle.

— Nigel ! cria Troy. Nigel !

— Oh, mon Dieu, vous voilà ! s'exclama Nigel Bathgate. Hello, Thomas ! Ohé ! Troy ! Je savais que je n'aurais pas le temps de vous parler, alors j'ai tout écrit.

Il lui lança une épaisse enveloppe. Un coup de sifflet retentit. Le train s'ébranla.

— Eh bien, au revoir, dit Thomas. Ils seront très contents de vous voir.

Il souleva son chapeau et disparut. Nigel accéléra le pas.

— Est-ce un roman ? demanda Troy, tenant l'enveloppe.

— Presque. Vous verrez.

Nigel se mit à courir.

— J'ai toujours eu envie... vous verrez... quand Roderick... ?

— Bientôt ! cria Troy. Dans trois semaines !

— Au revoir ! Je ne peux plus courir.

Et elle le perdit de vue.

Pendant que Troy s'installait, un jeune homme apparut dans le couloir. Il regarda à l'intérieur et, finalement, entra dans le wagon déjà bondé. En marmonnant quelque chose dans sa barbe, il se percha sur sa valise, le dos à la porte, et ouvrit un magazine. Troy remarqua qu'il portait un anneau de jade à l'index, un chapeau d'un vert particulièrement vif et des chaussures en suède. Les autres passagers avaient l'air mornes et paraissaient absorbés eux aussi dans leur journal. Des rangées d'arrière-cours avec, çà et là, un tas de gravats, défilaient derrière la vitre. Troy soupira de contentement. Maintenant qu'elle était obligée de peindre, il serait tellement plus facile d'attendre le retour de son mari. Elle rêvassa quelque temps, puis ouvrit la lettre de Nigel.

L'enveloppe contenait trois feuillets tapés à la machine ainsi qu'un mot écrit à l'encre verte.

« 13 heures, lut-elle. Chère Troy, Thomas Ancred m'a téléphoné, triomphant, il y a deux heures. Il venait de rentrer à Londres. Vous n'allez pas vous ennuyer, et le patriarche fera un sujet formidable. J'ai toujours rêvé d'écrire la saga des Ancred, mais je ne tiens pas à faire les frais d'un procès en diffammation. Je me suis donc amusé à concocter l'essai ci-joint. Cela vous aidera à tuer le temps pendant le voyage. N. B. »

Le manuscrit s'intitulait : « Notes sur Sir Henry Ancred, baronnet, et son entourage immédiat. »

« Faut-il vraiment que je lise cela? se demanda Troy. C'était charmant de la part de Nigel, mais je devrai supporter les Ancred pendant quinze jours, et le compte rendu de Thomas était suffisamment exhaustif. » Elle laissa retomber les feuillets sur ses genoux. A cet instant, le jeune homme sur la valise baissa son magazine et la fixa du regard. Il produisit une impression désagréable sur la voyageuse. Ses yeux reflétaient une sorte de molle impertinence. Sous les poils qui ornaient sa lèvre supérieure, sa bouche paraissait trop fraîche, et elle avançait beaucoup trop au-dessus d'un petit menton blanc. Tout en lui était immodérément élégant, se dit Troy, et, l'ayant classé dans une catégorie bien définie, elle cessa de s'intéresser à lui. Néanmoins, il continuait de la dévisager. « S'il était en face de moi, il commencerait à m'interroger sur les fenêtres. Que me veut-il ? » Elle prit le manuscrit de Nigel et se mit à lire.

II

« Ensemble ou séparément, écrivait Nigel, les Ancred sont, à une exception près, excessivement émotifs. Quiconque tenterait de décrire ou d'expliquer leur comportement doit garder à l'esprit ce trait de caractère qui les résume entièrement. Sir Henry Ancred est sans doute le pire dans le genre, mais comme il est comédien, ses amis attribuent son attitude à son répertoire, et, à part peut-être quelques bouffées de timidité en sa présence, commettent rarement l'erreur de s'inquiéter de son sort. On ignore s'il est marié pour avoir découvert une âme sœur en la personne de Lady Ancred, ou bien si c'est grâce au conjungo que celle-ci a appris à manifester ses émotions avec la virtuosité égale à celle de son époux. Quoi qu'il en soit, ce fut le cas... avant qu'elle ne meure.

Leurs filles aînées, Pauline (Ancred a joué dans *La Dame de Lyon* en 96) et Desdemona (*Othello,* 1909), et leurs fils, Henry Irving (Ancred a eu un petit rôle dans *Les Cloches*) et Claude (le jumeau de Pauline) ont hérité, chacun à sa façon, de la caractéristique en question. Seul Thomas (Ancred se reposait en 1904 quand Thomas est né) en est dépourvu. En effet, Thomas est d'une placidité rare. C'est sans doute la raison pour laquelle son père, ses frères et ses sœurs font appel à lui chaque fois qu'ils souffrent moralement, ce qui arrive deux ou trois fois par semaine et les laisse dans une sorte de stupeur tragique.

Pauline, Claude et Desdemona ont marché dans les traces de leur père. Pauline, qui faisait partie d'une troupe de répertoire dans le Nord, a épousé John Kentish, un homme aisé, troquant ainsi le prestige de la scène contre celui, bien plus durable sans doute, de la vie provinciale. Là, elle a donné naissance à Paul et, douze ans plus tard, à Patricia (née en 1936 et plus connue sous le nom de Panty). Comme tous les enfants Ancred, excepté Thomas, Pauline était très belle et elle l'est encore.

Claude, son jumeau, a été propulsé par son père dans les adolescents romantiques. Il a épousé l'Honorable Jenetta Cairnes, jeune fille d'une famille fortunée, mais qui, comme il se plaît à dire, ne l'a jamais compris. C'est une femme intelligente. Ils ont une fille, Fenella.

Desdemona, la quatrième enfant de Sir Henry (qui a trente-six ans aujourd'hui), est devenue très bonne en matière d'émotions de scène, mais assez difficile à placer, car elle a le don de déborder largement des rôles fragiles et délicats que les producteurs du West-End, bernés par sa beauté, lui confient de temps à autre. Elle appartient à un Groupe et apparaît dans des pièces écrites par deux surréalistes, énonçant son texte d'une manière si déchirante qu'il peut sembler, y compris à Desdemona elle-même, chargé de sens. Elle est célibataire et a beaucoup souffert de deux histoires d'amour malheureuses.

Le fils aîné, Henry Irving Ancred, devenu interprète de seconds rôles, a épousé Mildred Cooper que son père a aussitôt rebaptisé Millamant, car à l'époque il participait à une reprise de *Ainsi va le monde*. Millamant, elle, est restée, et, avant la mort de son mari, elle a donné naissance à un fils, Cedric, au sujet duquel je m'abstiens de tout commentaire.

Votre ami Thomas est célibataire. Ayant constaté, après deux ou trois essais insipides, qu'il était mauvais acteur, il a tout fait pour devenir un bon metteur en scène. Ce en quoi il a réussi grâce à une lutte acharnée. A présent, il officie donc au théâtre de la Licorne. On ne l'a jamais vu s'énerver aux répétitions, mais parfois on l'a aperçu dans la salle vide, en train de se balancer d'avant en arrière, la tête dans les mains. Il habite un appartement à Westminster.

Toute cette descendance, Pauline, Claude, Desdemona et Thomas, leur belle-sœur Millamant, et leurs enfants, ne sont que des détails dans un tableau dont le motif central est Sir Henry lui-même. Sir Henry, que ses confrères considèrent comme le patriarche de la scène, passe pour être profondément attaché à sa famille. Cela constitue entre autres sa légende, et c'est en partie fondé. Il voit les siens très souvent, et il serait peut-être plus exact de dire qu'il préfère ceux qu'il voit le moins. On pense qu'il a dû aimer sa femme. Ils ne se disputaient jamais et faisaient front commun contre celui des enfants qui blessait les sentiments de l'un ou de l'autre. A l'exception de Thomas, mais Thomas demeure l'exception en tout ce qui concerne généralement la famille Ancred.

« Ce cher vieux Tommy ! disait Sir Henry. Un drôle de garçon. On ne sait jamais très bien comment le prendre. T'ah ! » Cette interjection indistincte, « T'ah ! », sert à tous les Ancred (excepté Thomas) pour exprimer une sorte de résignation désabusée. On l'émet un ton plus haut que le reste, et elle est particulièrement typique.

Sir Henry n'est pas un chevalier de théâtre mais un baronnet, titre qu'il a hérité sur le tard d'un cousin issu de germain et fabuleusement riche. C'est une baronnie totalement obscure et, bien qu'elle soit parfaitement authentique, il semble difficile d'y croire. Sans doute parce que Sir Henry en est tellement impressionné lui-même et qu'il ne cesse de parler d'ancêtres normands dont les noms semblent sortir tout droit d'un programme du théâtre de Lyceum : le sieur d'Ancred et tutti quanti. Sa croix est absolument partout. Lui-même, comme se plaît à dire son habilleur, a l'air d'un aristocrate de la tête aux pieds : tignasse argentée, nez aquilin, yeux bleus. Il y a quelques années encore, il apparaissait dans des comédies de salon sous les traits de quelque vieux barbon touchant ou irascible. Son dernier rôle shakespearien fut celui de Macbeth, lors de la commémoration de l'anniversaire du Barde. Sir Henry avait alors soixante-huit ans. Puis il a eu des ennuis gastriques et s'est retiré des planches dans le fief familial, Ancreton, dont les extravagances architecturales doivent lui rappeler Dunsinane.

C'est là qu'il demeure, sous la garde de Millamant qui, depuis la mort de son mari, tient la maison de son beau-père. Le reste de la famille la soupçonne de garder la place au chaud pour son fils, l'ineffable Cedric, qui est si fragile. La famille (excepté Thomas) a tendance à rire avec amertume dès qu'il est question de Cedric et de critiquer la façon dont la pauvre Milly s'occupe du patriarche. Milly, qui est d'un naturel gai, se rit d'eux à son tour. Un jour, elle a dit à Thomas que si l'une de ses sœurs voulait prendre la relève, elle lui cèderait volontiers la place. Elle les a bien eus, là, car bien qu'ils séjournent tous fréquemment à Ancreton, ils partent inévitablement au bout de quelques jours, blessés dans leurs sentiments.

De temps à autre, il leur arrive de se rallier autour d'une cause commune, comme en ce moment, par exemple, où toute la famille a déclaré la guerre à Miss Sonia Orrincourt, une théâtreuse avec qui leur père, âgé de soixante-quinze ans, est en train de vivre une idylle. Cet étonnant vieillard a amené sa belle à Ancreton où, visiblement, elle a l'intention de rester. C'est une ancienne choriste qui avait été choisie comme doublure pour un petit rôle à la Licorne. Cela a été une révolution, car jamais avant Miss Orrincourt une actrice de music-hall n'était monté sur ces planches. Sir Henry avait assisté à l'une des répétitions. Au bout de trois semaines,

Miss Orrincourt s'est avérée nulle et a été virée par Thomas. Elle est alors allé pleurer dans le giron de son père, après quoi elle a reparu dans son emploi actuel à Ancreton. C'est une blonde. D'après Pauline et Desdemona, elle s'accroche au vieillard dans un but matrimonial. Thomas pense qu'elle doit se montrer plus complaisante que cela. Claude a envoyé du Moyen-Orient un télégramme si circonspect qu'on comprend seulement qu'il est furieux. La femme de Claude, Jenetta, une femme drôle et perspicace, a été convoquée en l'absence de son mari à un concile. Il est possible que sa fille unique, Fenella, jusque-là en seconde position auprès du Sir Henry après l'enfant de Pauline, Panty, perde du terrain s'il se remarie. Même l'accorte Millamant est inquiète. Son innommable Cedric est l'aîné des petits-enfants, or Sir Henry a laissé échapper récemment des allusions déconcertantes sur le feu qui pourrait encore couver sous la braise.

Voici donc le décor à Ancreton. Mon information provient de quelques visites occasionnelles ainsi que de Thomas qui, comme vous l'avez constaté, est plutôt loquace et ignore le sens du mot « réserve ».

« C'est ainsi, ma chère Troy, que j'aurais sans doute commencé le roman que je n'ose pas écrire. Un dernier mot. Si j'ai bien compris, vous allez peindre Sir Henry dans le costume de Macbeth. Soyez sûre qu'avec Panty dans les parages, vous aurez également sous la main l'Enfant Maudit. »

III

Troy plia les feuillets et les remit dans l'enveloppe, sur laquelle Nigel avait tracé son nom en caractères énergiques. Le jeune homme sur la valise fixa l'enveloppe. Troy la retourna. Le magazine était resté grand ouvert sur les genoux du jeune homme, et elle y vit, ennuyée, sa propre photographie.

C'était donc ça ! Il l'avait reconnue. Sans doute s'amusait-il à barbouiller des toiles, pensa-t-elle. Il en avait bien l'air. Si les autres passagers descendaient avant la halte d'Ancreton, il engagerait la conversation, et son merveilleux voyage en train serait irrémédiablement gâché. Enfer et damnation !

Le paysage derrière la vitre n'était plus qu'un patchwork de haies, de collines moutonnantes et d'arbres nus. Troy les regarda défiler avec plaisir. Maintenant qu'elle s'était laissé convaincre d'accepter cette commande, ses émotions étaient comme suspendues. Le retour proche de son mari l'emplissait d'une intense satisfaction. Elle n'éprouvait plus ces moments de panique où elle se demandait si les trois années de séparation n'avaient pas dressé une barrière infranchissable entre eux deux. L'adjoint du préfet de police avait promis de la prévenir deux jours à l'avance de l'arrivée d'Alleyn. Entre-temps, le train l'emportait vers un travail parmi des étrangers qui, au moins, n'étaient pas des êtres banals. « J'espère, pensa-t-elle, que leurs démêlés familiaux ne vont pas influer sur les séances de pose du grand-père. Ce serait franchement ennuyeux. »

Le train s'arrêta dans une gare de jonction, et les autres passagers, à l'exception du jeune homme sur la valise, commencèrent à se lever. Justement ce qu'elle redoutait, se dit Troy. Elle ouvrit son panier à pique-nique et prit un livre. « Si je lis et mange sous son nez, cela le dissuadera peut-être. » Et elle songea aux sarcasmes de Maupassant à propos des gens qui mangent dans le train.

La voiture s'ébranla à nouveau. Mâchonnant son sandwich, Troy lut la première scène de « Macbeth ». Elle avait décidé de retourner dans ce pays sinistre dont on ne retrouve l'écho que chez Emily

Brontë. Cette idée lui plut, et elle s'accorda un moment de distraction pour transplanter les fantômes de Heathcliff et Cathy dans la lande désolée et pour suivre Fleance à travers la bruyère vers les Hauts de Hurlevent. « Mais si je dois peindre Macbeth, songea-t-elle, il faut que je le relise. » Et, de même que les premières intonations d'un ami revenu après une longue absence, nous font aussitôt anticiper sur ce que nous allons entendre, les premières phrases de la pièce qu'elle pensait avoir oubliée, la lui ramenèrent en mémoire dans sa totalité.

— Je suis absolument *navré* de vous interrompre, résonna une voix haut perchée, mais je brûlais d'envie de vous parler, et c'est vraiment l'occasion *idéale.*

Le jeune homme s'était installé sur un siège en face d'elle. La tête penchée sur le côté, il gratifia Troy d'un sourire engageant.

— Je vous en supplie, ne croyez pas que je suis animé d'intentions malhonnêtes. Sérieusement, il n'y a pas de quoi tirer sur le signal d'alarme.

— Cette idée ne m'avait même pas effleurée, répliqua Troy.

— Vous êtes bien Agatha Troy, n'est-ce pas ? poursuivit-il avec empressement. Je ne me trompe pas, mais quelle coïncidence ! J'étais en train de lire mon petit magazine, et voilà que je tombe sur une photo absolument divine de vous. Le miracle ! Et si jamais il me restait le moindre doute, votre inquiétante lecture l'aurait vite dissipé.

Le regard de Troy alla de son livre au jeune homme.

— Macbeth ? Je ne comprends pas.

— Oh, mais c'est tout à fait concluant. Evidemment, je ne me suis pas présenté. Je suis Cedric Ancred.

— Ah, fit Troy après une pause. Oui, je vois.

— Et puis, pour couronner le tout, il y avait votre nom sur l'enveloppe. J'avoue que j'y ai louché sans vergogne. C'est tellement excitant de penser que vous aller peindre le Vieux dans sa tenue de gala ! Vous ne pouvez pas vous imaginer son costume. Et le casque ! C'est un colosse qui l'a forgé en acier pour lui. C'est mon grand-père, vous savez. Ma mère, c'est Millamant Ancred. Et mon père — seulement promettez de ne le dire à personne — était Henry Irving Ancred. Vous vous rendez compte !

Ne trouvant rien à répondre à ce discours, Troy mordit dans son sandwich.

— Voilà pourquoi il fallait que je me présente, continua-t-il d'un air que Troy qualifia intérieurement de « patelin ». J'ai toujours été emballé par votre travail ; et la perspective de vous rencontrer m'a complètement galvanisé.

— Mais comment avez-vous su, demanda Troy, que j'allais peindre Sir Henry ?

— J'ai appelé Oncle Thomas hier soir et c'est ainsi que je l'ai appris. On m'avait convoqué à la réunion de famille et j'avais déjà décidé de m'en passer, mais j'ai immédiatement changé mes plans. Voyez-vous, fit Cedric avec une spontanéité juvénile que Troy trouva insupportable, voyez-vous, j'essaie de peindre un peu. En ce moment, je suis chez Pont et Cie où je m'occupe de créer les modèles. Bien sûr, les temps sont durs, l'austérité et tout ça, mais nous poursuivons doucement notre petit bonhomme de chemin.

Son costume était d'un gris argenté. Sa chemise était d'un vert pâle ; son pull-over, d'un vert sombre ; et sa cravate, orange. Il avait de petits yeux et une fossette au milieu de son menton rond et mou.

— S'il m'est permis de parler de vos œuvres, disait-il, elles possèdent une qualité qui m'interpelle énormément. Leur — comment l'exprimer ? — leur texture est toujours inextricablement liée au sujet. J'entends par là que la forme n'est pas choisie arbitrairement, mais qu'elle semble découler du sujet lui-même. C'est toujours d'une intégrité ! Ou bien suis-je en train de raconter des bêtises ?

Ce n'étaient pas des bêtises, et Troy fut obligée de l'admettre à contrecœur. Il y avait peu de gens avec qui elle acceptait de discuter de son travail. Cedric Ancred l'observa pendant quelques instants, et elle eut la désagréable impression qu'il avait perçu son antipathie. Son geste suivant la prit au dépourvu. Il passa les doigts dans ses cheveux, qui étaient ondulés et d'un blond moite.

— Mon Dieu ! fit-il. Les gens ! Leurs éternelles histoires ! Si seulement on pouvait se sortir de la mêlée, comme vous l'avez fait ! Mon Dieu, pourquoi la vie est-elle si minable ?

« Juste ciel ! », pensa Troy en refermant son panier à pique-nique. Cedric la contemplait fixement. De toute évidence, il attendait une réponse.

— Je ne suis pas très douée, dit-elle, pour dispenser des généralités sur l'existence.

— Oui, marmonna-t-il, hochant la tête d'un air profond. Oui, naturellement. Je suis entièrement de votre avis. Vous avez raison, bien sûr.

Troy consulta furtivement sa montre. Encore une demi-heure avant d'arriver à la halte d'Ancreton, et de toute façon, il s'y rendait aussi.

— Je vous ennuie, déclara Cedric d'une voix forte. Non, non, inutile de le nier. Dieu que je vous ennuie. T'ah !

— Je ne sais pas maintenir cc genre de conversations, voilà tout.

Cedric se remit à hocher la tête.

— Vous êtiez en train de lire, dit-il. Je vous ai dérangée. On ne doit jamais faire cela. C'est un sacrilège envers le Saint-Esprit.

— Je n'ai jamais entendu de pareilles inepties, rétorqua Troy avec humeur.

Cedric eut un rire lugubre.

— Allez-y ! Je vous en prie. Retournez dans votre « lande désolée ». A mon avis, c'est une pièce épouvantable, mais que rien ne vous empêche de poursuivre votre lecture.

Il n'était cependant pas facile de lire sous l'œil torve qui la fixait à quelques centimètres d'elle. Troy tourna la page. Deux minutes plus tard, son vis-à-vis se mit à soupirer. « Il soupire comme la Fausse Tortue, pensa Troy. Il doit être un peu dérangé. » Cedric rit brièvement, et malgré elle, Troy leva les yeux. Il ne la quittait pas du regard. Dans une main, il tenait un porte-cigarettes en jade.

— Vous fumez s'enquit-il.

Pour échapper à une nouvelle scène incongrue, elle prit l'une de ses cigarettes. Il la lui alluma en silence et se tassa sur son siège.

Après tout, se dit Troy, elle serait bien obligée de composer avec lui.

— Ne trouvez-vous pas qu'il est extrêmement délicat d'adopter le ton juste en matière de stylisme ? demanda-t-elle. Quand on pense à ce que c'était autrefois ! Sans nul doute, l'art commercial...

— De la prostitution ! l'interrompit Cedric. Rien d'autre. Mais si on laisse de côté le péché originel, c'est assez amusant.

— Vous arrive-t-il de travailler pour le théâtre ?

— Comme vous êtes gentille de vous intéresser à ça, répliqua Cedric sur un ton acide. Oui, bien sûr. Mon oncle Thomas recourt occasionnellement à mes services. En fait, c'est ma véritable passion. On aurait cru qu'avec le Vieux derrière moi, j'aurais pu me caser sans difficulté. Malheureusement, il n'est pas derrière moi ; c'est bien le drame. J'ai été éclipsé par le bébé monstre.

Son visage s'éclaira.

Mock Turtle
Alice au pays...

— Evidemment, cela me console de savoir que je suis l'aîné des petits-enfants. A mes moments d'optimisme, je me dis qu'il ne peut pas me rayer *entièrement* de son testament. Mais mon pire cauchemar est quand je rêve que j'ai hérité Ancreton. Je me réveille toujours en hurlant. Bien sûr, maintenant que Sonia est là, tout peut arriver. Avez-vous entendu parler de Sonia ?

Pendant que Troy hésitait, il reprit :

— C'est la nouvelle lubie du Vieux. Infiniment décorative. Je ne parviens pas à décider si elle est incroyablement stupide ou non, mais j'ai bien peur que non. Les autres, ils ne peuvent pas la voir en peinture, mais moi, je préfère m'insinuer dans ses bonnes grâces, si jamais il l'épouse un jour. Qu'en pensez-vous ?

Etait-ce une habitude chez les Ancred de se confier au premier venu ? Pourtant, ils ne pouvaient pas être tous aussi affreux que Cedric. Nigel Bathgate avait bien dit que Cedric était une horreur, et même Thomas... comme Thomas lui sembla sympathique, tout à coup, en comparaison de son neveu !

— Mais ditez-moi, poursuivit Cedric, comment avez-vous l'intention de le peindre ? Tout carapaçonné de noir ? De toute façon, quoi que vous choisissiez, ce sera une merveille. Me laisserez-vous jeter un coup d'œil, ou bien êtes-vous plutôt du genre farouche ?

— Plutôt farouche, répondit Troy.

— Je m'en doutais.

Cedric regarda par la vitre et, aussitôt, se saisit le front.

— Ça y est. Chaque fois, je me prépare moralement à ce spectacle, et pourtant, s'il y avait un train en sens inverse, je m'y précipiterais en hurlant pour rentrer à Londres. Nous allons l'apercevoir dans un instant. Seigneur, c'est au-dessus de mes forces.

Pourquoi faut-il supporter des monstruosités pareilles ?

— Mais enfin, qu'y a-t-il ?

— Regardez ! cria Cedric en se couvrant les yeux. Regardez ! Le château de Katzenjammer ! *

Troy se tourna vers la vitre. A trois kilomètres de là, visible de toutes parts, se dressait au sommet d'une colline le manoir d'Ancreton.

* American Park Marseille 1910

3.

Ancreton

C'était une demeure étonnante. Un architecte de l'époque victorienne, inspiré et encouragé par l'Ancred du moment, avait abattu la bâtisse du temps de la reine Anne et érigé sur ses fondations la version sublimée de ses rêves les plus audacieux. Ancreton n'appartenait à aucun style. Sa façade s'ornait indifféremment d'excroissances romanes, gothiques, baroques et rococo. Des tourelles jaillissaient du moindre recoin. Des tours s'élevaient au-dessus des créneaux. Les meurtrières faisaient face aux baies exophtalmiques ; et au-dessus du kaléidoscope des tuiles se dressait une forêt de cheminées de tous gabarits. A l'arrière-plan, on entrevoyait non le ciel, mais un écran de conifères, car derrière Ancreton se trouvait une colline plus haute et plus escarpée, plantée d'une forêt dense. L'édification de cet épouvantail avait dû tarir l'imagination de l'ancêtre, car il avait laissé quasiment intacts les jardins en terrasses et les bosquets soignés. Mais bien que ceux-ci eussent conservé leur intégrité, l'œil du spectateur était irrésistiblement attiré vers la maison que le paysage semblait baigner d'une approbation muette.

Le arbres cachèrent momentanément à Troy la vue d'Ancreton, et bientôt, le train s'arrêta avec magnanimité à la minuscule station.

— Puisqu'on ne peut pas y échapper, marmonna Cedric.

Et ils sortirent tous deux sur le quai illuminé par le soleil d'hiver. Il n'y avait que deux personnes sur le quai : un jeune homme en uniforme de sous-lieutenant et une grande jeune fille. Ils formaient un beau couple, et, d'une certaine façon, se ressemblaient : tous les deux bruns, minces, aux yeux bleus. Ils s'avancèrent ; le jeune homme boitillait et s'appuyait sur une canne.

— Oh la la, fit Cedric d'une voix plaintive. Des Ancred en masse. Bonjour, vous deux.

— Salut, Cedric, répondirent-ils sans grand enthousiasme.

La jeune fille se tourna rapidement vers Troy, l'air cordial.

— Ma cousine, Fenella Ancred, expliqua Cedric languissamment. Et ce guerrier est un autre cousin, Paul Kentish. Miss Agatha Troy, ou est-ce Mme Alleyn ? Dieu que c'est compliqué, tout cela.

— C'est formidable que vous soyez venue, déclara Fenella Ancred. Grand-père est tout excité, et on lui donnerait facilement dix ans de moins. Avez-vous beaucoup de bagages ? Si oui, nous pouvons faire deux voyages, ou alors cela vous ennuierait-il de monter à pied ? Nous n'avons qu'une petite carriole, et Rossinante n'est plus toute jeune.

— A pied ! couina Cedric. Tu es folle, ma chère Fenella. Moi ? Rossinante (et, par parenthèse, je trouve parfaitement grotesque d'avoir donné ce nom à cet animal), Rossinante me transportera au sommet de la colline, même si ce doit être son dernier acte conscient.

— J'ai deux valises et mon matériel de peinture, dit Troy, qui est assez lourd.

— Nous allons voir ce que nous pouvons faire, répliqua Paul Kentish, considérant Cedric avec aversion. Tu viens, Fen ?

Ils s'arrangèrent pour que le chevalet de Troy et le gros de ses bagages fussent laissés dans un cottage et envoyés à Ancreton plus tard dans la soirée. Son bagage à main et les valises vertes de Cedric furent chargés dans la carriole. Tout le monde monta, et le poney gras et blanc s'engagea sur le chemin étroit.

— Il y a un peu plus d'un kilomètre jusqu'au portail, dit Paul, et autant jusqu'à la maison. Nous descendrons au portail, Fen.

— Je marcherais avec plaisir, fit Troy.

— Dans ce cas, déclara Fenella, satisfaite, Cedric conduira la carriole.

— Mais je ne connais rien aux chevaux, protesta Cedric. Cette bestiole pourrait s'asseoir ou alors se retourner et me mordre. Vous exagérez tous les deux, ne trouvez-vous pas ?

— Ne fais pas l'idiot, rétorqua Fenella. Il va continuer jusqu'à la maison.

— Qui est là ? s'enquit Cedric.

— Toujours les mêmes, répondit-elle. Maman va venir le week-end prochain. Moi, je suis en congé pour quinze jours. Sinon, il y a Tante Milly et Tante Pauline. La mère de Cedric et la mère de Paul, expliqua Fenella à Troy. Au début, tout cela va vous paraître assez confus. Tante Pauline, c'est Mme Kentish ; maman, Mme Claude Ancred ; et Tante Millamant, Mme Henry Ancred.

— Feu Henry *Irving*, Ancred, ne l'oublie pas, s'interposa Cedric. C'était mon papa.

— Voilà tout, reprit Fenella, pour ce qui nous concerne. Bien sûr, il y a Panty (Cedric poussa un gémissement), Caroline Able et l'école qui se trouve dans l'aile ouest. Tante Pauline les aide car ils sont vraiment à court de personnel. Voilà, c'est tout.

— Tout ? s'écria Cedric. Tu ne vas pas me dire que Sonia est partie ?

— Non, elle est toujours là. Je l'avais oubliée, répliqua Fenella d'un ton bref.

— Tu as une capacité d'oubli fort enviable, Fenella. Bientôt, tu vas annoncer que tout le monde s'est réconcilié avec Sonia.

— Est-ce bien utile d'aborder ce sujet ? fit Paul Kentish avec froideur.

— C'est le seul sujet qui soit digne d'intérêt à Ancreton, riposta Cedric. Personnellement, je le trouve fascinant. J'ai tout raconté à Mme Alleyn, dans le train.

— Franchement, Cedric, firent Paul et Fenella en chœur, tu es incroyable !

Cedric eut un rire semblable à un croassement, et ils poursuivirent leur chemin dans un silence tendu. Finalement, se sentant un peu désespérée, Troy engagea la conversation avec Paul Kentish. C'était un garçon agréable, pensa-t-elle, sérieux mais amical, et tout prêt à lui parler de son service militaire. Il avait été blessé à la jambe au cours de la campagne d'Italie et il continuait à suivre un traitement. Troy lui demanda ce qu'il allait faire, une fois démobilisé, et, à sa surprise, elle le vit rougir.

— Pour tout vous avouer, je... enfin, j'ai songé à la police.

— Mon Dieu, que c'est effrayant, intervint Cedric.

— Paul est le seul d'entre nous, expliqua Fenella, qui ne veut rien à voir avec le théâtre.

— J'aurais aimé rester dans l'armée, ajouta Paul, mais je ne suis plus bon pour cela. Peut-être ne le suis-je pas non plus pour la police.

— Vous devriez en parler avec mon mari à son retour, dit Troy, se demandant si cette perspective ennuierait beaucoup Alleyn.

— Oh, vraiment ? Ce serait fantastique.

— Il pourrait vous dire au moins si votre boitement constitue un handicap.

— Comme je suis content, remarqua Cedric, de mon ulcère duodénal ! Je n'ai même pas besoin de jouer les braves. Sans aucun doute, j'ai hérité les tripes du Vieux.

— Avez-vous l'intention de monter sur les planches ? demanda Troy à Fenella.

— Sûrement, oui, maintenant que la guerre est finie. Jusqu'à présent, je travaillais comme chauffeur.

— Tu joueras des rôles exotiques, Fenella, et je te dessinerai des costumes fabuleux. Ce serait amusant, poursuivit Cedric, si jamais j'hérite Ancreton, de le transformer en un théâtre terriblement select. Le seul ennui est que si Sonia y reste en tant que douairière, elle risque d'exiger tous les premiers rôles. Dieu que j'ai besoin d'argent ! Quelle est, selon toi, la meilleure tactique, Fenella ? Dois-je courtiser le Vieux ou bien signer un pacte avec Sonia ? Paul, toi qui connais tout sur la stratégie de l'approche indirecte, éclaire-moi.

— Surtout que tu es censé gagner le double de ce que nous gagnons tous.

— C'est un mythe. J'ai juste de quoi subsister, crois-moi.

Le poney blanc suivait d'un pas nonchalant le chemin qui menait directement vers le portail d'Ancreton. La demeure se dressait à présent devant eux dans toute sa splendeur. Une allée large et droite partait du portail à travers les terrasses et aboutissait à une volée de marches qui conduisaient jusqu'au perron. La voie carrossable bifurquait sur la gauche et se perdait dans les bois. Ce devait être une famille extrêmement riche, pensa Troy, pour avoir pu préserver et entretenir tout cela. Comme en réponse à ses pensées, Fenella observa :

— On ne peut pas deviner d'ici l'étendue des jardins.

— Les enfants à problèmes creusent-ils toujours pour la plus grande gloire de Freud ? s'enquit Cedric.

— Ils abattent un sacré travail, répondit Paul. La deuxième terrasse croule sous les pommes de terre, cette année. D'ailleurs, ils y sont en ce moment.

Troy avait déjà aperçu des silhouettes minuscules qui s'affairaient sur la deuxième terrasse.

— Les pommes de terre ! murmura Cedric. Une sublimation lourde de sens, certainement.

— En tout cas, tu aimes bien les manger, lança Fenella, caustique.

— Nous y sommes, madame Alleyn. Vous avez réellement envie de marcher ? Alors, nous allons remonter l'allée, et Cedric pourra ramener la carriole.

Ils descendirent. Paul poussa le portail en fer, chargé d'ornements et de l'inévitable croix, expliquant que la loge des gardiens servait à présent à entreposer les légumes. Cedric, tenant les rênes d'un air dégoûté, fut lentement emporté vers la gauche. Les trois autres commencèrent à gravir les terrasses.

L'écho étrangement métallique de la chanson des enfants flottait dans l'air d'automne.

— Quand je partirai matelot,
Hisse-ho !
J'irai revoir ma mie
Sur les bords du Sacramento.

Tandis qu'ils grimpaient la deuxième volée de marches, une voix de femme énergique résonna par-dessus le chant.

— Et plante, et pousse, et hop. Encore.
Et plante, et pousse, et hop.

Sur la deuxième terrasse, une trentaine d'enfants, garçons et filles, étaient en train de creuser la terre au rythme de la chanson. Une jeune femme rousse, vêtue d'un chandail et d'un pantalon, leur criait des ordres cadencés. A l'instant même où Troy les regardait, un petit garçon lança délibérément une pelletée de terre sur la petite fille qui se trouvait à côté de lui. Tout en continuant à chanter d'une voix stridente, celle-ci le gratifia d'un coup de pelle sur le postérieur.

— Et plante, et pousse, et hop. Encore, cria la jeune femme, adressant un signe joyeux à Paul et Fenella.

— Venez par là ! hurla Fenella.

La jeune femme abandonna son poste de surveillance et se dirigea vers eux. Le chant continua, mais avec moins de vigueur. Elle était très jolie. Miss Caroline Able, la présenta Fenella. Miss Able échangea une ferme poignée de main avec Troy, qui remarqua que la petite fille, ayant renversé le petit garçon, s'était assise sur son visage et avait méthodiquement entrepris de lui recouvrir la tête avec de la terre. A cette fin, elle avait été obligée de retirer un curieux bonnet blanc. Plusieurs autres enfants, nota Troy, portaient le même bonnet.

— Vous ne leur laissez pas une seconde de répit, Carol, dit Fenella.

— Nous nous arrêtons dans cinq minutes. C'est extraordinairement utile, vous savez. Ils ont l'impression de faire quelque chose de constructif. De socialement reconnu, déclara Miss Able avec chaleur. Et quand ces enfants, surtout les introvertis, en arrivent là, c'est qu'ils ont parcouru du chemin.

Fenella et Paul, qui tournaient le dos aux enfants, acquiescèrent gravement. Le petit garçon qui avait réussi à déséquilibrer la petite fille, tentait vaillamment de lui mordre le mollet.

— Comment vont leurs têtes ? demanda Paul solennellement.

Miss Able haussa les épaules.

— Cela suit son cours. Le docteur revient demain.

Troy étouffa une exclamation, et au même moment, la petite fille poussa un cri si perçant que sa voix couvrit le chant. Celui-ci s'interrompit aussitôt.

— Il y a... peut-être devriez-vous aller voir, fit Troy.

Miss Able se retourna à l'instant où la petite fille s'efforçait de frapper son adversaire, qui, néanmoins, maintenait sa prise sur sa jambe.

— Lâche-moi, espèce de nouille, hurla la petite fille.

— *Patricia! David!* cria Miss Able énergiquement, regagnant son poste.

Les autres enfants avaient cessé de travailler et écoutaient en silence. Sans lâcher prise, les deux intéressés déversèrent sur Miss Able un flot d'accusations mutuelles.

— Voyons, voyons, dit-elle avec enthousiasme, qu'est-ce qui vous a donné l'envie de déclencher une bagarre ?

Sa question provoqua un nouvel accès de récriminations confuses. Mais Miss Able parut les comprendre, et, à la stupeur de Troy, prit quelques notes sur un petit carnet, tout en jetant un coup d'œil à sa montre.

— Ça va mieux, à présent, déclara-t-elle avec un entrain impavide. Vous étiez en colère, et il fallait la passer sur quelque chose, n'est-ce pas? Mais je connais des choses bien plus amusantes que se battre.

— Non, sûrement pas, riposta la petite fille, empoignant férocement son adversaire. Toi, je te tuerai.

Et elle tomba sur lui.

— Et si, cria Miss Able avec une gaieté résolue, couvrant les hurlements aigus des deux opposants, et si nous mettions nos pelles à l'épaule et entamions une bonne chanson de marche ?

La petite fille abandonna sa victime et, ramassant une motte de terre, l'envoya violemment et avec précision en direction de Miss Able. Le petit garçon et plusieurs autres enfants éclatèrent de rire. Après une fraction de seconde, Miss Able se joignit à eux.

— Petite peste, dit Paul. Franchement, Fenella, je pense qu'une bonne raclée...

— Non, non, répondit Fenella, c'est la méthode. Ecoute.

L'imperturbable Miss Able disait d'un ton enjoué :

— Je dois avoir l'air drôle, n'est-ce pas? Et maintenant, venez, tout le monde : on va jouer à un jeu bien entraînant. Par deux et trois. Choisissez vos partenaires.

Les enfants se divisèrent en petits groupes, et Miss Able, essuyant la terre de son visage, rejoignit les trois spectateurs.

— Je me demande comment vous arrivez à supporter Panty, commença Paul.

— Oh, mais elle réagit merveilleusement bien, l'interrompit Miss Able. C'est sa première bagarre en sept heures et demie, et c'est David qui en a été l'instigateur. C'est un cas d'inadaptation assez avancée, malheureusement. Allez, Patricia, cria-t-elle. Au milieu. Et toi, David, essaie de l'attraper. On cherche, dans la mesure du possible, expliqua-t-elle, à détourner la pulsion de colère vers des objectifs moins émotionnels.

Ils la laissèrent diriger le jeu énergiquement et reprirent leur ascension. Sur la quatrième terrasse, ils croisèrent une femme grande et très belle, vêtue de tweed, d'un chapeau en feutre et de gants à crispin.

— Voici ma mère, fit Paul Kentish.

Mme Kentish salua Troy sur un ton plutôt hésitant.

— Vous êtes venue peindre Père, n'est-ce pas? demanda-t-elle, inclinant la tête à la manière d'une duchesse de théâtre. Comme c'est gentil. J'espère que vous serez bien installée. De nos jours... on ne peut pas vraiment...

Elle s'anima légèrement.

— Mais peut-être en tant qu'artiste, un style un peu bohème ne vous...

Sa voix mourut, et elle se tourna vers son fils.

— Paul, *mon chéri,* clama-t-elle avec force, tu n'aurais pas dû monter toutes ces marches. Songe à ta pauvre jambe. Ma chère Fenella, vous n'auriez pas dû le laisser faire.

— C'est très bon pour ma jambe, Mère.

Mme Kentisch secoua la tête, couvant d'un œil humide son fils renfrogné.

— Mon courageux petit.

Sa voix, aux inflexions riches et chaleureuses, frémit, et Troy aperçut avec embarras des larmes dans ses yeux.

— Un brave petit Troyen, murmura-t-elle. N'est-ce pas, Fenella ?

Fenella rit, gênée, et Paul se recula précipitamment.

— Où allez-vous ? demanda-t-il d'une voix forte.

— Rappeler à Miss Able qu'il est temps de rentrer. Ces pauvres enfants travaillent trop. Je n'ai pas l'impression... enfin. Je dois être vieux jeu, madame Alleyn. J'ai le sentiment que le cœur d'une mère ne se trompe jamais.

— Tout de même, Mère, protesta Paul, il faut faire quelque chose, à propos de Panty. Elle est franchement insupportable.

— Notre pauvre Panty ! répondit Mme Kentish avec amertume.

— Il faut qu'on y aille, Tante Pauline, intervint Fenella. C'est Cedric qui ramène la carriole, et tel que je le connais, il ne prendra pas la peine de décharger les bagages.

— Cedric ! répéta Mme Kentish. T'ah !

Et elle les laissa, après avoir adressé un sourire magnanime à Troy.

— Ma mère a tendance à dramatiser les choses, observa Paul, mal à l'aise. N'est-ce pas, Fen ?

— Ils sont tous comme ça, répliqua Fenella. Toute cette génération, j'entends. Papa baigne dans ses émotions, et Tante Dessy est imbattable sur la question. Ce doit être un héritage du grand-père, ne crois-tu pas ?

— Sauf Thomas.

— Oui, sauf Thomas.

Fenella se tourna vers Troy.

— Ne pensez-vous pas que si une génération se révèle très passionnée et sujette aux émotions, la génération qui suit a des chances de se pencher de l'autre côté ? Paul et moi sommes des durs à cuire, n'est-ce pas, Paul ?

Troy regarda le jeune homme, qui dévisageait fixement sa cousine. Ses sourcils sombres étaient froncés, et ses lèvres, serrées. L'air extrêmement solennel, il ne répondit pas à Fenella. « Ma parole, pensa Troy, il est amoureux d'elle. »

II

L'intérieur du manoir s'harmonisait parfaitement avec sa façade monstrueuse. Troy eut tôt fait d'apprendre que « grand » était l'adjectif de choc à Ancreton. Il y avait le Grand Bosquet, la Grande Galerie et la Grande Tour. Ayant traversé le Grand Pont-Levis qui surplombait les douves à présent asséchées et cultivées, Troy, Fenella et Paul pénétrèrent dans le Grand Hall.

Celui-ci devait à l'inépuisable ingéniosité de son architecte nombre de fioritures élisabéthaines. Les moulures au dessin capricieux le disputaient aux vitraux ornés des armoiries des Ancred, ainsi que d'occasionnelles écartelures censées appartenir au même blason. Çà et là, surgissait un animal mythique ; et, une fois les ressources héraldiques et mythologiques taries, on introduisait la religion, car les croix en forme d'ancre voisinaient pêle-mêle avec les clés de Saint-Pierre et la croix de Saint-Jean de Jérusalem.

Au fond du hall, une tribune des musiciens outrageusement sculptée et décorée d'oriflammes faisait face à l'entrée. En dessous, sur le mur dont la surface n'était que volutes et bossages, on avait réservé un emplacement au futur portrait, expliqua Fenella. Dans la journée, nota Troy, la lumière réfléchie des vitraux allait le parsemer de taches bigarrées, le transformant en un puzzle de couleurs. Le soir, selon Paul, il serait illuminé par quatre lampes placées à cet effet sous la tribune.

Il y avait déjà un certain nombre de portraits dans la hall. Le regard de Troy s'arrêta sur une énorme toile au-dessus de la cheminée, représentant un Ancred marin du dix-huitième, qui brandissait son sabre vers le zigzag aveuglant d'un éclair, l'air de l'avoir provoqué lui-même. Sous cette œuvre, assis dans un imposant fauteuil, Cedric se chauffait près du feu.

— On s'est occupé des bagages, déclara-t-il, sautant sur ses pieds, et l'un des anciens a emmené le cheval. Quelqu'un a monté les boîtes à peinture de notre chère Mme Alleyn dans ses hauteurs inaccessibles. Asseyez-vous donc, madame Alleyn. Vous devez tomber d'épuisement. Maman ne va pas tarder à descendre. L'apparition du Vieux est programmée pour vingt heures trente. Nous avons tout notre temps. L'Ancien des Anciens, va sur ma suggestion servir à boire. Au nom de mon absurde famille, permettez-moi de vous souhaiter la bienvenue au château de Katzenjammer.

— Voudriez-vous voir votre chambre d'abord ? demanda Fenella.

— Sachez, ajouta Cedric, que cette visite représente une autre montée ardue et une longue marche. Où l'a-t-on mise, Fenella ?

— Dans la *Siddons*.

— Je compatis sincèrement, mais avouons-le, le choix est on ne peut plus judicieux. N'y a-t-il pas une gravure de cette comédienne extraordinairement musclée dans le rôle de Lady Macbeth au-dessus de la table de toilette, Fenella ? Moi, je suis dans la *Garrick*, qui est relativement animée, surtout à la saison des rats. Et voici venir l'Ancien des Anciens. Je vous en prie, prenez un remontant avant votre expédition polaire.

Un très vieux domestique traversa le hall, chargé d'un plateau.

— Barker, dit Cedric faiblement, vous êtes aussi bienvenu que les fleurs au printemps.

— Merci, monsieur Cedric, répondit le vieillard. Sir Henry vous transmet ses hommages, Miss Fenella ; il espère avoir le plaisir de se joindre à vous au dîner. Sir Henry espère également que Mme Alleyn a fait bon voyage.

Troy répliqua que oui, se demandant si elle devait renvoyer un message formel. Avec ce qui ressemblait à de l'énergie, Cedric entreprit de préparer les cocktails.

— Il y a une partie du château de Katsenjammer à laquelle personne ne trouve à redire, déclara-t-il, et c'est son cellier. Merci de tout cœur, Barker. Ganymède lui-même n'aurait pas accouru d'un pas plus leste.

— Honnêtement, Cedric, marmonna Paul, quand le vieux majordome se fut retiré, je ne trouve pas tes pitreries à l'égard de Barker excessivement drôles.

— Mon cher Paul ! Vraiment ? Je suis atterré.

— Il est vieux, dit Fenella rapidement, et puis, c'est un grand ami.

Cedric lança un coup d'œil étonnamment venimeux sur ses cousins.

— Que tout cela est féodal, répliqua-t-il. Enfin ! *Noblesse oblige*[1].

A cet instant, au grand soulagement de Troy, une femme corpulente sortit en souriant de l'une des portes latérales. Derrière elle, Troy entrevit un vaste salon d'apparat.

— Ma maman, expliqua Cedric, agitant une vague main.

Mme Henry Ancred était une femme solidement bâtie, à la peau très blanche. Ses cheveux ternes et soigneusement arrangés n'étaient pas sans rappeler une perruque. Elle avait l'air, pensa Troy, de diriger quelque pension tranquille mais luxueuse, ou alors une école. Elle avait une voix curieusement basse, de grandes mains et de grands pieds. Contrairement à son fils, elle avait une bouche généreuse, mais ses yeux et son menton trahissaient un lien de parenté avec Cedric. Elle portait un chemisier sage, un cardigan et une jupe sombre. Sa poignée de main fut cordiale. Une femme efficace.

— Je suis si heureuse que vous soyez venue, dit-elle à Troy. Mon beau-père est tout excité. Cela lui changera les idées et lui remplira agréablement ses journées.

— Milly, *chérie !* couina Cedric. Comment... peux-tu ?

Il esquissa une grimace effarée à l'adresse de Troy.

— Ai-je dit quelque chose qu'il ne fallait pas dire ? s'enquit sa mère. C'est tout à fait moi.

Et elle rit de bon cœur.

— Pas du tout, s'empressa d'assurer Troy, ignorant Cedric. J'espère simplement que les séances de pose ne vont pas être trop fatigantes pour Sir Henry.

— Oh, s'il est fatigué, il vous le dira aussitôt, affirma Millamant.

1. En français dans le texte. (N.d.T.)

Troy eut la vision déplaisante d'une toile de 1,20 m sur 1,80 m, à réaliser en quinze jours, avec un modèle qui n'hésiterait pas à lui dire qu'il était fatigué de poser.

— Quoi qu'il en soit, s'écria Cedric d'une voix stridente, les cocktails sont prêts.

Ils s'installèrent autour du feu : Paul et Fenella sur un canapé, Troy en face d'eux, et Millamant Ancred sur une chaise haute. Cedric se pelotonna sur un pouf aux pieds de sa mère, un bras sur ses genoux. Paul et Fenella le considérèrent avec une antipathie mal déguisée.

— Qu'as-tu fait ces temps-ci, mon chérie ? demanda Millamant, posant une main, sur l'épaule de son fils.

— Un tas de travaux fastidieux, soupira-t-il, frottant sa joue contre la main de sa mère. Dis-nous ce qui va se passer ici. Je voudrais quelque chose de gai et d'excitant. Une fête pour Mme Alleyn ! S'il te plaît. Vous aimeriez bien avoir une fête, n'est-ce pas ? insista-t-il, faisant appel à Troy. Dites oui.

— Mais je suis venue ici pour travailler.

Troy avait répondu abruptement, car il la mettait mal à l'aise. « Zut ! pensa-t-elle. Même ainsi on a l'impression que je m'attends à ce qu'elle le prenne au sérieux. »

Mais Millamant rit avec indulgence.

— Mme Alleyn sera là pour l'Anniversaire, dit-elle. Toi aussi, mon chéri, si tu peux rester dix jours. Tu peux ?

— Mais oui, rétorqua-t-il avec irritation. Mon bureau est complètement envahi. J'ai dû apporter mon travail assommant ici. Mais l'Anniversaire ! Dieu que c'est déprimant ! Chère Milly, je ne crois pas que je puisse supporter un autre Anniversaire.

— Ne sois pas vilain, répliqua Millamant de sa voix bourrue.

— Qui veut un autre verre ? s'enquit Paul à la cantonade.

— Qui parle de verres ? cria une voix désincarnée de la tribune des musiciens. Chic ! Chic ! Chic !

— Doux Jésus ! chuchota Cedric. Sonia !

III

Il faisait sombre dans la hall, et la première vision que Troy eut de Miss Sonia Orrincourt fut celle d'une apparition blanchâtre, qui dévala les marches en gambadant et en gazouillant indistinctement. Lorsqu'elle fut près d'eux, Troy vit qu'elle portait une tenue qui eût étonné même dans le deuxième acte d'une fantaisie musicale. Ce devait être un déshabillé, se dit Troy.

— Ça alors, pépia Miss Orrincourt, mais qui vois-je ? Ceddie !

Cedric prit ses mains tendues.

— Vous êtes divinement belle, Sonia, s'écria-t-il. D'où vient ce ravissant chiffon ?

— Il est vieux comme mes robes, chéri. Oh, pardon, fit Miss Orrincourt, s'inclinant devant Troy. Je n'avais pas vu...

Millamant fit les présentations d'une voix atone. Fenella et Paul s'étant éloignés, Miss Orrincourt se laissa tomber sur le canapé. Elle étendit les bras et remua les doigts.

— Vite ! Vite ! Vite ! cria-t-elle avec des intonation de petite fille. Sonia a soif.

Ses cheveux presque blancs formaient une frange au-dessus de son front et retombaient sur ses épaules tel un écran soyeux. L'ensemble rappela vaguement à Troy l'intérieur d'un aquarium. Elle avait des yeux ronds comme des soucoupes, avec des cils noirs et recourbés. Lorsqu'elle souriait, sa courte lèvre supérieure s'aplatissait, les coins de sa bouche s'affaissaient, et l'ombre des rides à venir se dessinait au-dessus de son menton. Elle avait une peau blanche et épaisse comme les pétales d'un camélia. Elle offrait un spectacle saisissant, et, à côté d'elle, Troy se sentit incroyablement gauche. « Elle ferait sans doute un nu remarquable, songea-t-elle. Je me demande si elle a déjà servi comme modèle. Elle en a l'air. »

Miss Orrincourt et Cedric s'étaient lancés dans une petite conversation totalement absurde. Paul et Fenella s'étaient écartés, et Troy fut laissée en compagnie de Millamant Ancred, qui se mit à parler des difficultés à tenir une maison. En même temps, elle travaillait à une énorme tapisserie qui hypnotisa Troy par ses coloris monstrueux et son dessin tortueux. Serpents et spirales s'entrelaçaient laborieusement dans l'ouvrage de Millamant. Il n'y avait pas un seul blanc, pas une interruption dans le motif. Par moments, elle s'arrêtait pour le contempler avec satisfaction. Sa voix était monocorde.

— J'ai sans doute de la chance, disait-elle. J'ai une cuisinière, cinq bonnes et Barker, mais ils sont tous très vieux et viennent des différentes branches de la famille. Ma belle-sœur Pauline, Mme Kentish, vous savez, a abandonné sa maison pendant l'évacuation et nous a rejoints récemment avec ses deux bonnes. Desdemona a fait la même chose et élu Ancreton comme résidence principale. Elle a amené sa vieille nourrice. Barker et les autres sont avec nous depuis toujours. Mais c'est difficile quand même, malgré le fait que l'aile ouest soit actuellement occupée par l'école. Autrefois, bien sûr, ajouta Millamant non sans complaisance, nous avions toute une flopée de domestiques.

— Et ils s'entendent bien entre eux ? demanda Troy distraitement, tout en observant Cedric et Miss Orrincourt.

De toute évidence, Cedric avait opté pour le

rapprochement. Il s'ensuivit un flirt animé mais complètement artificiel. Ils chuchotaient ensemble comme deux conspirateurs.

— Oh, non, répondit Millamant. Ils se bagarrent. On dit : tel maître, tel serviteur, n'est-ce pas ? conclut-elle, prenant Troy au dépourvu.

Troy la regarda. Un grand sourire vague jouait sur ses lèvres. Décidément, les Ancred avaient le don de lancer des remarques auxquelles il n'y avait rien à répondre.

Là-dessus, Pauline Kentish fit son entrée et alla directement vers son fils et Fenella. Il y avait de la détermination dans sa démarche, et le sourire qu'elle adressa à Fenella sembla congédier la jeune fille.

— Je te cherchais, chéri, dit-elle à Paul.

Fenella s'éloigna aussitôt. D'un geste théâtral, Pauline leva un pince-nez et examina Miss Orrincourt, qui à présent, était étendue de tout son long sur le canapé. Cedric était perché sur l'accoudoir à ses pieds.

— Je vais vous chercher une chaise, Mère, fit Paul précipitamment.

— Merci, mon chéri, dit-elle, échangeant un coup d'œil avec sa belle-sœur. J'aimerais bien m'asseoir. Non, ne vous dérangez surtout pas, madame Alleyn. Vous êtes trop gentille. Merci, Paul.

— On s'est bien amusé tout à l'heure, Noddy et moi, déclara Miss Orrincourt avec entrain. On regardait les vieux bijoux.

Elle leva les bras au-dessus de sa tête et bâilla délicatement.

« Noddy ? se demanda Troy. Mais qui est Noddy ? »

Un silence de mort suivit la remarque de Miss Orrincourt.

— Il ne tient plus en place à l'idée d'avoir son

portrait, ajouta Miss Orrincourt. C'est vraiment tordant.

Pauline Kentish se tourna dignement vers sa belle-sœur.

— Avez-vous vu papa cet après-midi, Millamant ? questionna-t-elle, pas très chaleureusement, mais l'air d'unir leurs forces contre un ennemi commun.

— Je suis montée à quatre heures, comme d'habitude, répliqua Millamant, pour voir s'il n'avait besoin de rien. Mais il était occupé, fit-elle avec un coup d'œil en direction de Miss Orrincourt.

— T'ah ! lança Pauline légèrement, en faisant tourner ses pouces l'un autour de l'autre.

Millamant émit un rire chargé d'un soupçon de signification et se tourna vers Troy.

— Nous ne savons pas, déclara-t-elle joyeusement, si Thomas vous a tout expliqué à propos du portrait de papa. Il désire être représenté dans son propre petit théâtre. L'arrière-plan a déjà été installé, et Paul est au courant de l'éclairage. Papa voudrait commencer demain matin à onze heures, et s'il se sent en forme, il posera une heure tous les jours, le matin et l'après-midi.

— Je trouve, dit Miss Orrincourt, que ce serait chouette si Noddy était représenté sur un cheval.

— Sir Henry, poursuivit Millamant sans la regarder, aura, naturellement, déjà décidé de la pose.

— Mais, Tante Milly, intervint Paul, rouge comme une pivoine, Mme Alleyn a certainement... enfin... ne croyez-vous pas...

— Oui, Tante Milly, dit Fenella.

— Oui, franchement, Milly, renchérit Cedric. Tout à fait d'accord. Je vous en *supplie,* Milly et Tante Pauline, et aussi Sonia, trésor, réfléchissez : c'est à Mme Alleyn de... oh, pour l'amour du ciel, implora Cedric, réfléchissez donc.

— J'aimerais beaucoup connaître les projets de Sir Henry, observa Troy.

— Ce sera très bien, répondit Pauline. Très, très bien. J'ai oublié de vous dire, Millamant, que j'ai eu des nouvelles de Dessy. Elle viendra pour l'Anniversaire.

— Vous faites bien de me prévenir, fit Millamant, l'air déconcerté.

— Maman vient aussi, Tante Milly, dit Fenella. J'ai oublié de vous en parler.

— Eh bien, remarqua Millamant avec un rire bref, on en apprend tous les jours.

— Jenetta vient ? dit Pauline. Tiens ! Cela fait deux ans au moins qu'elle n'a pas mis les pieds à Ancreton. J'espère qu'elle s'accommodera de notre mode de vie frugal.

— Vu qu'elle habite dans un deux pièces, commença Fenella avec emportement.

Elle se reprit et ajouta :

— Elle m'a priée de transmettre qu'elle espérait que cela ne ferait pas trop de monde.

— Je déménagerai de la *Bernhardt* dans la *Bracegirdle,* proposa Pauline. Aucun problème.

— Il n'en est pas question, Pauline, déclara Millamant. *Bracegirdle* est glaciale ; le plafond fuit, et il y a des rats. Desdemona s'en est plainte amèrement lors de sa dernière visite. J'ai demandé à Barker d'y mettre du poison, mais il l'a perdu. Tant qu'il ne l'aura pas retrouvé, *Bracegirdle* est inhabitable.

— Je pourrais partager la *Duse* avec maman, dit Fenella rapidement. Nous en serions ravies, et cela économiserait le bois de chauffage.

— Oh, mais ce serait dommage, firent Pauline et Millamant en chœur.

— Madame Alleyn, demanda Fenella d'une voix forte, je monte me changer. Voudriez-vous voir votre chambre ?

— Merci, répondit Troy, essayant de ne pas paraître trop empressée. Merci, avec plaisir.

IV

Après avoir suivi en silence Fenella en haut, le long d'une galerie de tableaux interminable et de deux couloirs ; après avoir escaladé un escalier casse-cou, Troy se retrouva devant une porte ornée d'un panneau en bois sur lequel était inscrit le mot « Siddons ». Fenella poussa la porte, et Troy fut accueillie par le joyeux reflet des flammes qui dansaient sur des murs blancs. Il y avait des rideaux blancs damassés avec des petites guirlandes, une peau de mouton, un lit bas et, au-dessus d'une table de toilette victorienne, le portrait déjà mentionné de Mme Siddons. Le matériel de peinture de Troy était entassé dans un coin.

— Quelle chambre agréable, dit Troy.

— Contente qu'elle vous plaise, répliqua Fenella d'une voix étranglée.

Troy découvrit, stupéfaite, qu'elle était folle de rage.

— Je vous prie d'excuser mon ignoble famille, articula Fenella avec effort.

— Mais que se passe-t-il ? demanda Troy.

— Comme s'ils n'avaient pas une chance colossale que vous soyez venue ! Et même si vous décidiez de peindre grand-père en train de faire le poirier, avec de l'ail lui poussant des semelles, ils auraient de la chance quand même. Mais quel culot ! Même cette triste andouille de Cedric ne savait plus où se mettre.

— Juste ciel, dit Troy. Cela n'a rien d'extraordinaire. Vous ne pouvez vous imaginer à quel point les gens réagissent curieusement quand il s'agit de portraits.

— Je les hais ! Avez-vous entendu ces commentaires aigres-doux à propos de l'arrivée de maman ? Je trouve les vieilles femmes odieuses. Et cette garce de Sonia qui buvait du petit-lait en les écoutant ! Comment ont-elles pu, devant elle ! Paul et moi étions morts de honte.

Fenella tapa du pied et, se laissant tomber à genoux devant le feu, fondit en larmes.

— Désolée, bégaya-t-elle. Je ne vaux guère mieux qu'eux, mais je ne peux plus les supporter. Jamais je n'aurais dû venir à Ancreton. Je déteste Ancreton. Si seulement vous saviez ce que c'est.

— Dites, fit Troy gentiment, êtes-vous sûre de vouloir me parler de tout cela ?

— Je sais, c'est épouvantable, mais c'est plus fort que moi. Comment réagiriez-vous si *votre* grand-père amenait à la maison une abominable blonde ? Comment ?

Troy revit momentanément son défunt grand-père, un universitaire austère et quelque peu tatillon.

— Il est devenu la risée générale, sanglotait Fenella. Et moi qui l'aimais tellement ! A présent, il est tout simplement *bête*. Un vieillard bêtifiant et amoureux. C'est ainsi qu'il se conduit et quand je... quand je suis allée... mais peu importe. Je vous demande pardon. C'est lamentable, de vous ennuyer avec toutes ces histoires.

Troy s'assit sur une chaise basse devant l'âtre et contempla Fenella d'un air songeur. « Cette enfant a réellement de la peine », pensa-t-elle, constatant qu'elle commençait déjà à mettre en doute l'authenticité des émotions des Ancred.

— Ce n'est pas lamentable, répondit-elle, et vous ne m'ennuyez nullement. Seulement, à votre place, j'éviterais de dire des choses que je risque de regretter par la suite.

— D'accord.

Fenella se leva. Elle était de ces rares privilégiées, nota Troy, que les larmes semblaient embellir. Rejetant la tête en arrière, elle se mordit les lèvres et parut recouvrer son calme. « Elle fera une bonne comédienne, songea Troy, se reprenant sur-le-champ. Ce n'est pas parce que cette enfant a une façon charmante de manifester son chagrin que je dois conclure à son manque de sincérité. Je ne suis pas assez compréhensive. » Elle toucha le bras de Fenella, et, bien que ce fût totalement contraire à ses habitudes, serra la main que la jeune fille lui avait tendue spontanément.

— Allons, dit Troy, j'ai cru avoir entendu cet après-midi que les représentants de votre génération étaient des durs à cuire.

— Nous faisons de notre mieux, répondit Fenella. Mais vous êtes si gentille que je n'ai pas pu m'empêcher de me laisser aller. Je ne recommencerai plus.

« Au secours ! » pensa Troy.

— Je crains de ne pas vous être d'une grande utilité, fit-elle tout haut. Mon mari dit que je renâcle devant les émotions comme une jument apeurée. Mais si vous avez besoin de vous défouler, allez-y.

— Cela suffira pour le moment, répliqua Fenella avec réserve. Vous êtes un amour. Le dîner est à huit heures et demie. Mais vous serez avertie par le gong.

A la porte, elle se retourna.

— Tout de même, il se passe quelque chose d'aberrant à Ancreton, ces jours-ci. Vous verrez.

Avec le don inné de la belle sortie, Fenella se recula d'un pas, refermant la porte d'un geste gracieux.

4.

Sir Henry

Dans son agitation, Fenella avait omis de renseigner Troy sur la topographie des lieux. Troy se demanda donc si la salle de bains la plus proche se trouvait au sommet d'une tour ou bien au fond de quelque interminable couloir. Il était hors de question de tirer sur le cordon de sonnette brodé, obligeant l'une des vieilles bonnes de grimper toutes ces marches. Elle décida de renoncer à son bain au bénéfice de Mme Siddons, de la table de toilette et du broc d'eau tiède qui y avait été déposé à son intention.

Il restait une heure avant le dîner. Comme il était agréable, après les feux de bois strictement rationnés à Tatler's End, de s'habiller sans hâte devant cette magnifique flambée ! Troy prit tout son temps, retournant dans sa tête les événements de la journée et cherchant à définir ses impressions des Ancred. Pour bizarre qu'il fût, se dit elle, Thomas était de loin le plus sympathique de toute la famille, bien que les deux cousins lui eussent semblé également attachants. Y avait-il un lien plus profond entre eux, et qu'en pensait donc Sir Henry ? Etait-ce la cause de l'éclat de Fenella ? Quant aux autres, Pauline paraissait souffrir d'un perpétuel sentiment d'affront ; Millamant représentait une entité inconnue, tandis que son Cedric était franchement répugnant. Et

Sonia ! Troy pouffa de rire. Sonia, c'était vraiment le comble.

Quelque part dans la maison froide, une horloge à la voix grave sonna huit heures. Le feu s'était éteint. Il était temps d'entreprendre l'expédition dans le hall. Troy descendit l'escalier en colimaçon, se demandant qui habitait derrière la porte sur le palier. Lorsqu'elle eut atteint le premier long couloir, elle ne se souvenait absolument pas s'il fallait prendre à droite ou à gauche. Troy n'avait aucun sens de l'orientation. De chaque côté, il y avait une perspective de tapis rouge sombre ; à intervalles réguliers, le couloir était éclairé par des candélabres faussement antiques. Tant pis, se dit Troy et tourna à droite. Elle passa devant quatre portes en lisant leurs noms : « Duse » (c'était la chambre de Fenella), « Bernhardt » (la chambre de Pauline), « Terry », « Lady Bancroft », et, tout au bout du couloir, l'infâme « Bracegirdle ». Troy ne se souvenait pas avoir vu tous ces noms en montant. « Zut, se dit-elle. Je me suis trompée. » Néanmoins, elle poursuivit sa route en hésitant. Un autre couloir coupait celui-ci à l'angle droit. Au fond, Troy distingua un escalier semblable à celui de sa propre tour. La pauvre Troy était sûre d'avoir vu exactement le même décor en se rendant dans sa chambre. « Ce doit être son vis-à-vis, pensa-t-elle. Vu du dehors, ce satané endroit ressemble à un rectangle, avec une tour au milieu et aux extrémités de chaque aile. Dans ce cas, si je continue vers la gauche, je devrais retomber sur la galerie de tableaux. »

Tandis qu'elle hésitait, la porte qui donnait sur l'escalier s'entrouvrit, livrant passage à un superbe chat. Il avait un long poil blanc avec quelques stries sur le dos et des yeux d'ambre. S'arrêtant brièvement, il contempla Troy. Puis, remuant légèrement la queue, il se dirigea avec lenteur vers elle. Troy se baissa et attendit. Après quelque réflexion, il s'approcha, examina sa main, la gratifia d'un coup de nez froid, et poursuivit son chemin, déambulant au centre du tapis rouge et remuant toujours aussi élégamment la queue.

— Et ce n'est pas tout, résonna une voix aiguë derrière la porte ouverte. Si tu t'imagines que je vais traîner là comme une pièce rapportée, pour entendre ta famille m'envoyer sur les roses toutes les cinq minutes, eh bien, tu te trompes.

Une voix de basse grommela une réponse inintelligible.

— Je sais, je sais, cela m'est complètement égal. Ils croient qu'ils peuvent me répéter tout le temps à quel point je manque d'éducation. Non, mais ! Comme si j'étais une de ces créatures des petites annonces ! J'ai fait mine de rien pour ne pas leur montrer que cela me touchait. Mais pour qui se prennent-ils ? Bon sang, s'ils croient que c'est drôle de vivre dans un mausolée avec deux vieilles rombières et une gamine qu'on devrait classer dans les dangers publics ?

Il y eut un nouveau grondement de protestation.

— Je sais, je sais, je sais. C'est tellement gai et animé dans ce trou qu'on se demande pourquoi on n'est pas tous morts de rire. Si tu es si fou de moi que ça, tu devrais me placer dans une position respectable... Tu me le dois... Après tout ce que j'ai fait pour toi. Je suis si malheureuse... Et quand je suis comme ça, je te préviens, Noddy, fais attention.

Troy, qui était demeurée clouée au sol, ramassa ses jupes, pivota sur elle-même et s'enfuit en courant le long du grand couloir.

II

Cette fois-ci, elle trouva la galerie et descendit dans le hall. Là, elle rencontra Barker, qui l'introduisit dans un immense salon ressemblant, se dit Troy, au décor de « Victoria Regina ». Vermeil, blanc et or en étaient les couleurs prédominantes, le reste n'était que damas et velours. De grandes toiles de Leader et de MacWhirter occupaient les murs. Sur chaque table ou guéridon, il y avait, dans un cadre d'argent, une photographie d'un membre de la famille royale ou d'un fils de Melpomène. Sir Henry lui-même était représenté à trois époques différentes de sa carrière. Il y avait aussi une photo de Sir Henry en habit de cour. L'air gêné de l'homme qui se sent un peu ridicule était totalement absent de ce portrait, et Troy se demanda même s'il ne s'agissait pas d'un autre de ses rôles. Néanmoins, l'authenticité indiscutable de sa tenue eut tôt fait de la détromper. « Nom d'un chien, pensa-t-elle en examinant la photographie. Il a une tête magnifique. »

Elle entreprit d'explorer la vaste pièce qui s'avéra pleine de surprises. Dans une vitrine, elle découvrit nombre de médailles, miniatures et décorations, plusieurs objets d'art, un programme de gala signé, et, curieusement, un petit livre en cuir repoussé, à l'aspect fort ancien. Troy était de ces gens qui, quand ils voient un livre à part, ne peuvent s'empêcher de le regarder. Le couvercle de la vitrine n'était pas fermé à clé. Le soulevant, Troy ouvrit le petit livre. Le titre était à demi effacé, et elle dut se pencher pour le déchiffrer.

« L'Art Ancien d'Embaumer les Cadavres, lut-elle. Suivi d'un Difcours sur la Concoction de Fluides Deftinés à la Confervation des Corps.

Par William Hurfte, Profeffeur de Phyfique, Londres.

Imprimé par Robert White pour John Crampe au Signe des Trois Bibles, cimetière de St Paul. 1678. »

Suivait un exposé lugubrement explicite. Le premier chapitre contenait toutes sortes de recettes pour « perfectionner l'Art de Conferver les Morts dans une vraifemblance de vie absolue. On remarquera, poursuivait l'auteur, qu'en dépit de leur diverfité, l'Arfénic entre invariablement dans leur Compofition ». Il y avait aussi un passage particulièrement macabre sur « l'usage des Cofmétiques pour Mafquer la Finiftre Pâleur de la Mort ».

« Mais quel esprit, se demanda Troy, pourrait envisager en toute tranquillité, et même avec complaisance, ce genre de manipulations sur un corps dont il est appelé un jour, très proche peut-être, à se séparer ? ». Sir Henry avait-il lu ce livre ? Souffrait-il d'un manque ou d'un excès d'imagination ? « Et pourquoi, au juste, pensa-t-elle, suis-je en train de lire cet affreux petit livre ? ».

Entendant une voix dans le hall, elle referma à la hâte le livre et le couvercle de la vitrine, en proie à un sentiment de culpabilité illogique. Millamant entra, vêtue d'une robe du soir soignée mais indescriptible.

— J'étais en train d'explorer, fit Troy.

— Explorer ? répéta Millamant avec son rire vague.

— Ce petit livre morbide dans la vitrine. Comme je suis incapable de résister à un livre, je me suis permis d'ouvrir la vitrine. J'espère n'avoir enfreint aucun interdit.

— Oh, répondit Millamant. Non, bien sûr que non.

Elle jeta un coup d'œil sur la vitrine.

— Quel est ce livre ?

— Figurez-vous qu'il traite d'embaumement. Il est très vieux et, à mon avis, il a de la valeur.

— C'est sans doute pourquoi il a tant intéressé Miss Orrincourt.

Elle s'approcha du feu, l'air triomphalement rancunier.

— Miss Orrincourt ? répéta Troy.

— L'autre jour, en entrant, je l'ai surprise en

train de lire un petit livre. Elle l'a remis dans la vitrine et a laissé retomber le couvercle. Avec une telle violence ! C'est un miracle qu'il ne se soit pas brisé. Ce devait être le même livre, j'imagine.

— Oui, sans doute, opina Troy, révisant précipitamment son opinion déjà chaotique sur Miss Sonia Orrincourt.

— Papa, dit Millamant, n'est pas au mieux de sa forme, ce soir, mais il va descendre quand même. Les jours où il ne se sent pas bien, il dîne dans ses appartements.

— J'espère que les séances de pose ne vont pas trop le fatiguer.

— Il les attend avec une telle impatience qu'il s'arrangera certainement pour ne pas les manquer. Son état s'est grandement amélioré ces temps-ci. Simplement, fit Millamant, sibylline, il lui arrive parfois de s'énerver. Il est extrêmement nerveux et sensible, vous savez. Comme tous les Ancred, à mon avis, excepté Thomas. Malheureusement, mon pauvre Cedric a hérité leur tempérament.

Troy ne trouva rien à répondre à cela, et ce fut avec soulagement qu'elle accueillit l'arrivée de Paul Kentish et de sa mère, bientôt suivis par Fenella. Barker apporta du sherry. Quelques minutes plus tard, un coup de gong, fort sinistre, résonna dans le hall.

— Personne n'a vu Cedric ? s'enquit sa mère. J'espère qu'il ne va pas être en retard.

— Il était toujours dans son bain quand j'ai essayé d'y entrer il y a dix minutes, répliqua Paul.

— Oh, mon Dieu, fit Millamant.

Miss Orrincourt, parée d'une manière ahurissante, fit son entrée au salon, la mine à la fois boudeuse, triomphante et défiante. Entendant une exclamation étouffée derrière elle, Troy se retourna. Les yeux de tous les Ancred étaient rivés sur la poitrine de Miss Orrincourt.

Là, on voyait étinceler une grosse étoile de diamants.

— Milly, marmonna Pauline.

— Vous voyez ce que je vois ? siffla Millamant en réponse.

S'approchant du feu, Miss Orrincourt posa un bras sur le manteau de la cheminée.

— J'espère que Noddy va descendre vite, déclara-t-elle. Je meurs de faim.

Elle examina ses ongles écarlates d'un œil critique et toucha l'étoile de diamants.

— Je boirais bien un verre, ajouta-t-elle.

Personne ne réagit à cette annonce, bien que Paul se fût éclairci la voix d'un air gêné. Le bruit d'une canne résonna dans le hall.

— Voici papa, dit Pauline nerveusement.

Tout le monde changea imperceptiblement de position. Comme s'ils guettaient l'apparition de quelque Altesse Royale, pensa Troy. Il y avait exactement la même atmosphère d'attente tendue. Barker ouvrit la porte, et l'original de toutes les photographies entra lentement dans la pièce, suivi du chat blanc.

III

La première chose à dire sur Sir Henry Ancred est qu'il remplissait son rôle avec une virtuosité quasi embarrassante. Pour commencer, il était incroyablement beau. Il avait une crinière d'argent, et ses yeux, surmontés de sourcils épais, étaient d'un bleu intense. Son nez proéminent avait quelque chose de royal. Sa lèvre supérieure était couronnée d'une moustache neigeuse, brossée de sorte à mettre en valeur sa bouche de comédien. Son menton carré s'ornait d'une impériale. On eût dit qu'il avait été spécialement conçu pour se montrer en public. Il arborait un smoking de velours, un col démodé, une large cravate et un monocle sur un gros ruban. Il était vraiment trop beau pour être vrai, se dit Troy. Il entra lentement, se servant d'une canne noir et argent, mais sans s'y appuyer réellement. C'était davantage un accessoire, devina Troy. Il était très grand et se tenait encore très droit.

— Mme Alleyn, papa, dit Pauline.

— Ah, fit Sir Henry.

Troy s'avança à sa rencontre. « Me retenant, comme elle raconta plus tard à Alleyn, de faire une révérence, mais tout juste. »

— Voici donc notre artiste distinguée ? dit Sir Henry, lui prenant la main. Enchanté.

Il l'examina, tout en gardant sa main dans la sienne. Et Troy vit dans son imagination le jeune Henry Ancred, à l'apogée de sa carrière, baissant ainsi le regard sur les femmes qui devaient se pâmer devant lui.

— Enchanté, répéta-t-il, soulignant adroitement le plaisir que lui inspirait non seulement sa venue, mais aussi son physique.

« Holà, tout doux », pensa Troy en retirant sa main.

— J'espère que vous allez persister dans ces dispositions, répondit-elle poliment.

Sir Henry s'inclina.

— Certainement, dit-il. Certainement.

Comme elle devait le constater par la suite, il avait tendance à se répéter.

Paul avait avancé un fauteuil. Sir Henry s'assit, et les autres s'installèrent en arc de cercle à ses côtés. Croisant les jambes, il posa le bras gauche sur l'accoudoir, laissant sa main superbement manucurée se balancer élégamment. C'était une pose à la Charles II, mais au lieu de l'épagneul traditionnel, le chat blanc sauta avec grâce sur ses genoux, et, après les avoir pétris de ses pattes, se roula en boule.

— Ah, Carrabas ! dit Sir Henry en le caressant.

Son regard enveloppa affablement les membres de sa famille et leur invitée.

— Comme c'est plaisant, ajouta-t-il, les incluant tous dans un geste pictural.

L'espace d'une seconde, son regard s'attarda sur la poitrine de Miss Orrincourt.

— Charmant, fit-il. Une scène de genre. Ah ! Un verre de sherry.

Paul et Fenella servirent le sherry, qui s'avéra excellent. Une conversation plutôt laborieuse s'ensuivit ; Sir Henry la menait avec l'air de présider à une audition.

— Je croyais, déclara-t-il, que Cedric devait se joindre à nous. Ne m'avez-vous pas dit, Millamant...

— Je vous prie de pardonner son retard, papa, dit Millamant. Il avait une lettre urgente à écrire. Peut-être n'a-t-il même pas entendu le gong.

— Vraiment ? Où l'avez-vous mis ?

— Dans la Garrick, papa.

— Alors, il a certainement entendu le gong.

Barker vint annoncer le dîner.

— Je ne pense pas que nous allons attendre Cedric, poursuivit Sir Henry.

Ôtant le chat Carrabas de ses genoux, il se leva. Tout le monde l'imita.

— Madame Alleyn, m'accorderiez-vous le plaisir... ?

« Dommage, pensa Troy en prenant son bras replié, qu'il n'y ait pas un orchestre. » Le souvenir de quelque comédie légère vue dans son enfance dut lui remonter en mémoire car elle maintint une conversation processionnelle tandis qu'ils se dirigeaient vers la porte. Tout à coup, un bruit de pas précipités leur parvint du hall, et Cedric, tout empourpré, une fleur blanche à la boutonnière, fit irruption au salon.

— Cher, cher grand-papa, cria-t-il en agitant les

bras. Je me traîne à vos pieds. Je suis navré, honnêtement. On ne peut plus confus. Apportez-moi le sac et la cendre, vite.

— Bonsoir, Cedric, répondit Sir Henry, glacial. Tu dois présenter tes excuses à Mme Alleyn, qui, peut-être, aura la bonté de te pardonner.

Troy gratifia Cedric d'un sourire de duchesse, tout en riant intérieurement d'elle-même.

— Vous êtes un ange, fit Cedric à la hâte.

Il se faufila derrière eux. A son arrivée, la procession s'était quelque peu dispersée, et il se retrouva nez à nez avec Miss Orrincourt. Troy l'entendit pousser une curieuse exclamation indistincte. C'était involontaire et totalement dépourvu d'affectation. Et, comme cela ressemblait si peu à Cedric, Troy se retourna. La petite bouche de Cedric était entrouverte, et ses yeux pâles fixaient avec hébétude l'étoile de diamants sur la poitrine de Miss Orrincourt. Puis son regard incrédule alla d'un membre de la famille à l'autre.

— Mais... bégaya-t-il, mais... dites donc...

— Cedric, souffla sa mère.

— Cedric, fit son grand-père impérieusement.

Mais Cedric pointa un doigt blanc sur l'étoile de diamants et déclara d'une voix forte et toujours aussi étrangement naturelle :

— Doux Jésus, c'est le soleil de l'arrière-arrière-grand-mère Ancred !

— C'est mignon, hein ? répliqua Miss Orrincourt tout aussi fort. Je suis ravie.

— En ces temps malheureux, dit Sir Henry sans s'émouvoir, escortant Troy dans le hall, on n'est pas, hélas, toujours en mesure d'accomplir les gestes dont on voudrait honorer un hôte de marque ! « Un pauvre petit banquet », comme aurait dit le vieux Capulet. Je vous en prie, par ici.

IV

Le pauvre petit banquet s'avéra avant tout être un hommage aux admirateurs de Sir Henry dans les dominions et aux Etats-Unis. Troy n'avait pas vu une table pareille depuis des années. Sir Henry lui-même, nota-t-elle, avait dans son assiette une sorte de bouillie qui avait dû être passée au tamis. La conversation était générale et banale, comme si les uns et les autres avaient soigneusement mémorisé leurs répliques avant le dîner. Il était difficile de ne pas regarder les diamants de Miss Orrincourt. C'était le genre de faux pas ostensible qu'aucun bavardage inoffensif ne pouvait faire oublier. Troy remarqua que tous les Ancred jetaient constamment des coups d'œil furtifs sur les diamants. Sir Henry continuait à se montrer imperturbablement courtois, et, selon Troy, excessivement galant. Ses compliments étaient trop habiles pour qu'elle pût les éluder. En parlant de son travail, il lui demanda si elle n'avait jamais peint d'autoportrait.

— Seulement quand j'étais étudiante, répondit Troy, et que je ne pouvais pas me payer un modèle.

— Mais ce n'est pas bien du tout, rétorqua-t-il. C'est maintenant que vous devriez nous offrir la représentation parfaite d'un modèle parfait.

« Maman ! », pensa Troy.

Ils burent du Rudesheimer. Lorsque Barker s'arrêta d'un air incertain auprès de lui, Sir Henry, prétextant une occasion spéciale, annonça qu'il boirait un demi-verre. Millamant et Pauline le regardèrent avec anxiété.

— Cher papa, dit Pauline. *Croyez-vous... ?*

Et Millamant murmura en écho :

— Oui, papa. *Croyez-vous... ?*

— Si je crois quoi ? riposta-t-il, les foudroyant du regard.

— Le vin, soufflèrent-elles sans grande cohérence. Le Dr Withers... pas très conseillé.:. enfin.

— Remplissez mon verre, Barker, ordonna Sir Henry énergiquement. Remplissez-le.

Troy entendit Pauline et Millamant pousser un soupir désolé.

Le dîner se poursuivit dans une atmosphère circonspecte mais tendue. Paul et Fenella ne pipaient pas mot. Cedric, sur la droite de Troy, parlait convulsivement à quiconque voulait l'écouter. Le flot de compliments de Sir Henry ne tarit pas jusqu'au dessert, et, à la stupéfaction de Troy, Miss Orrincourt commença à manifester une hostilité non déguisée. Assise entre Sir Henry et Paul, elle se lança dans une grande conversation avec ce dernier, et, bien qu'il répondît avec un embarras visible, elle baissa la voix, lui jetant des œillades significatives et riant exagérément de ses réponses monosyllabiques. Troy, à qui la compagnie de son hôte commençait à peser sérieusement, saisit la première occasion pour parler à Cedric.

— Noddy, fit Miss Orrincourt aussitôt, qu'allons-nous faire demain ?

— Faire ? répéta-t-il, adoptant, après une brève hésitation, un ton espiègle. Et qu'a-t-elle envie de faire, la petite fille ?

Miss Orrincourt leva les bras au-dessus de sa tête.

— Elle a envie de voir arriver des choses, clama-t-elle, ravie. De belles choses.

— Eh bien, si elle est très, *très* sage, on la laissera peut-être jeter un petit coup d'œil sur le grand tableau.

Troy fut atterrée d'entendre cela.

— Et quoi d'autre ? insista Miss Orrincourt d'une voix enfantine, tout en gratifiant Troy d'un regard fort peu enthousiaste.

— On verra, répondit Sir Henry, mal à l'aise.

— Mais, Noddy...

— Madame Alleyn, fit Millamant de l'autre bout de la table, si vous voulez bien... ?

Et elle escorta les dames hors de la salle à manger.

Le reste de la soirée se déroula dans le calme et sans histoires. Sir Henry montra à Troy trois albums de photographies théâtrales, et elle prit grand plaisir à les regarder. Comme les habits élisabéthains étaient passés de mode dans le monde du théâtre ! Il y avait le jeune Henry Ancred de la fin du siècle, la barbiche en pointe, pomponné, noyé presque dans le velours, le cuir, les rubans et autres falbalas. Et puis le même, plus âgé, vêtu d'un costume simple et stylisé, qui avait dû être confectionné à partir de la toile de fond. Pourtant il s'agissait du seul et même personnage : le duc de Buckingham.

Miss Orrincourt les avait rejoints de mauvaise grâce. Perchée sur le bras du fauteuil de Sir Henry et auréolée d'un nuage de parfum de marché noir, elle ricana irrévérencieusement devant les photos de jeunesse et bâilla devant les plus récentes.

— Mais regarde-moi ça ! s'exclama-t-elle. Franchement, il ne manque plus à ta tenue que l'évier de cuisine !

Cela concernait le portrait de Sir Henry en Richard II. Un gloussement échappa à Cedric, qui prit aussitôt un air effrayé.

— Je dois avouer, papa, remarqua Pauline, que personne n'a su choisir avec autant de justesse que vous le bon costume.

— Tout dépend de la façon dont on le porte, ma chère, répliqua son père, tapotant la main de Miss Orrincourt. Les robes légères d'aujourd'hui te vont à merveille, mon enfant. Mais que ferais-tu si, comme Ellen Terry, tu avais un demi-mètre de velours épais devant toi sur la scène et qu'on te demandait de descendre un escalier d'une démarche de reine ? Tu tomberais sur ta jolie petite tête.

De toute évidence, c'était un homme vain. Troy

s'étonna qu'il ne fût point touché par l'indélicatesse de Miss Orrincourt, et, se rappelant la remarque de Thomas sur David et Abisag la Sunamite, elle parvint à la désagréable conclusion que Sir Henry était en adoration devant Miss Orrincourt.

A dix heures, on leur servit le grog. Sir Henry but de l'orgeat, se laissa embrasser par les femmes, adressa un signe de tête à Paul et Cedric, et, au grand embarras de Troy, il lui baisa la main.

— *A demain*[1], fit-il de sa voix la plus grave. Rendez-vous à onze heures. J'ai beaucoup de chance.

Il effectua une sortie magnifique ; dix minutes plus tard, Miss Orrincourt se retira à son tour, bâillant à se décrocher la mâchoire.

Son départ déclencha l'agitation générale.

— Franchement, Milly ! Franchement, Tante Pauline ! On n'en croit pas ses yeux ! cria Cedric. Le Soleil ! Non, mais, *sérieusement !*

— Eh bien, Millamant, déclara Pauline. Maintenant, je vois moi-même ce qui se passe à Ancreton.

— Vous n'avez pas voulu me croire, Pauline, quand je vous l'ai dit, rétorqua Millamant. Vous êtes là depuis un mois, mais vous ne...

— Le lui a-t-il *donné,* quelqu'un le sait-il ? questionna Cedric.

— C'est impossible, fit Pauline. Impossible. Il ne ferait pas une chose pareille. A moins que...

Elle s'interrompit et se tourna vers Paul.

— S'il le lui a donné, c'est qu'il va l'épouser. Voilà tout.

La pauvre Troy, qui avait vainement essayé de se lever, profita du silence qui suivit la déclaration de Pauline pour murmurer :

— Si vous le permettez, je crois que je vais...

1. En français dans le texte. (N.d.T.)

— *Chère* madame Alleyn, dit Cedric, vous êtes beaucoup trop discrète. Je vous en supplie, restez.

— Je ne vois pas, commença Paul, pourquoi la pauvre Mme Alleyn devrait supporter...

— Elle est au courant, intervint Fenella. Je lui ai tout raconté, Paul.

D'un geste vif et gracieux, Pauline tendit les mains vers Troy.

— N'est-ce pas préoccupant ? fit-elle, l'air de mettre Troy dans la confidence. Vous comprenez la situation ? Vraiment, papa exagère. Nous sommes tous terriblement inquiets. Ce n'est pas ce qui se passe, mais ce qui peut se passer, qui est affolant. Et maintenant, le Soleil. C'est un peu trop. Il s'agit d'un joyau historique, vous savez.

— C'était un petit souvenir offert par le régent à l'arrière-arrière-grand-mère Honoria Ancred, s'interposa Cedric. Non seulement il est historique, mais c'est l'histoire qui se répète. Je vous ferais remarquer, Tante Pauline, que personnellement, j'ai l'impression d'avoir reçu un coup de poignard dans le dos. J'ai toujours cru que le Soleil allait me revenir un jour.

— A ta fille, dit Paul. Ce qui est fort hypothétique.

— Je ne vois pas pourquoi, se rebiffa Cedric. Tout peut arriver.

Paul haussa les sourcils.

— Franchement, Pauline, fit Millamant. Franchement, Paul !

— Paul, chéri, dit Pauline, blessante. Cesse donc de taquiner le pauvre Cedric.

— En tout cas, déclara Fenella, je trouve que Tante Pauline a raison. A mon avis, il va l'épouser, et, s'il le fait, je ne remettrai plus jamais les pieds à Ancreton. Plus jamais !

— Comment l'appellerez-vous, Tante Pauline ?

s'enquit Cedric insolemment. Maman, ou alors lui donnerez-vous un petit nom ?

— Il n'y a plus qu'une solution, affirma Pauline. Il faut que nous l'affrontions. J'ai prévenu Jenetta et Dessy. Elles viennent toutes les deux. Thomas devrait venir également. En l'absence de Claude, c'est à lui de prendre les rênes. C'est son devoir.

— Vous voulez dire, chère Tante Pauline, que nous allons tendre une embuscade au Vieux et sauter sur lui comme un seul homme ?

— Je propose, Cedric, que nous nous réunissions tous avec lui et que simplement... simplement...

— Excusez-moi, Pauline, mais vous serez bien avancée avec ça, répliqua Millamant en s'esclaffant.

— N'étant pas une Ancred, Millamant, vous ne pouvez ressentir cette pénible situation aussi douloureusement que nous. Comment papa, qui est si fier de l'ancienneté de son nom — nous remontons à la conquête normande, madame Alleyn — comment papa a-t-il pu se laisser emberlificoter ainsi ? C'est tellement humiliant !

— N'étant pas une Ancred, comme vous l'avez souligné, Pauline, je me rends compte qu'outre le sang bleu, papa a aussi le sang chaud. Qui plus est, il est vain et entêté comme un coq. L'idée d'afficher une jeune femme éblouissante ne doit pas lui déplaire.

— Relativement jeune, observa Cedric.

Pauline joignit les mains, et, dévisageant tour à tour les autres membres de la famille, déclara :

— Moi, j'ai une idée ! Ecoutez-moi, tous. Je vais être entièrement franche et objective, et, bien que je sois sa mère, ce n'est pas cela qui va m'arrêter. Panty !

— Quoi, Panty ? demanda Paul nerveusement.

— Ton grand-père adore cette enfant. Supposez qu'elle laisse échapper une allusion candide.

— Si vous suggérez que Panty noue ses petits bras

autour de son cou, fit Cedric, en murmurant : « Dis, grand-père, quand va-t-elle s'en aller, l'ho'ible dame ? », laissez-moi vous répondre qu'à mon avis, elle ne rentrera pas dans la peau du personnage.

— Il l'adore, répéta Pauline, courroucée. Quand il est avec elle, il redevient petit garçon. J'en ai les larmes aux yeux, lorsque je les vois ensemble. Vous ne pouvez pas le nier, Millamant.

— Absolument, Pauline.

— Voyons, Mère, Panty ne cherche qu'à se faire bien voir du grand-père, déclara Paul sans détour.

— Et puis, remarqua Cedric, elle et Sonia s'entendent comme deux larrons en foire.

— Il se trouve, dit Millamant, que Miss Orrincourt a incité Panty à me jouer un tour stupide dimanche dernier.

— Qu'a-t-elle fait ? interrogea Cedric.

Fenella pouffa de rire.

— Elle a épinglé un mot stupide sur le dos de mon manteau, alors que j'allais à l'église, répondit Millamant sur un ton réprobateur.

— Et qu'y avait-il sur ce mot, Milly chérie ? s'enquit Cedric avidement.

— « Goûtons voir si le vin est bon », dit Fenella.

— Cela ne nous mène à rien, fit Millamant.

— A présent, intervint Troy précipitamment, si vous voulez bien m'excuser...

Cette fois, personne ne la retint. Les Ancred lui souhaitèrent distraitement bonne nuit. Elle refusa de se laisser raccompagner jusqu'à sa chambre et les quitta, sentant qu'ils attendaient avec impatience qu'elle fermât la porte pour reprendre leur conciliabule.

Une lampe solitaire éclairait le hall, où régnait le silence et, le feu étant éteint depuis longtemps, un froid polaire. Tandis qu'elle gravissait les marches, Troy eut la sensation, pour la première fois depuis son arrivée, que cette énorme maison possédait une personnalité propre. Elle s'étendait tout autour de la visiteuse, territoire inconnu, abritant non seulement les excentricités des Ancred, mais aussi leurs pensées profondes et celles de leurs ancêtres. Atteignant la galerie, plongée également dans la pénombre, Troy eut l'impression que le salon était quelque part très loin, une île souterraine. Les rangées de mauvais portraits et de paysages brouillons devant lesquels elle passait, semblaient animés d'une vie propre, suivant avec indifférence sa progression. Enfin, elle arriva dans son couloir, avec, au bout, les marches qui menaient à la tour. Troy fit une brève halte avant d'entreprendre leur ascension. Etait-ce son imagination, ou bien la porte sur le palier au-dessus d'elle venait de se refermer doucement? « Peut-être, pensa-t-elle, que quelqu'un habite dans la chambre au-dessous de la mienne. » Pour une raison inexplicable, cette pensée l'affecta désagréablement. « C'est grotesque ! », se dit Troy. Elle appuya sur l'interrupteur situé au pied des marches. Une lampe invisible s'alluma au-delà de la première volée, jetant une lueur hésitante sur le mur incurvé.

Troy grimpa d'un pas énergique, espérant qu'il y aurait du feu dans sa chambre blanche. Dans le tournant, elle ramassa sa robe longue dans la main droite, et, de la gauche, s'appuya sur la rampe étroite.

La rampe était gluante.

Elle retira sa main d'un geste violent et l'examina. Sa paume et la base de ses doigts s'étaient colorés de sombre. S'écartant du mur, Troy s'avança vers la lumière. Sous le faible éclairage de la lampe, elle vit que la tache sur sa main était rouge.

Il lui fallut au moins cinq secondes pour comprendre que c'était de la peinture.

5.

L'Enfant Maudit

A dix heures et demie le lendemain matin, Troy, chargée de boîtes de couleurs, d'un rouleau de toile et d'un châssis, se rendit au petit théâtre. Accompagnée par Paul et Cedric, qui portaient à deux son grand chevalet, elle suivit un long couloir, tourna à droite devant une porte matelassée, derrière laquelle, pantela Cedric, sévissaient les Enfants à Problèmes, et poursuivit son chemin vers l'arrière de ce labyrinthe qu'était Ancreton. Leur expédition ne se déroula pas sans incident. Alors qu'ils passaient devant ce qui était, comme Troy le découvrit plus tard, un petit salon, la porte s'ouvrit à la volée, et un homme replet en sortit.

— Si vous n'avez pas confiance dans mon traitement, Sir Henry, fulmina-t-il, leur tournant le dos, vous n'avez plus qu'une solution. Et moi, je renoncerai avec plaisir à la tâche ingrate de soigner un patient têtu comme une mule et sa petite-fille.

Troy tenta vaillamment d'accélérer le pas, mais Cedric lui bloqua le passage. Il s'était arrêté net et écoutait d'un air vivement intéressé.

— Allons, allons, gardez votre calme, gronda l'invisible Sir Henry.

— Je me lave les mains de vos histoires, déclara l'autre.

— Certainement pas. Tâchez d'être un peu plus

poli, Withers. Vous ne pouvez pas vous permettre de perdre des clients, mon brave Withers. Vous feriez mieux de vous occuper de moi et d'accepter une critique sincère pour ce qu'elle vaut.

— C'est inouï, dit le visiteur avec une expression proche du désespoir. J'abandonne officiellement. Ce sera mon dernier mot.

Il y eut une pause durant laquelle Paul essaya vainement de traîner Cedric hors de là.

— Pas question, répondit Sir Henry enfin. Voyons, Withers, gardez votre sang-froid. Vous devriez comprendre. Mes nerfs ont été mis à rude épreuve. A rude épreuve. Faites donc un effort pour supporter les colères d'un vieillard. Vous ne le regretterez pas. Venez voir. Allez, fermez cette porte et écoutez-moi.

Sans se retourner, le visiteur referma lentement la porte.

— Et maintenant, chuchota Cedric, il va annoncer au pauvre Dr Withers qu'il le couchera sur son testament.

— Allez, viens, pour l'amour du ciel, dit Paul.

Et ils reprirent leur chemin en direction du petit théâtre.

Une demi-heure plus tard, Troy avait installé son chevalet, tendu la toile et préparé planches et papier pour les esquisses préliminaires. Elle se trouvait dans une vraie salle de théâtre avec une scène tout en profondeur. L'arrière-plan de « Macbeth » était simple et admirablement conçu. Le décorateur l'avait brillamment exécuté d'après le dessin original de Troy. Devant la toile de fond se dressaient des blocs monolithiques, complétant harmonieusement le paysage. Troy trouva rapidement un emplacement pour son personnage. Elle ne chercherait pas à représenter l'arrière-plan d'une manière réaliste. Il serait évident d'emblée que c'était un décor de théâtre. « Il ne manquerait plus qu'une corde qui se balance, pensa Troy, mais cela risque de ne pas leur plaire. Pourvu qu'il puisse tenir debout ! »

Cedric et Paul entreprirent de l'initier aux possibilités de l'éclairage. Troy était enchantée. Les odeurs de toile et de colle lui chatouillaient agréablement les narines, et elle se sentait bien dans ce lieu où l'on venait pour travailler. Là, même Cedric parut s'améliorer. Il se montra compétent et obéit promptement à toutes les suggestions de Troy. Ce fut lui qui empêcha Paul d'inonder la scène d'un invraisemblable flot de lumières et qui l'obligea à prendre la pose tandis que lui-même s'occupait à régler un spot unique.

— La toile de fond doit ressortir discrètement, cria-t-il. Essaie l'éclairage de plancher.

Et Troy, ravie, vit apparaître une lueur lumineuse.

— Mais comment allez-vous y voir ? s'exclama Cedric, atterré. Oh, mince ! Comment allez-vous y voir ?

— Je pourrais descendre un projecteur normal, suggéra Paul. Ou alors, ouvrons les volets.

Cedric posa un regard anxieux sur Troy.

— Mais la lumière du jour va brouiller l'éclairage, non ? Qu'en pensez-vous ?

— On peut toujours essayer.

Finalement, grâce à un jeu ingénieux de paravents, Troy put recevoir de la lumière sur sa toile et bénéficier en même temps d'une vue parfaite de la scène.

L'horloge — connue évidemment sous le nom de la Grande Horloge — de la tour centrale sonna onze heures. Une porte s'ouvrit quelque part dans les coulisses, et, fidèle à ce signal, Sir Henry, en tenue de Macbeth, monta sur la scène illuminée.

— Bonté gracieuse ! murmura Troy.

— Un costume extravagant au possible, lui glissa

Cedric à l'oreille, mais en un sens, assez fabuleux. Ou alors le trouvez-vous trop ridicule ?

— Pas du tout, répliqua Troy vivement, s'avançant dans l'allée pour saluer son modèle.

II

A midi, Troy se passa une main dans les cheveux, plaça une grande esquisse au fusain devant la scène et se recula de quelques pas. Sir Henry ôta son casque, gémit et alla s'asseoir précautionneusement sur une chaise en coulisse.

— Vous désirez vous arrêter, sans doute, fit Troy distraitement, se mordillant le pouce et examinant son ébauche.

— On finit par attraper quelques courbatures, répondit-il.

Elle s'aperçut alors qu'il avait l'air épuisé. Il s'était maquillé pour la séance de pose : ses yeux étaient cerclés de noir, et sa moustache, ainsi que la touffe de poils sur son menton, passées à la teinture. A cela, il avait ajouté des longues mèches de cheveux en crépon. Mais derrière le fard et la fausse chevelure, ses traits s'étaient affaissés, et il avait du mal à se tenir droit.

— Je vais vous libérer, dit Troy. J'espère que ce n'était pas trop contraignant. On oublie, vous savez.

— On se souvient aussi, dit Sir Henry. J'étais en train de me remémorer mon texte. J'ai joué ce rôle pour la première fois en 1904.

Prise d'une soudaine affection pour lui, Troy leva les yeux.

— C'est un rôle merveilleux, ajouta-t-il. Merveilleux.

— Vous m'avez beaucoup émue quand je vous y ai vu il y a cinq ans.

— Je l'ai joué six fois, et toujours à guichets fermés. Cette pièce ne m'a pas porté malchance.

— J'ai entendu parler de la superstition liée à « Macbeth ». On ne doit pas citer les répliques de cette pièce, n'est-ce pas ?

Troy bondit brusquement sur son dessin et frotta du pouce une ligne trop marquée.

— Croyez-vous qu'elle porte la guigne ? demanda-t-elle d'un air absent.

— C'est arrivé à certains comédiens, répliqua-t-il, parfaitement sérieux. Il y a toujours un sentiment de malaise en coulisse durant la représentation. Une sorte de nervosité.

— N'est-ce pas parce qu'ils doivent se souvenir de la superstition ?

— Si, répondit-il. On ne peut pas s'en défaire. Mais à moi, cette pièce ne m'a jamais porté malheur.

Sa voix, qui jusque-là semblait lasse, s'anima à nouveau.

— Aurais-je autrement choisi ce rôle pour mon portrait ? Assurément pas.

Puis, revenant à son ton de galant badinage, il demanda :

— Me sera-t-il permis de jeter un petit coup d'œil avant que je ne m'en aille ?

Cette suggestion n'enchanta guère Troy. Néanmoins, elle prit le dessin et, se reculant dans la travée, le tourna vers Sir Henry.

— Je crains que ce ne soit pas très révélateur, dit-elle. Ce n'est que la trame de ce que je me propose de faire.

— Ah, oui !

Il plongea une main dans la poche de sa tunique et en sortit un pince-nez cerclé d'or. Troy vit Macbeth, une paire de lunettes sur le nez, examiner solennellement son propre portrait.

— Quelle femme intelligente, fit-il. Très intelligente !

Troy emporta le dessin, et il se releva lentement.

— Debout, vieille carcasse ! Il faut que j'aille me changer.

Il rajusta sa cape d'une main experte, se redressa et, s'avançant sous le faisceau du projecteur, pointa sa dague en direction de la grande toile vierge. Et, comme s'il avait économisé toutes ses forces pour cet ultime effet, sa voix tonna dans le théâtre vide :

— « Soit ! Puissiez-vous y voir les choses se bien passer : adieu !

J'ai peur que nos manteaux neufs ne soient moins commodes que nos vieux. »

— « Et que la bénédiction de Dieu soit avec vous ! », répondit Troy, se souvenant par chance de la réplique.

Sir Henry fit un signe de croix, rit et passa entre les monolithes, se dirigeant vers la porte du fond de la scène. La porte claqua, et Troy se retrouva seule.

Elle avait décidé de reporter son esquisse directement sur la grande toile. Il n'y aurait plus d'études préliminaires. Le temps lui était compté, et, de toute façon, elle savait déjà ce qu'elle voulait faire. C'est un moment unique dans l'existence, pensa-t-elle, lorsqu'on se tient devant une surface blanche et tendue et qu'on lève la main pour y apposer la première touche. Et, retenant son souffle, elle barra la toile d'un coup de fusain. La toile résonna légèrement en réponse, à la manière d'un tambour. « C'est parti », se dit Troy.

Cinquante minutes s'étaient écoulées. L'assemblage de lignes commençait à prendre forme. Troy avançait, reculait, accusant tel ou tel trait ou bien écrasant son fusain sur le grain de la toile. Tout ce qui était Troy était concentré à présent dans sa main fine et noircie. Elle finit par s'immobiliser à une dizaine de pas de son œuvre ; puis, après une pause, elle alluma une cigarette, prit un chiffon et se mit à frotter son ébauche. Des cascades de poussière de charbon tombèrent de la toile.

— Ça ne vous plaît pas ? s'enquit une voix aigrelette.

Troy sursauta et se retourna. La petite fille qu'elle avait vue se battre sur la terrasse se tenait dans la travée, les jambes écartées et les mains enfoncées dans les poches de son tablier.

— D'où sors-tu ? interrogea Troy.

— De la porte du fond. Je n'ai pas fait de bruit parce que je n'ai pas le droit de venir ici. Pourquoi vous l'effacez ? Ça ne vous plaît pas ?

— Je ne l'efface pas. L'image est toujours là.

En effet, l'ombre de son dessin avait subsisté sur la toile.

— Il faut enlever le trop-plein de fusain, dit-elle brièvement. Sinon, il se mélange à la peinture.

— Ça va être Noddy dans un drôle de costume ?

Troy fut surprise d'entendre ce surnom qu'elle avait cru être l'invention et la prérogative de Miss Orrincourt.

— Je l'appelle Noddy, ajouta l'enfant, comme lisant dans ses pensées. Sonia aussi. C'est moi qui lui ai donné cette idée. Quand je serai grande, je serai comme Sonia.

— Ah, fit Troy, ouvrant sa boîte de couleurs et fouillant dans son contenu.

— Ce sont vos peintures ?

— Oui, acquiesça Troy en la regardant fixement. Ce sont les miennes.

— Je suis Patricia Claudia Ellen Ancred Kentish.

— C'est ce que j'ai cru comprendre.

— Vous ne pouviez pas savoir tout cela, parce que tout le monde, sauf Miss Able, m'appelle Panty. Moi, ça m'est égal, déclara Panty, grimpant subitement sur le dos d'un fauteuil et attrapant ses propres pieds. Je suis désarticulée.

Et elle se laissa pendre du fauteuil, la tête en bas.

— Cela ne te servira pas à grand-chose, si tu te brises le cou, observa Troy.

Panty émit un gargouillis de dérision.

— Si tu n'as pas le droit d'être là, ne ferais-tu pas mieux de te sauver ?

— Non, répliqua Panty.

Troy pressa un gros boudin de blanc de plomb sur sa palette. « Si j'ignore cette enfant, pensa-t-elle, elle finira peut-être par s'ennuyer et partir. »

Maintenant les jaunes, puis les rouges. Sa palette était une splendeur !

— Je vais peindre avec ça, fit Panty sous son coude.

— C'est hors de question.

— Pas du tout.

Elle tenta brusquement de saisir le boîtier contenant les pinceaux longs. Troy avait devancé son geste d'une fraction de seconde.

— Ecoute-moi bien, Panty, dit-elle en refermant la boîte et en regardant la petite fille droit dans les yeux. Si tu ne te tiens pas tranquille, je t'attraperai par le fond de la culotte et je te remporterai là d'où tu viens. Tu n'aimes pas que les autres se mêlent de tes jeux, n'est-ce pas ? Eh bien, ça, c'est mon jeu, et je ne peux pas continuer si tu me déranges.

— Je vous tuerai, déclara Panty.

— Ne dis pas de bêtises, fit Troy placidement.

Panty trempa les doigts dans la peinture vermillon et l'envoya sauvagement au visage de Troy. Puis elle éclata d'un rire strident.

— Vous ne pouvez même pas me donner la fessée, hurla-t-elle. On m'éduque d'après une méthode spéciale.

— Vraiment ! rétorqua Troy. Méthode ou pas...

Son désir le plus cher, en cet instant, était effectivement de rosser Panty. L'enfant lui fit face avec une expression de méchanceté concentrée. Ses joues étaient gonflées avec une détermination telle que son nez s'était retroussé. Sa bouche était serrée si fort que les lignes qui en partaient rappelaient des moustaches de chat. Elle grimaçait abominablement. Ses couettes se dressaient horizontalement des deux côtés de sa tête. Ainsi, elle ressemblait étonnamment à l'enfant Borée en furie.

Troy s'assit et s'empara d'un chiffon pour s'essuyer le visage.

— Oh, Panty, dit-elle, tu es le portrait tout craché de ton oncle Thomas.

Panty leva le bras à nouveau.

— Non, je t'en prie, fit Troy. Je ne veux plus de dégâts avec la peinture rouge. Ecoute, je te propose un marché. Si tu me promets de ne plus toucher à la peinture sans ma permission, je te donnerai une feuille de papier et des pinceaux pour que tu puisses peindre un vrai tableau.

Panty la considéra avec méfiance.

— Quand ?

— Quand nous aurons parlé à ta mère ou à Miss Able. Je leur demanderai. Mais plus de bêtises. Et surtout, ajouta Troy au hasard, il n'est plus question de pénétrer dans ma chambre et de badigeonner de peinture la rampe d'escalier.

Panty la dévisagea sans comprendre.

— Je ne sais pas de quoi vous parlez, déclara-t-elle catégoriquement. Je veux peindre. Maintenant.

— Oui, mais essayons de tirer cette histoire au clair, d'abord. Qu'as-tu fait hier soir avant le dîner ?

— Je ne sais plus. Ah, si. Le Dr Withers est venu et nous a tous pesés. Il va me rendre chauve parce que j'ai la teigne. C'est pour ça que je porte un bonnet. Vous voulez voir ma teigne ?

— Non.

— C'est moi qui l'ai eue la première. Puis je l'ai passée à seize autres.

— Es-tu montée dans ma chambre et as-tu touché à mes peintures ?

— Non.

— Honnêtement, Panty ?

— Quoi, honnêtement ? Je ne sais même pas où elle est, votre chambre. Quand vais-je peindre ?

— Tu me jures que tu n'as pas mis de la peinture...

— Vous êtes bête ou quoi ? rétorqua Panty furieusement. Vous ne voyez même pas quand on vous dit la vérité.

Troy, grandement déconcertée, ne put que lui donner raison.

Tandis qu'elle s'efforçait de digérer cette curieuse petite scène, la porte au fond de la salle s'ouvrit, et Cedric passa la tête à l'intérieur.

— Aussi humble et timide qu'une petite souris, minauda-t-il. Juste pour vous dire que le déjeuner est pratiquement sur la table. *Panty !* cria-t-il d'une voix aiguë, apercevant sa cousine. Espèce de petit démon ! Voulez-vous retourner à l'aile ouest, Miss ! Comment as-tu osé pointer ton abominable museau ici ?

Panty lui répondit par un sourire féroce.

— Salut, Chochotte, fit-elle.

— Attends, reprit Cedric, attends un peu que le Vieux t'attrape. Il te fera sonner les cloches.

— Pourquoi ? s'enquit Panty.

— Pourquoi ? Tu me demandes pourquoi ? Oh, l'infâme ! Alors qu'elle a encore les doigts pleins de fard.

Panty et Troy restèrent bouche bée. L'enfant regarda sa main.

— C'est sa peinture à elle, déclara-t-elle, désignant Troy d'un mouvement de la tête. Ce n'est pas du fard.

— Nierais-tu, questionna Cedric en la menaçant du doigt, nierais-tu, petite peste, que tu t'es introduite dans la chambre du grand-père pendant qu'il posait pour Mme Alleyn, et que tu as gribouillé une grossièreté au crayon gras sur son miroir ? Nierais-tu aussi que tu as peint une moustache rouge au chat, Carrabas ?

D'un air interdit — et Troy ne douta pas un instant de sa sincérité — Panty répéta sa déclaration initiale.

— Je ne sais pas de quoi tu parles. Ce n'est pas moi.

— Va raconter cela à ton grand-papa, jubila Cedric, et tu verras s'il te croit.

— Noddy m'aime bien, riposta Panty en reprenant ses esprits. C'est moi qu'il préfère de toute la famille. Et toi, il te trouve affreux. Il dit que tu es un freluquet maniéré.

— Voyons, intervint Troy précipitamment, si nous tâchions d'éclaircir cela ? D'après vous, Panty aurait écrit quelque chose avec du fard sur le miroir de Sir Henry. Qu'est-elle censée avoir écrit ?

Cedric toussota.

— Il ne faut pas que nous vous dérangions une seule seconde, très chère madame Alleyn...

— Vous ne me dérangez pas, répondit Troy. Qu'était-il écrit sur le miroir ?

— Ma maman l'aurait effacé. Elle était en train de ranger sa chambre quand elle a vu l'inscription. Elle a cherché frénétiquement un chiffon, mais le Vieux est entré juste à ce moment-là. Et maintenant, il pousse des rugissements qu'on entend à l'autre bout de la maison.

— Mais qu'y avait-il sur ce miroir, enfin ?

— « Grand-père est un vieux sagouin », dit Cedric.

Panty pouffa de rire.

— Là, vous voyez ? Bien sûr que c'est elle. Et c'est elle aussi qui a maquillé le chat.

— Ce n'est pas moi. *Ce n'est pas moi.*

Et, dans un de ces revirements émotionnels dont seuls les enfants ont le secret, Panty plissa le visage, asséna un coup de pied à Cedric sans trop de conviction et fondit en larmes.

— Espèce de petite furie ! s'exclama-t-il en sautillant sur un pied.

Panty se jeta sur le ventre en hurlant et en martelant le plancher de ses poings.

— Tout le monde me déteste, sanglota-t-elle. Vous êtes tous des sales bêtes. Je voudrais être morte.

Sur ce, Paul Kentish entra dans la salle. Il longea la travée en boitillant, saisit sa petite sœur par les plis de ses habits, et, la soulevant comme si elle était un chaton, il tenta de la remettre debout. Panty replia les jambes, se balançant dans l'air et risquant, pensa Troy, la suffocation.

— Arrête tout de suite, Panty, dit Paul. Tu as été très vilaine.

— Un instant, fit Troy. Honnêtement, je ne le crois pas. Enfin, pas de la façon dont vous parlez. Je suis sûre qu'il y a un malentendu quelque part.

Paul lâcha prise, et Panty s'assit sur le sol, sanglotant convulsivement, l'image même de la désolation.

— Ne t'inquiète pas, dit Troy. Je vais leur expliquer. Tu n'as rien fait, Panty, et tu pourras peindre, si tu en as toujours envie.

— Elle n'a pas le droit de quitter l'école, fit Paul. Caroline Able sera là dans une minute.

— Dieu merci, ajouta Cedric.

Miss Able arriva presque immédiatement. Elle jeta un coup d'œil professionnellement enjoué sur son élève et annonça que c'était l'heure du déjeuner. Regardant Troy avec une expression qu'elle fut incapable d'interpréter, Panty se remit debout.

— Ecoutez... dit Troy.

— Oui ? répondit Miss Able joyeusement.

— A propos de cette affaire du miroir. Je ne pense pas que Panty...

— Si jamais cela lui prend à nouveau, nous trouverons quelque chose de plus intelligent à faire, n'est-ce pas, Patricia ?

— Oui, mais je ne crois pas que ce soit elle.

— Maintenant, nous savons faire face aux bêtises qu'il nous arrive de faire, n'est-ce pas, Patricia ? Il suffit de découvrir pourquoi et ensuite, de ne plus y penser.

— Mais...

— Le déjeuner ! s'écria Miss Able avec entrain et fermeté.

Et elle emmena l'enfant sans plus d'histoires.

— Très chère madame Alleyn, fit Cedric en agitant les mains. Pourquoi êtes-vous si sûre que Panty n'est pas l'auteur de l'insulte qu'on a écrite sur le miroir du Vieux ?

— L'a-t-elle déjà appelé « grand-père » ?

— Non, dit Paul. Non, en effet.

— Qui plus est...

Troy s'arrêta net. Cedric s'était approché de sa table de travail et avait pris un chiffon pour se nettoyer un ongle. Alors seulement Troy remarqua que l'index de sa main droite avait une tache rouge carmin sous l'ongle.

Il croisa son regard et lâcha le chiffon.

— Je suis d'une maladresse ! Il faut le faire, tremper les doigts dans votre peinture.

Mais il n'y avait pas de rouge carmin sur sa palette.

— Alors, fit Cedric d'une voix aiguë, on va déjeuner ?

III

A la lueur de sa lampe de poche, Troy examina la rampe de l'escalier qui conduisait dans sa tour. Apparemment, on ne l'avait pas nettoyée, et la peinture à moitié sèche était devenue visqueuse. Troy distingua clairement la marque de ses propres doigts. Au-delà, la peinture était intacte. Elle n'avait pas été simplement pressée sur la rampe, mais étalée à l'aide d'un pinceau. A un endroit seulement, sur le mur de pierre au-dessus de la rampe, quelqu'un avait laissé une empreinte rougeâtre de deux doigts. « Rory s'amuserait bien, s'il me voyait », pensa Troy en la scrutant. Les empreintes étaient petites, mais pas suffisamment pour être celles d'un enfant. Etait-ce une femme de chambre qui aurait touché la rampe, puis le mur ? Mais à l'exception de la marque due à la main de Troy, il n'y avait pas d'autres traces. « Rory aurait pris des photos, se dit-elle, mais comment tirer quelque chose de ça ? Tout est déformé par la surface rugueuse. Je ne peux même pas les dessiner ». Elle allait s'éloigner, lorsque la lumière de sa lampe de poche tomba sur un objet fourré dans une fente entre une marche et le mur de pierre. En y regardant de plus près, Troy constata qu'il s'agissait d'un de ses pinceaux. Elle le ramassa : les poils étaient gluants de peinture couleur rouge magenta.

Troy descendit sur le palier où, la veille, elle avait cru entendre une porte se refermer sur son passage. Cette porte était à présent entrebâillée, et elle la poussa d'un geste hésitant. Derrière la porte, il y avait une salle de bains victorienne.

« Ça alors, pensa Troy en colère, se souvenant de son long périple à la recherche d'une salle de bains. Fenella aurait pu me prévenir qu'il y en avait une ici. »

En touchant le pinceau, elle s'était sali les doigts. Elle s'approcha donc du lavabo en marbre pour se laver les mains. Le savon était déjà maculé de rouge magenta. « Je suis tombée dans une maison de fous », pensa Troy.

IV

Après le déjeuner, Sir Henry posa pendant une heure. Le lendemain matin, dimanche, toute la famille, accompagnée de Troy, se rendit en masse à l'église d'Ancreton. L'après-midi, néanmoins, Sir Henry lui accorda une heure. Troy avait décidé de s'attaquer directement à la tête. Le canevas général était déjà dressé : un jeu délicieusement subtil d'ombres au lavis et d'accents marqués. Cela, Troy pouvait l'achever en l'absence de son modèle. Le portrait se présentait bien, sans la touche d'excentricité tapageuse qu'elle avait redoutée. A maintes reprises, Troy s'était replongée dans « Macbeth ». L'atmosphère sombre et menaçante de la pièce soustendait maintenant son approche du travail. Elle sentait en elle cette force directrice qui est l'apanage des peintres inspirés. « Avec un peu de chance, songeait-elle, je pourrais me dire : « Est-ce la bécasse que je suis, qui a peint cela ? »

A la quatrième séance, mû par le souvenir d'une représentation d'antan, Sir Henry rompit le silence en prononçant soudainement les lignes qu'elle avait si souvent lues :

— « La lumière s'obscurcit, et le corbeau
Vole vers son bois favori... »

Surprise, Troy eut un geste convulsif, et elle dut attendre, immobile, qu'il eût terminé sa tirade, s'en voulant de l'appréhension réelle qui l'avait saisie l'espace d'un éclair. Elle ne trouva rien à répondre à cette prestation inattendue et curieusement impersonnelle. Mais en son for intérieur, elle eut l'impression que le vieillard savait parfaitement quel effet il avait produit sur elle.

Finalement, elle se remit au travail, qui continua à bien avancer. Troy était un peintre lent et mesuré, mais la tête progressait avec une rapidité presque effrayante. Au bout d'une heure, elle comprit qu'elle ne devait plus y toucher. Elle se rendit compte brusquement qu'elle était épuisée.

— Je crois que nous allons en rester là pour aujourd'hui, dit-elle.

Et, à nouveau, elle sentit qu'il n'était pas étonné. Au lieu de partir, il descendit dans la salle et vint voir ce qu'elle avait fait. Troy éprouvait à son égard cette reconnaissance qui suit parfois une séance de pose réussie. Cependant, comme elle n'avait pas envie de parler du portrait, elle s'empressa d'orienter la conversation sur Panty.

— Elle est en train de peindre avec beaucoup d'enthousiasme des vaches rouges et un avion vert.

— T'ah ! fit Sir Henry avec mélancolie.

— Elle veut vous montrer son tableau elle-même.

— J'ai été cruellement blessé, répondit Sir Henry, par Patricia. Cruellement blessé.

— A cause de ce qu'elle est censée avoir écrit sur... sur votre miroir ? demanda Troy, mal à l'aise.

— Censée ! C'est un flagrant délit. Qui plus est, elle a ouvert les tiroirs de ma table de toilette et sorti mes papiers. Remarquez, si elle avait pu lire les deux documents qu'elle a trouvés là, cela lui aurait donné à réfléchir. Sachez seulement qu'ils la concernaient de près, mais encore une de ces farces inadmissibles...

Il s'interrompit, la mine sombre.

— Enfin, on verra. On verra. Il faut que sa mère comprenne que ma patience a des limites. Et mon chat ! s'exclama-t-il. Elle a ridiculisé mon chat. Il a toujours des traces de fard dans ses moustaches, fit-il, courroucé. Le beurre n'a pas tout enlevé. Quant à l'insulte qui m'était destinée...

— Je suis sûre que ce n'est pas elle. J'étais là quand on l'a grondée pour cela. Sincèrement, je suis persuadée qu'elle n'était au courant de rien.

— T'ah !

— Non, mais sérieusement...

Fallait-il mentionner la tache rouge carmin sous l'ongle de Cedric ? Non, elle s'était suffisamment mêlée des affaires qui n'étaient pas les siennes.

— Panty a tendance à se vanter de ses exploits, enchaîna-t-elle précipitamment. Elle m'a raconté toutes ses farces. Elle ne vous appelle jamais grand-père, et je sais qu'elle écrit « grand-perre » car elle m'a montré une histoire rédigée par elle et où ce mot revenait fréquemment. A mon avis, Panty vous aime trop, poursuivit Troy, se demandant si c'était bien vrai, pour commettre un acte aussi stupide et méchant.

— J'ai chéri cette enfant, déclara Sir Henry avec l'émotion intense que les Ancred savaient si bien manifester à tout propos, comme si elle était à moi. Je l'ai toujours appelée « ma petite préférée ». Et je n'ai jamais caché cette préférence. Quand je ne serai plus là, continua-t-il au grand embarras de Troy, elle saura... enfin.

Il poussa un soupir désolé. Ne trouvant rien à répondre, Troy commença à nettoyer sa palette. Le jour avait baissé. Sir Henry avait éteint l'éclairage de la scène, et les ombres avaient envahi le petit théâtre. Un courant d'air engouffré dans les cintres les faisait remuer laborieusement, et un bout de corde frappait sur la toile de fond.

— Savez-vous quelque chose sur l'embaumement ? questionna Sir Henry de sa voix la plus grave.

Troy eut un haut-le-corps.

— Pas vraiment, répondit-elle.

— J'ai étudié ce sujet en profondeur.

— Curieusement, fit Troy après une pause, j'ai feuilleté ce drôle de petit livre qui est au salon. Dans la vitrine, plus précisément.

— Ah, oui. Il appartenait à mon aïeul qui a reconstruit Ancreton. Lui-même a été embaumé ainsi que tous ses ancêtres. Le caveau de famille, continua-t-il lugubrement, est remarquable pour cette raison. Si je repose là-dedans — la Nation peut en décider autrement, ce n'est pas à moi de juger — mais si j'y repose un jour, ce sera dans les mêmes conditions. J'ai laissé des instructions expresses.

« Si seulement, pensa Troy, mon Dieu, si seulement il arrêtait de parler de ça ! » Elle émit un murmure indistinct.

— Enfin ! dit Sir Henry pesamment en s'éloignant.

Avant de monter sur la scène, il fit une halte, et Troy sentit qu'il était au bord d'une nouvelle confidence. Elle espéra qu'il s'agissait de quelque chose de plus gai.

— Quelle est votre opinion, demanda Sir Henry, sur le mariage entre cousins germains ?

— Je... à vrai dire, je n'en sais rien, répliqua Troy, tentant désespérément de rassembler ses esprits. Il me semble avoir lu que la médecine moderne ne le condamne pas. Mais je n'ai pas la moindre connaissance...

— Moi, je suis contre, décréta-t-il avec force. Je ne peux pas l'admettre. Regardez les Habsbourg ! La Maison d'Espagne ! Les Romanoff !

Sa voix mourut dans un grondement inintelligible.

Dans l'espoir de détourner son attention, Troy commença :

— Panty...

— Ha ! dit Sir Henry. Ces médecins n'y connaissent rien. Le scalp de Patricia ! Une affection enfantine courante ; et voilà que Withers, après avoir tourné autour du pot pendant des semaines, veut lui prescrire un dépilatoire. C'est répugnant ! J'ai parlé à la mère de l'enfant, mais j'aurais mieux fait de tenir ma langue. Qui, interrogea Sir Henry, qui prête attention aux propos d'un vieil homme ? Personne. Notre maison est très ancienne, madame Alleyn. Nous avons porté les armes depuis que mon aïeul, le sieur d'Ancred, a combattu aux côtés du Conquérant. Et bien avant cela. Bien avant cela. C'est une maison orgueilleuse. A mon humble façon, je ne l'ai peut-être pas déshonorée. Mais qu'adviendra-t-il quand je ne serai plus là ? Je cherche mon héritier, et qu'est-ce que je trouve ? Une créature ! Un freluquet efféminé !

De toute évidence, il attendait une réaction à ce commentaire sur Cedric, mais Troy ne sut vraiment pas quoi répondre.

— Le dernier des Ancred ! énonça-t-il, la fusillant du regard. Une lignée qui remonte au Conquérant et qui va s'éteindre avec...

— Mais, fit Troy, il peut encore se marier et...

— Avoir des chatons ! Pouah !

— Peut-être que M. Thomas Ancred...

— Ce brave Tommy ! Non. J'ai parlé avec ce brave Tommy. Il ne voit rien. Il mourra célibataire. Et la femme de Claude a déjà passé l'âge. Enfin, j'espérais assurer ma descendance avant de quitter ce monde. Mais ce ne sera pas le cas.

— Voyons, dit Troy, vous envisagez les choses sous un jour bien trop sombre. Un homme qui est capable de poser pendant une heure avec un casque de plus de cinquante kilos sur la tête, ne doit pas avoir beaucoup de problèmes. Vous pourrez encore assister à un tas d'événements heureux.

Il fut surprenant, inquiétant même, de voir avec quelle rapidité il redressa les épaules, avec quelle promptitude la galanterie refit son apparition.

— Vous croyez ? retorqua-t-il.

Troy le vit remettre sa cape en place d'un geste adroit.

— Après tout, vous avez peut-être raison. Vous êtes une femme intelligente ! Oui, oui. Je pourrais voir un tas de choses intéressantes, et, qui plus est...

Il émit un curieux petit ricanement.

— ... qui plus est, ma chère, les autres pourraient les voir aussi.

Troy ne connut jamais la suite de cette étrange prophétie, car une porte latérale s'ouvrit à la volée, et Miss Orrincourt fit irruption dans le petit théâtre.

— Noddy ! cria-t-elle, furieuse. Il faut que tu viennes. Enlève ton accoutrement et viens me défendre. J'en ai par-dessus la tête, de ta famille chérie. C'est eux ou moi. Alors ?

Elle remonta la travée et vint se planter devant lui, les mains sur les hanches, une vraie virago.

Sir Henry la considéra avec davantage d'appréhension que de surprise, pensa Troy, et lui répondit par un grondement conciliant.

— Je ne veux rien savoir, décréta-t-elle. Allez, il faut que tu *fasses* quelque chose. Ils sont tous dans la bibliothèque, assis autour de la table à comploter contre moi. Je suis entrée et j'ai vu Pauline imiter une bagarre entre chats et leur expliquer comment il fallait se débarrasser de moi.

— Je t'en prie, ma chère, je ne puis permettre... Tu te trompes certainement.

— Je ne suis pas folle, moi ! Je te dis que je l'ai *entendue*. Ils sont tous contre moi. Je t'ai déjà prévenu. Je te préviens à nouveau et pour la dernière fois. C'est un coup monté. Je sais de quoi je parle. Ils m'ont donné la frousse, Noddy. Je ne peux plus le supporter. Ou bien tu vas leur dire leurs quatre vérités, ou bien ce sera au revoir et merci.

Il la contempla d'un air navré et, après avoir hésité, lui prit le coude. Miss Orrincourt le regarda avec une grimace douloureuse.

— C'est solitaire ici, Noddy, dit-elle. Noddy, j'ai peur.

Il fut étrange de voir l'expression d'une infinie tendresse que cela amena instantanément ; étrange, et aux yeux de Troy, poignant.

— Viens, fit Sir Henry, se penchant vers elle dans

son costume terrifiant. Viens avec moi. Je parlerai à ces enfants.

V

Le petit théâtre se trouvait à l'angle Nord de l'aile Est. Ayant fini de ranger son matériel, Troy regarda dehors. Les pâles rayons du soleil d'hiver éclairaient encore Ancreton. Troy se sentait saturée de travail. Le chemin carrossable qui sinuait entre les arbres nus et figés semblait l'inviter à la promenade. Elle alla chercher son manteau et sortit, nu-tête. L'air glacé lui picotait les yeux ; le sol gelé résonnait sous ses pas. Prise d'une exultation soudaine, elle se mit à courir. Ses cheveux volaient, l'air froid pénétrant jusqu'à leurs racines ; ses oreilles étaient brûlantes. « Qu'il est ridicule de courir et de se sentir heureuse », pensa Troy, hors d'haleine. Et, ralentissant, elle commença à échafauder des plans. Elle allait laisser la tête, qui, dans deux jours peut-être, serait sèche. Le lendemain, elle s'attaquerait aux mains et au drapé autour ; et, après le départ de Sir Henry, elle consacrerait une heure ou deux à l'arrière-plan. Une touche après l'autre, et pour chacune, il fallait bander son esprit et ses muscles, tout en gardant en tête le schéma de l'ensemble.

Le chemin serpentait entre les talus couverts de feuilles mortes. Les brèves rafales de vent agitaient les branches gelées. « Je marche sous les échafaudages de l'été », songea Troy. En contrebas, il y avait le portail. Le soleil avait disparu, et déjà des nappes de brouillard se répandaient sur la route. Derrière elle, dans le bosquet, elle entendit un cliquètement de sabots et un vague crissement de roues. La carriole tirée par Rossinante surgit des arbres : à la place du cocher, emmitouflée dans un manteau de fourrure et apparemment remise de sa fureur, trônait Miss Orrincourt, les rênes à la main.

Troy attendit qu'elle fût à sa hauteur.

— Je vais au village, annonça-t-elle. Vous voulez venir ? Montez, soyez un chou, parce que je dois passer à la pharmacie, et ce bestiau pourrait s'en aller, si on le laisse sans surveillance.

Troy monta.

— Vous savez conduire ? demanda Miss Orrincourt. Tenez, prenez ça. Vous êtes un amour. Moi, j'ai horreur de cela.

Elle tendit les rênes à Troy et plongea la main dans sa fourrure à la recherche de son porte-cigarettes.

— J'ai les chocottes là-haut, poursuivit-elle. Tout le monde est parti dîner à la morgue d'à côté. Enfin, quand je dis d'à côté ! En fait, c'est au diable vauvert. Cedric, Paul, la vieille Pauline... tous. Quelle bande d'ahuris ! Remarquez, ils sont tous partis, l'oreille basse. Vous avez bien vu dans quel état j'étais, hein ? Noddy l'a senti aussi. Vous auriez dû le voir, gloussa-t-elle. Avec cette affaire métallique sur la tête et tout le grand jeu. Il a fait une entrée remarquée dans la bibliothèque, je vous le promets. « Cette dame, qu'il a dit, est mon invitée, et vous aurez la bonté de vous en souvenir ». Ça et d'autres choses encore. Je n'en pouvais plus. Pauline et Milly étaient vertes de rage, et ce pauvre petit Cedric qui s'agitait en poussant des bêlements ! Il les a obligés à s'excuser. Enfin, bon, soupira-t-elle, au moins il se passait quelque chose. Le pire, dans ce trou, est qu'il ne se passe jamais rien. Il n'y a rien à faire, et on a la journée pour ça. Mon Dieu, le bide ! Si quelqu'un m'avait dit il y a un mois que je m'ennuierais au point d'aller me balader dans un engin préhistorique, je l'aurais traité de cinglé. Enfin, ce doit être pire à l'armée.

— Etes-vous déjà allée à l'armée ?

— Je suis trop fragile, répondit Miss Orrincourt d'un air satisfait. Je fais de l'asthme bronchique. On m'avait bien engagée pour une tournée à l'armée, mais mes poumons ont monté leur propre spectacle. Les gars de l'orchestre disaient qu'ils ne s'entendaient plus jouer. Du coup, j'ai arrêté. Puis on m'a prise comme doublure à la Licorne. C'était ultra-chic, il fallait voir. Et pas évident. Ensuite, dit Miss Orrincourt simplement, j'ai été remarquée par Noddy.

— Etait-ce une amélioration ? demanda Troy.

— On l'aurait cru, non ? Imaginez un peu. Un homme dans sa position, vous pensez. Le sommet de l'échelle. N'empêche, je le trouve gentil. Dans un sens, je suis folle de lui. Mais il faut que je songe à bibi. Si on ne prend pas soin de soi dans ce monde, personne ne le fera. Entre vous et moi, madame Alleyn, la situation était un peu délicate. Jusqu'à hier. Vous pensez bien qu'on ne reste pas dans une ambiance pareille, à moins qu'il n'y ait de l'avenir. En tout cas, pas si on a tous ses esprits.

Miss Orrincourt inspira profondément et laissa échapper une petite exclamation de colère.

— Moi, j'en ai soupé, déclara-t-elle, comme si Troy avait cherché à la contredire. Je ne dis pas qu'il n'a rien fait pour moi. Ce manteau est assez mignon, ne trouvez-vous pas ? Il appartenait à une dame qui travaillait comme bénévole pour l'armée. Je l'ai déniché par petite annonce. Elle ne l'avait jamais porté. Deux cents livres et des poussières, c'est quasiment donné.

Il y eut un silence, interrompu seulement par le clic-clac des sabots de Rossinante. Elles dépassèrent la petite halte ferroviaire au-delà de laquelle on apercevait, entre les collines, les toits du village d'Ancreton.

— En tout cas, reprit Miss Orrincourt, quand j'ai accepté de venir vivre chez Noddy, je ne savais pas où je mettais les pieds, mais alors pas du tout. Vous vous imaginez un peu ! A première vue, cela avait l'air d'une aubaine. C'est en altitude, et d'après mon médecin, c'est mieux pour mes poumons, de vivre en altitude. Je n'ai pas une voix terrible, et je n'ai plus assez de souffle pour danser comme autrefois. Et le « classique » m'assomme. Que dites-vous de ça ?

Pressée de répondre une fois de plus, Troy observa :

— Cela doit faire un drôle d'effet de se retrouver à la campagne, quand on est habituée aux briques et à l'asphalte.

— A dire vrai, c'est l'horreur intégrale. Remarquez, je ne pense pas qu'on ne peut rien tirer de cette bicoque là-haut. Vous voyez ce que je veux dire ? Des parties de campagne avec la bande de copains, les jeux, et tout le reste. Sans les Ancred. Encore que je n'ai rien contre Ceddie. Il est ce qu'il est, bien sûr, mais je trouve ces gens-là assez sociables, à leur façon. J'ai déjà tout organisé dans ma tête. Faire des projets, ça fait passer le temps. Un de ces jours, cela pourrait se réaliser, qui sait. Mais il n'y aura aucun Ancred à ma fête au manoir. Aucun, je vous le garantis.

— Et Sir Henry ? hasarda Troy.

— Eh bien, répondit Miss Orrincourt, je pensais à après, si vous voyez ce que je veux dire.

— Bonté gracieuse ! s'exclama Troy malgré elle.

— Comme je l'ai déjà dit, j'aime bien Noddy. Mais dans notre drôle de monde, que voulez-vous ? Cela fait du bien de parler à quelqu'un. Quelqu'un qui n'est pas un Ancred. Je peux difficilement me confier à Ceddie, vu qu'il est l'héritier et qu'il n'envisage pas forcément les choses sous cet angle.

— C'est fort possible.

— Encore qu'il est assez gentil avec moi.

La voix grêle se durcit.

— Et, soyez tranquille, je sais pourquoi, ajouta

Miss Orrincourt. Déjà, il a dû avoir chaud quand on est venu déménager ses meubles. Puis il est allé chez les juifs, et maintenant, il ne sait plus quoi faire. Il a une peur bleue de retourner dans son appartement. Mais il faudra qu'il attende jusqu'à ce que moi-même, je sois fixée. Alors, on verra. Peu m'importe comment ça s'arrange, dit-elle en remuant nerveusement, du moment que je sais à quoi m'en tenir.

Elles échangèrent un regard. Au-delà du visage superbement maquillé de sa compagne, Troy distingua les formes immobiles des arbres qui émergeaient du brouillard tels des spectres. On eût dit un masque surréaliste sur un fond de crépuscule, pensa Troy.

Un son rythmique, à peine perceptible, résonna dans l'air glacial.

— J'entends un chat miauler quelque part, fit Troy en retenant Rossinante.

— Vous en avez des bonnes ! rétorqua Miss Orrincourt, riant et toussant à la fois. Un chat ! Ce sont mes poumons, ma chère. Ce maudit air froid me prend à la gorge. Ne pourriez-vous pas presser un peu ce bestiau ?

Troy aiguillonna Rossinante, et bientôt, les roues de la carriole cahotèrent dans l'unique rue d'Ancreton. Elles s'arrêtèrent devant une petite pharmacie, qui semblait également servir d'une sorte de bazar.

— Voulez-vous que j'aille chercher ce dont vous avez besoin ? proposa Troy.

— Parfait. Je suppose qu'il n'y a rien d'intéressant dans la boutique. Pas de parfums. Merci, mon chou. C'est pour la teigne des gamins. Sur une ordonnance du docteur. Ce doit être prêt, d'ailleurs.

Un vieux pharmacien au teint sanguin tendit à Troy deux bouteilles attachées ensemble. Une enveloppe était fixée à l'une d'elles.

— Pour les enfants là-haut au manoir ? demanda-t-il. Voilà. Et la petite bouteille est pour Sir Henry.

Lorsque Troy eut remonté dans la carriole, elle

constata qu'il l'avait suivie et se tenait sur le trottoir en clignant des yeux.

— Elles sont étiquetées, annonça-t-il, anxieux de ne rien oublier. Si vous pouvez avoir la gentillesse de leur montrer les instructions jointes. Le dosage varie, vous savez, en fonction du poids du patient. Le Dr Withers m'a prié tout spécialement d'y attirer l'attention de Miss Able. C'est une ordonnance assez peu courante, en fait. De l'acétate de thallium. Oui. Toutes deux étiquetées. Merci beaucoup. Il faut toujours vérifier... Désolé de ne plus avoir de papier d'emballage. Bonsoir.

Il eut un rire semblable à un glapissement et disparut dans sa boutique. Troy s'apprêtait à faire faire demi-tour à Rossinante, quand Miss Orrincourt, lui demandant de patienter, descendit de la carriole et entra dans la pharmacie. Elle revint quelques minutes plus tard avec un objet dans sa poche.

— Quelque chose que j'ai aperçu, expliqua-t-elle. Allez, en route. Fouette, cocher !

Sur le chemin du retour, elle ne cessa de s'exclamer sur la teigne des enfants. Elle avait remonté son col de fourrure, à travers lequel sa voix semblait irréelle.

— C'est grave, cette affaire-là ? Cette pauvre gosse, Panty. Elle en a partout sur la tête, et ses cheveux sont son seul ornement, si je puis dire.

— Vous avez l'air de bien vous entendre avec Panty, non ? demanda Troy.

— C'est une sacrée gamine, vous savez. Elle ne recule devant rien. Pensez, gribouiller une chose aussi vulgaire sur le miroir de Noddy ! Encore quelques coups de ce genre, et elle pourra aller se rhabiller. Si seulement elle le savait ! Sa mère est dans tous ses états, évidemment. Vous imaginez-vous que cette gamine doit recevoir la plus grosse part du gâteau en héritage ? Bien sûr, ça ne durera pas, si son sens de la mise en scène l'entraîne trop loin. Et la façon dont elle a barbouillé votre rampe d'escalier de peinture ! Je trouve ça vraiment limite.

Troy la dévisagea avec stupeur.

— Comment l'avez-vous su ?

Une quinte de toux secoua son interlocutrice.

— J'ai été folle, haleta la voix étouffée, de sortir avec ce satané brouillard. J'aurais dû m'en douter. Soyez un ange, ne m'en veuillez pas si je me tais.

— Est-ce Panty qui vous l'a dit ? insista Troy. *Moi*, je n'en ai parlé à personne. Vous a-t-elle réellement avoué que c'était elle ?

Un spasme violent empêcha Miss Orrincourt de répondre, mais ses grands yeux ravissants demeurèrent rivés sur Troy, et, tout en pressant le col de fourrure contre la partie inférieure de son visage, elle hocha la tête à trois reprises.

— Jamais je n'aurais cru cela, dit Troy lentement. Jamais.

Les épaules de Miss Orrincourt frémirent. Franchement, pensa Troy tout à coup, comme si elle riait.

6.

La peinture

Le soir même, une violente dispute opposa Paul et Fenella à Sir Henry Ancred. Elle éclata au point culminant d'une partie de trictrac entre Sir Henry et Troy. Sir Henry avait insisté pour apprendre à Troy ce jeu complexe et exaspérant. Elle y eût pris davantage de plaisir si elle n'avait pas découvert, tout au début de la partie, que son adversaire détestait perdre à tel point que sa chance de débutante le plongea dans une noire mélancolie. Il avait tenté de lui expliquer toutes les combinaisons possibles entre les doublets, précisant avec une certaine suffisance que lui-même avait totalement maîtrisé le problème. Troy, qui ne comprit rien à ses explications, entreprit de déplacer ses pions plus en fonction du dessin qu'ils formaient sur le damier que dans le souci de gagner. Elle rencontra un succès peu commun. Sir Henry, qui avait commencé la partie avec son air le plus galant, profitant du moindre prétexte pour tapoter les doigts de Troy, devint pensif, puis abattu, et enfin maussade. Conscients de l'affront infligé à son amour-propre, les membres de la famille l'observaient dans un silence tendu. Troy avançait ses pions avec une parfaite insouciance. Sir Henry entrechoquait férocement ses dés. Au grand soulagement de Troy, le vent finit par tourner. Elle se fit « envoyer à l'école » et, levant les yeux, vit que

Paul et Fenella la contemplaient avec une extrême anxiété. Sir Henry gagna du terrain et bientôt commença à marquer les points. Paul et Fenella échangèrent un coup d'œil. Fenella pâlit et hocha la tête.

— Aha ! s'écria Sir Henry, triomphant. Voici le coup de grâce, à mon avis ! Le coup de grâce !

Il se renversa dans son fauteuil, regarda autour de lui et éclata d'un rire enchanté. A ce stade, Paul qui se tenait devant la cheminée à côté de Fenella, passa un bras autour des épaules de la jeune fille et l'embrassa avec une délibération et une ardeur incontestables

— Fenella et moi, annonça-t-il à la cantonade, allons nous marier.

Il y eut un silence électrique, qui dura une dizaine de secondes.

Puis Sir Henry saisit le damier et l'envoya valser avec une force surprenante à l'autre bout du salon.

— La mauvaise humeur, dit Paul en pâlissant, n'a jamais mené nulle part.

Miss Orrincourt émit un long sifflement. Millamant s'agenouilla et se mit à ramasser les pions éparpillés.

Pauline Kentish considéra son fils d'un air terrifié en bégayant :

— Non, chéri ! Je t'en supplie ! Sois gentil. Non ! Fenella !

Cedric, les yeux brillants et la bouche entrouverte, se frotta les mains et laissa échapper une exclamation affectée comme d'habitude. Mais lui aussi avait l'air effrayé.

Et tous les Ancred, du coin de l'œil, guettaient la réaction de Sir Henry.

C'était la première fois que Troy voyait un homme donner si pleinement libre cours à sa fureur. Elle trouva sa prestation impressionnante. S'il avait été plus jeune, le spectacle de son couroux eût été moins inquiétant car moins pitoyable. Vieilles lèvres tremblant de rage ; yeux chassieux où vacillait l'ombre de la fougue d'antan ; vieilles mains qui se crispaient de fureur incontrôlée : c'étaient autant de signes d'émotion insoutenables.

Troy se leva et battit discrètement en retraite vers la porte.

— *Revenez,* ordonna son hôte violemment.

Troy fit demi-tour.

— Voyez le complot que ces gens-là ont monté pour m'humilier. Revenez, vous dis-je.

Troy s'assit sur la chaise la plus proche.

— Papa ! soufla Pauline en se tordant les mains.

— Papa ! fit Millamant en écho, tout en trifouillant dans les dés.

— Je vous en supplie ! Vous mettre dans un état pareil ! C'est très mauvais pour vous. Je vous en prie !

Il les réduisit au silence d'un geste et se remit péniblement debout. Paul, tenant Fenella par le bras, attendit que son grand-père fût devant eux pour déclarer précipitamment :

— Nous regrettons d'avoir provoqué une scène. C'est moi qui ai persuadé Fen que c'était la seule façon de présenter les choses. Nous en avons déjà discuté en privé avec vous, grand-père, et nous connaissons vos sentiments à ce sujet. Mais ce ne sont pas les nôtres. C'est une affaire qui nous regarde, après tout, et notre décision est prise. Nous aurions pu disparaître et nous marier sans rien dire à personne, mais nous ne l'avons pas voulu. Par conséquent, nous avons pensé...

— Nous avons pensé, dit Fenella dans un souffle, l'annoncer à tout le monde.

— Parce que, ajouta Paul, j'ai déjà envoyé un faire-part à la presse, et nous voulions vous prévenir avant que vous ne le lisiez dans les journaux.

— Mais, Paul chéri… commença sa mère faiblement.

— Espèce de jeune chien, rugit Sir Henry, mais pour qui te prends-tu pour me débiter tout ce charabia d'un air prétentieux ? A *moi !*

— Désolée si vous n'êtes pas contente, Tante Pauline, dit Fenella, mais…

— Chut ! fit Pauline.

— Mère est *très* contente, affirma Paul. N'est-ce pas, Mère ?

— Chut répéta Pauline, atterrée.

— Silence ! tonna Sir Henry.

Troy eut l'impression que sa violence du début était en train de céder la place à quelque chose de plus théâtral et de bien moins alarmant. Un bras sur le manteau de la cheminée, il pressa deux doigts contre ses paupières ; puis, les yeux clos, retira lentement sa main, fronça les sourcils comme s'il souffrait d'une douleur, et, finalement, avec un profond soupir, ouvrit grand les yeux.

— Je suis un vieil homme, dit-il d'une voix brisée. Un vieil homme. Il est facile de me blesser. Très facile. Vous m'avez assené un coup terrible. Quelle importance ! Laissez-moi souffrir, pourquoi pas ? Il n'y en a plus pour longtemps. Plus pour très longtemps, désormais.

— Papa, *cher* papa, cria Pauline, s'avançant vers lui, les mains jointes. Vous nous faites énormément de peine. Je vous en supplie, ne parlez pas ainsi. Pour rien au monde mon garçon ne s'aviserait de vous rendre malheureux ne serait-ce qu'une seconde. Laissez-moi parler calmement à ces enfants. Papa, je vous en conjure.

— Ça, fit une voix à l'oreille de Troy, c'est du parfait Pinero.

Elle tressaillit violemment. Cedric avait contourné ses parents agités et se penchait à présent par-dessus le dossier de sa chaise.

— Elle a eu un rôle titulaire, vous savez, dans une reprise de « La seconde Mme Tanqueray ».

— Inutile, Pauline. Laisse-les. Ils connaissent mes désirs. Mais ils ont choisi la voie la plus cruelle. Laisse-les, clama Sir Henry avec délectation, boire la coupe jusqu'à la lie.

— Merci, grand-père, répliqua Fenella vivement, mais avec des trémolos dans la voix. C'est notre coupe, et nous nous ferons un plaisir de la boire.

Le visage de Sir Henry se couvrit de taches rouges.

— C'est inadmissible, hurla-t-il.

Succombant à la violence de sa diction, ses dents sortirent de leurs charnières et furent brutalement repoussées en arrière. Fenella laissa échapper un rire nerveux.

— Vous êtes mineurs, décréta Sir Henry de but en blanc. Vous êtes mineurs tous les deux. Pauline, si tu as le moindre respect pour les désirs de ton vieux père, tu interdiras cette folie. Je parlerai à ta mère, Miss. J'enverrai un télégramme à ton père.

— Ma mère n'a rien contre, dit Fenella.

— Vous savez, vous savez parfaitement pourquoi je ne puis cautionner cette absurdité.

— Vous croyez, grand-père, répondit Fenella, que parce que nous sommes cousins, nous aurons des enfants débiles. Eh bien, nous nous sommes informés, et apparemment, c'est peu probable. La médecine moderne...

— Veux-tu te taire ! Au moins, qu'un semblant de décence...

— Non, je ne me tairai pas, rétorqua Fenella, accomplissant adroitement la prouesse que les comédiens appellent « couvrir la réplique du partenaire ». Et, en parlant de décence, grand-père, je trouve qu'il est drôlement plus décent de dire qu'on va se marier, quand on est jeune et amoureux, que de se donner en spectacle, quand on est vieux...

— *Fenella !* s'écrièrent Pauline et Millamant à l'unisson.

— ... et qu'on est complètement gâteux devant une blonde oxygénée qui a cinquante ans de moins et qui n'est qu'une minable aventurière par-dessus le marché.

Fenella fondit en larmes et se précipita dehors. Paul la suivit d'une démarche raide.

Troy, qui avait décidé de tenter une nouvelle sortie, entendit Fenella sangloter rageusement de l'autre côté de la porte et resta à sa place. Les autres Ancred se mirent à parler tous à la fois. Sir Henry frappa la cheminée du poing jusqu'à ce que les ornements se fussent remis à danser, en rugissant :

— Parbleu, elle ne restera pas sous mon toit une heure de plus ! Parbleu... !

A ses côtés, Millamant et Pauline, tel un chœur en détresse, se tordaient les bras en poussant des gémissements plaintifs. Cedric jacassait sans répit derrière le canapé où Miss Orrincourt était toujours étendue. Ce fut elle qui mit fin au vacarme général. Se levant, elle leur fit face, les mains sur les hanches.

— Je ne suis pas là, déclara-t-elle d'une voix perçante, pour entendre des insultes. Il y a eu des propos échangés dans cette pièce qu'aucune jeune fille honnête dans ma position délicate ne pourrait admettre. Noddy !

Sir Henry, qui avait continué à marteler le manteau de la cheminée durant cette tirade, s'arrêta net et la considéra avec nervosité.

— Puisqu'il y a des fiançailles dans l'air, fit Miss Orrincourt, n'avons-nous pas quelque chose à annoncer du même style ? Hein, Noddy ? ajouta-t-elle, menaçante.

Elle était ravissante à regarder. C'était une beauté totalement artificielle, une question de forme et de couleur, de ligne et de texture. En un sens, tout en elle s'harmonisait si bien, pensa Troy, qu'il semblait déplacé de parler de stéréotype ou de vulgarité. Dans son genre, elle était parfaite.

— Alors, Noddy ?

Sir Henry la dévisagea, tira sur son veston, redressa les épaules et lui prit la main.

— Quand tu voudras, ma chère, répondit-il. Quand tu voudras.

Pauline et Millamant s'écartèrent d'eux. Cedric prit une grande inspiration et porta la main à sa moustache. Troy remarqua avec stupeur que sa main tremblait.

— J'avais l'intention, dit Sir Henry, d'annoncer la nouvelle le jour de l'Anniversaire. Mais maintenant que j'ai découvert combien ma famille se soucie peu de mon bonheur...

— *Papa !* gémit Pauline.

— ... je me tourne, en cette heure d'amertume, vers quelqu'un qui ne m'abandonnera jamais.

— A-ha ! opina Miss Orrincourt. Mais garde le nez au vent, coco joli.

Curieusement, cette intervention ne parut pas déconcerter Sir Henry outre mesure.

— Cette jeune personne, déclara-t-il d'une voix sonore en se redressant, a gracieusement consenti à devenir ma femme.

Compte tenu de leur émotivité excessive, Troy décida que les Ancred réagirent avec beaucoup d'aplomb. Il est vrai que Pauline et Millamant gardèrent, l'espace d'un instant, un silence éberlué, mais Cedric se précipita presque immédiatement vers son grand-père et lui saisit la main.

— Cher grand-papa... quelle merveilleuse idée... c'est fantastique. Sonia, trésor, zézaya-t-il, c'est trop mignon.

Et il l'embrassa.

— Eh bien, papa, dit Millamant, suivant l'exemple de son fils mais sans embrasser Miss Orrincourt.

Au fond, ce n'est pas une surprise, mais nous espérons tous que vous serez très heureux.

Pauline se montra plus émotionnelle.

— Papa, fit-elle, prenant les mains de son père et le contemplant avec des yeux humides, très cher papa. Croyez-moi, tout ce qui compte pour moi, c'est votre bonheur.

Sir Henry inclina la tête, et Pauline tendit le cou pour effleurer sa moustache d'un baiser.

— Oh, Pauline, dit-il avec une résignation tragique. J'ai été blessé, Pauline ! Profondément blessé !

— Non, s'écria Pauline. Non !

— Si, soupira Sir Henry. Si.

Se détournant aveuglément, Pauline tendit la main à Miss Orrincourt.

— Soyez bonne pour lui, fit-elle d'une voix entrecoupée. C'est tout ce que nous demandons. Soyez bonne pour lui.

Avec un geste éloquent, Sir Henry traversa la pièce et se laissa tomber sur l'unique fauteuil qui jusque-là était resté inoccupé.

Celui-ci émit un bruit sonore et extrêmement grossier.

Le visage en feu, Sir Henry bondit sur ses pieds et arracha le coussin du fauteuil, découvrant un objet en forme de vessie, encore à moitié gonflé et portant l'inscription suivante : « Le Pétard. Pour des soirées explosives. » Sir Henry le saisit, et une fois de plus, il émit par quelque orifice caché, le même bruit infâme. Avec adresse, Sir Henry le jeta au feu, et une horrible odeur de caoutchouc brûlé envahit la pièce.

— Franchement, dit Miss Orrincourt, c'est bien joli de faire des blagues, mais cette gamine commence à donner dans la vulgarité.

Sans mot dire, Sir Henry se dirigea vers la porte où, inévitablement, il fit une halte pour prononcer la réplique finale.

— Millamant, soyez gentille, demain dans la matinée, de convoquer mon avoué.

La porte claqua. Après une minute de silence, Troy put enfin s'échapper du salon.

II

Le lendemain matin, Troy ne fut pas étonnée d'apprendre que Sir Henry était trop souffrant pour descendre, mais qu'il espérait reprendre les séances de pose dès l'après-midi. Un billet sur son plateau de thé l'informa que Cedric serait heureux de poser en costume, si cela pouvait lui rendre service. Ce n'était pas une mauvaise idée, pensa-t-elle. Car il était temps de songer à l'exécution de la grande cape rouge. Elle s'était à moitié attendue à la désintégration des forces familiales, ou, du moins, à la disparition, dans des directions opposées si possible, de Paul et Fenella. Mais c'était ignorer la souplesse des Ancred en matière de guerres intestines. Ils apparurent tous deux au petit déjeuner : Fenella, pâle et muette ; Paul, rouge et muet. Pauline arriva un peu plus tard. Son attitude vis-à-vis de son fils laissait croire qu'il était atteint de quelque maladie suspecte. Quant à Fenella, Pauline la traita avec une douloureuse antipathie et lui adressa à peine la parole. Millamant présidait à la collation. Elle était moins enjouée que d'habitude, mais derrière son anxiété, si vraiment anxiété il y avait, Troy décela une imperceptible satisfaction. Elle semblait afficher plus qu'un soupçon de commisération à l'égard de sa belle-sœur, ce pour quoi, sentit Troy, Pauline lui en voulait profondément.

— Alors, Milly, dit Pauline après un long silence, avez-vous l'intention de conserver votre rôle, malgré la nouvelle direction ?

— J'ai toujours du mal à vous suivre, Pauline,

quand vous vous exprimez en métaphores théâtrales.

— Allez-vous continuer à tenir la maison pour la nouvelle châtelaine ?

— Cela m'étonnerait.

— Pauvre Milly, fit Pauline, cela ne va pas être facile pour vous, j'imagine.

— Je ne le crois pas. Cedric et moi avons toujours eu envie d'un petit pied-à-terre à Londres pour nous deux.

— C'est vrai, acquiesça Pauline avec empressement. Cedric sera sûrement obligé de se serrer un peu la ceinture, lui aussi.

— Peut-être que Paul et Fenella me permettront de m'occuper de leur maison, observa Millamant avec son premier rire de la matinée.

L'air sincèrement intéressé, elle se tourna vers eux.

— Au fait, comment allez-vous vous en sortir, tous les deux ?

— Comme n'importe quel autre couple désargenté, répondit Fenella. Paul à sa pension, et moi, j'ai mon métier. Nous travaillerons tous les deux.

— Enfin, dit Millamant, affable, après tout, votre grand-père pourrait...

— Nous n'attendons rien de grand-père, Tante Milly, répliqua Paul aussitôt. Il ne fera rien, naturellement, mais de toute façon, nous ne voulons rien.

— Comme tu es dur, mon chéri, fit sa mère. Dur et amer ! Je ne te reconnais pas, Paul, quand tu parles ainsi. Quelque chose...

Et elle gratifia Fenella d'un coup d'œil étonnamment hostile.

— ... quelque chose t'a effroyablement changé.

— Et où est Panty ? s'enquit Millamant avec entrain.

— Où peut-elle être sinon à l'école ? répondit

Pauline avec dignité. Elle n'a guère l'habitude de prendre le petit déjeuner avec nous, Milly.

— On ne sait jamais, dit Millamant. Comme on la voit souvent dans les parages... D'ailleurs, Pauline, j'ai personnellement une dent contre Panty. Quelqu'un s'est permis de toucher à mon ouvrage. Une grande partie de la broderie a été délibérément défaite. Je l'avais laissé au salon et...

— Mais Panty n'y va jamais, cria Pauline.

— Ça, je n'en sais rien. Elle aurait pu y aller hier soir, par exemple, pendant le dîner.

— Pourquoi ?

— Parce que Sonia, comme, je suppose, nous devons l'appeler, m'a dit qu'elle était au salon avant le dîner, Pauline. Et que mon ouvrage était parfaitement normal.

— Je n'y peux rien, Milly. Panty n'est pas entrée au salon hier à l'heure du dîner pour la bonne raison qu'elle et les autres enfants ont reçu leur médicament et qu'ils ont été mis au lit de bonne heure. Vous m'avez dit vous-même, Milly, que Miss Able avait trouvé le médicament dans la serre et qu'elle l'avait monté aussitôt pour que le Dr Withers puisse l'administrer aux enfants.

— Oh oui, fit Millamant. Figurez-vous que l'inénarrable Sonia n'a pas pris la peine de le remettre à Miss Able, pas plus qu'elle ne m'a donné le médicament de papa. Elle est allée directement dans la serre, où, renifla Millamant, on avait livré des orchidées pour elle, semble-t-il, et elle a tout laissé en vrac. Miss Able a cherché partout avant de le trouver, et moi aussi.

— T'ah, fit Pauline.

— Néanmoins, déclara Paul, je suis prêt à parier que Panty...

— Faudrait-il encore prouver, l'interrompit Pauline avec plus de vivacité que de conviction, que Panty a quelque chose à voir avec... avec...

— Avec le pétard ? acheva Paul dans un grand sourire. Mais c'est évident, Mère.

— J'ai toutes les raisons de penser... commença Pauline.

— Sérieusement, Mère. C'est signé Panty. Consultez donc son dossier.

— Mais où l'aurait-elle pris ? Jamais je ne lui ai donné une chose pareille.

— Chez l'un de ses petits camarades, sans doute. Ou alors, elle l'a acheté. J'en ai vu dans une boutique du village, n'est-ce pas, Fen ? Je me souviens même avoir pensé qu'il aurait fallu les donner au moment de la collecte du caoutchouc.

— J'ai eu une petite conversation avec Panty, répliqua sa mère obstinément, et elle m'a juré solennellement qu'elle n'était au courant de rien. Je sens quand cette enfant dit la vérité, Milly. Une mère sent toujours ces choses-là.

— Franchement, Mère ! fit Paul.

— Je me moque de ce qu'on raconte... commença Pauline.

Elle fut interrompue par l'arrivée de Cedric, élégant et pomponné, à l'expression plus sournoise que jamais.

— Très chère madame Alleyn, bonjour. Bonjour, mes petits chéris. En train de réfléchir comment dépenser au mieux le shilling proverbial, mon cher Paul ? Moi, je pensais à l'organisation d'un double mariage. Une idée excitante, non ? Mais un peu compliquée à réaliser. Voyez-vous, c'est le Vieux qui, en l'absence d'Oncle Claude, doit conduire Fenella à l'autel. Puis il doit se précipiter de l'autre côté pour reprendre sa position du premier marié. Moi, je pourrais servir de témoin dans les deux cas ; et Paul jouerait le rôle du second marié et du papa de Sonia. Comme dans une chorégraphie un peu tortueuse. Oncle Thomas servira de page, et Panty portera les fleurs, ce qui lui offrira une magnifique occasion d'en jeter partout. E toi, chère maman, ainsi que toutes les tantes, vous serez des douairières d'honneur. Je vous ai déjà inventé des toilettes à couper le souffle.

— Arrête de dire des bêtises, fit Millamant.

— Non, mais sérieusement, continua Cedric en posant son assiette sur la table. Je trouve que vous n'avez pas été très malins, tous les deux.

— Tout le monde n'a pas le don de savoir saisir la chance au vol, comme toi, rétorqua Paul, caustique.

— Oui, je ne suis pas mécontent de mon petit stratagème, reconnut Cedric. Sonia va me laisser créer son trousseau, et le Vieux a dit que moi, au moins, j'avais fait preuve de solidarité familiale. Mais je crains, chère tata Pauline, que Panty n'ait été irrémédiablement rayée de ses petits papiers. Avec son sens de l'humour bien à elle.

— Comme je l'ai dit à ta mère, Cedric, j'ai toutes les raisons de penser que Panty n'était pas responsable de cet incident.

— Ciel ! fit Cedric. Quelle belle confiance ! Comme c'est touchant.

— Ni des gribouillis sur le miroir de ton grand-père.

Cedric se trémoussa sur son siège, avec un coup d'œil engageant en direction de Troy.

— Panty a un autre partisan.

Pauline se tourna aussitôt vers Troy qui, avec l'impression de sortir des coulisses sur la scène, murmura :

— Je ne crois pas que Panty soit l'auteur de l'inscription sur le miroir. Ses protestations m'ont paru véridiques.

— Vous entendez ! s'écria Pauline avec émotion, tendant une main à Troy. Vous avez entendu, tout le monde ? *Merci,* madame Alleyn. Enfin, quelqu'un qui fait confiance à ma pauvre Panty.

Mais la confiance de Troy en Panty Kentish, déjà légèrement ébranlée, dut subir un nouveau coup.

De la salle à manger, elle se rendit au petit théâtre. Sa toile était posée face contre le mur, là où elle l'avait laissée. Elle la fit basculer et, la plaçant sur la barre baissée de son chevalet, se recula d'un pas pour la regarder. Par-dessus le nez et les yeux de la tête achevée du portrait, quelqu'un avait peint en noir une énorme paire de lunettes.

III

Pendant près de cinq secondes, Troy sentit des frissons glacés lui parcourir l'échine, alternant avec des bouffées de chaleur. Puis elle toucha le visage du portrait. La peinture avait complètement durci. En revanche, les lunettes noires étaient encore humides. Avec un soulagement si violent qu'il la submergea à la façon d'une nausée, elle trempa un chiffon dans de l'huile et effaça avec précaution le rajout. Ensuite, elle s'assit et joignit ses mains tremblantes. Pas une tache, pas une bavure sur les ombres bleutées dont elle avait cerclé les yeux ; pas une trace sur le voile de chair rosée de son front.

— Ouf ! murmura Troy. Ouf ! Merci, mon Dieu ! Oh, nom d'un chien !

— Bonjour, dit Panty en entrant par la porte latérale. On m'a permis de peindre un autre tableau. Il me faut une autre toile et plein de peinture. Regardez, j'ai fini les vaches et l'avion. C'est beau, hein ?

Elle posa sa toile par terre au pied du chevalet et, imitant Troy, fit un pas en arrière pour la contempler, les mains derrière le dos. Le tableau représentait trois vaches vermillon dans un pré vert émeraude. Au-dessus, dans un ciel passé au bleu canard,

Panty avait peint un avion émeraude en train de sécréter une bombe noire.

— Il est drôlement bien, ce tableau.

Puis Panty s'arracha à la contemplation de son œuvre pour regarder Troy.

— Le vôtre est bien aussi. Il me plaît. On se sent bien quand on le regarde. Je trouve que vous peignez de jolis tableaux.

— Quelqu'un, dit Troy en l'observant, a pensé que ce serait plus joli, si j'y ajoutais une paire de lunettes.

— C'est complètement idiot, ça, déclara Panty. Les rois ne portent pas de lunettes. Et ça, c'est un roi.

— En tout cas, cette personne les a peintes par-dessus.

— Si quelqu'un met des lunettes à mes vaches, fit Panty, je le tuerai.

— A ton avis, qui a pu faire cela ?

— Je n'en sais rien, répondit Panty avec indifférence. Noddy, peut-être ?

— Cela m'étonnerait fort.

— C'est sûrement le même qui a écrit je ne sais quoi sur la glace de Noddy. Ce n'est pas moi, en tout cas. Puis-je avoir une autre toile et de la peinture ? Miss Able aime bien quand je peins.

— Tu peux monter dans ma chambre et prendre une petite toile dans le placard.

— Je ne sais pas où est votre chambre.

Troy le lui expliqua du mieux qu'elle put.

— Oh, et puis, si je me perds, dit Panty, je hurlerai jusqu'à ce que quelqu'un vienne.

Et, d'un pas décidé, elle regagna la porte.

— A propos, appela Troy, as-tu déjà vu un pétard ?

— Et comment, répliqua Panty avec intérêt.

— Je veux parler de cette chose en caoutchouc qui fait du bruit quand on s'asseoit dessus.

— Quel genre de bruit ?

— Peu importe, fit Troy avec lassitude. N'en parlons plus.

— Vous êtes folle, décréta Panty en sortant.

— Si je ne le suis pas, marmonna Troy, il y a quelqu'un dans cette maison qui doit l'être.

IV

La matinée fut consacrée à l'exécution de l'arrière-plan. Durant l'après-midi, Sir Henry posa pendant une heure et demie, avec deux pauses. Il ne dit pas grand-chose, mais ne cessa de soupirer. Troy s'était attaquée aux mains, mais il semblait agité et esquissait constamment de petits gestes nerveux, si bien qu'elle dut se contenter d'en tracer le contour général. Millamant arriva juste à la fin de la séance et, après s'être excusée, s'approcha de Sir Henry pour lui murmurer quelques mots inaudibles.

— Non, non, rétorqua-t-il, irascible. Il faut que ce soit demain. Rappelez-les pour le leur dire.

— Il dit que cela tombe très mal.

— Foutaises. Rappelez-les.

— Bien, papa, fit la docile Millamant.

Elle sortit, et Troy, voyant l'agitation de son modèle s'accroître, suspendit la séance. Cedric avait proposé de poser pour la cape, précisa-t-elle. Sir Henry la laissa avec un soulagement manifeste. Tout en maugréant, Troy effaça les mains et revint à l'arrière-plan. C'était la représentation stylisée d'un tableau dans le tableau. La forêt, masse sombre et humide esquissée en quelques coups de pinceau audacieux, ressortait avec netteté sur un ciel nocturne froid et lumineux. A mi-chemin se dressait un amas de monolithes. Troy s'était servie d'un pinceau géant dont chaque coup traduisait un pénible effort de réflexion ayant soudainement accouché d'une forme. L'arrière-plan était réussi, mais les Ancred, pensa-t-elle, le trouveraient certainement bizarre et inachevé. Tous, sauf peut-être Cedric et Panty. Au moment où elle arrivait à cette conclusion, Cedric lui-même fit son entrée en scène, abondamment et inutilement maquillé. Il s'avança d'une démarche sautillante, avec force effets de la cape rouge de son grand-père.

— Me voici, cria-t-il, tout transporté par le contact du manteau de la tragédie sur mes frêles épaules. Au fait, c'est quoi exactement, la pose ?

Troy n'eut pas besoin, toutefois, de la lui montrer. Il ramassa la cape, se mit en place et, d'un coup de poignet expert, la laissa retomber précisément dans la bonne position. Troy examina l'ensemble et, avec un sentiment croissant d'excitation, étala des couches onctueuses de peinture brillante sur la palette.

Cedric était un modèle admirable. Le drapé de sa cape tombait en plis sculpturaux. Troy travailla en silence durant une heure, retenant son souffle si souvent que son nez commença à lui picoter.

— Très chère madame Alleyn, fit une voix faible. J'ai une toute petite crampe à la jambe.

— Mon Dieu, excusez-moi ! Vous avez été merveilleux. Venez donc vous reposer.

Il descendit dans la salle, clopinant légèrement mais sans se départir de ses grands airs, et s'arrêta devant la toile.

— C'est si extraordinairement *juste,* déclara-t-il. Ahurissant ! On est réellement au théâtre, et ce rapprochement entre le Vieux et le divin Shakespeare, éloquent et tout... Je suis terrifié.

Il se laissa tomber dans le fauteuil le plus proche, ayant d'abord pris soin d'étaler sa cape sur le dossier, et se mit à s'éventer.

— Vous ne pouvez pas vous imaginer, continua-t-il, le mal que j'ai eu à tenir ma langue pendant que j'étais là-haut. Car cette maison *baigne* tout simplement dans les intrigues.

Troy, elle-même épuisée, alluma une cigarette et s'assit, contemplant son œuvre. En même temps, elle écouta non sans intérêt le bavardage de Cedric.

— Sachez, tout d'abord, commença-t-il, que le Vieux a bel et bien convoqué son avoué. Vous vous rendez compte ! Tout le monde chuchote dans les coins. On se croirait dans une élection papale du dix-septième siècle. Avant tout, il y a, bien sûr, les formalités du mariage. Quelles seront, selon vous, les conditions de notre chère petite Sonia ? J'ai essayé de toutes mes faibles forces de lui tirer les vers du nez, mais elle est aussitôt devenue énigmatique et très grande dame. Naturellement, quoi qu'elle demande, il faut bien que cela provienne de quelque part. Jusqu'à présent, c'est Panty qui était en tête de liste. Il lui a laissé une somme fabuleuse pour en faire une héritière quand elle sera grande. Mais tout le monde pense que ses petites plaisanteries l'auront éliminée de la course. Dans ce cas, la chère Sonia aura sa part. Il y a ensuite Paul et Fenella, qui se sont définitivement sabordés. Personnellement, j'ose espérer, fit Cedric modestement, l'œil perçant, que je pourrai récolter quelque chose de ce côté-là. Je pense être en règle, mais on ne sait jamais. Il me déteste, figurez-vous, et les revenus du domaine sont tout à fait ridicules. Quelqu'un a morcelé les biens inaliénables il y a des lustres, et je risque d'hériter de cette affreuse maison sans aucun moyen pour l'entretenir. Enfin, j'ai au moins Sonia de mon côté.

Il effleura sa moustache et ôta un petit pâté de fard collé à ses cils.

— Je me suis maquillé, expliqua-t-il au passage, parce qu'à mon avis, il était essentiel de se sentir entièrement dans la peau de Macmachin. Et aussi parce que je trouve terriblement amusant de se barbouiller la figure.

Il fredonna un petit air durant quelques instants, avant de reprendre :

— Thomas, Dessy et l'Honorable Mme A. débarquent tous vendredi soir. Et l'Anniversaire a lieu samedi soir, vous vous rendez compte ! Le Vieux et l'Ancien des Anciens passeront tous deux la journée de dimanche au lit : l'un à cause des excès de table, et l'autre épuisé par ses fonctions de Ganymède. Quant au reste de la famille, leur journée sera consacrée aux récriminations mutuelles. Tout le monde pense qu'en guise de plat de résistance au repas d'Anniversaire, on nous servira un nouveau testament.

— Mais, bonté divine... ! s'exclama Troy.

Il ne la laissa pas continuer.

— C'est pratiquement sûr, croyez-moi. Il a toujours rendue publique chaque nouvelle version. Il est incapable de résister à une mise en scène spectaculaire.

— Lui arrive-t-il souvent de changer son testament ?

— Je n'ai jamais compté, avoua Cedric après une pause, mais je dirais tous les deux ans en moyenne, bien que les trois dernières années, Panty se soit fermement maintenue en tête de liste. Tant qu'elle parlait bébé et ne venait ici qu'occasionnellement, il était fou d'elle, et, malheureusement, elle l'adorait aussi. Pauline doit maudire le jour où elle a installé l'école à Ancreton. La dernière fois, j'étais en piètre posture et je n'ai eu droit qu'au strict minimum. C'est Oncle Thomas qui venait immédiatement après Panty : tout le monde espérait qu'il allait se marier et avoir un fils. Tandis que moi, j'étais censé rester célibataire avec Ancreton pesant comme un fardeau écrasant sur mes pauvres petites épaules. Vous voyez un peu le tableau ?

Bien que les moindres faits et gestes de Cedric eussent invariablement irrité Troy au plus haut point, elle ne pouvait pas s'empêcher de lui trouver un certain intérêt. Elle lui prêta donc une oreille attentive, même si au bout de quelque temps, elle se sentit écœurée de le voir se réjouir aussi ouvertement de la disgrâce de Panty.

— Je persiste à croire, dit-elle, que Panty n'est pas l'auteur de toutes ces farces.

Cedric se mit à protester avec une singulière véhémence, mais Troy s'obstina :

— Je lui en ai parlé, et j'ai trouvé sa réaction tout à fait concluante. De toute évidence, elle ne savait rien de l'incident d'hier soir. Elle n'a jamais entendu parler du coussin couineur.

— Cette enfant, déclara Cedric méchamment, est incroyablement, abominablement futée. Ce n'est pas une Ancred pour rien. Elle vous a joué la comédie. Soyez certaine, c'était de la comédie pure.

— Ce n'est pas mon avis. Qui plus est, elle ignorait où se trouve ma chambre.

Cedric, occupé à se ronger les ongles, s'interrompit et la dévisagea fixement.

— Elle ignorait où se trouve votre chambre ? répéta-t-il après une longue pause. Mais, très chère madame Alleyn, qu'est-ce que cela vient faire ici ?

Elle fut sur le point de lui parler de la peinture sur la rampe d'escalier. Elle avait même commencé :

— Eh bien, si vous me promettez...

Puis, remarquant son visage avec sa bouche aux lèvres pleines et ses yeux pâles, elle se ravisa brusquement.

— Peu importe, dit-elle, cela ne vous fera pas changer d'avis. Peu importe.

— Chère, chère madame Alleyn, zozota Cedric en tirant sur sa cape. On croirait presque que vous vous méfiez de moi.

7.

La fête

Vendredi, une semaine après son arrivée à Ancreton, Troy traîna sa toile hors de la salle des accessoires, où elle l'enfermait à présent à clé, et la contempla avec des sentiments mélangés parmi lesquels prédominait la stupéfaction. Mais comment diable y était-elle parvenue ? Encore deux jours, et le portrait serait achevé. Le lendemain soir, Sir Henry allait conduire ses convives belligérants au petit théâtre, et elle, elle se tiendrait gauchement à l'écart pendant qu'ils en discuteraient. Seraient-ils très déçus ? Remarqueraient-ils tout de suite que l'arrière-plan représentait non pas la lande devant le château de Fores, mais la réplique du décor peint par Troy ; et non pas Macbeth lui-même, mais un vieil acteur penché sur l'époque lointaine où il avait interprété ce rôle ? S'apercevraient-ils que l'impression générale se dégageant du tableau était celle de l'abandon ?

En tout cas, le personnage lui-même était terminé. Il ne restait plus qu'à ajouter quelques touches par-ci, par-là, pour parachever l'harmonie de l'ensemble. Troy avait très envie que son mari vît le portrait. C'était une chance, pensa-t-elle, que parmi les rares personnes à qui elle désirait montrer son travail, son mari venait en premier. Sans doute était-ce parce qu'il ne disait pas grand-chose, sans pour autant se sentir gêné à cause de son propre silence.

A mesure que son travail tirait à sa fin, la nervosité de Troy grandissait, et l'idée de leurs retrouvailles l'emplissait d'appréhension. Des phrases entendues chez d'autres femmes lui revenaient en mémoire : « On ne retrouve jamais la relation du début. » « Quand nous nous sommes revus, nous étions devenus étrangers l'un à l'autre. » « Ce n'était plus pareil. » « Une sensation très bizarre. Nous étions intimidés et nous n'avions rien à nous dire. » Leurs retrouvailles seraient-elles tout aussi incertaines ? « Je n'ai aucun savoir-faire pour m'en sortir, se dit Troy. Aucun savoir-faire matrimonial. Toute habileté que j'aie pu hériter en naissant est passée dans ma peinture. Mais peut-être Roderick saura-t-il quoi dire. Faut-il que je lui parle d'emblée des Ancred ? »

Elle était en train de nettoyer sa palette quand Fenella arriva en courant pour lui annoncer un coup de fil de Londres.

C'était l'adjoint du préfet de Scotland Yard. Tandis que Troy l'écoutait, son cœur cognait sourdement dans sa poitrine, lui plairait-il de faire un saut à Londres, lundi ? demanda-t-il, obscurément badin. Si elle y passait la nuit, le Yard pourrait avoir quelque chose d'intéressant à lui montrer mardi matin. Une voiture de police devait regagner la capitale lundi de bonne heure : la halte d'Ancreton était sur son chemin, et les policiers se feraient un plaisir d'emmener Troy.

— Merci, répondit Troy d'une voix méconnaissable. Oui, je vois. Oui, bien sûr. Oui, une très bonne nouvelle. Je vous remercie.

Elle se précipita dans sa chambre, s'apercevant, une fois assise sur son lit à bout de souffle, qu'elle avait grimpé les trois volées de marches quatre à quatre. « Heureusement que le portrait est fini, pensa-t-elle. Dans l'état où je suis, j'aurais eu du mal à atteindre le niveau de Panty. »

Affolée, elle se mit à imaginer leur rencontre. « Je ne vois plus son visage, songea-t-elle, prise de panique. Je ne me souviens pas de sa voix. J'ai oublié mon mari. »

Elle ressentit tour à tour un besoin éperdu de s'activer et une impression de pesante inertie. Des incidents absurdes de la chronique des Ancred se bousculaient dans son esprit. « Il faut que je pense à lui en parler », se disait-elle, pour se demander aussitôt si, rétrospectivement, les Ancred allaient paraître si comiques que cela. Elle se souvint brusquement qu'il fallait prévenir Katti Bostock pour mardi. Elles avaient convenu que le vieux domestique d'Alleyn irait à Londres pour rouvrir l'appartement.

— J'aurais dû le faire tout de suite, s'écria-t-elle en redescendant.

Tandis qu'elle attendait en trépignant, dans la petite salle du téléphone près de l'entrée, qu'on lui passât le numéro demandé, elle entendit un bruit de roues sur le gravier, des voix, puis un remue-ménage dans le hall, provoqué incontestablement par de nouveaux arrivants.

— Milly, où êtes-vous ? appela gaiement une voix charmante. Descendez. Nous sommes tous là ; Dessy, Thomas et moi. Dessy a trouvé un colonel ; le colonel avait une voiture, et il nous a tous emmenés.

— Jenetta !

La voix désincarnée de Millamant résonna dans la galerie. Encore plus loin, Pauline lui fit écho :

— Jenetta !

Y avait-il une note de réprobation, sinon de consternation, dans cet accueil ? se demanda Troy, en refermant doucement la porte.

II

Contrairement à Millamant, Jenetta, l'Honorable Mme Claude Ancred, n'avait pas emprunté à sa belle famille l'habitude de s'exprimer en sous-entendus. C'était une femme au physique agréable, avec une voix gaie et un visage intelligent. Elle était bien habillée et avait l'air de s'amuser secrètement. Elle parlait posément, d'une manière assez directe. Si elle sentait un conflit dans l'air, elle n'en laissait rien paraître et se montrait également amicale et également distante envers tous les membres de cette tribu invraisemblable.

Desdemona, en revanche, était de tous les Ancred, à l'exception de Sir Henry, celle dont l'appartenance au théâtre était la plus manifeste. D'une beauté spectaculaire, du genre plutôt voluptueux, elle avait une voix aux inflexions chaudes et vibrantes, qui semblait égrener en permanence les répliques clés d'une pièce à succès du West End. Vraiment, pensa Troy, elle devrait être entourée de tout une cour personnelle : une secrétaire, un auteur, un agent, peut-être même un producteur béat d'admiration. Elle évoluait dans une aura de chaleur et de richesse et avait le don d'entraîner les autres dans cette atmosphère de démesure où elle-même se sentait apparemment si à l'aise. Son colonel, après avoir bu un verre, repartit vers sa destination première, les magnifiques remerciements de Dessy résonnant sans doute à ses oreilles. Troy, qui venait d'émerger de la salle du téléphone, se retrouva face à face avec les nouveaux arrivants. Elle fut contente de revoir Thomas : déjà elle le considérait comme « ce vieux Thomas », avec sa touffe de cheveux ternes et son sourire affable.

— Tiens, bonjour, dit-il en clignant des yeux.

Vous êtes donc là ! J'espère que votre furoncle va mieux.

— Il est guéri, répliqua Troy.

— Nous étions en train de parler des fiançailles de papa, déclara Thomas. Voici ma belle-sœur, Mme Claude Ancred, et voici ma sœur Desdemona. Milly et Pauline sont allées se renseigner à propos des chambres. Avez-vous peint un joli tableau ?

— Pas mal. Et vous, avez-vous monté une bonne pièce ?

— Très bonne, je vous remercie, répondit Thomas, modeste.

— Cher Tommy, intervint Desdemona, comment peut-elle être bonne avec cette femme ? A quoi pensais-tu en établissant la distribution ?

— J'ai dit à la direction, Dessy, que tu voulais ce rôle.

— Je ne le voulais pas. J'aurais pu le jouer, oui, mais je ne le voulais pas, merci.

— Alors, tout le monde devrait être satisfait, fit Thomas paisiblement. Je suppose, Jenetta, continua-t-il, que vous avez hâte de voir Fenella et Paul. Vous devez avoir l'impression que les fiançailles de papa on totalement éclipsé les leurs. Etes-vous aussi furieuse que lui contre eux ?

— Je ne suis pas furieuse du tout, répondit-elle, croisant le regard de Troy en lui souriant. J'aime bien Paul et je voudrais lui parler.

— Tout cela est bien joli, observa Dessy, agitée, mais d'après Milly, ce sont Paul et Fenella qui ont mis le feu aux poudres.

— Ma foi, dit Thomas, conciliant, à mon avis, cela aurait explosé de toute façon. Saviez-vous que M. Rattisbon avait été convoqué pour rédiger un nouveau testament ? Papa nous en parlera sûrement demain, au repas d'Anniversaire. Crois-tu qu'il va t'exclure cette fois-ci, Dessy ?

— Mon cher, s'écria sa sœur, se laissant choir sur le canapé avec une grâce sublime et étendant les bras sur le dossier, j'ai dit si souvent ce que je pensais précisément de la Orrincourt, qu'il n'a vraiment pas le choix. Je m'en moque comme de l'an quarante, Tommy. Si papa s'attend à me voir roucouler autour d'eux, il se trompe lourdement. Je ne peux pas le faire. Cela a été un choc épouvantable. J'ai mal, *là,* ajouta-t-elle en martelant d'un poing blanc sa poitrine picturale. Tout mon respect, mon amour, mon *idéal*... tout a volé en éclats.

Elle gratifia sa belle-sœur d'un regard étincelant.

— Vous pensez que j'exagère, Jen. Vous avez de la chance. Vous ne vous laissez pas ébranler facilement.

— Il se trouve, répliqua Jenetta légèrement, que je n'ai pas encore rencontré Miss Orrincourt.

— Ce n'est pas votre père non plus, souligna Dessy avec émotion.

— Absolument, opina sa belle-sœur.

— T'ah ! lâcha Dessy avec amertume.

Cette conversation fut interrompue par Fenella, qui dévala l'escalier, traversa le hall en courant et, avec un cri étouffé, se jeta dans les bras de sa mère.

— Allons, allons, fit Jenetta doucement, en serrant sa fille contre elle l'espace d'un instant, épargne-nous la grande scène du deux.

— Tu n'es pas fâchée, maman ? Dis que tu n'es pas fâchée !

— Ai-je l'air fâchée, espèce de dinde ? Où est Paul ?

— Dans la bibliothèque. Tu viens ? Maman, tu es fantastique. Tu es un ange.

— Du calme, chérie. Si tu disais bonjour à Tante Dessy et à Oncle Thomas ?

Fenella se retourna pour les saluer. Thomas l'embrassa précautionneusement.

— Je vous souhaite d'être heureux, dit-il. Cela ne

devrait pas poser de problèmes, en fait. Après avoir lu le faire-part, j'ai consulté la partie génétique d'une encyclopédie médicale. Le type dit qu'en général, les cousins germains ont une descendance tout à fait normale, à moins qu'il n'y ait une tare prononcée dans la famille dont ils sont atteints tous les deux.

— Tommy ! s'exclama sa sœur. Franchement !

— Eh bien, fit Jenetta Ancred, maintenant que nous sommes rassurées, Fen, je te propose d'aller voir Paul.

Elles partirent. Millamant et Pauline descendirent dans le hall.

— C'est vraiment embêtant, disait Millamant, je ne sais pas du tout comment nous allons nous organiser.

— Si vous parlez des chambres, Milly, s'interposa Desdemona, je vous dis tout de suite que si rien n'a été fait contre les rats, je n'irai pas dans la *Bracegirdle.*

— Mais enfin, Dessy... commença Pauline.

— A-t-on entrepris quelque chose contre les rats ?

— Barker, répondit Millamant d'un air abattu, a perdu l'arsenic. Il y a quelque temps, il a fait les appartements de Miss Orrincourt, je crois, après quoi la boîte a disparu.

— Seigneur Dieu ! fit Thomas doucement.

— Dommage qu'il n'en a pas mis dans son verre à dents, observa Desdemona, vindicative.

— Et *Ellen Terry ?*

— J'allais mettre Jenetta dans la *Terry.*

— Viens avec moi dans la *Bernhardt,* Dess, offrit Pauline, emphatique. Je serais ravie de t'avoir. Nous pourrions discuter. Tu veux bien ?

— Le seul inconvénient, dit Millamant en fronçant les sourcils, est que depuis que papa a mis tous ces meubles encombrants du dix-septième dans la

Bernhardt, il n'y a pas vraiment de place pour un deuxième lit. Mais je peux en mettre un dans ma chambre, Desdemona. Je me demandais si vous accepteriez... C'est *Lady Bancroft,* vous savez. Elle est très spacieuse, et il y a de la place dans les placards.

— Eh bien, Milly, si cela ne vous révulse pas trop...

— Pas du tout, rétorqua Millamant avec froideur.

— Et nous pourrons parler quand même, ajouta Pauline. Ma chambre sera à côté.

III

Vendredi soir, le temps changea, et une pluie diluvienne s'abattit sur les toits tortueux d'Ancreton. Samedi matin, Troy fut réveillée par un martèlement aigu et régulier : bing, bing, bing.

En allant prendre son bain, elle faillit tomber dans une bassine qui avait été placée sur le palier. La bassine était destinée à recueillir les gouttes d'eau provenant d'une tache grandissante au plafond. Il continua de pleuvoir toute la journée. A trois heures, il fut trop sombre pour peindre dans le petit théâtre, mais Troy avait travaillé toute la matinée, et, ayant mis la dernière touche au portrait, elle alla s'asseoir à quelque distance de lui. Une curieuse sensation d'apathie l'avait envahie, sensation qui suit toujours l'achèvement d'une œuvre. C'était fini. Sa maison était inoccupée. Toutefois, elle ne le resta pas longtemps, car, n'étant plus retenues par la discipline de son travail, ses pensées se tournèrent vers les retrouvailles avec son mari. « Après-demain, je serai en train de me dire : “ Demain ” ». A présent, les Ancred et leurs machinations lui semblaient irréels : pantins gesticulant sur une scène ridiculement luxueuse. Cette impression allait teinter le souvenir de ses deux derniers jours à Ancreton, effacer les angles, jeter un éclairage quelque peu fantasque sur les événements les plus ordinaires, la faisant douter du bien-fondé de ses réminiscenses, alors qu'il serait essentiel de tout se remémorer avec exactitude.

Elle allait se souvenir que Sir Henry était demeuré invisible toute la journée, se reposant en vue du repas d'Anniversaire ; qu'il y avait un air d'anticipation dans son immense maison ; que ses cadeaux avaient été déposés à la bibliothèque, une sorte de no man's land obscur dans l'aile Est, et que les membres de sa famille rendaient de fréquentes visites à cette Mecque, examinant les présents des autres avec une extrême partialité. Troy elle-même avait réalisé un dessin vivant et drôle de Panty, qu'elle avait encadré et placé parmi les autres cadeaux, se demandant si, compte tenu de la disgrâce de Panty, ce n'était pas une idée trop saugrenue. Le dessin reçut l'entière approbation de Panty et de sa mère, mais de personne d'autre, à l'exception de Cedric qui choisit d'y voir un commentaire acide sur le caractère de l'enfant, ce qui n'était pas le cas.

Troy se souvint par la suite comment elle avait passé en revue sa garde-robe, décidant que ses robes longues n'étaient vraiment pas assez somptueuses pour la circonstance. Elle se souvint de l'ambiance de fête, qui s'était accentuée à la tombée du jour ; de Barker et de son commando de vieilles bonnes qui se trouvaient en état de discrète et perpétuelle effervescence. Mais le plus souvent, et malgré le sentiment persistant d'incrédulité, elle eut l'impression d'un dénouement imminent, de quelque chose qui allait bientôt parvenir à sa fin. Sur le moment, elle s'était dit : « C'est parce que Rory va revenir. C'est parce que je viens de terminer un travail réalisé au plus haut de ma forme. » Rétrospectivement, ces raisons lui parurent peu convaincantes, et elle se demanda si les pensées d'un être malveillant n'avaient pas pu sécréter un fin voile d'appréhension.

Troy avait nettoyé sa palette, refermé sa boîte de couleurs sur les rangées de tubes amaigris et lavé ses pinceaux pour la dernière fois à Ancreton. Le portrait avait été placé sur la scène, drapé dans des rideaux de velours cramoisi, ce qui équivalait purement et simplement à un massacre. « Si on était au printemps, pensa Troy, je suis sûre qu'ils l'auraient orné de guirlandes de fleurs. » Le rideau d'entracte avait été baissé, et le portrait attendait sur la scène obscure la cérémonie du soir. Elle ne pouvait pas le contempler indéfiniment. Elle ne pouvait pas non plus sortir sous cette pluie torrentielle. Pourtant, elle ne tenait pas en place. Le dîner avait lieu à neuf heures : elle avait encore trois bonnes heures à tuer. Elle alla chercher un livre et déambula, incertaine, d'une vaste pièce à l'autre. Partout, il semblait y avoir deux Ancred en train de comploter. Après avoir découvert Paul et Fenella étroitement enlacés dans le bureau, dérangé Pauline et Desdemona en train de chuchoter au salon et interrompu Millamant en plein milieu de violents pourparlers avec Barker sous l'escalier, elle se dirigea vers la pièce à côté de la bibliothèque, connue sous le nom du Grand Boudoir (le Petit Boudoir se trouvait à l'étage). Echaudée par les rencontres précédentes, Troy s'arrêta devant la porte et tendit l'oreille. Tout était calme. Elle poussa la porte et tomba sur Cedric et Miss Orrincourt, assis côte à côte sur le canapé, pliés en deux dans un accès de rire silencieux.

Elle avait fait quelques pas dans la pièce avant qu'ils ne la vissent. Leur réaction fut des plus insolites. Ils la dévisagèrent bouche bée, le rire se figeant lentement sur leurs lèvres, comme si elle l'avait congelé. Une vilaine rougeur monta au visage de Cedric. Les yeux de Miss Orrincourt étaient aussi durs que deux billes de verre bleu. Elle fut la première à parler.

— Tiens, tiens, dit-elle d'une voix atone, regardez un peu qui est là.

— Très chère madame Alleyn, fit Cedric, hors d'haleine. Entrez donc. Nous avons attrapé le fou rire à cause de tout ce qui se passe. L'Anniversaire, vous savez, et tutti quanti. Venez vous asseoir avec nous. Ou bien êtes-vous quelqu'un de trop droit et élevé pour cela ? Seigneur, je parle de vous comme si vous étiez un mur !

— Ne vous dérangez pas, dit Troy. Je ne reste pas : j'étais sur le point de remonter.

Et elle sortit, refermant la porte sur leur silence.

Dans le hall, elle trouva un vieux gentleman totalement inconnu, qui était en train de lire un journal au coin du feu. Il portait des habits de ville, un col cassé à l'ancienne mode et une cravate noire et étroite. Son visage était maigre ; ses mains, sillonnées de veines bleues et noueuses. A la vue de Troy, il laissa tomber son journal, arracha son pince-nez, se leva prestement en s'exclamant :

— M-m-m-mah !

— Vous attendez quelqu'un ? demanda Troy.

— Merci, merci, non, merci, répondit le vieux gentleman avec rapidité. Je n'ai pas eu le plaisir... Que je me présente. M-mah. Rattisbon.

— Ah, oui, bien sûr. Je savais que vous veniez. Comment allez-vous ?

Troy se présenta à son tour. M. Rattisbon fit vibrer le bout de sa langue entre ses lèvres et se tordit les mains.

— Comment allez-vous ? caqueta-t-il. Enchanté. Nous sommes tous deux invités, apparemment. Si je puis dire. Dans mon cas, c'est une visite professionnelle.

— Dans le mien aussi, répondit Troy. J'étais venue ici pour travailler.

Il jeta un coup d'œil sur la blouse qu'elle n'avait pas encore enlevée.

— Oui, oui, certainement. Madame Roderick Alleyn ? Née Troy ?

— C'est cela.

— J'ai eu le plaisir de rencontrer votre mari, expliqua M. Rattisbon. Association professionnelle. Deux fois. Admirable.

— Vraiment ? fit Troy, ravie. Vous connaissez Roderick ? Si nous nous asseyions ?

M. Rattisbon prit une inspiration sifflante et émit une sorte de croassement. Ils s'assirent devant le feu. Il croisa les jambes et joignit ses doigts noueux. « Il sort droit d'un dessin de Cruikshank », pensa Troy. Elle se mit à lui parler d'Alleyn, et il écouta exactement comme s'il s'agissait d'une déposition qu'il allait, d'un instant à l'autre, faire contresigner par son greffier. Troy devait se souvenir clairement de cette conversation paisible, au milieu de laquelle elle s'était interrompue pour s'excuser :

— Je ne sais pas pourquoi je vous ennuierais avec toutes ces histoires sur Roderick.

— Vous ne m'ennuyez pas du tout, répliqua-t-il. Au contraire. Absolument. J'ajouterais, strictement entre nous, que... ah... la perspective de cette visite ne m'enchantait pas vraiment, vu son caractère... ah... intempestif et pas réellement indispensable. Or je me trouve accueilli, et d'une charmante façon, par une dame dont le talent remarquable a toujours suscité en moi la plus vive admiration. M-m-mah ! ajouta M. Rattisbon, piquant une tête, tel un moineau, en direction de Troy. Absolument.

Sur ces entrefaites, Pauline et Desdemona apparurent dans le hall et fondirent aussitôt sur M. Rattisbon.

— Nous sommes vraiment navrées, commença Pauline. De vous avoir laissé seul si longtemps. Papa vient juste d'apprendre... un peu secoué. Le grand jour, bien sûr. Il sera prêt à vous recevoir dans quelques minutes, cher monsieur Rattisbon. En attendant, Dessy et moi serions heureuses, si vous... nous aimerions...

Troy s'était déjà éloignée. Elles attendaient qu'elle fût hors de portée de voix.

Puis la voix chaude de Desdemona parvint à ses oreilles :

— Juste quelques mots, monsieur Rattisbon. Simplement pour vous mettre en garde.

Et M. Rattisbon, soudain sec et un brin ironique :

— Certainement, si vous le désirez.

« Seulement, se dit Troy en trottinant le long du couloir, elles ne vont pas tirer grand-chose de M. Rattisbon. »

IV

« C'est la grande scène d'un scénario de film, pensait Troy en contemplant la table, et moi, je suis la panne. » L'analogie était inévitable. Combien de fois n'avait-on pas vu Sir Aubrey Smith en tête d'une pareille tablée ? Où sinon à l'écran trouvait-on pareille opulence ? Une telle orgie de fleurs, d'aussi somptueuses vasques Belle Epoque, une conversation tellement de circonstance ? Jamais en dehors des studios n'avait-on rencontré des personnages aussi typés. Même leur voisin, le squire, ainsi que le pasteur, l'un, maigre et pourvu d'un monocle ; l'autre, soigné et rubicond, qui étaient visiblement des habitués de la cérémonie, même eux semblaient être des figurants sur mesure, plus vrais que nature. Et M. Rattisbon ? C'était la quintessence des avoués. Quant aux Ancred eux-mêmes, leur allure, leur rire soigneusement modulé, leur charmante façon de parler de tout et de rien révélaient aussitôt au spectateur qu'il avait devant lui un plateau de vedettes. Troy se mit à chercher des titres. « Hommage à Sir Henry ». « Les incroyables Ancred ».

— Jusque-là, tout se passe plutôt bien, ne trouvez-vous pas ? observa Thomas, à sa gauche.

Elle avait complètement oublié Thomas, bien qu'il lui eût servi d'escorte. Cedric, à sa droite, l'avait bombardée, ainsi que sa voisine, Desdemona, de remarques spasmodiques et totalement artificielles, qui paraissaient davantage destinées aux oreilles de son grand-père. Thomas, donc, avait dû jusqu'à présent garder le silence.

— Oui, très bien, acquiesça Troy précipitamment.

— Je veux dire, poursuivit Thomas en baissant la voix, qu'on ne croirait pas que tout le monde est terriblement angoissé à cause du testament. N'est-ce pas ? Enfin, tout le monde, excepté moi et, peut-être, Cedric.

— Chut ! fit Troy. Non, en effet.

— C'est parce qu'on est en train de jouer la scène de la Grande Famille Réunie. C'est la même chose au théâtre. Les gens qui ne peuvent pas se voir en peinture font les amants les plus convaincants. Vous n'en croiriez pas vos yeux. De l'extérieur, cela paraît très bizarre. Alors, ajouta Thomas, reposant sa cuillère à soupe et la dévisageant placidement, *que* pensez-vous en fin de compte d'Ancreton ?

— C'est un lieu qui m'a envoûtée.

— Tant mieux. Vous êtes tombée carrément dans le feu de l'action, non ? En plein dans les bagarres et les intrigues. Savez-vous ce qui va se passer après le dîner ?

Et, sans attendre sa réponse, il enchaîna :

— Papa va porter un toast à la santé du roi, et ensuite, j'en proposerai un à la sienne. Comme je suis le seul fils présent, c'est à moi de le faire. Dommage, car Claude se serait débrouillé beaucoup mieux. L'année dernière, cette tâche a été confiée à

Panty. Je lui ai fait répéter son « rôle », et elle s'en est tirée à merveille. Papa avait les larmes aux yeux. Cette année, à cause de la teigne et des farces, on ne l'a pas invitée. Ciel, fit Thomas, tandis que Troy se servait dans un plat apparu au-dessus de son épaule, mais ce sont les langoustines néo-zélandaises ! Je pensais que Millamant les avait supprimées. Papa les a-t-il remarquées ? Si oui, ça va mal tourner.

Thomas avait raison. Lorsqu'on lui eut apporté le plat, Sir Henry jeta un regard belliqueux sur sa belle-fille et se servit. Un silence momentané descendit sur l'assistance, et Troy, qui se trouvait en face de Millamant, la vit adresser une grimace découragée à Pauline, qui, à l'autre bout de la table, haussa les sourcils.

— C'est lui qui a insisté, glissa Millamant à Paul, son voisin de gauche.

— Comment ? s'enquit Sir Henry d'une voix de stentor.

— Ce n'est rien, papa, répondit Millamant.

— On appelle ça, fit Sir Henry en s'adressant à M. Rattisbon, le homard des rochers. Mais ça a autant d'un homard que ma chaussure. C'est un quelconque crustacé qui nous vient des antipodes.

Sous les regards furtifs de sa famille, il prit une grande bouchée et, indiquant son verre, ajouta :

— Il faut boire quelque chose avec ça. Je vais enfreindre ma règle, Barker. Champagne.

Barker, les lèvres légèrement pincées, lui remplit le verre.

— Bravo, comme un grand, approuva Miss Orrincourt.

Les Ancred, après une ou deux secondes d'effroi, se lancèrent simultanément dans une conversation fébrile.

— Et voilà, fit Thomas, sobrement triomphant. Qu'est-ce que je vous disais ? Champagne et langoustines. Nous n'avons pas fini d'en entendre parler, croyez-moi.

— Faites attention, murmura Troy nerveusement.

Puis, remarquant que Sir Henry était plongé dans une conversation galante avec Jenetta, sur sa gauche, elle ajouta prudemment :

— Est-ce si mauvais que cela pour lui ?

— Désastreux, répondit Thomas, je vous le promets. Je ne leur trouve pas un très bon goût, de toute façon, reprit-il après une pause. Qu'en pensez-vous ?

Troy était déjà parvenue à cette conclusion. Les langoustines étaient douteuses, décida-t-elle.

— Cachez-les sous votre pain, conseilla Thomas. C'est ce que je vais faire. Il y a la dinde d'Anniversaire ensuite, qui vient d'une de nos fermes. Nous pourrons nous rattraper là-dessus.

Mais Sir Henry, nota Troy, mangea toutes ses langoustines.

Mis à part cet incident, le dîner se déroula dans la même atmosphère d'allégresse générale, jusqu'au moment où Sir Henry, tel un glorieux maréchal en Technicolor, se leva et porta un toast au roi.

Quelques minutes plus tard, Thomas, toussotant modestement, se lança dans son discours.

— Vous savez certainement, papa, ce que je vais dire, car après tout, c'est votre anniversaire, une grande occasion donc, pour laquelle nous sommes tous heureux d'être réunis comme d'habitude, envers et contre tous. Il ne manque que Claude, ce qui est dommage, parce qu'il aurait bien d'autres choses à dire, contrairement à moi.

Ces dernières paroles parurent susciter un léger malaise chez les Ancred.

— Je dirai donc simplement, continua Thomas vaillamment, que nous sommes fiers d'être rassemblés ici, pour nous souvenir de vos réalisations passées et vous souhaiter encore bien des célébrations dans les années à venir. Oui, fit Thomas, après quelques secondes de silence pensif, je crois que c'est tout. Oh, j'oubliais ! Nous espérons tous, évidemment, que vous serez très heureux dans votre vie conjugale. Et maintenant, je propose que nous buvions tous à la santé de papa.

Les convives, manifestement habitués à des discours plus longs et pris au dépourvu par la brièveté de la péroraison de Thomas, se levèrent hâtivement.

— Papa, dit Thomas.

— Papa, répétèrent Jenetta, Millamant, Pauline et Desdemona.

— Grand-papa, murmurèrent Fenella, Cedric et Paul.

— Sir Henry, dit le pasteur d'une voix forte, imité par M. Rattisbon, le squire et Troy.

— Noddy ! fit Miss Orrincourt d'une voix perçante. A la bonne tienne. Et plein de carburant dans tes soutes !

Sir Henry accueillit tout cela d'une manière traditionnelle. Il tripota son verre, baissa le regard sur son assiette, jeta un coup d'œil sur Thomas, puis, finalement, leva une main en un geste d'humilité et la laissa retomber. L'impression d'ensemble fut celle d'un sentiment intense, mais contenu. Lorsque tout le monde se fut rassis, il se mit debout pour répondre. Troy s'était préparée à des phrases sonores et à une brillante démonstration de rhétorique. Compte tenu de l'ambiance familiale, elle ne s'attendait guère à une touchante simplicité et à une émotion poignante. Ce furent, néanmoins, les traits caractéristiques du discours de Sir Henry. Sans oublier une importante touche de virilité. Il avait eu, déclara-t-il, bien des rappels dans sa vie de saltimbanque, et prononcé bien des discours de gratitude devant bien des publics. Mais aussi émouvantes que fussent ces occasions, il n'y avait pas de public plus proche et plus cher au cœur d'un vieil homme que les membres de sa propre famille et ses quelques amis éprouvés. Lui et son bon Tommy se ressemblaient en ceci : ils n'avaient pas beaucoup de mots pour exprimer leurs pensées les plus chères. Mais peut-être n'était-ce pas plus mal. (Pauline, Desdemona et le pasteur opinèrent avec ferveur.) Sir Henry s'interrompit, et son regard alla brièvement de Paul à Fenella. Il avait eu l'intention, dit-il, de conserver pour cette occasion l'annonce d'un heureux changement qu'il envisageait actuellement. Mais les événements familiaux lui avaient en quelque sorte forcé la main, et tout le monde était déjà au courant de la bonne nouvelle. (Apparemment, le pasteur et le squire ne l'étaient pas, car ils eurent l'air perplexes.) Il restait, cependant, une petite cérémonie à accomplir.

Tirant une petite boîte en maroquin de sa poche, il l'ouvrit, en sortit une bague étincelante et, faisant lever Miss Orrincourt, lui passa la bague à l'annulaire, sur lequel il déposa préalablement un baiser. Miss Orrincourt jeta un coup d'œil expert sur la bague et serra Sir Henry dans ses bras avec l'enthousiasme le plus vif. L'assistance répondit par des applaudissements agités, dont Cedric profita pour marmonner :

— Mais c'est le solitaire de la Rani dans une nouvelle monture ! Je jure que c'est lui. Retenez-moi, les amis.

Sir Henry fit, non sans fermeté, rasseoir sa fiancée, et reprit le fil de son discours. C'était, souligna-t-il, une tradition dans la famille, que son chef fût marié deux fois. Le sieur d'Ancred... il se perdit en digressions généalogiques, et Troy sentit la gêne céder la place à l'ennui. Cependant, la suite de la tirade retint son attention. Il était également d'usage, disait Sir Henry, qu'à cette occasion, l'heureux Ancred révélât à sa famille la manière dont il entendait répartir ses biens. (M. Rattisbon haussa les sourcils et émit un son chevrotant.) Pareille franchise n'avait peut-être plus cours à l'époque actuelle, mais on trouvait un précédent approprié dans l'œuvre de Shakespeare. Le roi Lear... Mais après avoir jeté un coup d'œil sur ses filles au supplice, Sir Henry ne s'attarda pas sur cette analogie. Il se proposait, reprit-il, de maintenir cette tradition de franchise.

— Aujourd'hui, j'ai libellé... mon vieil ami Rattisbon me corrigera, si ce n'est pas le terme exact...

— M-m-mah ! fit M. Rattisbon, confus.

— ... je vous remercie... j'ai donc libellé mon testament. Il s'agit d'un simple petit document, conçu dans le même esprit qui a animé mon aïeul, le sieur d'Ancred, lorsque...

Un soupir excédé s'éleva de la tablée. Cette fois, pourtant, l'incursion de Sir Henry dans le passé lointain fut relativement brève. Il s'éclaircit la voix et, prenant un ton si solennel qu'il en fut presque ecclésiastique, il aborda de but en blanc le contenu de son testament.

Dès lors, le souci majeur de Troy fut d'éviter les regards de tous les autres convives. Pour ce faire, elle s'absorba dans une contemplation passionnée de la vasque qui était juste en face d'elle. Jusqu'à la fin de ses jours, la moindre allusion aux dernières volontés de Sir Henry Ancred allait évoquer dans sa mémoire l'image d'un cupidon grassouillet qui, dans une posture à la fois énergique et insouciante, s'élançait du globe central auquel il ne tenait que par un orteil. Son bras droit, fléchi, supportait du bout du doigt une corne d'abondance trois fois plus grande que lui et ruisselante d'orchidées.

Sir Henry était en train de parler des legs. Cinq mille livres allaient à sa belle-fille dévouée, Millamant ; et cinq mille, à son petit trésor, Desdemona. Son médecin, ses domestiques, le club de chasse et l'Eglise recevaient des legs seigneuriaux. L'esprit de Troy se mit à vagabonder, mais elle dressa l'oreille en entendant Sir Henry se comparer apparemment à quelque patriarche du Pentateuque.

— En trois parts. Le reliquat sera divisé en trois.

C'était donc le point culminant. Sa fiancée, Thomas et Cedric allaient bénéficier des intérêts viagers sur un tiers du reliquat de son patrimoine. Le capital lui-même devait être administré en fidéicommis et destiné, finalement, à la conservation et à l'embellissement d'Ancreton, en sa qualité de musée historique d'art dramatique, connu sous le nom du Mémorial de Henry Ancred.

— Hip, hip, hourra ! murmura Cedric à côté de Troy. Honnêtement, j'exulte. Cela aurait pu être infiniment pire.

Sir Henry survola brièvement le reste de la situation. Son fils Claude, Dieu merci — il se tourna à demi vers Jenetta — avait hérité suffisamment de sa grand-mère maternelle pour pouvoir subvenir, grâce à cela, ainsi qu'à ses propres talents, aux besoins de sa femme et — il jeta un rapide coup d'œil sur Fenella — sa fille. Sa fille Pauline (Troy l'entendit émettre un son inarticulé) avait reçu une dot généreuse au moment de son mariage et un héritage confortable que lui avait laissé son défunt époux. Puisqu'elle avait ses propres idées sur l'éducation de ses enfants, elle était capable de les réaliser toute seule.

— Ce qui, marmonna Cedric avec délectation, est un coup particulièrement ignoble pour Paul et Panty, ne trouvez-vous pas ?

— Chut ! fit Desdemona, son autre voisine.

Sir Henry s'était embarqué dans un éloge assez vague et sibyllin sur les mérites de l'unité familiale et sur l'impossibilité, malgré toutes les tentations, de les négliger entièrement. Une fois de plus, Troy se perdit dans ses pensées et fut brutalement tirée de sa torpeur en entendant son nom :

— Mme Agatha Troy Alleyn... sa toile spectaculaire et, si le modèle peut parler ainsi, superbe, que vous allez voir bientôt...

Déconcertée, Troy apprit que le portrait allait revenir à la nation.

V

— Ce n'est pas l'argent, Milly, se lamentait Pauline au salon. Ce n'est pas l'argent, Dessy. Je me moque de l'argent, Jen. C'est ce coup cruel, *cruel*, porté à mon amour. C'est ce qui me fait mal, les filles.

— A votre place, observa Millamant avec son rire, j'aurais été un peu vexée à cause de l'argent aussi.

Miss Orrincourt, selon sa coutume, était partie se maquiller. Les femmes étaient divisées en deux catégories : les ayant reçu et les n'ayant rien reçu. Dessy, une légataire pas vraiment enchantée, avait un pied dans chaque camp.

— C'est drôlement mesquin, déclara-t-elle, mais après tout ce que j'ai pu dire sur la Orrincourt, je suppose que j'ai eu de la chance d'avoir reçu au moins quelque chose. Comment l'avez-vous trouvée, Jen ?

— Il faut croire qu'elle est réelle, n'est-ce pas ? fit Jenetta Ancred, songeuse. En fait, je me suis demandé, tout à fait sérieusement, si elle n'a pas pu se déguiser et adopter ce langage et tout le reste, comme une sorte d'énorme farce. Jamais je n'aurais pensé qu'on peut coller à ce point à la peau d'un personnage. Mais bien sûr, elle est trop ravissante pour être un canular.

— Ravissante ! s'écria Desdemona. Jen ! Elle sort

directement du troisième rang des chœurs, et en plus, elle est d'un commun !

— Sans doute, mais de nos jours, elles sont assez ravissantes dans les chœurs, n'est-ce pas, Fenella ?

Fenella s'était tenue à l'écart de la discussion. Maintenant que tout le monde se tournait vers elle, elle leur fit face avec raideur, les pommettes en feu.

— Je voudrais dire, commença-t-elle d'une voix tremblante, combien je regrette, Tante Pauline et Maman, qu'à cause de Paul et moi vous ayez été traitées d'une manière aussi lamentable. Nous, cela nous est égal. Après ce qu'il nous a dit, nous n'aurions pas touché à un sou de son argent. Mais nous sommes désolés pour vous et Panty.

— Eh bien, chérie, répondit sa mère, passant son bras dans le sien, c'est absolument charmant de votre part, à tous deux, mais arrêtons là les discours, veux-tu ?

— Oui, mais, maman...

— Vos deux familles désirent par-dessus tout que vous soyez heureux. N'est-ce pas, Pauline ?

— Cela va sans dire, Jenetta, mais...

— Tu vois, Fen ? Cela va, et en plus sans dire, ce qui est vraiment une chance.

Pauline, l'air profondément vexé, se retira dans un coin avec Desdemona.

Jenetta offrit une cigarette à Troy.

— Ce n'était sans doute pas très gentil de ma part, marmonna-t-elle amicalement, mais j'avoue que je ne suis guère amateur de toutes ces blessures à vif. M. Rattisbon m'a dit que votre mari rentrait bientôt. Vous devez être ravie.

— Oui, acquiesça Troy. Ce sera le fin mot de l'histoire.

— Tout le reste doit vous paraître flou et sans relief, non ? Moi, c'est l'effet que cela me ferait.

— Cela me le fait également. J'ai l'impression d'avancer dans le brouillard.

— En parlant de relief, les Ancred en sont dépourvus de toute façon. Surtout mon beau-père. Etait-ce plus facile ou plus difficile de le peindre, à cause de cela ?

Mais avant que Troy ne pût répondre à cette question divertissante, Cedric, rose et l'air cabotin, ouvrit la porte et se posta sur le seuil dans une pose romantique, agitant son mouchoir.

— Allez, hop, mes chéries, dit-il. Le grand moment est arrivé. Je suis venu vous convoquer au Petit Théâtre. Très chère madame Alleyn, vous serez fêtée en même temps que le Vieux. Un essaim de colombes aux ailes dorées devrait descendre des cintres grâce à un mécanisme ingénieux et, avec des gestes gracieux, vous couronner de lauriers. Oncle Thomas aurait pu le mettre au point. J'aurais adoré voir Panty en guise de coryphée aérien. Vous venez ?

Les hommes étaient déjà rassemblés dans le Petit Théâtre. Celui-ci, brillamment éclairé, paraissait attendre l'arrivée d'un plus large public. Une musique douce bourdonnait derrière le rideau de scène lequel, détail inévitable, portait les armoiries des Ancred. Troy se trouva soudainement propulsée dans le rôle de vedette. Sir Henry l'escorta le long de l'allée jusqu'au fauteuil à côté du sien. Les autres membres de l'assistance s'installèrent derrière eux. Cedric, dûment empressé, disparut dans les coulisses.

Sir Henry était en train de fumer un cigare. Lorsqu'il se pencha galamment vers Troy, elle sentit qu'il avait bu du cognac. Ce à quoi ses entrailles semblaient réagir par une impressionnante cascade de gargouillis.

— Je vais juste dire quelques mots, annonça-t-il dans un murmure sépulcral.

Ces quelques mots furent, comme d'habitude, extrêmement embarrassants. La répugnance de

Troy à se charger de l'exécution du portrait fut soulignée sur un ton badin. Le plaisir que Sir Henry avait eu à assister aux séances de pose ressortit avec une ostentation éhontée. Suivirent quelques citations sur l'art passablement naïves du « Timon d'Athènes », puis :

— Mais je ne voudrais pas faire languir mon public plus longtemps, déclara Sir Henry avec emphase. Rideau, mon garçon. Rideau !

Les lumières de la salle s'éteignirent ; le rideau de scène s'éleva dans les airs. En même temps, quatre puissants projecteurs dardèrent sur la scène leurs faisceaux aveuglants. Les pans de velours rouge s'écartèrent, et le portrait apparut, inondé d'une lumière totalement inappropriée.

Au-dessus de la tête sombre du personnage, quelqu'un avait peint une vache vert émeraude avec des ailes vermillon, volant sur une portion claire du ciel nocturne. La vache était en train de sécréter un objet qui ressemblait vaguement à une bombe noire.

8.

La grande sortie

Cette fois, Troy ne connut qu'un bref instant de panique. La peinture à cet endroit était complètement sèche, se souvint-elle. Elle n'en éprouva pas moins une intense irritation. Au milieu des applaudissements qui résonnèrent machinalement quand le portrait fut découvert, et qui moururent à la vue de la vache volante, elle s'entendit déclarer d'une voix forte :

— Non, vraiment, c'en est trop.

Au même moment, Cedric, qui, de toute évidence, avait actionné les rideaux, passa la tête à l'extérieur, regarda la salle d'un air hébété, se retourna, vit le portrait et, pressant une main contre sa bouche, s'exclama :

— Oh, mon Dieu ! Enfer et damnation !

— *Chéri !* fit sa mère du fond de la salle. Qu'y a-t-il, Ceddie ?

A gauche de Troy, Sir Henry respira bruyamment et laissa échapper une sorte de rugissement rauque.

— Ce n'est rien, répondit Troy. S'il vous plaît, ne dites rien. Attendez.

Elle monta rageusement sur la scène et, sacrifiant son plus beau mouchoir, réduisit la vache en une tache verte.

— Je crois qu'il y a de l'essence de térébenthine

quelque part, lança-t-elle à la cantonade. Apportez-la moi, s'il vous plaît.

Paul accourut avec le flacon, lui proposant son propre mouchoir. Cedric se précipita, les bras chargés de chiffons. La souillure fut éliminée. Entre-temps, la salle résonnait du rire hystérique de Miss Orrincourt et du bourdonnement consterné des Ancred. Troy jeta le mouchoir et les chiffons dans les coulisses et, les joues en feu, revint s'asseoir à sa place. « J'aurais été moins furieuse, se dit-elle avec humeur, si cette horreur n'avait pas été aussi drôle. »

— *J'exige,* tonna Sir Henry, *j'exige* qu'on m'amène l'auteur de cet outrage.

Dans le tohu-bohu qui suivit, s'éleva la voix de Pauline :

— Ce n'est *pas* Panty. Je vous dis, Millamant, une fois pour toutes, que Panty est au lit, et qu'elle s'y trouve depuis cinq heures de l'après-midi. Papa, je proteste. Ce n'est pas Panty.

— Mon œil ! fit Miss Orrincourt. Elle passe son temps à peindre des vaches vertes. Je les ai vues. A d'autres, ma chère.

— Papa, je vous donne ma parole d'honneur...

— Attendez une minute, Mère...

— Je n'attendrai pas une seconde. Papa, j'ai des raisons de penser...

— Un instant, s'il vous plaît, cria Troy, rétablissant aussitôt le silence. C'est parti, fit-elle. Il y a eu plus de peur que de mal. Mais il faut que je vous dise une chose. Je suis venue ici juste avant le dîner. J'étais inquiète pour les rideaux : je craignais qu'ils ne touchent la toile aux endroits encore humides. Tout était normal, alors. Si Panty est censée se trouver au lit depuis neuf heures moins dix, ce ne peut pas être elle.

— Merci, merci, madame Alleyn, bredouilla Pauline. Vous avez entendu, papa ? Convoquez donc

Miss Able. J'insiste pour qu'on convoque Miss Able. Mon enfant sera lavée de tout soupçon.

— Je vais demander à Caroline, déclara Thomas brusquement. On ne convoque pas Caroline, vous savez. Je vais lui demander.

Il sortit. Les Ancred se turent. Soudain, Millamant remarqua :

— J'ai cru, moi, que c'était peut-être de l'art moderne. Comment appelle-t-on cela ? Surréalisme ?

— Milly ! suffoqua son fils.

— Quel genre de symbolisme, Milly, demanda Jenetta Ancred, attribuez-vous à une vache volante qui se comporte comme une mouette mal élevée au-dessus de la tête de papa ?

— On ne sait jamais, répliqua Millamant, de nos jours.

Elle eut un rire incertain.

— Papa est terriblement bouleversé, annonça Desdemona, qui se penchait sur lui. Papa, très cher, puis-je suggérer...

— Je vais me coucher, déclara Sir Henry. Je suis effectivement bouleversé. Je ne me sens pas bien. Je vais me coucher.

Tout le monde se leva, mais il les arrêta d'un geste.

— Je monte me coucher seul.

Cedric se précipita vers la porte. Sans un regard en arrière, Sir Henry descendit l'allée, silhouette ombrageuse et imposante sous les feux des projecteurs, et quitta majestueusement le théâtre.

Aussitôt, les Ancred se remirent à jacasser. Troy sentit qu'elle ne supporterait pas l'inévitable rappel des exploits passés de Panty, les protestations indignées de Pauline, les gloussements de Cedric, la voix imperturbable de Millamant, énonçant les évidences. Aussi fut-elle profondément soulagée lorsque Thomas, l'air légèrement perturbé, revint avec Caroline Able.

— J'ai demandé à Caroline de venir, dit-il, car j'avais un peu peur que vous ne me croyiez pas. Panty a été à l'infirmerie avec les autres teigneux. Le Dr Withers voulait les garder en observation à cause du médicament qu'il leur a donné, alors Caroline leur a fait la lecture depuis sept heures et demie. Panty n'y est donc pour rien.

— Bien sûr que non, opina Miss Able avec entrain. Comment aurait-elle pu ? C'est totalement impossible.

— Vous voyez bien, ajouta Thomas placidement.

II

Troy s'attarda dans le petit théâtre en compagnie de Paul et Fenella. Paul alluma la lumière, et ensemble, ils examinèrent le matériel de peinture de Troy, qui avait été entassé derrière les coulisses.

La boîte de couleurs avait été ouverte. On avait pressé un peu de vert de chrome et de noir ivoire sur le couvercle de protection qui isolait les tubes de couleurs du compartiment destiné à contenir les blocs à esquisses. Un gros pinceau avait été trempé d'abord dans le vert, puis dans le noir.

— Vous savez, dit Paul, il devrait y avoir des empreintes sur ce pinceau.

Il lança un regard timide à Troy.

— Ne croyez-vous pas ? ajouta-t-il.

— C'est ce que Roderick dirait sans doute, acquiesça-t-elle.

— Eh bien, s'il y en a, et si nous pouvions les comparer avec les empreintes de tout le monde, ce serait tout à fait concluant, non ? Et, de plus, ce serait drôlement intéressant.

— Oui, mais j'ai l'impression que les empreintes ne sont pas si faciles à manier que ça.

— Je sais. La main a dû se déplacer et tout. Mais regardez ! Il y a de la peinture verte sur le manche. J'ai déjà lu quelque chose de ce genre. Si nous leur demandions leurs empreintes ? Ils pourraient difficilement refuser, non ?

— Oh, oui, Paul ! s'écria Fenella.

— Qu'en pensez-vous, madame Alleyn ?

— Cher ami, il ne faut pas croire que je suis une spécialiste. Mais je vous accorde que ce serait intéressant. Je sais plus ou moins comment on s'y prend pour relever les empreintes officielles.

— J'ai lu beaucoup de choses là-dessus, dit Paul. Ecoutez, si jamais nous arrivons à obtenir ces empreintes, et que nous conservons le pinceau et la boîte intacts... serait-ce... enfin... croyez-vous que... ?

— Je pourrais toujours les lui montrer à tout hasard, répliqua Troy.

— Ce serait formidable, déclara Paul. Je m'en occuperai demain matin, vous verrez. On finira par éclaircir cette histoire. Tout cela est drôlement louche, en tout cas. Qu'en dites-vous, madame Alleyn ?

— Moi, je marche, fit Troy.

— Super ! dit Fenella. Moi aussi. Allons-y.

— O.K.

Avec précaution, Paul enveloppa le pinceau dans un chiffon.

— Je vais les emporter avec moi.

— C'est vrai ? Epatant.

Ils enfermèrent le portrait dans la salle des accessoires et se dirent bonne nuit avec des airs de conspirateurs. Se sentant incapable d'assister à un nouveau conclave des Ancred, Troy demanda de l'excuser et monta dans sa chambre.

Mais elle ne put trouver le sommeil. Dehors, dans

la nuit, la pluie martelait sans répit les murs de sa tour. Le vent semblait s'être engouffré dans la cheminée et on eût dit qu'il cherchait désespérément la sortie. Sur le palier, un seau avait remplacé la bassine, et le bruit irrégulier des gouttes jouait des castagnettes avec ses nerfs. Plus qu'une nuit ici, pensait-elle, et elle allait retrouver le confort des objets familiers de l'appartement londonien, confort qu'elle partagerait avec son mari. Elle ressentit alors une sorte de regret illogique à l'idée de quitter sa chambre dans la tour, et, dans cette disposition d'esprit, elle passa en revue tous les épisodes extravagants de son séjour à Ancreton. La peinture sur la rampe d'escalier. Les lunettes sur le portrait. L'inscription au fard sur le miroir de Sir Henry. L'incident du ballon couineur. La vache volante.

Si Panty n'était pas l'auteur de ces farces ineptes, qui était-ce, alors ? S'il n'y avait qu'un seul coupable, Panty était hors de cause. Mais n'aurait-elle pas pu donner le ton en barbouillant la rampe d'escalier de peinture, auquel cas quelqu'un d'autre aurait repris le flambeau ? Incontestablement, Panty s'était forgé une renommée avec ce genre de prouesses. Troy regretta de tout ignorer de la conception moderne de la psychologie enfantine. Etait-ce là le comportement typique d'un enfant qui aurait voulu être une figure dominante et qui se sentait frustré et écrasé ? Néanmoins, Troy était convaincue que Panty avait dit la vérité, quand elle avait nié d'avoir touché à la peinture. Et, à moins que Miss Able n'eût menti, Panty n'était certainement pas l'auteur de la vache volante, bien qu'elle eût une prédilection marquée pour les vaches et les bombes. Agitée, Troy se retourna dans son lit. Au milieu du vent et de la pluie, elle crut entendre la voix de la Grande Horloge. Y avait-il une signification quelconque dans le fait que tous les rajouts au portrait avaient été exécutés sur des parties sèches de la toile, ne causant ainsi aucun dommage ? Lequel des adultes de la maison aurait pu faire cela ? Cedric. Cedric peignait, des aquarelles probablement. Elle avait trouvé qu'à sa façon, sa ferveur esthétique était réelle. Il eût instinctivement reculé devant ce genre de vandalisme. Mais s'il savait qu'aucun dommage ne serait causé à la toile ? Et, dans ce cas, quel serait son mobile ? Il semblait s'être pris d'une certaine sympathie pour Troy : pourquoi aurait-il cherché à saccager son travail ? Morose, elle passa en revue tous les autres, les éliminant un par un, jusqu'à ce qu'elle fût parvenue à Miss Orrincourt.

La franche vulgarité de ces petites plaisanteries n'était pas totalement étrangère au tempérament de Miss Orrincourt. Etait-ce possible, se demanda Troy, gênée et amusée à la fois, que Miss Orrincourt fût jalouse des laborieuses attentions que Sir Henry prodiguait à son invitée ? Se serait-elle imaginé que les séances de pose avaient fourni des occasions pour des avances encore plus poussées, des tapotements de main plus empressés, des déambulations prolongées, bras dessus, bras dessous ?

— Nom d'une pipe, marmonna Troy en se contorsionnant entre les draps, en voilà une idée, en plein milieu de la nuit !

Non, c'était chercher beaucoup trop loin. Peut-être l'une des bonnes âgées avait-elle perdu l'esprit et s'était-elle tournée vers ces activités saugrenues. « Ou bien Barker », pensa Troy, ensommeillée. Dans l'écho du vent et de la pluie, elle commençait à percevoir des choses bizarres. Puis elle rêva des bombes volantes qui surgissaient de la nuit, convergeant vers sa tour. Mais au moment de l'atteindre, elles se transformaient en vaches vertes, qui clignaient de l'œil et, avec un sourire affecté à la Cedric, laissaient tomber des bombes molles, en disant fort distinctement : « Plop, plop, très chère madame Alleyn. »

— *Madame Alleyn ! Chère madame Alleyn, réveillez-vous, je vous en supplie.*

Troy ouvrit les yeux. Fenella, habillée de pied en cap, se tenait devant son lit. Dans la lumière blafarde de l'aube, son visage paraissait froid et blême. Ses mains se crispaient convulsivement. Les coins de sa bouche étaient affaissés, comme chez un enfant sur le point de pleurer.

— Pour l'amour du ciel, qu'y a-t-il encore ? s'écria Troy.

— Je voulais venir vous prévenir. Personne d'autre n'est en état de le faire. Ils sont tous complètement hystériques. Paul ne peut pas laisser sa mère, et maman essaie d'empêcher Tante Dessy d'avoir une crise de nerfs. Moi, je me sens si épouvantablement mal, qu'il fallait que je parle à quelqu'un.

— Mais pourquoi ? Que se passe-t-il ? Qu'est-il arrivé ?

— C'est grand-père. Quand Barker lui a monté son plateau de thé. Il l'a trouvé dans la chambre. Mort.

III

Il n'est pas de situation moins confortable que celle d'un étranger dans une maison en deuil. Le sentiment de solitude, l'impression qu'on dérange sans cesse les autres dans leur douleur et qu'ils seraient heureux d'être débarrassés de votre présence : tout cela éveille chez l'intrus un désir irrépressible de se répandre en excuses. S'il ne peut pas se rendre utile, sa détresse est d'autant plus grande ; aussi Troy ne fut-elle pas mécontente de voir Fenella trouver quelque réconfort en sa compagnie. Elle s'empressa d'allumer un feu par-dessus les cendres de la veille, chargea Fenella, qui grelottait comme un petit chien, de l'entretenir pendant qu'elle se douchait et s'habillait et, lorsque la jeune fille finit par s'effondrer, elle écouta son récit confus où revenait constamment le thème de la rupture avec son grand-père.

— Paul et moi lui avons fait tant de peine. C'est affreux. Nous ne nous le pardonnerons jamais, sanglotait Fenella.

— Allons, dit Troy, cela n'a aucun sens. Paul et vous avez agi selon votre droit le plus strict.

— Oui, mais cela a été trop brutal. Vous n'allez pas dire le contraire. Nous l'avons profondément blessé. Il l'a dit lui-même.

Sir Henry s'était plu à le répéter, en effet, et avec une éloquence certaine. Mais comment laisser entendre qu'il était mû davantage par la colère que par le chagrin ? Troy changea de tactique.

— Il a fini par se faire une raison, semble-t-il.

— Et hier soir ! gémit Fenella. Quand je pense à la façon dont nous avons déblatéré contre lui, hier soir. Au salon, après que vous êtes montée. Tout le monde, sauf maman et Paul. Tante Milly a dit qu'il allait sans doute avoir une attaque, et moi, j'ai ajouté que cela me serait égal si elle s'avérait fatale. Sérieusement ! Je suis *sûre* qu'il l'a senti. Il a rayé Tante Pauline, maman, Paul et moi de son testament à cause de nos fiançailles et de la manière dont nous les avons annoncées. Donc, cela l'avait terriblement affecté.

« Le testament, pensa Troy. Grands dieux, c'est vrai. Le testament ! »

— Il était vieux, Fenella, répondit-elle tout haut. Et l'avenir qui l'attendait n'était pas forcément radieux, ne croyez-vous pas ? Ce n'est peut-être pas si mal qu'il soit parti maintenant, alors qu'il venait de tout arranger selon ses désirs. Il a eu une fête magnifique.

— Vous avez vu comment elle s'est terminée.

— Ah, ça, fit Troy. Mon Dieu, oui.

— Ce doit être la fête qui l'a tué, continua Fenella. Les langoustines, vous savez. C'est ce qu'on pense tous. Le Dr Withers l'avait prévenu. Et personne n'était présent. Il est allé dans sa chambre et il est mort.

— Le Dr Withers est-il... ?

— Oui, il est passé. Barker est allé chercher Tante Milly, qui a téléphoné. Il dit que c'était une crise aiguë de gastro-entérite. Que c'est... que cela a dû arriver... peu après qu'il est monté se coucher. C'est affreux, quand on pense à toutes les choses horribles que nous étions en train de dire de lui en bas, au salon. Tous sauf Cedric, qui jubilait en nous écoutant. Il doit toujours jubiler, d'ailleurs, le petit salaud.

Le gong résonna sourdement au loin.

— Vous n'avez qu'à descendre au petit déjeuner, dit Fenella. Moi, je ne peux pas.

— C'est absurde, voyons. Essayez au moins d'avaler un peu de café.

Fenella agrippa nerveusement le bras de Troy.

— Je vous aime bien, fit-elle, parce que vous êtes tellement différente de nous tous. D'accord, je viens.

Les Ancred frappés d'affliction offraient un tableau saisissant. Pauline, Desdemona et Millamant, qui se trouvaient déjà à la salle à manger, avaient toutes déniché des robes noires, et Troy se rendit soudain compte qu'elle avait enfilé sans réfléchir un chandail rouge vif. Elle prononça les paroles de condoléances qui paraissent toujours si inadéquates. Desdemona lui saisit la main sans mot dire et se détourna. Pauline la stupéfia en fondant en larmes et en plantant un baiser impulsif sur sa joue. Et il fut bizarre de contempler une Millamant pâle et absolument pas souriante. Thomas fit son entrée, l'air hébété.

— Bonjour, dit-il à Troy. C'est affreux, n'est-ce

pas ? Je n'arrive pas à le concevoir, vous savez. Tout le monde semble s'en rendre compte. Ils pleurent, et tout, mais pas moi. Pauvre papa.

Il regarda ses sœurs.

— Vous ne mangez rien. Qu'est-ce que je te sers, Pauline ?

— Oh, Thomas ! fit Pauline avec un geste éloquent.

— J'imagine, ajouta-t-il, que plus tard, je serai incapable d'avaler quoi que ce soit, mais pour l'instant, j'ai faim.

Il s'assit à côté de Troy.

— C'est une chance que vous ayez terminé le portrait. Pauvre papa.

— *Tommy !* souffla sa sœur.

— Mais c'est vrai, non ? insista-t-il gentiment. Papa aurait été content, lui aussi.

Paul entra, suivi bientôt de Jenetta, vêtue de tweed. Troy constata avec soulagement que tout comme Thomas, aucun d'eux ne parlait d'une voix de circonstance.

Puis Millamant se mit à raconter comment Barker avait découvert Sir Henry. A huit heures du matin, il monta comme d'habitude avec du lait chaud pour son maître. En s'approchant de sa chambre, il entendit le chat Carrabas pleurer à l'intérieur et, quand il ouvrit la porte, celui-ci se sauva dans le couloir. Barker pensa que Sir Henry avait oublié de faire sortir le chat et s'étonna que Carrabas ne l'eût pas réveillé.

Il entra dans la chambre. Il faisait encore noir. Barker était myope, mais il put distinguer la silhouette étendue en travers du lit. Il alluma la lumière et, après un coup d'œil horrifié, se précipita vers la chambre de Millamant. Il cogna à la porte, mais, quand Pauline et Millamant répondirent en même temps, il garda sa présence d'esprit et, restant dehors, demanda à Millamant dans un murmure agité s'il pouvait lui parler. Elle enfila sa robe de chambre et sortit dans le couloir glacial.

— Et moi, j'ai compris, s'interposa Pauline. C'était comme un pressentiment. J'ai tout de suite compris qu'il était arrivé quelque chose.

— Evidemment, dit Millamant. Barker ne se conduit pas ainsi tous les matins.

— Je savais que c'était la Grande Faucheuse, insista Pauline avec conviction. Je le savais.

Millamant avait suivi Barker dans la chambre de Sir Henry. Puis elle l'envoya réveiller Thomas, pendant qu'elle-même téléphonait au Dr Withers. Celui-ci était sorti, mais il arriva une heure plus tard. Selon lui, il s'agissait d'une crise aiguë de gastro-entérite, provoquée sans doute par les excès de table. Le cœur avait dû lâcher, et Sir Henry avait dû sombrer dans le coma avant de rendre son dernier soupir.

— Ce qui m'échappe, déclara Pauline, c'est pourquoi il n'a pas sonné. Il sonnait toujours, quand il était pris d'un malaise pendant la nuit. Il y a une cloche spéciale dans le couloir, Dessy. Et le cordon pend à côté de son lit.

— Il a essayé, fit Thomas. Il a dû s'y cramponner par-dessus le lit, avant de tomber. C'est ainsi qu'il a arraché le cordon. Et, tout compte fait, je crois que je n'ai pas très faim.

IV

Troy passa la majeure partie de son dernier jour entre sa chambre et le petit théâtre, prenant tout son temps pour faire ses bagages, ce qui n'était pas une mince affaire. Le chat Carabbas avait élu domicile dans sa chambre. Se souvenant où il avait passé la nuit, elle frissonna au contact de son poil. Mais finalement, ils se prirent d'amitié l'un pour l'autre, et elle fut contente de l'avoir auprès d'elle. Au début, il l'observait avec intérêt, s'asseyant occasionnellement sur les vêtements qu'elle étalait sur le lit ou bien par terre. Quand elle l'en ôta, il ronronna brièvement, puis, avec un faible miaou, lui effleura la main de son nez. Il avait le nez chaud. Elle nota également que son poil était terne. Etait-ce possible qu'il fût affecté par la mort de son maître ? Il devint agité, et elle ouvrit la porte. Après l'avoir regardée fixement, il sortit, la queue basse. Quelques instants plus tard, elle crut l'entendre pleurer à nouveau dans l'escalier. Légèrement oppressée, elle retourna à son occupation, s'interrompant de temps à autre pour arpenter sa chambre ou pour contempler par la fenêtre de sa tour le paysage sous la pluie. Tombant par hasard sur un carnet d'esquisses, elle entreprit distraitement de croquer les Ancred. Au bout d'une demi-heure, elle les avait tous au complet, collection de curiosités à montrer à son mari. Puis, contrite, elle se remit à faire ses valises.

Thomas s'était chargé d'expédier par le train les bagages volumineux qui ne rentreraient pas dans la voiture du Yard.

Troy se sentait accablée par une impression d'irréalité. Plus que jamais, elle avait la sensation de se trouver en suspens entre deux phases d'une même situation. Elle avait perdu tout contact non seulement avec son environnement, mais aussi avec elle-même. Tandis que ses mains triaient et pliaient habit après habit, ses pensées vagabondaient entre les événements de ces dernières vingt-quatre heures et ceux des heures à venir. « C'est moi, se dit-elle, atterrée, qui serai comme ces voyageurs qui sont incapables de parler d'autre chose que de leurs compagnons de route et des petits incidents survenus au cours de leur périple ; et c'est Rory qui écoutera, résigné, les anecdotes sur ces Ancred, qu'il n'aura jamais l'occasion de connaître. »

Le repas du midi parut prolonger, d'une étrange manière, le petit déjeuner. A nouveau, elle rejoignit les Ancred, avec leurs voix de circonstance et leur douleur si éloquente, que Troy ne se décidait pas tout à fait à mettre en doute. Elle n'écouta la conversation que d'une oreille, saisissant des bribes d'information. M. Rattisbon avait été transféré au presbytère. Thomas avait dicté des notices nécrologiques au téléphone. L'enterrement allait avoir lieu mardi. Les voix continuaient à murmurer. Momentanément, Troy fut incluse dans la discussion. Un hebdomadaire avait eu vent du portrait (Nigel Bathgate, pensa Troy) et se proposait d'envoyer un photographe. Elle fit des réponses et des suggestions appropriées. Cedric, qui jusque-là se tenait coi malgré son énervement manifeste, parut s'animer à la mention du portrait, puis inexplicablement, adopta une attitude d'acquiescement nerveux. La conversation se reporta sur Miss Orrincourt qui, ayant signifié son incapacité de paraître en public, prenait les repas dans sa suite.

— J'ai vu son plateau de petit déjeuner, observa Millamant avec l'ombre de son rire habituel. Elle ne semble pas avoir perdu l'appétit.

— T'ah ! firent les Ancred doucement.

— Allons-nous savoir, s'enquit Pauline, combien de temps elle a l'intention de... ?

— Jusqu'à ce que les dispositions testamentaires entrent en vigueur, je suppose, répondit Desdemona.

— Non, mais au fait, commença Cedric.

Toutes les têtes se tournèrent vers lui.

— Serait-ce trop déplacé ou prématuré de se demander si la chère Sonia se trouve dans la même position, *célibataire*, que si elle avait été la veuve du Vieux... de notre cher grand-papa ?

Un silence attentif plana sur la tablée. Ce fut Thomas qui le rompit.

— Evidemment, dit-il en regardant autour de lui d'un air affable, tout dépend de la façon dont le testament a été rédigé. Si sa part revient à « Sonia Orrincourt » ou bien à « mon épouse Sonia », quelque chose comme ça.

Pauline et Desdemona ouvrirent de grands yeux. Cedric se lissa les cheveux avec deux doigts mal assurés. Fenella et Paul plongèrent le nez dans leurs assiettes. Dans une vague tentative de détendre l'atmosphère, Millamant remarqua :

— Il est un peu trop tôt pour vendre la peau de l'ours, ne croyez-vous pas ? Nous n'y sommes pas encore.

Pauline et Desdemona échangèrent un coup d'œil. Millamant avait utilisé le sacro-saint « nous ».

— Moi, je trouve cela infect, déclara Fenella de but en blanc, de commencer à parler du testament de grand-père, alors qu'il est là-haut... couché...

Elle s'interrompit et se mordit la lèvre. Troy vit Paul lui prendre la main. Jenetta Ancred, qui avait gardé le silence durant tout le repas, adressa à sa fille un sourire mi-anxieux, mi-réprobateur. « Elle a horreur, pensa Troy, que Fenella se comporte en Ancred. »

— Bien sûr, Fen, murmura Cedric, tu peux te permettre de jouer les âmes nobles et désintéressées, ma chérie. Puisque, de toute façon, tu n'es *vraiment* pas dans le coup.

— Je trouve cette remarque insultante, Cedric, rétorqua Paul.

— Tout le monde a terminé ? s'enquit Pauline précipitamment. Dans ce cas, si vous voulez bien, madame Alleyn... ?

S'excusant, Troy s'éclipsa de la réunion digestive au salon.

Alors qu'elle sortait dans le hall, une voiture s'arrêta dehors. Barker, qui semblait l'attendre, était déjà sur le perron. Il fit entrer trois hommes pâles, en tenue de ville particulièrement sombre. Ils arboraient de larges cravates noires. Deux d'entre eux portaient des valises noires. Le troisième jeta un coup d'œil sur Troy et parla d'une voix inaudible.

— Par ici, je vous prie, fit Barker, les introduisant dans une petite pièce au fond du hall. Je vais prévenir Sir Cedric.

Restée seule, Troy essaya d'assimiler cette reconnaissance officielle de l'autorité de Cedric. Son regard se posa sur la table où le plus âgé des trois hommes avait, avec une discrétion experte, presque en un tour de main, laissé tomber une carte. Il l'avait, en effet, légèrement poussée avec son index, si bien qu'elle se trouva à moitié cachée sous le livre que Troy avait pris dans la bibliothèque pour égayer son après-midi. La carte était gravée en caractères plus gras et plus épais qu'une carte de visite normale :

« MORTIMER, FILS & LOAME

Entrepreneurs...

Troy souleva le livre, révélant la partie dissimulée de la carte.

... et Embaumeurs », lut-elle.

9.

Alleyn

Le paquebot changea d'allure, et cette modification quasi physique fit comprendre aux passagers qu'ils arrivaient au terme de leur long voyage. Le pouls du navire mourut. Il fut remplacé par le sourd clapotis des vagues contre sa coque ; par les cris des mouettes, les voix, le bruit des chaînes, et au-delà, le mouvement sur les quais et le grondement de la cité lointaine.

Aux premières lueurs de l'aube, le port de Londres semblait attendre, la mine blafarde, pareil à un invalide qui s'apprête à recouvrer sa vigueur. Une fine brume flottait sur les hangars et les entrepôts. De pâles lumières s'étiraient en un collier scintillant le long du rivage. Les toits, les bollards et les cordages miroitaient sous le givre. Alleyn avait agrippé la rambarde du bastingage pendant si longtemps qu'il sentait la morsure du froid à travers ses gants. Des groupes de gens se tenaient sur le quai, signes d'une vie extérieure et, pour quelques instants encore, lointaine. Ces groupes, enveloppés d'un nuage formé par leur propre haleine, étaient composés pour la plupart d'hommes.

Il y avait trois femmes, et l'une d'elles portait un chapeau vermeil. L'inspecteur Fox était arrivé dans la vedette du pilote. Alleyn, qui ne s'y était guère attendu, fut touché et heureux de le voir, mais en cet instant, il lui était impossible de parler à Fox.

— Mme Alleyn, dit Fox derrière lui, porte un bonnet rouge. Si vous voulez bien m'excuser, monsieur Alleyn, j'ai deux mots à dire au type... La voiture est juste à la sortie de la douane. A tout à l'heure.

Alleyn se retourna pour le remercier, mais il s'éloignait déjà, engoncé dans son pardessus, l'image même de son métier.

A présent, seul un sillon, un ruban d'eau noire séparait le bateau du débarcadère. Les cloches sonnèrent. Les hommes se rapprochèrent des bollards, fixant le paquebot. L'un d'eux leva la main, et ses salutations résonnèrent clairement aux oreilles des passagers. On largua les amarres : le choc de l'arrêt final propagea des vibrations sourdes à travers tout le navire.

Troy était en bas, sur le quai. Elle s'avança, les mains dans les poches de son manteau. Le regard de ses yeux étrécis balaya le pont, se dirigeant vers Alleyn. Pendant ces quelques secondes, tandis qu'il attendait qu'elle le découvrît, Alleyn sentit qu'elle était aussi nerveuse que lui. Il leva la main. Leurs regards se croisèrent, et un sourire extraordinairement intime éclaira le visage de Troy.

II

— Trois ans, sept mois et vingt-quatre jours, déclara Alleyn cet après-midi-là. Tout une éternité quand on est loin de sa femme.

Il regarda Troy, assise sur le tapis devant la cheminée, les genoux sous le menton.

— Ou plutôt, ajouta-t-il, quand on est loin de toi, Troy. Toi qui, par miracle, te trouves être ma femme. Je me faisais un sang d'encre à cause de tout cela.

— Tu avais peur, demanda Troy, que nous soyons intimidés et que nous n'ayons rien à nous dire ?

— Toi aussi, alors ?

— Cela arrive, paraît-il. Cela peut arriver facilement.

— J'ai même envisagé l'opportunité de citer Othello à son arrivée à Chypre. Qu'aurais-tu dit, ma chérie, si je t'avais prise dans mes bras à la porte A des douanes en déclamant : « O, ma belle guerrière ! »

— Je t'aurais sans doute coupé le sifflet avec une citation de « Macbeth ».

— Et pourquoi « Macbeth » ?

— Te l'expliquer serait épuiser d'avance toute la conversation que j'ai gardée en réserve pour toi. Rory...

— Mon amour ?

— J'ai passé des moments très bizarres avec Macbeth.

L'air dubitatif, elle le contemplait de sous les mèches emmêlées qui lui tombaient sur le front.

— Mais peut-être que ça ne t'intéresse pas, marmonna-t-elle. C'est une longue histoire.

— Elle ne risque pas d'être trop longue, répondit Alleyn, si c'est toi qui me la racontes.

« Et voilà, ça l'a intimidée à nouveau, pensa-t-il en l'observant. Il faut nous réhabituer l'un à l'autre. » Alleyn avait un esprit précis et analytique. Il avait décelé et examiné en lui des pensées qu'un autre eût préféré ignorer. Pendant le long voyage du retour, il s'était demandé à maintes reprises si, lors de leurs retrouvailles, Troy et lui n'allaient pas constater que les années avaient dressé entre eux une barrière transparente, à travers laquelle ils se dévisageraient sans amour. Curieusement, cette idée lui venait aux moments où Troy lui manquait le plus. Quand, au début, elle s'était avancée sur le quai sans le voir, la réaction physique d'Alleyn fut si violente qu'elle avait pulvérisé ses pensées. Ce fut seulement quand Troy lui adressa ce regard chargé d'intimité, le premier et jusque-là le dernier, qu'il comprit sans l'ombre d'un doute que son amour était intact.

A présent qu'elle était devant lui, dans cette pièce dont l'aspect familier semblait légèrement déroutant, son bonheur était d'un genre tout neuf, de ceux qui attendent d'être mis à l'épreuve. En cet instant, les pensées de Troy étaient-elles semblables aux siennes ? Pouvait-il être aussi sûr d'elle qu'il l'était de lui ? Elle avait connu une existence entièrement différente durant son absence. Il ignorait tout de ses nouvelles fréquentations, hormis quelques mots épars qu'elle leur avait consacrés dans ses lettres. Maintenant, de toute évidence, il allait en savoir plus.

— Viens ici, fit-il, et raconte-moi.

Elle regagna sa place habituelle, s'adossant à son fauteuil, et il la regarda avec plus de sérénité, mais en même temps, avec un plaisir si intense que le début de son récit lui échappa. Cependant, le réflexe d'écouter les dépositions reprit impitoyablement le dessus, et il suivit avec attention la chronique d'Ancreton.

Au début, Troy parla avec hésitation, mais l'intérêt d'Alleyn la stimula, et elle commença à prendre plaisir à sa narration. Elle alla même chercher le carnet avec les croquis qu'elle avait esquissés dans sa tour. Alleyn rit à la vue des petits personnages vivants avec leurs énormes têtes.

— On dirait un jeu ancien des Sept Familles.

Et elle reconnut qu'il y avait quelque chose de vieillot et de fantasque chez les modèles. Après les excentricités des Ancred, les farces furent le thème prédominant de son récit. Alleyn l'écoutait avec une inquiétude croissante.

— Mais alors, l'interrompit-il, ce petit monstre a-t-il finalement gâché ta toile, ou non ?

— Non, non. Mais ce n'était pas le petit monstre du tout. Ecoute.

Il obtempéra, et s'amusa beaucoup de ses méthodes de déduction.

— Tu sais, elle aurait très bien pu écrire « grand-perre » à un moment, et « grand-père » à un autre, mais c'est un détail intéressant, en effet.

— C'était surtout son attitude, plus qu'autre chose. Je suis absolument convaincue qu'elle n'y est pour rien. Je sais qu'elle a une solide réputation en la matière... mais attends la suite. Et ne perturbe pas le témoin.

— Pourquoi ? s'enquit Alleyn en se baissant.

— Pour en revenir à mon histoire, fit Troy quelques instants plus tard.

Cette fois, il la laissa terminer sans intervenir. C'était une étrange histoire. Se rendait-elle compte seulement à quel point son histoire était étrange ?

— Je ne sais pas si j'ai bien rendu l'ambiance délirante de cette incroyable maison, dit Troy. Toutes ces petites choses bizarres, tu sais, comme par exemple le livre sur l'embaumement parmi les bibelots et la disparition de la mort-aux-rats.

— Pourquoi les associes-tu, au juste ?

— Je me le demande. Sans doute, parce qu'il y a de l'arsenic dans les deux.

— Chercherais-tu, mon ange, à me gratifier d'une affaire d'empoisonnement pour célébrer mon retour au bercail ?

— Eh bien, répondit-elle après une pause, on peut se poser la question, ne trouves-tu pas ?

Elle se contorsionna pour le regarder.

— Il a bel et bien été embaumé, figure-toi. Par MM. Mortimer et Loame. Je les ai croisés dans le hall avec leurs sacs noirs. Le seul hic, c'est l'impossibilité de se représenter un Ancred sous les traits d'un lent empoisonneur. Autrement, ça colle.

— Un peu trop bien, même.

Et, comme à regret, Alleyn ajouta :

— Quelles sont les autres petites choses bizarres qui sont arrivées entre-temps ?

— J'aimerais savoir pourquoi Cedric et la Orrincourt ont attrapé le fou rire sur le canapé, et si la Orrincourt a toussé ou bien ri dans la carriole. De plus, je voudrais bien savoir ce qu'elle a acheté à la pharmacie. Je voudrais aussi en savoir plus sur Millamant. Il est impossible de deviner ce qu'elle pense, à part le fait qu'elle soit en adoration devant son infâme Cedric. Bien sûr, il aurait été dans l'intérêt de son Cedric de monter Sir Henry contre la pauvre Panty, qui, à propos, bénéficie d'un alibi en béton dans l'affaire de la vache volante. Son alibi, c'est un dangereux poison. Contre la teigne.

— Cette petite peste prenait-elle du thallium ?

— Tu connais le thallium ?

— J'en ai entendu parler.

— Il lui donne un alibi pour la vache volante, dit Troy. Tu vas voir pourquoi.

— Oui, acquiesça Alleyn, quand elle eut terminé ses explications. Cela la met hors de cause, pour ce qui est de la vache volante.

— Elle n'est responsable d'aucune de ces farces, affirma Troy avec conviction. Je regrette maintenant que Paul, Fenella et moi n'ayons pas poursuivi notre expérience.

— Et en quoi consistait-elle ?

— Elle impliquait ta coopération, répondit Troy, l'observant du coin de l'œil.

— Tu plaisantes !

— Non. Nous avons emballé le pinceau qui avait servi pour la vache volante, et nous allions demander à tout le monde leurs empreintes, pour que tu puisses les confronter. Cela ne t'aurait pas trop ennuyé ?

— Mon cher cœur, je serais prêt à les confronter avec les empreintes du grand khan des Tartares, si cela peut te faire plaisir.

— Mais nous ne sommes pas allés plus loin. La mort, comme vous diriez, toi et M. Fox, la mort nous a interrompus. La mort de Sir Henry. Au fait, la personne qui a barbouillé la rampe d'escalier a laissé ses empreintes sur le mur de pierre au-dessus. Peut-être qu'après un laps de temps décent, je pourrais inventer un prétexte pour me faire inviter à Ancreton, et tu viendrais avec moi, emportant ton insufflateur et de l'encre d'imprimerie. Non, mais sérieusement, c'est une drôle d'histoire, ne trouves-tu pas ?

— Oui, opina-t-il, se frottant le nez. Elle est très curieuse. Nous avons appris la mort d'Ancred par la radio de bord. Jamais je ne me serais douté que tu étais mêlée à tout cela.

— Je l'aimais bien, tu sais, fit Troy après une pause. C'était un vieil exhibitionniste, terriblement intimidant parfois, mais je l'aimais bien. Et il était magnifique à peindre.

— Le portrait est-il réussi ?

— Je pense que oui.

— J'aurais voulu le voir.

— Tu le verras sûrement un de ces jours. Il a dit qu'il le lèguerait à la nation. Que fait la nation dans ces cas-là ? Va-t-elle l'accrocher dans un coin sombre de la Tate Gallery, à ton avis ? Un journal, celui de Nigel Bathgate, je soupçonne, va publier sa photo. On nous enverra peut-être un exemplaire.

Alleyn n'attendit pas longtemps pour voir la photographie en question. Le soir même, elle parut dans le journal de Nigel avec un article sur les funérailles de Sir Henry. Il avait été enterré dans le caveau de famille avec autant de pompe que les circonstances le permettaient.

— Il espérait, dit Troy, que la nation en déciderait autrement.

— L'abbaye de Westminster ?

— J'en ai bien peur. Pauvre Sir Henry, je le regrette pour lui. Enfin, ajouta Troy, laissant tomber le journal, pour ce qui me concerne, c'en est fini des Ancred.

— On ne sait jamais, répondit Alleyn distraitement.

Puis, pris d'une soudaine impatience vis-à-vis des Ancred et de tout ce qui prolongeait au-delà de cet instant la première phase incertaine de leurs retrouvailles, il tendit les bras vers Troy.

L'épisode de ces retrouvailles intervient dans la narration uniquement dans la mesure où il a affecté l'attitude d'Alleyn envers le récit de Troy. S'il l'avait entendu à n'importe quel autre moment, il est probable qu'il eût prêté, même involontairement, une oreille plus attentive à la description de ces événements insolites. Or il se contenta d'y voir un interlude providentiel entre leur première rencontre et la consommation de celle-ci, après quoi il chassa les Ancred et leurs déboires de ses pensées conscientes.

Ils passèrent trois jours ensemble, interrompus seulement par une entrevue quelque peu prolongée entre Alleyn et son chef à la Section Spéciale. Pour l'instant du moins, Alleyn était censé reprendre ses fonctions normales au Yard. Jeudi matin donc, lorsque Troy retourna à son travail, il l'accompagna une partie du chemin, la regarda s'éloigner, puis, avec un curieux sentiment d'anxiété, s'en fut retrouver les lieux familiers et les vieux collaborateurs.

Il fut agréable, après tout, de traverser le hall de service nu, sentant le charbon et le linoléum, et d'entrer à nouveau dans le bureau banal, où le commissaire du Bureau d'Investigation Criminelle, trônant dans un décor d'épées croisées, de photos commémoratives et de fers à cheval, l'accueillit avec une satisfaction non déguisée. Il fut étrangement agréable de se rasseoir à son vieux bureau d'inspecteur principal et de renouer avec la routine.

Il s'était réjoui à l'idée de bavarder au préalable avec Fox, mais Fox était en mission et n'allait pas rentrer avant la fin de la journée. Entre-temps, il y avait une vieille connaissance d'Alleyn, un certain Squinty Donovan, qui, ayant survécu à deux passages devant la cour martiale, six mois de cachot à Broadmoor et un éclat de bombe, avait laissé sa carte de visite dans une boutique d'antiquités à Beachamp Place, Chelsea. Alleyn mit en marche les rouages complexes de la machine policière qui allaient permettre de remonter de Squinty à son receleur.

Puis il se replongea dans son fichier.

Il n'y avait rien d'exaltant en perspective, rien qu'une série de tâches routinières. Tant mieux; Dieu sait qu'il avait eu son content d'aventures au cours de ces trois années d'investigations pour le compte de la Section Spéciale. Il avait souhaité que son retour au Yard se passât dans le calme.

Quelque temps plus tard, il eut un coup de fil de Nigel Bathgate.

— Au fait, demanda Nigel, Troy a-t-elle vu le testament?

— Quel testament?

— Celui du vieil Ancred. Elle vous a parlé des Ancred, bien sûr.

— Bien sûr.

— C'est dans le *Times* de ce matin. Jetez-y un œil. Ils vont recevoir un de ces chocs!

— Qu'a-t-il fait?

Pour une raison inexplicable, Alleyn n'avait pas très envie d'entendre parler des Ancred.

Nigel gloussa à l'autre bout du fil.
— Allez, trêve de plaisanteries. Qu'a-t-il fait ?
— Il leur a joué un tour plus que pendable.
— De quelle façon ?
— En laissant tout le paquet à la Orrincourt.

III

Nigel avait quelque peu simplifié les faits, constata Alleyn, quand, toujours à contrecœur, il prit connaissance du testament. Sir Henry laissait à Cedric les biens inaliénables des Ancred, et pas un sou de plus, ainsi qu'un legs de mille livres à Millamant, à chacun de ses enfants et au Dr Withers. Le reste de sa fortune revenait à Sonia Orrincourt.

— Mais alors... le discours au dîner d'anniversaire et l'autre testament ! s'écria Troy, quand il lui eut montré le journal. Crois-tu que c'était du bluff intégral ? Dans ce cas, M. Rattisbon aurait dû être au courant. Ou bien, Rory... à mon avis, c'est à cause de la vache volante. Il a dû être tellement excédé par sa famille qu'il est monté droit dans sa chambre, où il a convoqué M. Rattisbon pour rédiger sur-le-champ un nouveau testament.

— Mais puisqu'il pensait que cette enfant terrible était l'auteur de la vache volante ? Pourquoi se serait-il vengé sur le reste de la famille ?

— Thomas ou un autre a dû aller le voir pour lui parler de l'alibi de Panty. Alors, ne sachant qui soupçonner, il a fini par se retourner contre toute la bande.

— A l'exception de Miss Orrincourt.

— Elle a sûrement veillé au grain, affirma Troy.

La nouvelle l'avait énormément marquée, nota Alleyn, et, durant la soirée, elle revint à plusieurs reprises aux Ancred et à leur présent dilemme.

— Que va faire Cedric, à ton avis ? Il n'aura

certainement pas les moyens d'entretenir le château de Katzenjammer. C'est ainsi qu'il l'appelle, tu sais. Peut-être en fera-t-il don à la nation. Dans ce cas, ils pourraient accrocher mon portrait à l'endroit qui lui était réservé, sous les projecteurs de toutes les couleurs, et tout le monde serait content. La Orrincourt, elle, ne se tiendra plus de joie.

Une note hésitante se glissa dans la voix de Troy. Alleyn vit ses mains se rapprocher nerveusement. Elle croisa son regard et se détourna.

— Ne parlons plus des pauvres Ancred, d'accord ?

— Qu'est-ce que tu ressasses, au juste ? demanda-t-il, mal à l'aise.

— Rien, répliqua-t-elle précipitamment.

Il attendit et, quelques instants plus tard, elle s'approcha de lui.

— Je voudrais simplement que tu me dises la chose suivante. Admettons que tu aies entendu parler par quelqu'un d'autre des Ancred et de tous leurs démêlés invraisemblables. Qu'en penserais-tu ? Je veux dire par là...

Les sourcils froncés, Troy contempla ses mains jointes.

— Ne trouves-tu pas que cela ressemble abominablement au début d'un chapitre des *Causes Célèbres ?*

— Cela te préoccupe vraiment ? fit-il après une pause.

— Curieusement, répondit Troy, oui.

Se levant, Alleyn lui tourna le dos. Lorsqu'il se remit à parler, sa voix avait changé.

— Dans ce cas, nous allons nous pencher sur la question.

— Qu'y a-t-il ? entendit-il Troy, incertaine. Que s'est-il passé ?

— Quelque chose de totalement ridicule, dont nous allons nous débarrasser. Une sorte de fétiche personnel. Jamais je ne me serais attendu à rentrer à la maison et à causer tranquillement d'un meurtre avec ma femme au coin du feu. J'ai toujours évité de parler de ce genre d'affaires, même quand j'en avais une sur les bras.

— Cela ne m'aurait nullement dérangée, Rory.

— C'est une sorte de délicatesse... non, ce serait lui accorder trop de mérite. C'est illogique et injustifiable. Si mon travail ne te convient pas, alors je dois changer de travail.

— Tu as trop d'imagination. J'ai très bien surmonté mes états d'âme.

— Je ne voulais pas que tu les surmontes, répliqua-t-il. Je te le dis, c'est moi, l'imbécile dans l'histoire.

Elle prononça alors les paroles qu'il espérait ne pas entendre :

— Tu crois donc qu'il y a quelque chose dans cette affaire... des Ancred ?

— Au diable les Ancred ! Non, ça ne va pas. Viens, on va essayer d'examiner et de classer l'affaire. Ton raisonnement est le suivant. Il y a un livre sur l'embaumement dans leur redoutable salon. Un livre qui insiste sur l'usage de l'arsenic. Le vieil Ancred a clamé sur tous les toits qu'il allait se faire momifier. N'importe qui aurait pu lire le livre. On a vu Sonia Orrincourt le faire. L'arsenic qui servait de mort-aux-rats a disparu de la maison. Le vieil Ancred est mort aussitôt après avoir modifié son testament en faveur de la Orrincourt. Il n'y a pas eu d'autopsie. Si on en faisait une maintenant, la présence de l'arsenic s'expliquerait pour l'embaumement. On a tout lieu de croire, donc, qu'il y a anguille sous roche.

— Oui, acquiesça Troy, c'est cela.

— Et tu te demandes si les farces et toutes les autres joyeusetés pourraient s'inscrire là-dedans ?

— Dit comme ça, cela paraît moins plausible.

— Bien ! fit-il vivement, se tournant vers elle. Voilà qui est mieux. Allez, on continue. Tu t'es demandé si les farces n'étaient pas une idée de la Orrincourt, désireuse de dresser le vieil homme contre sa petite-fille préférée.

— Oui. Elle ou alors Cedric, pour la même raison. Tu comprends, Panty était dans ses petits papiers avant l'avènement des pétards et des vaches volantes.

— Bref, tu te demandes si l'un des Ancred, et notamment Cedric ou Miss Orrincourt, a assassiné Sir Henry, après avoir supplanté sa favorite.

— C'est comme quand on parle d'un cauchemar. Cela cesse d'être terrifiant pour devenir tout simplement stupide.

— Tant mieux, rétorqua-t-il avec vigueur. Bien. Maintenant, si l'arsenic égaré était l'arme du crime, celui-ci a dû être programmé longtemps avant la fête. Car, apparemment, Millamant aurait dit que l'arsenic avait disparu depuis un certain temps déjà ?

— Oui. A moins que...

— A moins que Millamant ne l'ait assassiné elle-même et qu'elle n'ait cherché à brouiller les pistes.

— Ce n'est pas parce qu'il est impossible de savoir ce qu'elle pense, qu'elle a forcément songé au meurtre.

— Bien sûr que non, Dieu merci. Mais si l'un des Ancred a assassiné Sir Henry, c'est à la suite de ce qui a été annoncé au dîner et en ignorant tout du testament rédigé cette nuit-là.

— A moins que l'un des légataires ne se soit estimé lésé et n'ait agi sous l'emprise de la fureur.

— Ou alors Fenella et Paul, qui n'ont rien eu ? Oui. C'est une autre éventualité.

— Fenella et Paul ne sont pas comme ça, répliqua Troy fermement.

— Et si c'est Desdemona, Thomas ou bien Jenetta...

— Jenetta et Thomas sont hors de cause…

— … alors cela ne colle pas avec les farces, car ils n'étaient pas là au début.

— Ce qui nous laisse la Orrincourt, Cedric, Millamant et Pauline.

— Visiblement, ce sont surtout Cedric et la Orrincourt qui te préoccupent.

— Plus particulièrement, la Orrincourt, répondit Troy d'un air abattu.

— Eh bien, comment est-elle, ma chérie ? Est-elle assez intelligente pour mettre au point pareille machination ? Aurait-elle pu déduire, après avoir lu le livre sur l'embaumement, qu'on allait de toute façon trouver de l'arsenic dans le corps ?

— A mon avis, elle n'a dû rien comprendre dans ce livre, rétorqua Troy avec vivacité. C'était imprimé en italique très flou, et avec un « s » long comme un « f ». Et elle n'est pas du genre à se pencher sur les curiosités bibliographiques, à moins qu'elle n'y voie un intérêt bien précis.

— Ça va mieux ? demanda Alleyn.

— Oui, je te remercie. Il y a d'autres choses qui me viennent à l'esprit, maintenant. L'arsenic produit son effet très rapidement, n'est-ce pas ? Et il a un goût exécrable ? Sir Henry n'a pas pu en absorber au cours du dîner car, mis à part son humeur de dogue, il avait l'air de bien se porter quand il quitté le petit théâtre. Et… et si Sonia Orrincourt en a mis dans son cacao, ou ce qu'il avait dans sa thermos sur sa table de chevet, aurait-il pu avaler une quantité suffisante pour mourir, sans remarquer le goût ?

— C'est peu probable, répondit Alleyn.

Il y eut un autre silence.

« Je n'ai jamais été vraiment fixé à propos de la télépathie, songea Alleyn. Il faut que je pense à autre chose. Est-elle en train d'écouter mes pensées ? »

— Rory, dit Troy, tout va bien, n'est-ce pas ?

Le téléphone sonna, et il fut heureux de répondre. C'était l'inspecteur Fox, qui l'appelait du Yard.

— Où étiez-vous, espèce de vieille fripouille ? fit Alleyn sur le ton cordial avec lequel on salue un sauveteur.

— Bonsoir, monsieur Alleyn. Je me demandais si cela vous dérangerait beaucoup, vous et Mme Alleyn, si...

— Venez, l'interrompit Alleyn. Bien sûr que non. Troy sera enchantée, n'est-ce pas, chérie ? C'est Fox.

— Bien sûr, déclara Troy en haussant la voix. Dis-lui de venir.

— Très aimable à vous, disait Fox, comme toujours lent et pondéré. Mais peut-être faudrait-il que je vous explique. C'est une question professionnelle. Des circonstances très inhabituelles, il faut dire. Un véritable *contretemps* [1].

— Votre prononciation s'améliore, Fox.

— Je n'ai pas bien le temps de m'exercer. Pour en revenir à notre affaire, monsieur. Dans un sens, je pense que vous voudrez consulter Mme Alleyn. De toute évidence, elle est auprès de vous.

— Qu'est-ce que c'est ? s'enquit Troy aussitôt. J'ai entendu. De quoi s'agit-il ?

— Eh bien, Fox, fit Alleyn après une pause, de quoi s'agit-il ?

— C'est au sujet de feu Sir Henry Ancred, monsieur. Je vous expliquerai tout à l'heure. On a reçu une lettre anonyme.

IV

— Les coïncidences, dit Fox en chaussant ses lunettes et en dépliant une feuille de papier sur ses

1. En français dans le texte. (N.d.T.)

genoux, sont monnaie courante dans notre métier, et ce n'est pas vous, monsieur, qui me contredirez. Souvenez-vous de ce garçon du Yard qui a fait du stop dans l'affaire Gutteridge. Souvenez-vous de l'affaire Thompson-Bywaters...

— Pour l'amour du ciel ! s'écria Alleyn. Reconnaissons l'existence des coïncidences sans plus de palabres. Cela crève les yeux. Mais tout de même, c'est une sacrée coïncidence que ma femme ait séjourné dans ce trou pourri, non ?

Il jeta un coup d'œil sur le visage respectable, grave et attentif de Fox.

— Pardonnez-moi, fit-il. Je peux difficilement me conduire de manière raisonnable dans cette histoire. Troy a déjà eu une expérience suffisamment pénible de l'aspect le plus ignoble de notre métier. Elle ne parviendra jamais à l'oublier entièrement, et... enfin. Il y a des choses qu'on préférerait ne pas revivre.

— Tout cela est sûrement très perturbant, monsieur Alleyn. Si j'avais pu...

— Je sais, je sais.

Et, regardant Fox, Alleyn fut pris de dégoût pour lui-même.

— Fox, déclara-t-il brusquement, je me heurte à une complication absurde dans ma propre attitude envers mon travail. J'ai essayé de l'exclure de ma vie privée. J'ai adopté ce que les Russes appelleraient sûrement une approche irréaliste : Troy dans un compartiment, la détection du crime dans un autre. Or, voilà que le destin m'a flanqué une gifle en apportant à Troy cette affaire sur un plateau. Si jamais il y a quelque chose là-dessous, elle sera convoquée comme témoin.

— Il n'y a peut-être rien là-dessous, monsieur Alleyn.

— Juste. C'est précisément ce que je lui fais remarquer depuis une heure.

Fox ouvrit de grands yeux.

— Oh, oui. Elle s'est déjà dit que ça sentait le roussi aux festivités d'Ancrcton.

— Vraiment ? répondit Fox avec lenteur. Est-ce bien ainsi ?

— Eh oui. Elle nous a laissés seuls pour qu'on puisse en discuter. Je peux vous résumer la situation quand vous voulez. Elle peut le faire également. Mais tout d'abord, j'aimerais vous entendre, vous. Quel est ce papier que vous avez là ?

Fox le lui tendit.

— C'est arrivé hier, et après avoir suivi la filière habituelle, c'est tombé entre les mains du patron, qui m'a convoqué ce soir. Vous étiez déjà parti, monsieur, mais il m'a demandé de vous en toucher deux mots. C'était dans une enveloppe blanche, adressée en majuscules au « B.I.C., Scotland Yard, Londres ». Et postée à Victoria.

Alleyn prit le papier. La feuille avait apparemment été arrachée d'un bloc de papier réglé. Les lignes étaient, curieusement, d'un jaune pâle, et il y avait une marge sur le côté. Le message contenu dans la lettre ne laissait place à aucune ambiguïté.

« L'AUTEUR A DES RAISONS DE PENSER QUE LA MORT DE SIR HENRY ANCRED A ETE CAUSEE PAR LA PERSONNE A QUI ELLE A PROFITE LE PLUS. »

— Le filigrane est un croissant. Les gens écrivent souvent ce genre de choses, dit Fox. Vous savez vous-même qu'il n'y a peut-être rien là-dedans. Mais nous sommes obligés de faire les recherches habituelles. Parler au commissaire du coin, je suppose. Et au médecin qui a soigné le vieux gentleman. Sa déposition pourrait nous faire classer l'affaire, qui sait. Définitivement.

— Il fera tout son possible pour cela, répliqua Alleyn sombrement. Soyez-en certain.

— Entre-temps, le patron a suggéré que je vous mette au courant en vue d'un éventuel entretien avec Mme Alleyn. Il s'est souvenu que Mme Alleyn se trouvait à Ancreton avant de vous rejoindre.

— Quoi ? Si jamais il y a matière à enquête, il voudrait que je m'en charge ?

— J'en ai bien l'impression, monsieur. Il a même remarqué en plaisantant qu'il n'était guère habituel de voir un officier chargé des investigations recueillir sa première déposition auprès de son épouse.

— Espèce de sinistre guignol ! lâcha Alleyn avec une violence déplacée.

Fox contempla sagement le bout de son nez.

— Oh, et puis zut, fit Alleyn. Allons trouver Troy pour essayer de rassembler toutes les pièces de ce satané casse-tête. Elle est dans l'atelier. Venez.

Troy accueillit Fox joyeusement.

— Je suis au courant de toute l'histoire, monsieur Fox, déclara-t-elle en lui serrant la main.

— Je suis vraiment désolé... commença Fox.

— Il n'y a absolument pas de quoi, fit Troy rapidement, passant son bras dans celui de son mari. Pourquoi diable le seriez-vous ? Si on a besoin de moi, me voici. Que faut-il faire ?

— Nous allons nous asseoir, répondit Alleyn, et je vais reprendre les événements tels que tu me les as décrits. Si je me trompe, tu m'arrêteras ; et s'il te vient une idée, tu compléteras mon récit. Pour le moment, c'est tout ce qu'il y a à faire. Il est possible qu'il n'y ait rien derrière tout cela, chérie. Les auteurs des lettres anonymes ont autant d'affection pour le Yard que les naturalistes âgés pour le *Times*. Eh bien, allons-y. Voici, Fox, dans la mesure de mes humbles moyens, la saga des Ancred.

Il reprit méthodiquement le récit de Troy, reliant les événements entre eux, relevant des faits au fur et à mesure de la narration et les rassemblant à la fin.

— Alors, comment était-ce ? demanda-t-il à Troy, quand il eut terminé.

A sa surprise, il découvrit qu'elle le dévisageait comme s'il venait de réaliser un tour de passe-passe.

— Incroyablement précis et complet, répondit-elle.

— Et vous, Fox ? Qu'en pensez-vous ?

Fox se passa une main sur le menton.

— Je suis en train de me demander, monsieur, si on ne trouve pas bon nombre de circonstances autour d'un bon nombre de morts subites qui peuvent paraître bizarres si on les relie les unes aux autres. J'entends par là qu'il y a de la mort-aux-rats dans bon nombre de grandes maisons, et que bon nombre de gens n'arrivent pas à mettre la main dessus quand ils en ont besoin. Les objets, ça s'égare facilement.

— Très juste, Foxkin.

— Quant à ce vieux bouquin sur l'embaumement, monsieur Alleyn, je me demande si quelqu'un n'est pas tombé dessus après l'enterrement en se posant la même question que Mme Alleyn. Vous dites que ces braves gens ne portaient pas Miss Sonia Orrincourt dans leur cœur et ils doivent probablement l'avoir saumâtre à cause du testament du vieux gentleman. Visiblement, ce sont des gens très nerveux et excitables.

— Mais moi, je ne pense pas être particulièrement nerveuse ou excitable, monsieur Fox, intervint Troy. Pourtant, j'ai eu la même idée.

— Eh ! dit Fox en faisant claquer sa langue. J'ai encore mis les pieds dans le plat, monsieur.

— Dites-nous ce que vous vous demandez encore, le pria Alleyn.

— Ma foi, je me demande si l'une de ces personnes déçues et furieuses ne s'est pas laissé emporter par son imagination et n'a pas écrit cette lettre sur un coup de tête.

— Et que faites-vous de toutes les farces, monsieur Fox ? s'enquit Troy.

— Voilà un comportement méchant et stupide. Une volonté de nuire gratuite. Si ce n'était pas la petite fille — et, apparemment, elle n'a pas *pu* les faire toutes — alors quelqu'un d'autre a dû monter le coup. C'est une honte, ajouta Fox avec sévérité. Essayer de dresser le vieux gentleman contre elle, comme vous dites. Mais cela ne mène pas nécessairement à un meurtre. Ce serait pour le moins saugrenu.

— Absolument, opina Alleyn, lui prenant le bras. Vous êtes tout ce dont nous avions besoin dans cette maison, compère Fox. Venez, on va boire quelque chose.

Il donna son autre bras à sa femme, et ensemble, ils revinrent au salon. Le téléphone sonna, et Troy alla décrocher. Alleyn retint Fox en arrière. Les deux hommes échangèrent un regard.

— Ce fut une prestation fort convaincante, Fox. Je vous remercie.

— Tout de même, c'est une drôle d'histoire, monsieur, ne croyez-vous pas ?

— Oh, que si. Allez, venez.

Lorsqu'ils entrèrent dans la pièce. Troy couvrit le récepteur d'une main et se tourna vers eux. Elle était pâle.

— Rory, c'est Thomas Ancred. Il aimerait venir te voir. Il dit qu'ils ont tous reçu la lettre, et qu'il a fait une découverte. Il veut venir. Que faut-il que je lui dise ?

— Je lui parlerai, répliqua Alleyn. Il peut venir me voir au Yard dans la matinée, que le diable l'emporte.

10.

Le pavé dans la mare

Ponctuel, Thomas Ancred arriva à neuf heures précises, heure de son rendez-vous avec Alleyn. Fox assista à l'entrevue, qui eut lieu dans le bureau d'Alleyn.

Comme tous les peintres, Troy avait le don de la description, et Thomas semblait l'avoir inspirée tout particulièrement. Alleyn eut l'impression de connaître déjà cette touffe de cheveux fins, ces yeux grands ouverts et vaguement étonnés, cette bouche assez petite et serrée, et la même voix calme au débit ralenti.

— Merci beaucoup, dit Thomas, d'avoir accepté de me recevoir. Je n'avais pas très envie de venir, mais c'est tout de même bien gentil de votre part. C'est le fait de connaître Mme Alleyn qui leur a mis cette idée dans la tête.

— A qui ? demanda Alleyn.

A Pauline et Dessy, essentiellement. Paul et Fenella ont été assez emballés aussi. Je suppose que Mme Alleyn vous a parlé des miens ?

— Je propose, répondit Alleyn, de partir du principe que je ne sais rien de personne.

— Oh, mon Dieu ! soupira Thomas. Il y aura beaucoup de choses à dire, alors.

— Vous vouliez me parler des lettres.

— Oui, absolument, fit Thomas, commençant à

se palper partout. Les lettres. Je les ai quelque part sur moi. Des lettres anonymes, vous savez. Bien sûr, j'en ai déjà reçu au théâtre des spectateurs déçus et des actrices en colère... mais ça, c'est différent. Voyons, où peuvent-elles bien être ?

Il souleva un pan de son veston, regarda d'un air soupçonneux une poche renflée et finit par en sortir des feuilles de papier, deux crayons et une boîte d'allumettes. Thomas leva les yeux sur Alleyn avec un sourire radieux.

— Elles étaient bien là, tout compte fait.

Et, paisiblement triomphant, il les déposa sur le bureau : huit exemplaires de la lettre que Alleyn avait déjà vue, tous rédigés avec le même type de stylo sur le même type de papier.

— Et les enveloppes ? demanda Alleyn.

— Oh, nous ne les avons pas gardées. Je n'avais pas l'intention de parler de la mienne, reprit Thomas après une pause. Jenetta et Milly non plus, mais naturellement, chacun s'est aperçu que les autres avaient reçu le même genre de lettre ; et Pauline (ma sœur, Pauline Kentish) a fait tout un plat de la sienne ; alors, voilà le tableau.

— Huit, dit Alleyn. Or il y a neuf résidents à Ancreton, n'est-ce pas ?

— Sonia n'a rien eu, et tout le monde affirme qu'elle est la personne visée.

— Partagez-vous cette opinion, monsieur Ancred ?

— Oh oui, répondit Thomas, ouvrant très grand les yeux. Cela paraît évident, non ? Avec toutes ces histoires de testament. Bien sûr, c'est Sonia qui est visée, mais pour ma part, ajouta Thomas en toussotant d'un air incertain, je ne crois pas qu'elle ait assassiné papa.

Il adressa à Alleyn un petit sourire anxieux.

— Ç'aurait été monstrueux, vous savez. On peut difficilement... enfin. Pauline, en tout cas, a bondi sur cette idée. En un sens, Dessy aussi. Elles sont toutes les deux terriblement bouleversées. Pauline s'est évanouie à l'enterrement, et, avec ces lettres par-dessus le marché, elle se trouve en état de choc émotionnel. Vous ne pouvez pas vous imaginer l'ambiance à Ancreton.

— C'est bien Mme Kentish, n'est-ce pas, qui vous a suggéré de vous adresser au Yard ?

— Elle et Dessy. Ma sœur célibataire, Desdemona. Nous avons tous ouvert nos lettres hier matin, au petit déjeuner. Vous vous imaginez ? Je suis descendu le premier et... cela m'a fait l'effet d'une bombe, vraiment. J'allais la jeter au feu, mais Fenella est entrée juste à ce moment-là, alors je l'ai pliée plusieurs fois sous la table. Vous la reconnaîtrez d'après les plis. La lettre de Paul, c'est celle qui donne l'impression d'avoir été mâchée. Dans son agitation, il l'a complètement chiffonnée. Puis j'ai remarqué, vous savez, qu'il y avait le même genre d'enveloppes devant chaque assiette. Sonia prend ses repas dans sa chambre, mais j'ai demandé à Barker s'il y avait du courrier pour elle, et il a dit que non. Petit à petit, tout le monde est descendu. Fenella, qui avait déjà ouvert sa lettre, arborait un drôle d'air. Pauline a dit : « Quelle lettre bizarre j'ai reçue ! On dirait qu'elle a été écrite par un enfant. » Milly a répondu : « Ce doit être encore Panty », et il y a eu une scène, parce que Pauline et Milly ne voient pas les choses du même œil, quand il s'agit de Panty. Ensuite, les autres ont dit : « J'en ai une aussi. » Et ils les ont ouvertes. Bien entendu, Pauline a eu des vapeurs, et Dessy s'est exclamée : « O, mon âme immortelle », et elle a commencé à s'exciter. Milly a dit : « Les gens qui écrivent des lettres anonymes sont vraiment au-dessous de tout » ; et Jenetta (ma belle-sœur, la femme de mon frère Claude), Paul et sa mère ont répondu : « Tout à fait d'accord. » Ensuite... voyons voir... ensuite, chacun s'est mis à soupçonner l'autre d'avoir écrit la lettre, jusqu'au moment où Pauline a eu l'idée — vous m'excuserez — que peut-être, Mme Alleyn étant l'épouse de...

A la vue de la mine scandalisée de Fox, Alleyn garda le silence, et Thomas s'empressa d'enchaîner en rosissant :

— Bien sûr, tous les autres ont conspué cette supposition ; en fait, nous avons tous poussé les hauts cris. Fenella, par exemple, a déclaré : « L'idée même que Mme Alleyn puisse écrire des lettres anonymes est tellement idiote, que nous n'avons pas à la discuter. » Ce qui a provoqué une autre scène, car la suggestion venait de Pauline, or Paul et Fenella se sont fiancés contre son gré. Finalement, mon neveu Cedric, qui est à présent le chef de la famille, a déclaré que le style de la lettre ressemblait fort à celui de Pauline. Il a fait remarquer que l'expression favorite de Pauline est : « J'ai des raisons de penser. » Milly, la mère de Cedric, a eu un rire significatif, alors évidemment, cela a déclenché une nouvelle dispute.

— Hier soir, dit Alleyn, vous m'avez parlé d'une découverte que vous auriez faite à Ancreton. Quelle est-elle ?

— Ah, oui. J'allais y arriver. Parce que, en réalité, cela s'est passé après le déjeuner. Cette histoire-là ne m'inspire guère, vous savez. Au point que j'ai dit que je ne reviendrais plus à Ancreton, tant que toutes ces choses ne sont pas réglées.

— Je crains... commença Alleyn.

— Vous ne suivez pas ? l'interrompit Thomas. C'est normal : je ne vous ai encore rien expliqué. Pourtant, il le faut, j'imagine.

Alleyn attendit sans plus de commentaires.

— Non, eh bien, déclara Thomas enfin, allons-y.

II

— Pendant toute la matinée d'hier, reprit Thomas, après la lecture des lettres, la bataille, si j'ose dire, a continué à faire rage. Personne n'était vraiment dans le camp de personne ; sauf que Paul, Fenella et Jenetta voulaient brûler les lettres, alors que Pauline et Desdemona, persuadées qu'il n'y avait pas de fumée sans feu, tenaient à les conserver. A l'heure du déjeuner, croyez-moi, l'atmosphère s'était considérablement électrisée. Et puis, figurez-vous...

Sur ce, Thomas se tut et s'absorba dans la contemplation du mur quelque part au-dessus de la tête de Fox. Il avait la curieuse manie de s'interrompre en plein milieu d'un récit, comme un phonographe dont on aurait soulevé brutalement et sans raison l'aiguille. Impossible de savoir s'il était à la recherche du mot juste, s'il était troublé par une idée inattendue, ou si, simplement, il avait oublié de quoi il était en train de parler. Son regard devenait vitreux, et son expression, étrangement figée.

— Et puis, lui souffla Alleyn après un long silence.

— Parce que, quand on y pense, fit Thomas, se remettant en marche, c'est la dernière chose qu'on s'attend à trouver sur un plateau de fromage. C'était du fromage néo-zélandais, bien sûr. Papa avait bien choisi ses amis.

— Qu'elle est la dernière chose, Fox, demanda Alleyn patiemment, qu'on s'attend à trouver sur un plateau de fromage ?

Mais avant que Fox ne pût répondre, Thomas reprit le fil de sa narration.

— C'est un vieux plat en porcelaine de Devonport. Assez beau, d'ailleurs : bleu avec des cygnes blancs tout autour. Et très grand. A l'époque des vaches grasses, on y mettait un Stilton entier ; maintenant, évidemment, ce ne sont que des petits bouts. Cela fait ridicule, bien sûr, mais cela signifie également qu'il y avait plein de place.

— Pour quoi ?

— C'est Cedric qui l'a découvert, en soulevant le couvercle. Il a poussé un petit cri, mais à part une certaine irritation, personne, à mon avis, ne lui a prêté beaucoup d'attention. Puis il l'a apporté sur la table — ai-je dit qu'on le laisse toujours sur le buffet ? — et l'a fait tomber devant Pauline, qui avait déjà les nerfs à fleur de peau et qui a failli faire crouler la maison avec ses hurlements.

— Qu'a-t-il fait tomber, le plateau ou le fromage ?

— Le fromage ? Bonté gracieuse, cria Thomas, scandalisé, en voilà une idée ! Le livre, évidemment.

— Quel livre ? fit Alleyn machinalement.

— Mais *le* livre, vous savez. Celui qui est derrière la vitre, au salon.

— Ah, dit Alleyn après une pause. Celui-là. Le livre sur l'embaumement ?

— Et sur l'arsenic et tout le reste. C'était vraiment gênant et morbide, vous savez, parce que papa s'est arrangé pour *l'être*. Tout le monde a été terriblement secoué. C'était du plus mauvais goût, par-dessus le marché, et bien sûr, tous se sont aussitôt écriés : « Panty ! » Et Pauline est tombée en pâmoison pour la seconde fois en trois jours.

— Oui ?

— Puis Milly s'est souvenue avoir vu Sonia regarder ce livre. Ce à quoi Sonia a rétorqué qu'elle ne l'avait jamais vu. Ensuite, Cedric a lu des passages assez sordides sur l'arsenic, et tout le monde s'est souvenu comment Barker n'arrivait pas à remettre la main sur la mort-aux-rats quand il en a eu besoin pour *Bracegirdle*. Pauline et Desdemona ont échangé un regard lourd de sous-entendus ; après quoi Sonia est entrée dans une rage folle, affirmant qu'elle aurait quitté Ancreton sur-le-champ, seulement il n'y avait pas de train. Là-dessus, elle est partie avec la carriole sous la pluie, et maintenant, elle est au lit avec une bronchite, ce qui lui arrive assez souvent.

— Elle est toujours à Ancreton ?

— Oui, toujours. Absolument.

Thomas prit un air prostré et se replongea dans un autre de ses silences.

— C'est bien la découverte dont vous m'avez parlé au téléphone, n'est-ce pas ? demanda Alleyn.

— Ça ? Une découverte ? Quelle découverte ? Oh, non ! s'exclama Thomas. Je vois ce que vous voulez dire. Non, vraiment, ce n'était rien en comparaison avec ce que nous avons trouvé par la suite dans sa chambre !

— Qu'avez-vous donc trouvé, monsieur Ancred, et, dans la chambre de qui ?

— De l'arsenic, répondit Thomas. Dans la chambre de Sonia.

III

— Ce sont les filles et Cedric qui ont eu cette idée, expliqua Thomas. Quand Sonia est partie avec la carriole, ils ont parlementé pendant un bon moment. Personne ne se sentait le cœur de dire carrément que Sonia aurait pu mettre du poison dans la boisson chaude de papa, mais même Milly a souligné que ces derniers temps, Sonia avait pris l'habitude de la préparer elle-même. Papa a affirmé qu'elle la faisait mieux que les domestiques et même mieux que Milly. Généralement, elle la lui apportait et la laissait sur sa table de chevet. Cedric s'est souvenu avoir vu Sonia avec une bouteille Thermos dans les mains. Il l'avait croisée dans le couloir en allant se coucher cette nuit-là.

Sur ce, poursuivit Thomas, quelqu'un — je ne sais plus qui — a dit qu'il faudrait fouiller la chambre de Sonia. Jenetta, Fenella et Paul ont regimbé, mais Dessy, Cedric et Pauline n'ont pas lâché le morceau. Moi, j'avais promis de prêter un livre à Caroline Able et je n'ai pas été mécontent de partir. Caroline Able s'occupe des Enfants à Problèmes, dont Panty, et elle est inquiète parce que les cheveux de Panty ne tombent pas assez vite. Environ une heure plus tard, je suis revenu dans notre partie de la maison, et là, j'ai vu Cedric qui me guettait. C'est désormais le chef de notre famille, donc il ne faut pas que je l'accable trop. En tout cas, il était mystérieux et m'a parlé en chuchotant. « Chut, m'a-t-il dit. Venez voir là-haut. » Il n'a rien voulu dire de plus. Tout cela m'ennuyait mortellement, mais je l'ai quand même suivi.

— Dans la chambre de Miss Orrincourt ? hasarda Alleyn, tandis que le regard de Thomas redevenait vitreux.

— Absolument. Comment l'avez-vous deviné ? Pauline, Milly et Dessy y étaient déjà. Il faut dire, ajouta Thomas avec tact, que Sonia loge dans une sorte de suite, située près de la chambre de papa, pour plus de commodité. Cela n'avait pas de nom, au départ, car papa avait épuisé tous les noms de grandes comédiennes. Alors il a commandé une nouvelle plaque avec l'inscription « Orrincourt », ce qui a fait enrager tout le monde, parce que, quoi qu'on dise, Sonia est une actrice minable. En fait, ce n'est pas une actrice du tout. Elle est nulle à pleurer.

— Vous avez rejoint vos sœurs et Mme Henry Ancred dans ces pièces ?

— Oui. Je dois préciser que la suite de Sonia se trouve dans une tour où était votre femme, seulement celle de Sonia est plus haute, car l'architecte qui a construit Ancreton était un partisan de l'originalité. Tout en haut, il y a la chambre de Sonia, puis une salle de bains, et, en bas, un boudoir. La chambre est particulièrement originale, avec une petite porte et une volée de marches qui mène dans une sorte de débarras sous les combles. Elles étaient en train d'inspecter ce débarras, et dans l'une des valises de Sonia, Dessy a découvert le poison contre les rats. C'est une préparation à base d'arsenic. C'est écrit sur l'étiquette. Enfin !

— Et qu'en avez-vous fait ?

— C'est la barbe, déclara Thomas avec humeur. Ils m'ont obligé à l'emporter. Au cas où on aurait besoin de preuves. Cedric, qui a lu des romans policiers, a particulièrement insisté là-dessus. Il l'a enveloppé dans un de mes mouchoirs. Alors, si vous tenez à le voir, c'est dans mon appartement londonien.

— Nous allons vous le prendre, je pense.

Alleyn jeta un coup d'œil sur Fox, qui émit un grognement affirmatif.

— Si vous n'y voyez pas d'inconvénient, monsieur Ancred, ajouta Alleyn, l'un de nous, Fox ou moi, va vous raccompagner et ainsi, récupérer cette boîte.

— J'espère que je la retrouverai, fit Thomas sombrement.

— Que vous la retrouverez ?

— On pert les choses si facilement, vous savez. Tenez, l'autre jour...

A nouveau, Thomas retomba en transe, et cette fois, Alleyn attendit que quelque chose l'en sortît.

— J'étais en train de songer, reprit Thomas en haussant la voix. Nous étions tous là, dans sa chambre, et j'ai regardé par la fenêtre. Il pleuvait, vous savez. Et, tout en bas, comme une sorte d'arche de Noé, il y avait la carriole et Sonia, dans son manteau de fourrure, faisant claquer les rênes, comme elle en avait l'habitude. En y repensant maintenant, j'ai vu, si j'en crois Pauline, Dessy, Cedric et Milly, arriver la femme qui a assassiné papa.

— Mais ce n'est pas votre avis, à vous ? s'enquit Alleyn, mettant de côté les huit lettres anonymes.

Fox s'était levé et considérait leur visiteur comme si Thomas était un gros paquet cacheté, laissé par erreur dans la pièce.

— *A moi ?* répéta Thomas en ouvrant de grands yeux. Je n'en sais rien. Comment le saurais-je ? Mais vous ne pouvez pas vous imaginer comme on se sent mal à l'aise, dans ces cas-là. .

IV

L'antre de Thomas ressemblait à quelque chose d'intermédiaire entre une corbeille à papier et un atelier. La première chose qui sautait aux yeux, c'était une grande table ronde croulant sous les rames de papier, les peintures, les photographies, les maquettes de décor, les esquisses de costumes et les livres. Près de la fenêtre, il y avait un bureau, apparemment inutilisé. Les murs étaient ornés de portraits de grands interprètes, parmi lesquels Sir Henry semblait occuper une place de choix.

— Asseyez-vous, offrit Thomas en balayant les papiers, qui jonchaient deux chaises, sur le parquet. Je vais voir où...

Et il se mit à tourner autour de sa table, la contemplant d'un air absent.

— Je suis rentré avec ma valise, naturellement, et puis, le téléphone a sonné. C'est *bien* plus tard que j'ai cherché les lettres, que j'avais rangées soigneusement pour vous les montrer. Et je les ai *retrouvées*. Donc, j'ai dû défaire ma valise. Je me souviens même avoir pensé : « C'est du poison ; il faut que je fasse attention à mon mouchoir au cas où... »

Il se dirigea brusquement vers un placard et l'ouvrit. Une cascade de papiers s'en déversa aussitôt. Thomas les regarda avec indignation.

— Je me souviens clairement, déclara-t-il, se tournant vers Alleyn et Fox, la bouche légèrement entrouverte. Je me souviens *clairement* m'être dit...

Mais cette phrase devait elle aussi rester inachevée, car tout à coup, Thomas bondit sur quelque chose qui était tombé du placard.

— Je l'ai cherché dans tout l'appartement, fit-il. C'est extrêmement important. Un chèque, pour tout vous dire.

Il s'assit par terre et entreprit de fouiller distraitement dans les papiers. Alleyn, qui depuis quelques minutes déjà examinait le capharnaüm qui régnait sur la table, souleva une pile de dessins, découvrant un ballot blanc. Il desserra le nœud et vit une boîte métallique tachée de rouille. Une étiquette rouge vif proclamait : « Tue-rats ! » En dessous, en plus petits caractères, il y avait un antidote à l'empoisonnement par l'arsenic.

— La voici, monsieur Ancred, dit Alleyn.

— Quoi donc ?

Thomas leva les yeux.

— Ah, *ça*... Je pensais bien l'avoir posée sur la table.

Fox s'avança avec un sac. Grommelant quelque chose à propos des gestes inutiles, Alleyn souleva le ballot par les coins du mouchoir.

— Cela ne vous ennuie pas que nous l'emportions ? demanda-t-il à Thomas. Nous vous laisserons un reçu.

— Ah, oui ? fit Thomas paisiblement. Merci infiniment.

Il les regarda ranger la boîte, puis, s'apercevant qu'ils étaient sur le point de partir, il se remit debout avec effort.

— Vous boirez bien quelque chose, dit-il. J'ai là la bouteille de whisky de papa... il me semble.

Fox et Alleyn le dissuadèrent d'entreprendre de nouvelles recherches. Il se rassit et écouta d'un air impuissant le discours d'adieu que Alleyn lui adressa.

— Il faut que vous connaissiez, monsieur Ancred, la procédure d'usage qui fait suite au genre d'information que vous nous avez fourni. Avant d'entamer quoi que ce soit de définitif, la police se livre à ce qu'on appelle « de plus amples investigations ». Dans la mesure du possible, elle essaie d'agir discrètement, car ni elle ni son informateur ne désirent faire chou blanc au vu et au su de tous. Dans le cas où ces investigations donnent lieu de soupçonner des agissements illicites, la police demande au ministère de l'Intérieur l'autorisation d'aller plus loin. Vous savez certainement de quoi je parle.

— Ce serait affreux, non ? répondit Thomas.

Une pensée soudaine parut lui traverser l'esprit.

— Dites-moi, serai-je obligé d'être présent ?

— Nous prierons sans doute un membre de sa famille de venir l'identifier officiellement.

— Oh, mon Dieu ! murmura Thomas d'un air morne.

Il se pinça la lèvre inférieure entre le pouce et l'index. A ce moment-là, une autre idée sembla le réconforter :

— Au fait, c'est une chance, après tout, que la nation n'ait pas songé à l'abbaye de Westminster, ne croyez-vous pas ?

11.

Alleyn à Ancreton

— Dans notre métier, déclara Fox sur le chemin du retour, on a quelquefois des drôles d'aperçus de ce qu'on appelle la nature humaine. Je l'ai sans doute déjà dit, mais c'est un fait.

— Je pense bien, répondit Alleyn.

— Prenez ce bonhomme de tout à l'heure, ajouta Fox, l'air de poursuivre une polémique. Il était distrait, hein ? Pourtant, il est sûrement très bon dans sa branche, ne croyez-vous pas, monsieur ?

— Assurément.

— Et voilà ! Bon dans son travail, or à le voir, on dirait qu'il va perdre sa pièce, ses acteurs et le chemin de son théâtre. En fin de compte, acheva Fox, je me demande s'il est si tête en l'air que cela.

— D'après vous, Fox, il se donnerait un genre ?

— On ne peut jamais savoir, avec certains, marmonna Fox.

Et, se passant une grosse main sur le visage, il parut par ce geste balayer les aspects fantasques de la personnalité de Thomas Ancred.

— Je suppose, reprit-il, qu'il faudrait aller voir le docteur, non ?

— J'en ai bien peur. J'ai regardé les horaires : il y a un train dans une heure. Nous y serons à midi. Il se peut que nous passions la nuit au village d'Ancreton. Nous allons prendre nos affaires au Yard. Je vais parler au patron et téléphoner à Troy. Quelle plaie, toute cette histoire !

— Il semble bien que nous ne puissions pas la laisser de côté, n'est-ce pas, monsieur ?

— Moi, je garde quand même un certain espoir. Pour l'instant, dans le récit de Thomas, il n'y a pas de quoi fouetter un chat. Ils perdent une boîte de mort-aux-rats et la retrouvent dans un placard. Quelqu'un lit un livre sur l'embaumement et, à partir de là, élabore une hypothèse fondée sur une supposition arbitraire. Ce genre de preuves, l'avocat de la défense en ferait des cocottes... pour l'instant.

— Admettons que nous obtenions l'autorisation d'exhumer. Admettons qu'on trouve de l'arsenic dans le cadavre. Compte tenu de cette affaire d'embaumement, il y a de fortes chances que cela ne prouve rien.

— Au contraire, fit Alleyn. A mon avis, Fox, si on trouve de l'arsenic dans le corps, cela voudra tout dire.

Fox se tourna lentement vers lui.

— Alors là, je ne vous suis plus, monsieur Alleyn.

— Je ne suis pas sûr du tout d'avoir raison. Il faudra réfléchir à la question. Je vous l'expliquerai sur le chemin de ce maudit village. Allez, venez.

Il fut reçu par l'adjoint du préfet de police, qui discourut d'un air connaisseur sur les problèmes d'un détective dont la femme risque d'être citée comme témoin dans une affaire de meurtre.

— Bien entendu, mon cher Rory, si cette histoire se termine devant les tribunaux et que votre femme est assignée à comparaître au procès, nous serons obligés de reconsidérer notre position. Jusqu'à présent, et pour autant que je le sache, il n'y a pas eu de précédent en la matière. Mais en attendant, il est plus logique, j'imagine, que ce soit vous qui en discutiez avec votre femme, plutôt qu'un autre... Fox, par exemple. Allez donc voir sur place, parlez au médecin indigène, et revenez nous dire ce que vous en pensez. Ce serait embêtant, s'il y avait quelque chose. Allez, bonne chance.

En partant, Alleyn prit sur son bureau le deuxième tome d'un ouvrage de médecine légale. Il y était essentiellement question de poisons. Dans le train, il en fit lire certains passages à Fox. Il regarda son vieil ami chausser ses lunettes, lever les sourcils et prendre la respiration légèrement catarrhale qui accompagnait invariablement chez lui le processus de lecture.

— Oui, dit Fox en retirant ses lunettes, tandis que le train arrivait à la halte d'Ancreton. Evidemment, ça change tout.

II

Le Dr Herbert Withers était un homme court et passablement replet, sans toutefois cet air florissant qu'on associe généralement à la rotondité. Il sortit dans le hall à leur rencontre, laissant fuser de quelque pièce éloignée les résultats des courses. Après un coup d'œil sur la carte professionnelle d'Alleyn, il les introduisit dans la salle de consultation et s'assit à son bureau avec une vivacité qui semblait masquer une fatigue contenue.

— Alors, qu'est-ce qui ne va pas ? s'enquit-il.

Alleyn eut l'impression que cette introduction traditionnelle lui avait échappé malgré lui.

— Nous espérons que tout va bien, répliqua-t-il. Cela vous ennuierait-il de me fournir quelques précisions sur la mort de Sir Henry Ancred ?

L'attention machinale du Dr Withers parut s'aiguiser. Il esquissa un geste brusque, et son regard alla d'Alleyn à Fox.

— Pas du tout, si c'est nécessaire. Mais pourquoi ?

Il tenait toujours la carte d'Alleyn à la main, et il l'examina à nouveau.

— Vous n'avez pas l'intention... commença-t-il.

Puis, se reprenant instantanément, il demanda :

— Eh bien, de quelles précisions s'agit-il ?

— Je ferais mieux de vous expliquer exactement ce qui s'est passé.

Alleyn tira une copie de la lettre anonyme de sa poche et la tendit au Dr Withers.

— M. Thomas Ancred nous en a apporté huit ce matin.

— Un tas de sornettes répugnantes, décréta le Dr Withers en la lui rendant.

— Je l'espère. Mais quand on nous montre ces choses-là, nous sommes obligés d'intervenir.

— Oui ?

— C'est vous qui avez signé le certificat de décès, docteur Withers, et...

— Et je ne l'aurais pas fait, si je n'étais pas entièrement convaincu de sa cause.

— Absolument. Voulez-vous être gentil et nous aider à classer ces lettres en nous exposant, en termes non scientifiques, la cause de la mort de Sir Henry ?

Le Dr Withers commença par s'énerver, mais finalement, il consulta ses archives et en sortit une fiche.

— Voilà, c'est la dernière. Je rendais des visites de routine à Ancreton. Celle-ci couvre six semaines environ.

Alleyn parcourut la fiche, qui comportait une liste habituelle de dates accompagnées de notes appropriées. La plupart de ces notes étaient illisibles et, de toute façon, incompréhensibles pour un esprit profane. Seule, l'inscription finale était parfaitement claire : « Décès. Survenu entre minuit trente et deux heures du matin. Le 25 novembre. »

— Je vous remercie, dit Alleyn. Vous voulez bien traduire quelques-unes de ces notes ?

— Il souffrait, rétorqua le Dr Withers sur un ton courroucé, d'ulcères gastriques et de dégénérescence cardiaque. Il était d'une insouciance incroyable en matière de son alimentation. Il avait absorbé un repas désastreux, bu du champagne et piqué une crise de rage. D'après l'aspect de sa chambre, j'ai diagnostiqué une attaque de gastrite aiguë, suivie d'une défaillance du cœur. J'ajoute que si j'avais su comment il avait passé sa soirée, je me serais attendu à ce genre de résultat.

— Vous vous seriez attendu à sa mort ?

— Cela n'aurait pas été très professionnel. Non, j'aurais prédit de graves ennuis, répondit le Dr Withers sur un ton réprobateur.

— Avait-il l'habitude de faire des écarts alimentaires ?

— Oui. Pas en permanence, mais épisodiquement.

— Auxquels il a survécu, pourtant ?

— C'est le cas classique d'« une fois de trop ».

— Oui, acquiesça Alleyn en regardant la fiche. Pourriez-vous nous décrire l'état de la chambre et du corps ?

— Pourriez-vous, à votre tour, monsieur l'inspecteur, m'expliquer s'il y a une autre raison à cette entrevue, hormis ces absurdes lettres anonymes ?

— Certains membres de la famille soupçonnent un empoisonnement à l'arsenic.

— Nom d'un petit bonhomme ! s'écria le Dr Withers, brandissant ses poings au-dessus de sa tête. Cette *satanée* famille !

Il parut lutter confusément avec ses propres sentiments.

— Je suis désolé de cet éclat impardonnable, dit-il enfin. Voyez-vous, j'ai été très occupé, ces jours-ci, et j'ai eu des soucis. Les Ancred, tous autant qu'ils sont, ont mis mes nerfs à rude épreuve. Pourquoi, je me le demande, soupçonnent-ils un empoisonnement à l'arsenic ?

— C'est une longue histoire, répondit Alleyn prudemment, et elle concerne une boîte de mort-aux-rats. Puis-je ajouter aussi, strictement entre nous, que vous auriez ma reconnaissance infinie, si vous me disiez que l'état de la chambre et du corps exclut toute possibilité d'empoisonnement à l'arsenic ?

— Je ne peux rien affirmer de tel. Pourquoi ? Primo, parce que la chambre a été nettoyée avant mon arrivée. Et secundo, parce que les événements qu'on m'a décrits et l'aspect du corps confirmaient entièrement l'hypothèse d'une crise de gastrite aiguë et n'excluaient donc pas celle d'un empoisonnement à l'arsenic.

— Zut ! grommela Alleyn. C'est bien ce que je pensais.

— Comment diantre ce vieil imbécile a-t-il pu mettre la main sur la mort-aux-rats ?

Le docteur pointa un doigt en direction d'Alleyn.

— Hein ? Pouvez-vous me le dire ?

— D'après eux, expliqua Alleyn, ce n'est pas lui qui a mis la main dessus. On la lui a donné.

La main soignée du docteur se referma si violemment que ses jointures blanchirent. Il la garda serrée pendant quelques instants, puis, comme pour neutraliser ce geste, il l'ouvrit et examina ses ongles.

— C'est ce que sous-entend la lettre, bien sûr, dit-il. Même ça, ça ne m'étonnerait pas des Ancred. Qui est censé avoir assassiné Sir Henry ? Serait-ce moi, par quelque charmant hasard ?

— Pas que je sache, répondit Alleyn affablement.

Fox se racla la gorge et ajouta d'un air compassé :

— Quelle idée !

— Vont-ils insister sur une exhumation ? Eux ou vous ?

— Pas avec les données que l'on possède pour le moment, répliqua Alleyn. Vous n'avez pas fait d'autopsie ?

— On n'autopsie pas un patient qui devait décéder à tout instant précisément de cette manière.

— C'est juste. Docteur Withers, je voudrais que notre position soit claire. Nous sommes confrontés à une série de circonstances insolites sur lesquelles nous sommes obligés d'enquêter. Dans ces cas-là, et contrairement à la croyance populaire, la police ne brûle pas d'amasser les preuves qui aboutiraient inévitablement à une exhumation. Si l'affaire se révèle sans intérêt, généralement, nous ne demandons pas mieux que de la classer. Donnez-nous donc un argument valable contre un empoisonnement à l'arsenic, et nous vous devrons une éternelle reconnaissance.

Le Dr Withers agita les mains.

— Je ne peux pas vous fournir de but en blanc la preuve absolue qu'il n'a pas absorbé d'arsenic. Du reste, c'est impossible à savoir dans quatre-vingt-dix-neuf pour cent des décès, lorsqu'il y a eu des troubles gastriques avec purge, vomissements, et sans qu'on ait analysé quoi que ce soit. A ce propos...

— Oui ? insista Alleyn, tandis que son interlocuteur s'interrompait.

— A ce propos, j'aimerais ajouter que s'il était resté quelque chose, je l'aurais sans doute analysé par mesure de routine et pour satisfaire aux exigences d'une conscience professionnelle quelque peu pédantesque. Mais tout a été astiqué.

— Sur l'ordre de qui ?

— De Barker, mon cher, ou de Mme Kentish, ou encore de Mme Henry Ancred, bref de celui qui y a pensé le premier. Ils n'ont pas voulu le bouger. Ce n'était pas facile, d'ailleurs. La raideur s'était déjà bien répandue, ce qui m'a donné, par parenthèse, une indication sur l'heure du décès. Quand je l'ai revu plus tard dans la journée, ils l'avaient déjà apprêté, bien sûr ; Mme Ancred a dû bien s'amuser, avec une maison envahie d'hystériques et Mme Kentish insistant pour l'aider à faire la toilette du mort.

— Bonté gracieuse !

— Que voulez-vous, ils sont comme ça. Je disais donc que quand ils l'ont découvert, il était recroquevillé sur le lit, et sa chambre était dans un état assez répugnant. Au moment où je suis arrivé, j'ai vu deux vieilles bonnes s'éloigner en clopinant avec leurs seaux, et toute la maison empestait le phénol. Ils ont même réussi à changer la literie. Au fait, je n'ai pu venir qu'une heure après leur coup de fil. J'avais un accouchement.

— A propos de la teigne des enfants... commença Alleyn.

— Vous êtes donc au courant ? Oui, c'est assez embêtant. Heureusement, la jeune Panty perd enfin ses cheveux.

— Si j'ai bien compris, observa Alleyn sur un ton amène, vous n'hésitez pas à prendre les grands moyens.

Il y eut un long silence.

— Puis-je savoir, s'enquit le Dr Withers très doucement, comment vous avez été informé de mon traitement ?

— Mais par Thomas Ancred, répondit Alleyn, regardant le Dr Withers reprendre lentement ses couleurs. Pourquoi ?

— Je n'aime pas qu'on jase sur mes patients. En fait, je me suis demandé si vous n'avez pas causé à notre pharmacien. En ce moment, je suis très mécontent de lui.

— Vous souvenez-vous du soir où les enfants ont pris leur médicament... le lundi dix-neuf, je crois ?

Le Dr Withers le dévisagea sans comprendre.

— Mais enfin, pourquoi... ?

Puis, se ravisant, il répondit :

— Oui, je m'en souviens. Pourquoi ?

— Simplement parce que ce soir-là, quelqu'un a fait une farce à Sir Henry, et c'est la petite Panty qui en a été rendue responsable. L'histoire en elle-même est trop compliquée pour que je vous prenne votre temps avec ça, mais je voudrais savoir si Panty aurait pu le faire. Physiquement parlant, bien sûr. Mentalement, elle en est parfaitement capable, semble-t-il.

— Quelle heure était-il ?

— L'heure du dîner. Il aurait fallu qu'elle s'introduise au salon.

— C'est totalement exclu. Je suis arrivé à sept heures et demie... Attendez.

Il fouilla dans son fichier et en sortit une autre fiche.

— Tenez ! J'ai supervisé la pesée des enfants et le dosage du médicament, en notant l'heure. Panty a reçu sa dose à huit heures, après quoi elle a été mise au lit. Je suis resté tout ce temps dans l'antichambre qui mène dans leur dortoir et j'ai parlé avec Miss Able. Je lui ai laissé la liste de mes visites dans les vingt-quatre heures à venir, pour qu'elle puisse me joindre rapidement, en cas de besoin. Je suis parti après neuf heures, et cette petite chipie n'avait absolument pas bougé. J'ai jeté un coup d'œil sur toute la bande. Elle dormait, avec un pouls normal et tout le reste.

— Voilà qui règle le problème de Panty, marmonna Alleyn.

— Dites, cela a quelque chose à voir avec l'autre affaire ?

— Je n'en suis pas sûr. C'est une histoire à dormir debout. Si vous avez le temps et l'envie de l'entendre, je peux vous la raconter.

— Il me reste vingt-trois minutes, déclara le Dr Withers en consultant sa montre. Un patient à voir dans une demi-heure, et je voudrais entendre les résultats des courses avant de partir.

— J'en ai pour une dizaine de minutes tout au plus.

— Alors, allez-y. J'ai hâte de connaître l'histoire, aussi saugrenue soit-elle, qui établit un rapport entre une farce qui date du lundi dix-neuf et la mort de Sir Henry Ancred d'une gastro-entérite, survenue après minuit le samedi vingt-quatre.

Alleyn lui décrivit toute la série de farces. Le Dr Withers ponctua son récit d'exclamations occasionnelles d'incrédulité ou d'irritation. Et, quand Alleyn en arriva à l'incident de la vache volante, il lui coupa la parole.

— Cette gamine, Panty, est capable de commettre n'importe qu'elle aberration, mais, comme je l'ai fait remarquer, elle n'a pas pu monter le coup du ballon qui se dégonfle ni peindre la vache volante sur la toile de Mme...

Il s'arrêta net.

— Cette dame serait-elle... ?

— Il se trouve que c'est ma femme, répondit Alleyn. Passons.

— Seigneur Dieu ! Voilà qui est plutôt inhabituel !

— A la fois inhabituel et gênant dans ce contexte. Vous disiez ?

— Que cette enfant était trop patraque l'autre soir pour qu'on puisse l'accuser de quoi que ce soit. Et, de toute façon, selon vous, Miss Able (une jeune personne pleine de bon sens) se porte garante pour elle.

— Oui.

— Bien. C'est sûrement un autre petit rigolo, l'ineffable Cedric selon toute vraisemblance, qui est à l'origine de ces blagues idiotes. Mais j'ai du mal à voir le rapport entre tout cela et la mort de Sir Henry.

— Vous n'avez pas entendu parler du livre sur l'embaumement servi sur le plateau de fromage ? demanda Alleyn.

Le Dr Withers entrouvrit la bouche, mais ne fit aucun commentaire, et Alleyn lui relata l'incident en question.

— Voyez-vous, ajouta-t-il, cette dernière farce a un petit air de ressemblance avec toutes les autres, et compte tenu du sujet du livre et du fait que Sir Henry a été embaumé...

— Absolument. Parce que ce maudit bouquin parle d'arsenic, ils s'empressent de conclure, comme des imbéciles...

— Forts de la découverte, rappelez-vous, d'une boîte d'arsenic contre les rats dans les affaires de Miss Orrincourt.

— C'est notre farceur qui l'a cachée là-dedans, s'écria le Dr Withers. Qu'est-ce que vous pariez ? C'est lui !

— C'est une éventualité qu'il ne faut pas négliger.

— Tout à fait d'accord, fit Fox subitement.

— Eh bien, reprit le docteur, je ne sais vraiment pas quoi vous dire. Aucun médecin ne serait ravi d'apprendre qu'il a commis une négligence, voire une erreur ; or cette erreur-là serait franchement embêtante. Remarquez, je ne pense pas qu'il y ait une once de vérité dans cette histoire, mais si tous les Ancred vont parler arsenic en chœur... A propos... avez-vous vu les embaumeurs ?

— Pas encore. Mais nous le ferons, bien sûr.

— Je ne connais rien à l'embaumement, marmonna le Dr Withers. Il se peut que ce bouquin fossile ne vaille pas un clou.

— Taylor en parle dans son ouvrage. Il dit que dans ce genre de manipulations, on utilise des substances antiseptiques (généralement de l'arsenic), qui peuvent empêcher de détecter le poison qui aurait provoqué la mort.

— Eh bien alors, cela nous avancera à quoi, une exhumation ? A rien du tout.

— Je ne suis pas sûr de mon hypothèse, répliqua Alleyn, mais à mon avis, une exhumation nous prouverait définitivement si oui ou non, Sir Henry Ancred a été empoisonné. Je vais vous expliquer pourquoi.

III

Fox et Alleyn déjeunèrent aux *Armes d'Ancreton*, d'un civet de lièvre bien préparé et arrosé de bière locale. C'était une petite auberge fort accueillante, et, à la question d'Alleyn, la patronne répondit qu'en cas de besoin, elle pourrait les loger pour la nuit.

— Il se peut très bien que nous la prenions au mot, remarqua Alleyn tandis qu'ils sortaient dans la rue du village.

Celle-ci, éclairée par le pâle soleil d'hiver, se composait, outre l'auberge et la maison du Dr Withers, d'un bureau de poste, d'une chapelle, d'un marchand de nouveautés, d'une papeterie, d'une salle des fêtes, d'une pharmacie-droguerie et d'une rangée de cottages. Au-delà des collines, les fenêtres gothiques, les tours innombrables et les cheminées de tous acabits du manoir d'Ancreton se dressaient sur leur fond de conifères, dominant, d'un air seigneurial et quelque peu burlesque, le petit village.

— Et voici, déclara Alleyn en s'arrêtant devant une vitrine, la pharmacie de M. Juniper [1]. Quel nom charmant, Fox. E. M. Juniper. C'est ici que Troy et Miss Orrincourt sont venues en carriole par une

1. *Juniper* signifie genévrier. (N.d.T.)

soirée pourrie. Si nous allions rendre visite à M. Juniper ?

Mais il ne semblait pas pressé d'entrer, et il se posta devant la vitrine en marmonnant dans sa barbe.

— Une vitrine bien rangée, Fox. J'aime les vieux flacons colorés, pas vous ? Il y a aussi du papier à lettres, des peignes et de l'encre (cette marque a disparu du marché pendant la guerre), qui voisinent avec les pastilles contre la toux et les bandages herniaires dans leurs modestes boîtes. Il y a même des jeux pour enfants. Tenez, le jeu des Sept Familles. C'est comme ça que Troy a dessiné les Ancred. On va leur en offrir un. La vitrine de la pharmacie de M. Juniper. Venez.

Il précéda Fox dans la boutique. Celle-ci était divisée en deux parties. Un comptoir était réservé à la droguerie, et un autre, austère et isolé, aux activités professionnelles de M. Juniper. Alleyn fit sonner une clochette, une porte s'ouvrit, et M. Juniper, rose et frais dans sa blouse blanche, sortit auréolé de l'odeur propre des médicaments.

— Messieurs ? fit M. Juniper, se plaçant derrière son comptoir professionnel.

— Bonjour, dit Alleyn. Auriez-vous par hasard quelque chose pour distraire une petite fille malade ?

M. Juniper passa dans le département de la droguerie.

— Le jeu des Sept Familles ? suggéra-t-il. Des bulles de savon ?

— En fait, mentit Alleyn d'un air affable, on m'a dit de rapporter quelque chose du genre farces et attrapes. A l'intention, je le crains, du Dr Withers.

— Ah bon ? Tss. Ha-ha ! répondit M. Juniper. Voyons... J'ai bien peur que nous n'ayons pas grand-chose en stock. Il y avait bien les fausses taches d'encre, mais malheureusement... Non. Remarquez, je vois très bien de quoi vous voulez parler, mais je crains…

— Il a vaguement été question d'une chose qu'on gonfle et sur laquelle on s'assied, murmura Alleyn distraitement. Cela avait l'air dégoûtant.

— Ah ! Le pétard ?

— Exactement.

M. Juniper secoua tristement la tête et esquissa un geste résigné.

— J'ai cru voir une boîte dans la vitrine, ajouta Alleyn, qui semblait…

— Elle est vide ! soupira M. Juniper. Le client n'en a pas voulu, alors je l'ai laissée là. Ça alors, c'est vraiment dommage, se lamenta-t-il. Pas plus tard que la semaine passée — ou était-ce il y a quinze jours ? — j'ai vendu le dernier de ces objets précisément dans le même but. Pour une petite fille malade. On croirait presque, hasarda-t-il, que c'est la même demoiselle… ?

— Sûrement, répliqua Alleyn. Patricia Kentish.

— Absolument. C'est ce qu'a dit la personne qui me l'a acheté. Que c'était pour le manoir. La petite coquine ! A mon avis, monsieur, vous vous apercevrez que Miss Pant… Miss Pat a déjà un pétard.

— Dans ce cas, je vais prendre les sept familles. Vous aviez besoin d'un dentifrice, n'est-ce pas, Fox ?

— Les Sept Familles, répéta M. Juniper, s'emparant d'un paquet sur une étagère. Et un dentifrice. Vous avez une préférence pour une marque, monsieur ?

— C'est pour un appareil, répondit Fox, imperturbable.

— Pour un dentier. Je vois, fit M. Juniper, se précipitant vers la partie professionnelle de sa boutique.

— Je parie, dit Alleyn joyeusement, s'adressant à Fox, que c'est Sonia Orrincourt qui nous a devancés.

— Ah, répondit Fox.

M. Juniper eut un sourire espiègle.

— Je ne devrais pas trahir la jeune demoiselle, n'est-ce pas ? fit-il. Secret professionnel. Ha-ha !

— Ha-ha ! acquiesça Alleyn, fourrant les Sept Familles dans sa poche. Merci, monsieur Juniper.

— C'est moi qui vous remercie, monsieur. Tout va bien là-haut, au manoir, j'espère ? C'est une grande perte. Une grande perte pour la nation, si je puis dire. J'espère que les enfants ont bien perdu leurs cheveux ?

— C'est en cours. Belle après-midi, n'est-ce pas ? Au revoir.

— Je n'avais pas besoin de dentifrice, moi, déclara Fox, une fois dans la rue.

— Je ne vois pas pourquoi j'aurais fait toutes les emplettes, et puis, vous aviez l'air trop sinistre. Mettez-le sur votre note de frais. Cela en valait la peine.

— Je ne dis pas le contraire, opina Fox. Si cette Orrincourt a pris le pétard, monsieur, il faudra sans doute chercher de ce côté-là pour les autres blagues, non ?

— Je ne le crois pas, Fox. Pas pour toutes. Nous savons au moins que cette gamine infernale a épinglé un papier sur le manteau de sa tante Millamant. Elle s'est taillé une solide réputation en matière de farces. D'un autre côté, il semble totalement exclu qu'elle ait trempé dans l'histoire du pétard et de la vache volante ; et ma femme est convaincue qu'elle n'est pas responsable des lunettes, de la peinture sur la rampe d'escalier et de l'inscription grossière sur le miroir de Sir Henry. Quant au petit livre sur le plateau de fromage, à mon avis, ni Panty ni Miss Orrincourt ne sont pour quelque chose dans cet envol de l'imagination.

— Donc, si nous éliminons la petite fille des affaires qui ont quelque importance, il nous reste Miss Orrincourt et un autre.

— C'est bien ce qui me chagrine.
— Et cet autre essaie de charger Miss Orrincourt en ce qui concerne l'arsenic et le vieux gentleman ?
— C'est une hypothèse qui se défend, mais Dieu seul connaît la réponse.
— Où allons-nous, monsieur Alleyn ?
— Que diriez-vous d'une promenade de trois kilomètres ? Je crois que nous allons rendre une petite visite aux Ancred.

IV

— Cela m'étonnerait, dit Alleyn, tandis qu'ils gravissaient les terrasses successives, cela m'étonnerait fort que nous puissions rester incognito, en supposant que ce soit utile. Thomas a certainement téléphoné à sa famille, au moins pour les prévenir que nous avons pris note de sa déclaration. Autant nous annoncer, et nous verrons ce que nous verrons. Notamment, la chambre de ce malheureux vieillard.
— A l'heure qu'il est, observa Fox, acide, ils ont déjà dû la retapisser.
— Je me demande si Paul Kentish s'y connaît en gadgets électriques. Je parie que ce n'est pas le cas de Cedric Ancred.
— Qu'est-ce que c'est ? s'enquit Fox.
— Quoi donc ?
— J'ai entendu quelque chose. On dirait un enfant qui pleure, monsieur.
Ils avaient atteint la deuxième terrasse. De chaque côté de cette terrasse, entre les champs de pommes de terre et les bois, il y avait un massif d'arbustes formant une sorte de taillis. Des arbustes sur leur gauche s'élevait par intermittence une plainte aiguë, qui semblait contenir toute la douleur du monde. Ils s'arrêtèrent, se regardant d'un air hésitant. Les gémissements cessèrent, et le silence s'emplit de

bruits familiers : pépiement hivernal des oiseaux et faible cliquettement des branches dénudées.

— Croyez-vous que c'est une sorte d'oiseau ? interrogea Fox.

— Ce n'est pas un oiseau !

Alleyn s'interrompit brusquement.

— Tenez, ça recommence.

C'était un son irrégulier, vacillant et grêle, qui produisait un effet des plus déprimants. Sans réfléchir, les deux hommes s'engagèrent sur le sol rugueux et incrusté de givre. A mesure qu'ils se rapprochaient, le bruit devenait non pas plus distinct, mais plus complexe ; et, quand ils furent tout près, il parut changer de nature.

— C'est mêlé à une sorte de chant, chuchota Fox.

Adieu, pauvre minet, ton poil était si doux,
Et même si tu le perdais, moi, j'ai rien vu.
Adieu, pauvre minet, adieu pour toujours,
Et fais que je sois sage, amen.

— Adieu pour toujours, répéta une petite voix, reprenant ses lamentations.

Tandis qu'ils passaient devant les premiers arbustes, elle se tut, et dans le silence tendu qui suivit, on entendit des sanglots convulsifs.

Dans les taillis, ils tombèrent sur une petite fille coiffée d'un bonnet blanc, qui était assise devant un monticule de terre fraîchement retournée. A côté d'elle, il y avait une pelle d'enfant. Quelques tiges de géranium étaient plantées dans le monticule, à la tête duquel il y avait une brindille avec un bout de papier. Les mains de la petite fille étaient maculées de terre, et, comme elle s'était frotté les yeux, des sillons noirs couraient sur son visage. Accroupie, elle les considéra d'un air renfrogné, comme un animal qui s'aplatit, quand il est incapable d'obéir à son instinct de fuite.

— Hello, dit Alleyn, ce n'est pas très gai, tout ça.

Et, ne trouvant pas d'introduction appropriée, il s'entendit répéter la phrase du Dr Withers :

— Qu'est-ce qui ne va pas ?

Un sanglot spasmodique secoua la petite fille. Alleyn s'accroupit à côté d'elle et examina l'inscription sur le papier. Celle-ci annonçait, en majuscules tremblantes :

« KARABAS.

R.S.V.P.

GROS BAISERS. PANTY. »

— C'était ton chat, Carabbas ? hasarda Alleyn.

Panty lui lança un regard noir et secoua lentement la tête.

— Suis-je bête, se reprit-il, c'était le chat de ton grand-père, n'est-ce pas ?

— Il m'aimait, déclara Panty d'une voix haut perchée. Plus que Noddy. Il m'aimait plus que tous les autres. J'étais son amie.

Sa voix s'éleva, stridente comme le sifflet d'une petite locomotive.

— Et ce n'est pas vrai, hurla-t-elle, ce n'est pas vrai que je lui ai donné la teigne. Je déteste ma tante Milly. Je voudrais qu'elle soit morte. Je veux qu'ils meurent tous. Je tuerai ma tante Milly.

Elle martela le sol de ses poings et, apercevant Fox, cria :

— Allez-vous-en d'ici. C'est ma place.

Fox se recula précipitamment.

— J'ai entendu parler, dit Alleyn prudemment, de Carabbas et toi. Tu peins des tableaux, n'est-ce pas ? En as-tu peint de nouveaux, ces jours-ci ?

— Je ne veux plus peindre, répliqua Panty.

— Dommage, parce que nous pensions t'envoyer une boîte de peintures de Londres.

Panty étouffa un sanglot.

— Qui, nous ? s'enquit-elle.

— Ma femme et moi. Troy Alleyn. Mme Alleyn, tu sais.

— Si je devais peindre un portrait de ma tante Milly, je la représenterais avec des moustaches de cochon et elle ressemblerait à Judas Iscariote. Ils ont dit que mon chat Carabbas avait la teigne, et que c'est moi qui la lui ai passée ; ce sont tous des menteurs, *tous.* Il ne l'avait pas, et je ne lui ai rien passé du tout. Simplement, il perdait ses poils, le pauvre.

Avec l'abandon que Troy avait déjà observé dans le petit théâtre, Panty se jeta sur le ventre et se mit à taper des pieds. Incertain, Alleyn se pencha sur elle, et après une brève hésitation, la souleva de terre. Pendant quelques instants, elle se débattit comme un beau diable, puis, brusquement, elle laissa retomber ses bras et s'affaissa mollement entre les mains d'Alleyn, l'air morne.

— Ce n'est pas grave, Panty, marmonna-t-il, impuissant. Tiens, on va t'essuyer la figure.

Il tâtonna dans sa poche, et ses doigts se refermèrent sur un objet dur.

— Regarde ce que j'ai là, fit-il, sortant un petit paquet. Tu connais le jeu des Sept Familles ?

Il fourra le paquet de cartes dans ses mains et lui tamponna le visage, sans grand succès, avec son mouchoir.

— Allons-y, dit-il à Fox.

Il porta Panty, inerte, jusqu'à la troisième volée de marches. Là, elle se mit à gigoter, et il la reposa par terre.

— Je veux jouer aux Sept Familles, déclara Panty d'une voix pâteuse. Ici.

Elle s'accroupit, et, secouée de temps à autre par un hoquet convulsif, ouvrit son paquet de cartes. Puis, avec des doigts malpropres, elle entreprit de les répartir en trois tas.

— Asseyez-vous, Fox, dit Alleyn. Vous allez jouer aux Sept Familles.

Fox s'assit gauchement sur la seconde marche.

Panty était très lente, essentiellement parce qu'elle examinait la face de chaque carte avant de la poser.

— Vous connaissez les règles ? demanda Alleyn à Fox.

— Pas vraiment, répondit-il, mettant ses lunettes. Serait-ce quelque chose dans le genre tarot ?

— Pas tout à fait, mais vous allez comprendre. Le but est de réunir une famille. Veux-tu avoir l'obligeance, ajouta-t-il en se tournant vers Panty, de me donner Mme Bretelle, la femme du tailleur ?

— Vous n'avez pas dit « s'il te plaît », c'est donc mon tour, rétorqua Panty. Donnez-moi M. Bretelle, le tailleur, M. Bretelle fils et Miss Bretelle, s'il vous plaît.

— Zut, fit Alleyn. Tiens.

Et il lui tendit les cartes, dont les personnages grotesques semblaient sortir tout droit des pages du *Punch* victorien.

Panty poussa les cartes sous elle et s'assit pardessus. Conformément à sa réputation, sa culotte avait un aspect extravagant.

— Et vous, dit-elle, posant un regard mouillé sur Fox, donnez-moi...

— Ce n'est pas mon tour ? demanda Fox.

— Tant qu'elle ne s'est pas trompée, c'est à elle, répondit Alleyn. Vous allez voir.

— Donnez-moi, dit Panty, M. Semoule, le fils de l'épicier.

— Ne faut-il pas qu'elle dise « s'il vous plaît » ?

— S'il vous plaît, hurla Panty. Je l'ai dit. S'il vous plaît.

Fox lui remit la carte.

— Et Mme Semoule, continua Panty.

— Je me demande vraiment comment elle le sait, observa Fox.

— Elle sait, répliqua Alleyn, parce qu'elle a regardé.

Panty eut un rire rauque.

— Et vous, donnez-moi M. Bœuf, le boucher, exigea-t-elle, se tournant vers Alleyn. S'il vous plaît.

— Il n'est pas chez lui, fit Alleyn triomphalement. Vous voyez, Fox, c'est à moi, maintenant.

— Ce jeu me paraît louche, énonça Fox sombrement.

— M. Brioche fils, remarqua Panty, est z'actement comme mon oncle Thomas.

Alleyn changea mentalement les visages comiques des personnages en ceux des Ancred, tels que Troy les avait croqués sur son carnet.

— En effet, opina-t-il. A présent, je sais que tu l'as. Donne-moi, s'il te plaît, M. Ancred, le fils de l'acteur.

Cette boutade provoqua l'hilarité de Panty, et, pouffant sottement, elle se mit à demander les cartes sous les noms de ses proches parents, semant la confusion parmi les joueurs.

— Et voilà, fit Alleyn finalement, d'une voix qu'il trouva lui-même ignoblement suffisante. On a bien joué, non ? Maintenant, si tu nous emmenais voir... euh...

— La huitième famille, acheva Fox d'une voix atone.

— Absolument, dit Alleyn.

Pourquoi ? questionna Panty.

— C'est pour cela que nous sommes venus.

Se levant, Panty lui fit face. Imperceptiblement, une expression étrange se peignit sur son museau noirci. C'était, pensa Alleyn, l'expression d'un enfant normal sur le point de révéler un secret, mêlée à autre chose de moins familier et de plus alarmant.

— Je vais vous dire quelque chose, déclara-t-elle. Pas à lui. A vous.

Elle entraîna Alleyn à l'écart et, avec un regard oblique, l'attira à elle jusqu'à ce qu'elle pût passer un bras autour de son cou. Il attendit, sentant le souffle de Panty dans son oreille.

— Qu'y a-t-il ?

Le murmure qui lui répondit fut étonnamment distinct.

— Nous avons un assassin dans la famille.

Lorsqu'il s'écarta d'elle, il vit qu'elle souriait nerveusement.

12.

La cloche et le livre

Les dessins de Troy étaient si vivants et précis que Alleyn reconnut Desdemona Ancred à l'instant même où elle apparut sur la marche supérieure de la troisième terrasse. De là, elle contempla le groupe, certainement insolite, qu'il formait avec Panty et Fox. En fait, tandis qu'elle s'immobilisait, elle prit la même pose, théâtrale et majestueuse, que Troy lui avait attribuée dans sa caricature.

— Ah, fit Dessy d'une voix chaude et vibrante. Panty ! Enfin !

Elle tendit les bras vers Panty, tout en dévisageant ouvertement Alleyn.

— Comment allez-vous ? dit-elle. Vous étiez en train de monter ? Cette terrible jeune personne ne vous a pas encore massacrés ? Faut-il que je me présente ?

— Miss Ancred ? répliqua Alleyn.

— C'est le mari de Mme Alleyn, déclara Panty. Et nous n'avons pas vraiment besoin de vous, merci, Tante Dessy.

Dessy était en train de descendre les marches avec grâce. Sans cesser de sourire, elle dut ralentir le pas une fraction de seconde. L'instant d'après, sa main était dans celle d'Alleyn, et elle le regarda dans les yeux avec une intensité embarrassante.

— Je suis si heureuse que vous soyez venu, fit-elle

de sa voix de gorge la plus expressive. Si heureuse ! Nous sommes affreusement, profondément bouleversés. Mon frère vous a mis au courant, je sais.

Elle pressa sa main, la relâcha et regarda Fox.

— Inspecteur Fox, dit Alleyn.

Desdemona se montra tragiquement chaleureuse.

Ils s'apprêtaient à reprendre leur ascension, quand Panty poussa un gémissement menaçant.

— Toi, dit sa tante, tu ferais bien de rentrer à la maison au plus vite. Miss Able te cherche partout. Mais qu'as-tu encore fait, Panty ? Tu es couverte de terre.

Instantanément, ils eurent droit à une nouvelle scène. Panty se remit à proférer d'étranges menaces contre sa famille, pleurer sur le sort du chat Carabbas et assurer qu'elle ne l'avait pas contaminé.

— Voilà qui est absurde, dit Dessy à Alleyn en un aparté sonore. Bien sûr, cela nous a tous affectés. Pauvre Carabbas ! Mon père lui était tellement attaché. Mais franchement, c'était une menace permanente pour notre santé. La teigne, sans l'ombre d'un doute. Il perdait ses poils par poignées. De toute évidence, c'est lui qui a transmis la maladie aux enfants. Nous avons eu parfaitement raison de le faire supprimer. *Voyons,* allez, viens, Panty.

A ce moment-là, ils avaient déjà atteint la dernière terrasse. Panty se traînait lamentablement derrière eux. Là, ils rencontrèrent Miss Caroline Able, qui s'exclama sur un ton enjoué :

— Dieu, quel vacarme !

Et, gratifiant les deux hommes d'un regard clair et intelligent, elle emmena son hurlante protégée.

— Je suis atterrée, s'écria Desdemona, de l'accueil que vous avez dû subir. Franchement, cette pauvre Panty est au-dessous de tout. J'adore les enfants, vous savez, mais elle a un caractère *tellement* difficile... Et, dans la maison de la douleur, quand on a le cœur et les nerfs à vif...

Elle regarda Alleyn dans les yeux, esquissa un petit geste d'impuissance, et, finalement, les introduisit dans le hall. Alleyn jeta un coup d'œil sur le mur en-dessous de la tribune des musiciens, mais celui-ci était inoccupé.

— Je vais prévenir ma sœur et ma belle-sœur, commença Dessy.

Mais Alleyn l'interrompit.

— Ne pourrions-nous pas vous parler d'abord ?

D'après l'attitude de Dessy, à la fois grave et digne, il vit que cette suggestion ne lui avait pas déplu. Elle les conduisit dans le petit salon, où Troy avait surpris Cedric et Sonia Orrincourt en train de se tordre de rire sur le canapé. Ce même canapé sur lequel Desdemona prit place à présent. Elle s'assit, nota Alleyn, fort joliment : sans regarder son objectif, mais en se laissant glisser d'un seul mouvement, puis en reposant élégamment ses bras.

— Je pense, commença-t-il, que votre frère vous a expliqué la procédure officielle dans les situations de ce genre. Nous sommes obligés d'effectuer toutes sortes d'investigations avant d'entreprendre quoi que ce soit.

— Je vois, répondit Desdemona, hochant la tête d'un air solennel. Oui, je vois. Continuez.

— Pour parler crûment, pensez-vous personnellement que les insinuations de l'auteur de la lettre anonyme sont fondées ?

Avec soin, Desdemona pressa les paumes de ses mains contre ses paupières.

— Si *seulement* je pouvais ne pas y penser ! s'écria-t-elle.

— Vous n'avez pas la moindre idée de l'identité de l'auteur de cette lettre, j'imagine ?

Elle secoua la tête, et Alleyn se demanda si elle ne lui avait pas jeté un coup d'œil à travers ses doigts.

— Quelqu'un d'entre vous s'est-il rendu à Londres depuis l'enterrement de votre père ?

— C'est atroce ! déclara-t-elle, laissant retomber ses bras et le dévisageant. Justement ce que je redoutais. C'est atroce !

— Quoi donc ?

— Vous croyez que c'est l'un de nous qui a écrit la lettre ? Quelqu'un d'Ancreton ?

— Eh bien, répliqua Alleyn, réprimant son exaspération, ce n'est pas une hypothèse franchement absurde, vous savez.

— Non, non. Sans doute pas. Mais quelle idée inquiétante.

— Alors, quelqu'un d'entre vous s'est-il rendu à Londres...

— Laissez-moi réfléchir, marmonna Desdemona, se cachant à nouveau les yeux. Le soir, après que nous... nous... après l'enterrement de papa, et après que M. Rattisbon a...

Elle esquissa un autre petit geste d'impuissance.

— ... lu le testament ? suggéra Alleyn.

— Oui. Ce soir-là, vers sept heures et demie, Thomas et Jenetta (ma belle-sœur), Fenella (sa fille) et Paul (mon neveu, Paul Kentish) sont tous partis pour Londres.

— Et en sont revenus ? Quand ?

— Non, pas du tout. Jenetta n'habite pas ici, et Fenella et Paul, à cause de... Enfin, bref, Fenella s'est installée chez sa mère, et, à mon avis, Paul loge chez elles. Quant à mon frère Thomas, comme vous le savez, il habite Londres.

— Personne d'autre n'a quitté Ancreton ?

Il s'avéra que le lendemain, Cedric, Millamant et Desdemona elle-même avaient pris le train de Londres tôt dans la matinée. Il y avait un certain nombre d'affaires à régler. Ils étaient rentrés dans la soirée. C'était dans le courrier de ce soir-là, mercredi, pensa Alleyn, que la lettre anonyme était parvenue au Yard. En sondant prudemment le terrain, il apprit qu'ils s'étaient séparés à Londres pour vaquer à leurs occupations respectives et qu'ils s'étaient retrouvés dans le train du retour.

— Et Miss Orrincourt ? demanda Alleyn.

— Je crains, rétorqua Desdemona, souveraine, de n'être absolument pas au courant des faits et gestes de Miss Orrincourt. Elle a été absente toute la journée d'hier : je suppose qu'elle était à Londres.

— Demeure-t-elle ici, en ce moment ?

— Vous avez de quoi avoir l'air stupéfait, répondit Desdemona, bien que personnellement, Alleyn n'eût pas l'impression de l'être particulièrement. Après tout ce qui s'est passé, monsieur Alleyn. Après avoir comploté avec papa contre nous ! Après nous avoir blessés et humiliés de toutes les façons possibles. Pour narguer, on peut dire, nos sentiments familiaux, elle reste ici. T'ah !

— Sir Cedric a-t-il... ?

— Cedric, déclara Desdemona, est désormais le chef de notre famille. Mais j'affirme sans la moindre hésitation que je trouve sa conduite dans de nombreux domaines incompréhensible et révoltante. Notamment, en ce qui concerne Sonia Orrincourt (jamais vous ne me ferez croire qu'elle est née Orrincourt). Allez savoir ce qu'il a derrière la tête. Ce qu'ils ont tous les deux... enfin !

Alleyn ne chercha pas à connaître davantage le comportement de Cedric. Pour l'instant, il était fasciné par celui de Desdemona. Sur le mur en face d'elle, il y avait un miroir dans un cadre baroque. Alleyn remarqua qu'elle s'y observait en permanence d'un œil. Même quand elle ôta les paumes de ses mains de ses yeux, ses doigts frôlèrent sa chevelure, et elle tourna légèrement la tête, tandis que son regard absent, et pourtant attentif, surveillait l'effet de l'ensemble. Et, chaque fois qu'elle posait son regard liquide sur Alleyn, ses yeux revenaient au miroir pour vérifier, avec une satisfaction à peine déguisée, la limpidité de leur éclat. Alleyn eut l'impression d'interroger un mannequin.

— Si j'ai bien compris, fit-il, c'est vous qui avez découvert la boîte de mort-aux-rats dans la valise de Miss Orrincourt ?

— C'est affreux, n'est-ce pas ? En fait, nous étions quatre. Ma sœur Pauline (Mme Kentish), ma belle-sœur, Cedric et moi. C'était dans sa penderie, vous savez. Une valise tout à fait banale, tapissée d'étiquettes de voyages bon marché, datant de ses tournées. Comme je l'ai dit et répété à Thomas, cette créature n'est qu'une minable petite actrice de rien du tout. En fait, ce n'est même pas une actrice. Tout ce qu'elle fait, c'est montrer ses yeux et ses dents au troisième rang des chœurs, quand elle a de la chance.

— Avez-vous vous-même touché à la boîte ?

— Oh, nous y avons tous touché. Evidemment. Cedric a essayé de soulever le couvercle, mais celui-ci n'a pas cédé. Alors il a tapé sur la boîte, disant que d'après le bruit, elle n'était pas pleine.

Elle baissa la voix.

— « Seulement à moitié pleine », a-t-il dit. Et Milly (ma belle-sœur, Mme Henry Ancred) a ajouté...

Desdemona s'interrompit.

— Oui ? la pressa Alleyn, lassé de toutes ces parenthèses généalogiques. Mme Henry Ancred a ajouté ?

— Que pour autant qu'elle le sache, cette boîte n'a jamais été utilisée.

Elle changea imperceptiblement de position, avant de reprendre :

— Je n'arrive pas à comprendre Milly. Elle est tellement désinvolte. Bien sûr, je sais qu'elle est terriblement efficace, mais... ce n'est pas une Ancred, et elle ne ressent pas la même chose que nous. Elle... disons-le carrément, elle fait un peu *gouvernante,* vous comprenez ?

Alleyn ne réagit pas à cette invocation entre personnes de sang bleu.

— La valise était-elle fermée à clé ? s'enquit-il.

— Nous n'aurions rien forcé, monsieur Alleyn.

— Ah bon ? fit-il distraitement.

Desdemona jeta un coup d'œil dans le miroir.

— Oh... peut-être Pauline, si, admit-elle après une pause.

Alleyn attendit quelques instants, puis, croisant le regard de Fox, se leva.

— Miss Ancred, pourrions-nous jeter un coup d'œil sur la chambre de votre père ?

— La *chambre* de papa ?

— Si c'est possible.

— Je ne sais pas... cela ne vous ennuie pas, si je... ? Je vais demander à Barker...

— Il n'a qu'à nous indiquer la direction ; nous nous débrouillerons ensuite.

Impulsivement, Desdemona tendit les bras vers lui.

— Vous êtes tellement compréhensif ! Vous comprenez ce que les autres peuvent ressentir. Merci !

Alleyn sourit d'un air vague et, contournant les bras tendus, se dirigea vers la porte.

— Peut-être Barker pourrait-il nous montrer le chemin ?

Royale, Desdemona s'approcha de la sonnette, et, une minute plus tard, Barker fit son apparition. Avec un aplomb étonnant, elle lui expliqua ce qu'il devait faire. Elle réussit à transformer Barker en quintessence des serviteurs de famille. L'ambiance du petit salon devenait de plus en plus féodale.

— Ces gentlemen, acheva-t-elle, sont là pour nous aider, Barker. A notre tour, il faut que nous les aidions, n'est-ce pas ? Vous les aiderez, bien sûr ?

— Certainement, Miss, répondit Barker. Si vous voulez bien me suivre, messieurs.

Comme Troy avait bien décrit le grand escalier, la tribune, et des dizaines de mètres de toiles mortes dans leurs cadres massifs ! Et l'odeur. Une odeur vieillotte de vernis, de tapis, de cire, et, étrangement, de colle. Une odeur jaune, avait-elle dit. Il y avait le premier long couloir, puis l'embranchement qui conduisait vers la tour de Troy. C'était là qu'elle s'était perdue le premier soir, entre les chambres aux noms ridicules. Elles étaient bien là : *Bancroft* et *Bernhardt* sur la droite, *Terry* et *Bracegirdle* sur la gauche ; suivies d'un placard à linge et de salles de bains. Les basques de la queue de pie de Barker sautillaient rythmiquement devant eux. Il était voûté, et l'on n'apercevait qu'une fine touffe de cheveux gris et quelques pellicules sur son col noir. Ils arrivèrent au croisement avec la galerie de tableaux, et là, devant eux, il y avait une porte close sur laquelle, en lettres gothiques, il était écrit « Irving ».

— C'est ici, messieurs, fit la voix grêle et essoufflée de Barker.

— Allons-y.

La porte s'ouvrit sur l'obscurité et sur l'odeur de désinfectant. Après un bref tâtonnement, une lampe de chevet projeta un halo de lumière sur une table et un dessus-de-lit incarnat. Dans un cliquettement d'anneaux, Barker écarta les rideaux, puis releva les stores.

Alleyn fut avant tout frappé par le nombre incroyable de photos et de gravures sur les murs. Leur profusion masquait presque le papier mural, rouge et saupoudré d'étoiles. Ensuite, il remarqua la richesse du décor : l'énorme miroir, les velours et les brocarts, les meubles imposants et massifs.

Au-dessus du lit, il y avait un long cordon. Alleyn

nota qu'il ne se terminait pas par un poussoir, mais par un faisceau de fils électriques dénudés.

— Ce sera tout, monsieur? demanda Barker derrière lui.

— Un instant, répliqua Alleyn. J'ai besoin de votre aide, Barker.

II

Il était vraiment très vieux. Ses yeux étaient voilés et ne reflétaient qu'une vague tristesse. Ses mains semblaient s'être ratatinées sous le poids de leurs veines violacées : elles tremblotaient légèrement. Néanmoins, le réflexe d'être à la disposition des autres l'emportait sur tous ces signes de décrépitude. On sentait encore un certain empressement chez Barker.

— Je ne crois pas, reprit Alleyn, que Miss Ancred ait explicité la raison de notre présence ici. Nous sommes venus à la demande de M. Thomas Ancred, afin d'enquêter plus en détail sur la cause du décès de Sir Henry.

— Vraiment, monsieur?

— Certains membres de sa famille considèrent que le diagnostic a été établi de manière trop hâtive.

— Absolument, monsieur.

— Avez-vous eu cette impression, vous aussi?

Les mains de Barker se fermèrent et se rouvrirent.

— Je ne le pense pas, monsieur. Pas au début.

— Pas au début?

— Sachant ce qu'il a bu et mangé au dîner, monsieur, et vu l'état dans lequel il s'est mis, et pas pour la première fois. Le Dr Withers l'avait mis en garde, monsieur.

— Mais plus tard? Après l'enterrement? Et maintenant?

— Je ne saurais vous le dire, monsieur. Avec

Mme Kentish, Mme Henry et Miss Desdemona, qui ne cessent de m'interroger sur un objet disparu, et avec toutes les rumeurs qui circulent à l'office, je ne sais vraiment plus.

— L'objet disparu, c'est une boîte de mort-aux-rats ?

— Oui, monsieur. Il me semble qu'elle a été retrouvée.

— Et ils se posent la question de savoir si elle a été ouverte ou non. Est-ce bien cela ?

— Apparemment, oui, monsieur. Seulement, nous en avons à la maison depuis plus de dix ans. Il y avait deux boîtes, monsieur, dans une remise : l'une a été ouverte et jetée après usage. Ça, je le sais. Quant à cette autre dont on parle, je ne saurais rien dire. Mme Henry Ancred se souvient qu'elle était là il y a un an, non entamée. Mme Bullivant, la cuisinière, dit qu'elle a été utilisée depuis, mais Mme Henry n'est pas de cet avis. Voilà tout ce que je peux vous dire, monsieur.

— Savez-vous si on a déjà utilisé de la mort-aux-rats dans la chambre de Miss Orrincourt ?

L'attitude de Barker se teinta de réprobation.

— Pas à ma connaissance, monsieur, répondit-il.

— N'y a-t-il pas de rats à cet endroit ?

— La demoiselle en question s'en est plainte, je crois, à l'une des femmes de chambre, qui a posé des pièges et en a attrapé plusieurs. La demoiselle a dit, semble-t-il, qu'elle n'aimait pas le poison ; c'est pourquoi on ne l'a pas utilisé.

— Je vois. A présent, j'aimerais que vous me décriviez exactement l'état de cette chambre, telle que vous l'avez trouvée le lendemain de la mort de Sir Henry.

Barker porta une main rabougrie à ses lèvres, pour cacher leur tremblement. Ses yeux s'embuèrent de larmes.

— Je sais que cela vous est pénible, dit Alleyn, et

je le regrette. Asseyez-vous. Non, je vous en prie, asseyez-vous.

Barker se voûta un peu plus et prit place sur la seule chaise haute de la pièce.

— Je suis certain, ajouta Alleyn, que s'il y avait quelque chose de suspect, vous voudriez que ce soit tiré au clair.

Barker semblait partagé entre la réserve professionnelle et son désarroi personnel. En fin de compte, dans un soudain accès de loquacité, il leur fit part d'une réaction classique :

— Je ne voudrais pas que cette maison soit mêlée à un scandale, monsieur. Mon père était le majordome du baronnet d'avant, un cousin de Sir Henry... Sir William Ancred, il s'appelait; et moi, j'ai servi de valet de pied en ce temps-là. Le vieux gentleman, il n'avait rien à voir avec le théâtre. Ç'aurait été un coup rude pour lui.

— Vous voulez parler des circonstances de la mort de Sir Henry ?

— Je veux parler...

Barker pinça ses lèvres frémissantes.

— Je veux parler de la façon dont les choses se passaient dernièrement.

— Miss Orrincourt ?

— T'ah ! répondit Barker, illustrant ainsi toute une existence au service des Ancred.

— Ecoutez, fit Alleyn tout à coup, savez-vous ce que la famille s'est mis en tête, à propos de cette affaire ?

Il y eut une longue pause, puis le vieil homme chuchota :

— J'aime mieux ne pas y penser. Je n'ai jamais encouragé les ragots à l'office, monsieur, et je n'y ai jamais pris part non plus.

— Alors, suggéra Alleyn, parlez-moi de la chambre.

Ce ne fut qu'un lent développement de ce qu'il

avait déjà entendu. La chambre obscure, la silhouette recroquevillée sur le lit, « comme s'il avait voulu rouler sur le tapis », la puanteur, le désordre et le cordon de sonnette cassé.

— Où était le bout ? demanda Alleyn. Le poussoir lui-même ?

— Dans sa main, monsieur. Il le serrait dans sa main. Il nous a fallu du temps pour nous en apercevoir.

— Et vous l'avez toujours ?

— Dans le tiroir de sa table de toilette, monsieur. Je l'y ai mis, en attendant de faire réparer la sonnette.

— L'avez-vous dévissé ou examiné d'une quelconque façon ?

— Oh, non, monsieur. Non. Je l'ai simplement rangé et j'ai déconnecté la sonnette du circuit.

— Bien. Pour en revenir en arrière, Barker, au moment où Sir Henry est allé se coucher. L'avez-vous vu alors ?

— Oui, et comment, monsieur. Il m'a sonné, comme d'habitude. Il était minuit, quand j'ai entendu la sonnette et que je suis monté dans sa chambre. Je le servais, monsieur, depuis le départ de son propre valet.

— Vous a-t-il sonné de sa chambre ?

— Non, monsieur. Il sonnait toujours du hall, quand il le traversait. Ainsi, au moment où il arrivait dans sa chambre, j'étais déjà monté et je l'attendais.

— Comment l'avez-vous trouvé ?

— Terriblement en colère. Furieux.

— Contre sa famille ?

— Il était fou de rage contre eux.

— Continuez.

— Je lui ai mis son pyjama et sa robe de chambre, tout ça pendant qu'il rageait ; et puis, son estomac le faisait souffrir aussi. Je lui ai donné son médicament, mais il a dit qu'il le prendrait plus tard ; j'ai donc laissé la bouteille et le verre sur sa table de nuit. Je lui ai proposé de le mettre au lit, quand il a déclaré qu'il voulait voir M. Rattisbon. C'est l'avoué de la famille, monsieur ; il vient à tous les anniversaires. J'ai essayé de faire changer d'avis à Sir Henry, vu qu'il était fatigué et énervé, mais il n'a pas voulu en démordre. Quand je lui ai pris le bras, il est même devenu violent. J'étais inquiet, et j'ai tenté de le retenir, mais il s'est dégagé.

Alleyn vit soudainement deux vieillards en train de lutter dans cette chambre luxueuse.

— Voyant qu'il n'y avait rien à faire, poursuivit Barker, j'ai suivi ses ordres et conduit M. Rattisbon auprès de lui. Il m'a rappelé pour me dire d'aller trouver les deux extra que nous engageons toujours le jour de l'Anniversaire. M. et Mme Candy. Autrefois, ils faisaient partie du personnel, et maintenant, ils ont un petit commerce au village. D'après ce que Sir Henry a dit, j'ai compris qu'il avait besoin de témoins pour son testament. Je suis allé les chercher, après quoi il m'a dit de prévenir Miss Orrincourt qu'il prendrait sa boisson chaude dans une demi-heure. Il a dit aussi qu'il n'aurait plus besoin de moi. Alors je suis parti.

— Et vous êtes allé porter son message ?

— J'ai d'abord branché sa sonnette, monsieur, pour que, s'il avait besoin de quelque chose pendant la nuit, elle sonne dans le couloir, devant la porte de Mme Henry. Ce mécanisme a été spécialement installé pour les cas d'urgence, mais il a sûrement dû se casser avant de sonner, monsieur, car même si Mme Henry dormait profondément, Miss Dessy, qui partageait sa chambre, aurait entendu. Elle a un sommeil très léger, paraît-il, Miss Dessy.

— N'est-il pas bizarre que Sir Henry n'ait pas appelé ?

— Personne ne l'aurait entendu, monsieur. Dans cette partie de la maison, les murs sont très épais : ils appartenaient autrefois à la muraille extérieure. C'est le baronnet précédent, monsieur, qui a rajouté cette aile à Ancreton.

— Je vois. Et pendant ce temps, où était Miss Orrincourt ?

— Elle s'était retirée, monsieur. Tous les autres étaient passés au salon.

— Tous ?

— Oui, monsieur. Sauf elle et M. Rattisbon. Ainsi que Mme Alleyn, une invitée. Tout le monde était là. Mme Kentish a dit que la demoiselle était montée dans sa chambre, et c'est là que je l'ai trouvée. M. Rattisbon, lui, était dans le hall.

— Et quelle est cette histoire de boisson chaude ?

Le vieil homme décrivit la cérémonie en question avec soin. Avant l'ascension de Sonia Orrincourt, cette tâche avait invariablement incombé à Millamant. Ensuite, Miss Orrincourt s'en était chargée. La femme de chambre qui lui préparait son lit, laissait le lait et les autres ingrédients dans sa chambre. Elle mélangeait le tout sur un réchaud, versait le mélange dans une thermos, et, une demi-heure après que Sir Henry avait regagné sa chambre, elle le lui apportait. Comme il dormait mal, il lui arrivait de ne le boire que tard dans la nuit.

— Que sont devenus la thermos, la tasse et la soucoupe ?

— On les a emportés pour les laver, monsieur. Et on les a réutilisés depuis.

— Avait-il bu quelque chose ?

— En tout cas, on en avait versé dans la tasse, monsieur, et dans la soucoupe pour le chat, comme d'habitude. La soucoupe était posée par terre. Seulement, la tasse, la thermos et le flacon de médicament ont été renversés, et c'est le tapis qui a tout absorbé.

— Sir Henry avait-il pris son médicament ?

— Le verre était sale. Il était tombé dans la soucoupe.

— Et, naturellement, il a été lavé, fit Alleyn. Et le flacon ?

— Il a été renversé, comme je l'ai déjà dit, monsieur. Un flacon tout neuf. J'étais tout retourné, monsieur, mais j'ai quand même essayé de remettre un peu d'ordre dans la chambre, sans trop savoir ce que je faisais. Je me souviens avoir descendu la vaisselle sale, la thermos et le flacon. Le flacon, on l'a jeté, et le reste a été nettoyé. Ainsi que le placard à pharmacie. Il est dans la salle de bains, monsieur, derrière cette porte. Toute la suite, dit Barker, consciencieux, a été mise sens dessus dessous et nettoyée.

Fox émit un grognement inarticulé.

— Bien, dit Alleyn. Pour en revenir au message que vous deviez transmettre à Miss Orrincourt, ce soir-là. L'avez-vous vue personnellement ?

— Non, monsieur. J'ai frappé à la porte, et elle a répondu.

Il remua, mal à l'aise.

— Y avait-il autre chose ?

— C'était bizarre...

La voix de Barker mourut.

— Qu'est-ce qui était bizarre ?

— Normalement, elle était seule, puisque, comme je l'ai dit, monsieur, tous les autres étaient en bas, et quand j'ai servi le grog, *tout de suite* après, personne n'avait bougé. Mais avant de frapper à sa porte, monsieur, j'aurais juré qu'elle riait.

III

Après le départ de Barker, Fox poussa un gros soupir, mit ses lunettes et examina d'un air perplexe l'extrémité nue du cordon de la sonnette.

— Oui, compère Fox, exactement, fit Alleyn, s'approchant de la table de toilette. Tiens, ce doit être la demoiselle en question.

Une énorme photographie de Sonia Orrincourt trônait au milieu de la table de toilette. Fox se joignit à Alleyn.

— Très impressionnant. C'est drôle, vous savez, monsieur Alleyn. Voici ce qu'on appelle une pin-up. On ne voit que des dents, des cheveux et des jambes. Sir Henry l'a mise dans un cadre en argent, mais c'est la seule différence. Très impressionnant.

Alleyn ouvrit le tiroir supérieur gauche.

— Premier essai, remarqua Fox.

Alleyn enfila un gant et s'empara doucement d'un poussoir de sonnette en forme de poire.

— On se demande à quoi ça sert, de prendre ces précautions pathétiques, fit-il. Voyons cela.

Il dévissa l'extrémité du poussoir et regarda à l'intérieur.

— Venez voir, Fox. Regardez ces deux pôles. Il n'y a rien de cassé. L'une des vis et sa rondelle sont bien serrées. Il n'y a pas de fragments de fils. Tandis que l'autre vis et sa rondelle sont desserrées. Vous avez votre loupe ? Allez jeter un coup d'œil sur le cordon.

Fox sortit une loupe de poche et retourna vers le lit.

— L'un des fils électriques est intact, déclara-t-il. Il n'a pas le bout brillant, et il est tout noirci, comme cela peut se produire avec le temps. Mais l'autre, c'est différent. A mon avis, on a tiré dessus et on l'a éraflé. Oui, c'est ce qui a dû arriver. Il s'y est cramponné de tout son poids, et les fils ont lâché.

— Dans ce cas, demanda Alleyn, pourquoi l'une des vis est-elle tellement serrée, et un seul fil, brillant ? Nous allons garder le poussoir, Fox.

Il venait de l'envelopper dans son mouchoir et de

le mettre dans sa poche, lorsque la porte s'ouvrit sur Sonia Orrincourt.

IV

Elle était vêtue de noir, mais son allure fringante faisait penser à tout sauf au deuil. Le voile de ses cheveux blond cendré et sa lourde frange brillaient de tout leur éclat ; ses paupières étaient bleues ; ses cils, ahurissants ; et sa peau, satinée. Elle portait une broche, un bracelet et des boucles d'oreilles en diamant. Une fois dans la chambre, elle s'arrêta juste devant la porte.

— Je m'excuse de cette intrusion, dit-elle, mais suis-je en train de parler à la police ?

— Oui, répondit Alleyn. Miss Orrincourt ?

— C'est bien moi.

— Comment allez-vous ? Je vous présente l'inspecteur Fox.

— Dites donc, vous ! fit Miss Orrincourt, s'avançant sur eux d'une démarche professionnellement déhanchée. J'aimerais bien savoir ce qui se trame dans ce caveau. Moi aussi, j'ai des droits comme tout le monde, non ?

— Incontestablement.

— Merci beaucoup. Trop aimable. Maintenant, vous m'expliquerez peut-être qui vous a invité dans la chambre de mon défunt fiancé et ce que vous y fabriquez au juste ?

— Nous avons été appelés par sa famille, et nous avons un travail à faire.

— Un *travail ?* Quel genre de travail ? Pas besoin de me répondre, déclara Miss Orrincourt, en colère. Je la connais, la réponse. Ils essaient de me mettre quelque chose sur le dos. Pour se débarrasser de moi. Mais *quoi ?* Voilà ce que je voudrais savoir. Quoi, hein ?

— Voulez-vous nous dire d'abord comment vous avez su que nous étions ici et pourquoi vous avez pensé que nous étions de la police ?

Elle s'assit sur le lit, s'appuyant sur ses mains. Ses cheveux tombaient verticalement de son crâne. Derrière elle s'étendait le dessus-de-lit incarnat. Alleyn se demanda pourquoi elle avait cherché à devenir actrice, alors que tant de magazines avaient besoin de modèles. Le regard paresseux de Miss Orrincourt glissa sur les pieds de Fox.

— Comment j'ai su que vous étiez de la police ? Ça, c'est la meilleure ! Regardez donc les bottes de votre copain.

— A vous, camarade, murmura Alleyn, croisant le regard de Fox.

Fox s'éclaircit la voix.

— Euh... *Touché*[1], répondit-il précautionneusement. On n'échappe pas longtemps aux yeux vifs d'une jeune demoiselle, n'est-ce pas, monsieur ?

— Bon, alors, insista Miss Orrincourt, que se passe-t-il, à la fin ? Cherchent-ils à savoir s'il y a quelque chose de louche dans le testament ? Ou quoi ? Qu'est-ce qui vous prend, à fouiller les tiroirs de mon défunt fiancé, hein ?

— J'ai bien peur, répliqua Alleyn, que vous n'ayez mal saisi la situation. Nous sommes là pour faire notre travail, et une partie de ce travail consiste à poser des questions. Et, puisque vous êtes là, Miss Orrincourt, peut-être accepterez-vous d'y répondre ?

Il trouva qu'elle le regardait comme un animal, ou comme un enfant totalement dépourvu de timidité, peut regarder un inconnu. Tout naturellement, on eût cru que seuls des sons parfaits pouvaient s'échapper de ses lèvres. Aussi Alleyn ressentait-il une sorte de choc, chaque fois qu'il entendait la voix Cockney

1. En français dans le texte. (N.d.T.)

aux inflexions bronchitiques et les phrases dont la structure même prêtait à sourire, comme si elle avait troqué son parler naturel contre quelque chose qu'elle avait à moitié digéré au cinéma.

— Mais on est très bon chic, bon genre ! déclara-t-elle. Voyez-moi ça ! Et que voulez-vous savoir ?

— Parlez-moi donc du testament.

— Le testament est O.K., répondit-elle aussitôt. Vous pouvez fouiller toute la baraque. Grimper dans la cheminée, si ça vous chante. Vous ne trouverez pas d'autre testament : je suis bien placée pour le savoir.

— Pourquoi en êtes-vous si sûre ?

Elle se renversa en arrière jusqu'à ce qu'elle pût reposer nonchalamment sur ses coudes.

— Je vais vous dire pourquoi. Quand je suis venue ici l'autre soir, mon fiancé me l'a montré. Il y avait là le vieux Rattisbon et deux témoins, et il l'avait signé. Je l'ai vu moi-même. L'encre était encore humide. Et le vieux testament, il l'a brûlé dans la cheminée.

— Je vois.

— De toute façon, il n'aurait pas pu en faire un troisième, même s'il l'avait voulu. Il était fatigué, et il avait mal ; alors il a dit qu'il prendrait son médicament et qu'il ne tarderait pas à s'endormir.

— Etait-il au lit, quand vous êtes venue le voir ?

— Oui.

Elle attendit un instant, examinant ses ongles vernis.

— Les gens ont l'air de croire que je n'ai pas de sentiments, mais j'ai eu beaucoup de peine. Sérieusement. Il était gentil, quoi. Et puis, quand une fille est sur le point de se marier, et que tout est formidable, c'est un sale coup à encaisser, quoi qu'on dise.

— Semblait-il très malade ?

— C'est ce que tout le monde me demande sans

cesse. Le docteur, la vieille Pauline, Milly. Tout le temps. Franchement, c'est à hurler. Il a simplement eu une crise, comme d'habitude, et il se sentait bizarre. Pas étonnant, avec tout ce qu'il avait mangé et la colère qu'il avait piquée par-dessus le marché. Je lui ai donné sa boisson chaude et lui ai fait un bisou pour la nuit. Tout ce que je sais, c'est qu'il semblait aller bien.

— Il a bu son lait chaud en votre présence ?

Elle pivota légèrement d'un mouvement voluptueux et le contempla, les yeux étrécis.

— Tout juste. Il l'a bu et il l'a aimé.

— Et son médicament ?

— Il se l'est versé lui-même. Je lui ai dit d'être sage et de le boire, mais il préférait attendre pour voir si son mal de ventre n'allait pas s'arranger tout seul. Alors je suis partie.

— Bien. Vous avez été très franche, Miss Orrincourt, déclara Alleyn, se postant devant elle, les mains dans les poches. Je vais suivre votre exemple. Vous voulez savoir pourquoi nous sommes là. Je vais vous le dire. Notre tâche, ou la majeure partie de notre tâche, consiste à découvrir pourquoi vous avez joué une série de tours puérils à Sir Henry Ancred, tout en laissant croire que c'était sa petite-fille qui en était l'auteur.

Elle se retrouva debout si vite qu'il sentit ses nerfs tressaillir. Elle était tout près de lui : sa lèvre inférieure saillait agressivement ; ses sourcils, deux traits fins, s'étaient rapprochés d'un air menaçant. Elle ressemblait à un dessin dans une revue pour hommes : une furie déchaînée dans une chambre à coucher. On s'attendait presque à voir un commentaire douteux s'échapper de ses lèvres sous forme de bulle.

— Qui vous a dit que c'était moi ? interrogea-t-elle.

— Pour l'instant, c'est moi qui le dis, répliqua Alleyn. Tenez, commençons par la boutique de M. Juniper. Là, où vous avez acheté le pétard.

— Sale petit bonhomme, fit-elle pensivement. Ça, c'est un copain ! Ça, c'est un gentleman, ma parole.

Alleyn ignora ces remarques désobligeantes à l'adresse de M. Juniper.

— Ensuite, reprit-il, il y a l'histoire de la peinture sur la rampe d'escalier.

De toute évidence, cela la stupéfia. Son visage devint totalement inexpressif : un masque aux yeux légèrement dilatés.

— Attendez, dit-elle. C'est la meilleure, ça !

Alleyn attendit.

— Ça y est ! déclara-t-elle. Avez-vous parlé au jeune Ceddie ?

— Non.

— C'est ce que vous dites, marmonna-t-elle, se tournant vers Fox. Vous, alors ?

— Non, Miss Orrincourt, répondit Fox, affable. Ni moi, ni M. l'inspecteur principal.

— M. l'inspecteur principal ? répéta-t-elle. Ça alors !

Alleyn vit qu'elle le regardait avec un regain d'intérêt et il eut le pressentiment de ce qui allait suivre.

— Ce doit être un gros bonnet, alors ? Inspecteur principal comment ? Je n'ai pas bien saisi le nom.

L'espoir qu'elle pouvait ignorer ses liens avec Troy s'évanouit lorsqu'elle répéta son nom, plaqua une main contre sa bouche, et, éclatant de rire, s'écria :

— Ça alors ! Elle est bien bonne, celle-là !

Puis, se reprenant, elle ajouta :

— Excusez-moi, mais quand on y pense, c'est quand même drôle. On n'y peut rien, c'est comme ça. Vu que c'était elle qui... Bon sang, mais c'est bien sûr ! C'est comme ça que vous avez su, pour la peinture sur la rampe.

— Et quel est le rapport, s'enquit Alleyn, entre Sir Cedric Ancred et la peinture sur la rampe ?

— Je ne tiens pas à me mouiller, rétorqua Miss Orrincourt, ni à mouiller Ceddie, si on en arrive là. De toute façon, il est dans la poisse jusqu'au cou. Ce ne serait pas très malin de sa part de me laisser tomber. Et puis d'abord, il y a un tas de choses que j'aimerais savoir. Quel est tout ce ramdam à propos du bouquin ? Qui a perdu la boule dans cette baraque pourrie, eux ou moi ? Voyez un peu : quelqu'un met un sale petit bouquin sur le plateau de fromage et le sert au moment du déjeuner. Là-dessus, que fait cette bande d'ahuris ? Ils se tournent tous vers moi, comme si c'était moi qui leur avais fait cette blague. Non, mais, franchement ! Et puis, quel bouquin ! Ecrit par un type qui zozotait, et vous savez súr quoi ? Sur l'art et la manière de conserver les gens après leur mort. Ça me donne la frousse, ce genre de choses. Et quand je leur ai dit que ce n'était pas moi qui l'avais mis là, savez-vous ce qu'ils ont fait ? Pauline a piqué une crise ; Dessy a dit : « Nous ne sommes pas stupides au point de penser que vous allez nous fournir une corde pour vous faire pendre » ; Milly a déclaré qu'elle m'avait vue lire ce bouquin ; et les voilà parties, pendant que je me demandais si c'était moi ou bien les autres qui étaient à enfermer.

— Avez-vous déjà vu ce livre auparavant ?

— Il me semble me souvenir, commença-t-elle. Puis, regardant Alleyn et Fox avec une soudaine méfiance, elle déclara sur un ton tranchant :

— Pas que je sache. Je n'avais aucune idée de ce qu'il y avait dedans.

Et, après une pause, elle ajouta, morose :

— Ce n'est pas franchement mon truc, la lecture.

— Miss Orrincourt, demanda Alleyn, voulez-vous me dire objectivement si vous avez été personnellement responsable d'autres farces que celles que nous avons déjà citées ?

— Je ne veux plus répondre à aucune question. Je ne sais pas ce qui se passe ici. C'est normal, non, qu'une fille cherche à se protéger ? Je croyais avoir un ami dans cette bande de cinglés ; mais maintenant, je commence à penser qu'il m'a laissée tomber.

— Je suppose, fit Alleyn avec lassitude, que vous voulez parler de Sir Cedric Ancred ?

— *Sir* Cedric Ancred, répéta Miss Orrincourt avec un rire aigu. Ce minable petit baronnet. Je m'excuse, mais il y a vraiment de quoi se rouler par terre.

Sur ce, elle leur tourna le dos et sortit, laissant la porte ouverte. Ils entendirent son rire cascader avec une virtuosité peu convaincante, tandis qu'elle s'éloignait dans le couloir.

V

— Cette entrevue avec la demoiselle, s'enquit Fox courtoisement, nous a-t-elle avancés à quelque chose ? Ou non ?

— Pas à grand-chose, sinon à rien, répondit Alleyn d'un air maussade. Je ne sais pas ce que vous en pensez, Fox, mais j'ai trouvé sa prestation passablement satisfaisante. Encore que les impressions de ce genre n'ont pas une grande valeur. Admettons qu'elle ait versé du poison dans le lait chaud du vieil homme, n'est-ce pas la seule ligne de conduite qu'elle aurait logiquement adoptée ? Et à ce stade de la procédure, alors que je n'ai pas perdu tout espoir de faire voler leurs satanés soupçons en éclats, je ne peux insister sur rien de précis. Il va falloir nous remettre à fouiner, voilà tout.

— Où ça ? demanda Fox.

— Pour l'instant, dans deux endroits différents. Je vous ai promené avec moi comme une poule couveuse, Foxkin : il serait temps que vous pondiez. Vous allez descendre et essayer votre fameuse approche sur Barker et son essaim de vieilles bonnes. Renseignez-vous sur le lait, retracez son histoire insipide de la vache jusqu'à la thermos. Suscitez les ragots. Jacassez. Fouillez les poubelles, les décharges et les placards à balais. Pour que nous puissions rentrer à Londres en cliquetant de toutes nos trouvailles. Récupérez la bouteille Thermos. On pourra toujours tenter une analyse, mais l'espoir est bien mince. Allez, en route, Fox. Au travail.

— Et vous, monsieur Alleyn, puis-je savoir ce que vous allez faire ?

— Oh, répondit Alleyn, moi, je suis snob. Je vais aller voir le baronnet.

Fox s'arrêta sur le pas de la porte.

— A tout prendre, monsieur, et au point où nous en sommes pour l'instant, croyez-vous qu'il y aura une exhumation ?

— Il y en aura une dans tous les cas. Demain, si le Dr Curtis est disponible.

— Demain ! fit Fox, interdit. Le Dr Curtis ? Vous voulez dire, Sir Henry Ancred ?

— Non, répliqua Alleyn, le chat Carabbas.

13.

Pleins feux sur Cedric

L'entretien avec Cedric eut lieu dans la bibliothèque. C'était une pièce dépourvue de vie et de personnalité. Des rangées de volumes identiques s'alignaient derrière des portes vitrées. Cela ne sentait ni le tabac ni le souvenir de feux de bois, mais seulement l'humidité froide de la pièce inutilisée.

Cedric, lui, se montra à la fois exubérant et tendu. Il se précipita sur Alleyn et lui saisit la main. Presque instantanément, il se mit à parler de Troy.

— Elle a été merveilleuse, un véritable amour. C'était tellement excitant de la regarder travailler : cette intégrité *magique,* effrayante presque ! Vous devez être follement fier d'elle, évidemment.

Sa bouche s'ouvrait et se refermait, ses dents luisaient, ses yeux pâles s'écarquillaient ; il semblait qu'il ne s'arrêterait jamais de jacasser. De plus, il ne tenait pas en place et errait sans but dans la bibliothèque, soulevant les couvercles des boîtes à cigares vides et déplaçant les bibelots. Il évoqua ses relations avec les neveux d'Alleyn, qui, déclara-t-il, avaient fréquenté la même école que lui. Il avoua être passionné par le travail d'Alleyn. Puis il revint à Troy, laissant entendre que lui seul, parmi les philistins, avait su parler son langage. Tout cela commençait à devenir inquiétant, et Alleyn profita de la première occasion pour couper court à ce flot verbal.

— Un instant, je vous prie, dit-il. Notre visite est une visite officielle, et vous conviendrez certainement qu'elle devrait le rester. Tâchons donc de voir dans le fait que ma femme a été invitée à peindre Sir Henry une coïncidence insolite, qui n'a rien à voir avec l'affaire qui nous intéresse. Sauf si, naturellement, son travail peut avoir des incidences sur la situation.

Cedric écouta ce petit discours, la bouche entrouverte. Il rosit, porta la main à ses cheveux et répondit :

— Bien sûr, si vous y tenez. J'ai pensé simplement qu'une atmosphère amicale...

— C'était très gentil de votre part.

— A moins que votre sens quelque peu musclé des conventions officielles ne vous l'interdise, fit Cedric sur un ton acide, nous pourrions peut-être nous asseoir ?

— Merci, dit Alleyn paisiblement. Ce sera beaucoup plus confortable.

Il prit place dans un énorme fauteuil, croisa les jambes, joignit les mains et, avec ce que Troy appelait son air doctoral, s'apprêta à questionner Cedric.

— D'après M. Thomas Ancred, vous semblez partager le sentiment qu'il faudrait enquêter plus en détail sur les circonstances de la mort de Sir Henry.

— C'est vrai, acquiesça Cedric, agité. Après tout, cette histoire est assez vexante, ne trouvez-vous pas ? On aimerait bien savoir, quoi. Tant de choses peuvent dépendre... Et pourtant, encore une fois, ce n'est pas très ragoûtant... Bien sûr, quand on pense que c'est moi, le premier concerné... Enfin, *regardez-moi ! Séquestré* dans cette horrible maison ! Et l'héritage, à peine de quoi subsister. Sans parler des impôts et des droits de succession *monstrueux*.

Jamais je ne trouverai quelqu'un d'assez fou pour louer la maison. Quant aux écoles, Carol Able ne cesse de se plaindre combien c'est humide et inconfortable. Maintenant que la guerre est finie, les Enfants à Problèmes seront emmenés ailleurs. Il ne restera plus qu'à errer en haillons dans les couloirs emplis de murmures. Alors, vous comprenez, ajouta-t-il en gesticulant, on se pose des questions...

— Absolument.

— Et tout le monde s'obstine à me considérer comme le chef de la famille. Avant de savoir où j'en suis, je serai devenu un nouveau patriarche.

— J'ai un ou deux points à éclaircir, commença Alleyn.

Immédiatement, Cedric se pencha en avant, l'air profondément concentré.

— Le premier concerne l'identité de l'auteur des lettres anonymes.

— Eh bien, ce n'est pas moi.

— Avez-vous la moindre idée sur la question ?

— Personnellement, je penche pour ma tante Pauline.

— Ah bon ? Pourquoi ?

— Elle commence presque toutes ses phrases par : « J'ai toutes les raisons de penser. »

— Avez-vous demandé à Mme Kentish si elle avait écrit ces lettres ?

— Et comment. Mais elle le nie catégoriquement. Il y a également Tante Dessy. Elle en serait tout à fait capable ; seulement, elle est plutôt du genre à nous dire en face ce qu'elle pense. Enfin, pourquoi inventer cette histoire mystérieuse de lettres ? Restent mes cousins Paul et Fenella, qui sont sans doute trop agréablement occupés par leur martyre amoureux pour songer à d'autres activités ; ma maman, qui a beaucoup trop de bon sens ; ma tante par alliance, Jenetta, qui est au-dessus de la mêlée ; et les domestiques, sous la houlette de l'Ancien des

Anciens. Voilà, comme on dit dans le milieu sportif, le terrain. A moins que vous n'ayez envie de compter le squire, le pasteur et le cher vieux Rampampon en personne. Ce qui serait fort surprenant. Non, dans l'ensemble, je mise sur Pauline. Elle est quelque part dans les parages. L'avez-vous déjà rencontrée ? Depuis le drame, elle a résolument endossé le personnage de Lady Macduff. Ou alors de cette horrible douairière shakespearienne qui cavale en pestant par monts et par vaux dans l'un de ses drames historiques. Comment s'appelle-t-elle déjà, Constance ? Pauline, en tout cas, c'est désormais la tragédie incarnée. Dessy n'est déjà pas triste, mais attendez un peu de voir Pauline.

— Savez-vous s'il y a du papier dans la maison, semblable à celui qui a été utilisé pour les lettres ?

— Bonté gracieuse, non ! Du papier d'écolier ! Même les domestiques n'en voudraient à aucun prix. A propos, en parlant d'écoliers, croyez-vous que Caroline Able aurait pu le faire ? Elle est tellement absorbée par tous ces -oïdes et tous ces -ismes. Peut-être que, à force de tout ramener au complexe d'Œdipe, cela lui est un peu monté à la tête, hein ? Ce n'est qu'une supposition, bien sûr. Je vous la livre pour ce qu'elle vaut.

— A propos de la boîte de mort-aux-rats, commença Alleyn.

Cedric l'interrompit par un cri perçant.

— Mon cher, quelle expédition ! Imaginez-vous Milly, la *Hausfrau* accomplie (c'est ma maman, vous savez), ajouta-t-il la parenthèse inévitable, et Dessy en train de gravir majestueusement l'escalier, Pauline sur leurs talons, comme l'une des Parques, et pauvre petit bibi, haletant péniblement derrière elles. Pour tout vous dire, nous ne savions même pas ce que nous cherchions. Peut-être de la mort-aux-rats, et peut-être des papiers compromettants, car voyez-vous, Sonia est une créature ravissante, et le

Vieux... non, mais, franchement ! Ils n'étaient pas très bien assortis, c'est le moins qu'on puisse dire. J'ai fait remarquer que, changeant ou immuable, un testament était un testament, mais rien ne pouvait les arrêter. J'ai aussi dit pour rire : « Vous ne vous attendez tout de même pas, mes chéries, à trouver du poison dans ses bagages ? » C'est ce qui leur a donné l'idée d'examiner les bagages. Elles m'ont donc traîné dans cette espèce d'appentis, et là, pour utiliser le langage des chasseurs, nous sommes tombés en arrêt devant une valise.

— Avez-vous vous-même sorti la boîte de la valise ?

— Absolument. J'étais pétrifié.

— Comment était-elle ?

— Comment ? Mais le cher oncle Tom ne vous l'a-t-il pas remise ?

— Etait-elle propre ou sale ?

— *Crasseuse,* mon cher. Elles ont voulu que j'ouvre le couvercle, ce que j'ai dû suer ! Des particules de mort-aux-rats qui volaient tout autour de moi. J'étais terrifié. De toute façon, le couvercle n'a pas cédé.

— Qui, le premier, a eu l'idée de cette exploration ?

— Ça, c'est difficile à dire. Est-ce à la vue de cette infâme petite brochure sur le plateau de fromage (et là, j'avoue, je vois la main de Panty), que nous nous sommes écriés comme un seul homme : « La mort-aux-rats ! » et que nous avons déterré la hache de guerre ? Il me semble que Pauline, après avoir énoncé : « Il n'y a pas de fumée (ou était-ce puanteur ?) sans feu », a ajouté : « Mais où aurait-elle trouvé de l'arsenic ? » C'est alors que Milly (ma maman), ou c'était peut-être moi, s'est souvenue de la mort-aux-rats disparue. Et, à peine l'a-t-on mentionnée, que Pauline et Dessy se sont mises à réclamer une expédition dans l'appartement incriminé. Si seulement vous aviez pu le voir ! Chère Sonia ! Enfin, « chère » avec quelques restrictions. La chambre à coucher est une orgie de falbalas rose bonbon, de satin torturé et de poupées, dissimulées derrière les coussins et perchées sur les téléphones. Vous vous imaginez un peu !

— Je serais très heureux, dit Alleyn, d'avoir cette valise entre les mains.

— Vraiment ? Vous voulez certainement relever les empreintes ? Evidemment que vous l'aurez. Sans que la chère Sonia le sache, je présume ?

— Si c'est possible.

— Je vais faire un saut là-haut et vous l'apporter moi-même. Si elle est là, je lui dirai qu'il y a un coup de fil pour elle.

— Je vous remercie.

— Je peux y aller tout de suite ?

— Un instant, Sir Cedric.

A nouveau, Cedric se pencha vers lui avec cet air anxieusement empressé.

— Pourquoi, demanda Alleyn, avez-vous, vous et Miss Sonia Orrincourt, mis au point une série de farces à l'intention de votre grand-père ?

Il ne fut pas très plaisant de voir le visage de Cedric se vider lentement de son sang. Ses paupières et les poches sous ses yeux en devinrent mauves. De petits sillons se creusèrent de part et d'autre de ses narines. Ses lèvres incolores prirent une expression boudeuse, puis s'étirèrent en un rictus peu engageant.

— Ah, ça alors ! gloussa-t-il. Tout s'éclaire, hein ? Ainsi, la chère Sonia vous a fait des confidences.

Et, après un moment d'hésitation, il ajouta :

— En ce qui me concerne, cher monsieur Alleyn, c'est la fin de la chère Sonia.

II

— Peut-être devrais-je préciser, fit Alleyn après une pause, que Miss Orrincourt ne m'a fait aucune déclaration au sujet de ces farces.

— *Non ?*

L'exclamation fut si incisive qu'il était difficile de croire qu'elle venait de Cedric. Il baissa la tête et sembla examiner le tapis entre ses pieds. Alleyn vit ses mains se rapprocher.

— Que c'est puéril, entendit-il la voix de Cedric. Un gag vieux comme le monde. Le truc classique ! Je ne le savais pas, mais vous venez de me le dire ! Et moi, je marche, je cours, comme on dit.

Il se redressa. Son visage avait repris ses couleurs et reflétait à présent une sorte de contrition enfantine.

— Allons, promettez-moi de ne pas trop vous fâcher. Cela a l'air trop puéril, je sais. Mais je vous implore, cher monsieur Alleyn, de regarder autour de vous. Goûtez à l'atmosphère si particulière du château de Katzenjammer. Et la façade ! Les inégalités tout à fait déconcertantes de la façade. Et l'esprit victorien à l'intérieur ! Avez-vous remarqué à quel point tout cela est lugubre ?

— Je crains de ne pas vous suivre, répondit Alleyn. Essayez-vous de me dire que vous avez voulu aviver l'architecture et la décoration d'Ancreton en peignant des lunettes et des vaches volantes sur le portrait de votre grand-père ?

— Mais ce n'était pas moi ! protesta Cedric d'une voix aiguë. Un portrait aussi *miraculeux !* Croyez-moi, je n'y suis pour rien.

— Et la peinture sur la rampe d'escalier ?

— Ce n'est pas moi non plus. Chère Mme Alleyn ! Jamais cela ne me serait venu à l'idée.

— Pourtant, vous semblez au courant de cette histoire.

— Ce n'est pas moi, répéta-t-il.

— Le message sur le miroir, écrit avec du fard ? Et le chat fardé ?

Cedric pouffa nerveusement.

— Eh bien...

— Allons, dit Alleyn. Vous aviez des traces de fard rouge foncé sous les ongles.

— Quels yeux perçants ! s'écria Cedric. Très chère Mme Alleyn ! Elle doit vous être d'un grand secours.

— En fait, vous avez...

— Le Vieux, l'interrompit Cedric, était particulièrement rococo. Je n'ai pas pu résister. Dans le cas du chat, non plus. C'était une sorte de calembour matérialisé. La moustache du chat !

— Avez-vous eu quelque chose à voir avec le coussin couineur dans son fauteuil ?

— N'est-ce pas tout à fait robuste et rabelaisien ? C'est Sonia qui l'a acheté et moi... je reconnais l'avoir placé sur le fauteuil. Et pourquoi pas ? Si je puis me permettre un tout petit murmure de protestation, cher monsieur Alleyn, tout cela a-t-il un rapport *quelconque* avec notre affaire ?

— A mon avis, l'objectif de ces farces aurait pu être d'influencer le testament de Sir Henry ; or ses deux testaments, comme vous le conviendrez sûrement, nous intéressent au plus haut degré.

— Tout cela est beaucoup trop subtil pour ma pauvre cervelle, je le crains.

— Il était communément admis, n'est-ce pas, qu'à ce moment-là, sa plus jeune petite-fille était son héritière principale ?

— Ce n'était jamais défini. On pouvait perdre ou regagner ses faveurs du jour au lendemain.

— Si cela est vrai, ces farces, dans le cas où on les

aurait attribuées à la fillette, n'auraient-elles pas sérieusement miné sa position ?

Alleyn attendit une réponse, en vain.

— Au fond, pourquoi lui avez-vous laissé croire qu'elle était la coupable ?

— Cette enfant diabolique, rétorqua Cedric, s'en tire toujours à bon compte, malgré ses frasques nombreuses et abominables. Un sentiment d'innocence outragée, cela a dû la changer, pour une fois.

— Voyez-vous, reprit Alleyn, imperturbable, la vache volante a été la dernière de la série de cinq farces, et aussi, apparemment, la raison ultime qui a poussé Sir Henry à modifier son testament ce soir-là. On lui a démontré sans aucune équivoque que Panty ne pouvait pas en être l'auteur, et il est possible que, ne sachant plus qui suspecter, Sir Henry se soit vengé sur toute la famille.

— Oui, mais...

— Celui qui a été à l'origine de ces farces...

— Reconnaissez au moins que j'avais peu de chances de chercher à me faire rayer du testament...

— Je pense plutôt que ce résultat n'avait pas été prévu. Vous espériez sans doute, une fois Panty évincée, recouvrer votre position d'autrefois. Quelque chose dans l'esprit du testament lu au cours du dîner, mais en mieux. Vous m'avez dit que vous vous étiez associé avec Miss Orrincourt dans l'une de ces farces. En fait, si j'ai bien compris, vous étiez pour le moins au courant du reste.

Cedric se mit à parler très rapidement.

— Je n'accepte pas toutes ces histoires d'association. Je n'accepte pas leur implication et je la refuse. Vous me placez dans une situation intolérable, avec vos mystères et vos allusions. Je suppose que je n'ai pas d'autre choix que d'admettre que je savais ce qu'elle faisait et pourquoi elle l'a fait. Cela m'amusait, et cela a un peu dissipé le monstrueux ennui de ces déplorables cérémonies. Quant à Panty, que je considère comme une abomination, je ne regrette absolument pas qu'elle ait été accusée ou éliminée du testament. Elle devait sûrement se complaire dans sa gloire factice. Là !

— Je vous remercie, répondit Alleyn. Voilà qui éclaircit bon nombre de choses. Dites-moi, Sir Cedric, êtes-vous réellement certain d'ignorer qui a écrit ces lettres ?

— Tout à fait.

— Et vous êtes tout aussi certain de n'avoir pas mis le livre sur l'embaumement sur le plateau de fromage ?

Cedric le dévisagea, bouche bée.

— Moi ? Pour quoi faire ? Oh, non ! Je ne tiens pas à ce qu'on prenne Sonia pour une meurtrière. Du moins, je n'y tenais pas à ce moment-là. J'aurais plutôt cru... Je... nous... enfin, peu importe. Mais j'avoue que j'aimerais bien être fixé.

Tandis que Alleyn le regardait, une idée si extravagante lui vint à l'esprit, qu'il fut incapable d'insister davantage sur les relations de Cedric avec Miss Orrincourt.

Et, de toute façon, l'arrivée de Pauline l'en empêcha.

Pauline entra en pleurant, pas ouvertement, mais l'air de retenir bravement ses larmes. A Alleyn, elle apparut comme une version plus âgée et plus filandreuse de sa sœur Desdemona. A son grand embarras, elle entreprit de le remercier d'être le mari de sa femme.

— C'est comme si un *ami* était venu à notre aide.

La conversation de Pauline était truffée de mots, et même de phrases en italiques. Il y fut beaucoup question de Panty. Alleyn avait été tellement gentil ; il avait totalement conquis l'enfant.

— Et j'ai toujours pensé, dit Pauline en le regardant, que les enfants SAVENT.

De là, ils passèrent bientôt aux exploits de Panty.

S'il en avait besoin, Pauline lui fournit suffisamment d'alibis concernant les farces.

— Comment aurait-elle pu, alors que la pauvre enfant était surveillée ; étroitement, anxieusement surveillée ? Le Dr Withers avait laissé des instructions expresses.

— Follement efficaces, d'ailleurs ! s'interposa Cedric. Il n'y a qu'à voir Panty !

— Le Dr Withers est extrêmement intelligent, Cedric. Ce n'est pas sa faute, si les préparations de Juniper se sont détériorées. Les médicaments qu'il prescrivait à ton grand-père l'ont toujours énormément soulagé.

— Y compris la mort-aux-rats ?

— Ça, répondit Pauline de sa voix la plus profonde, le Dr Withers ne l'a pas prescrit, Cedric.

Cedric gloussa.

Pauline l'ignora et se tourna vers Alleyn d'un air suppliant.

— Que faut-il penser de tout cela, monsieur Alleyn ? N'est-ce pas trop affreusement tragique ? Le suspense ! Les soupçons obsédants ! L'impression que là, parmi nous... Qu'allons-nous devenir ?

Alleyn l'interrogea sur les événements qui avaient suivi la sortie de Sir Henry du petit théâtre, le soir de sa mort. Il s'avéra que c'était Pauline elle-même qui avait conduit tout son petit monde au salon, laissant Troy, Paul et Fenella derrière. Miss Orrincourt n'était pas restée bien longtemps au salon, où, apparemment, une vive discussion s'était engagée sur l'identité de l'auteur de la vache volante. Les trois invités avaient assisté, mal à l'aise, à cette scène de famille, jusqu'à ce que Barker vînt chercher M. Rattisbon. Le squire et le pasteur profitèrent de l'occasion pour prendre congé. Paul et Fenella passèrent au salon, avant d'aller se coucher. Troy, elle, était déjà montée. Après un nouveau débat, plus ou moins décousu, les autres membres de la famille se séparèrent à leur tour.

Pauline, Millamant et Desdemona se retrouvèrent à *Bernhardt,* la chambre de Pauline, où elles eurent une longue conversation. Puis elles se rendirent toutes les trois dans la salle de bains au fond du couloir, croisant en chemin M. Rattisbon, qui, visiblement, venait de quitter la chambre de Sir Henry. Alleyn, qui le connaissait, devina que M. Rattisbon s'était hâté, avec une pruderie toute victorienne, de dépasser les trois dames en peignoir et de regagner l'aile où on l'avait logé. Après avoir accompli leurs rites nocturnes, les dames retournèrent ensemble dans leurs chambres contiguës. A ce stade de la narration, Pauline prit un air de martyre.

— Au départ, fit-elle, *Bernhardt* et *Bancroft* formaient une seule grande pièce, une nursery, je crois. Le mur qui les sépare n'est qu'une simple cloison. Milly et Dessy partageaient *Bancroft.* Je sais, naturellement, qu'il y avait beaucoup de choses à dire, et pendant quelque temps, j'ai participé à la conversation. Le lit de Milly se trouvait de l'autre côté du mur, et celui de Dessy était tout près. Mais la journée avait été longue et franchement *épuisante.* Elles parlaient, elles parlaient. J'ai cru devenir folle, tellement j'avais sommeil. Vraiment, ce n'était pas très délicat.

— Très chère tante Pauline, pourquoi n'avez-vous pas cogné sur le mur pour leur dire de se taire ? s'enquit Cedric, non sans intérêt.

— Je ne pouvais pas faire cela, rétorqua Pauline, très grande dame, se contredisant sur-le-champ. En fait, j'ai fini par frapper, disant qu'il commençait à se faire tard. Dessy a demandé l'heure, et Milly a répondu qu'il ne pouvait pas être plus d'une heure du matin. Là-dessus, on s'est disputées, et, finalement, Dessy a déclaré : « Eh bien, Pauline, si tu en es si sûre, tu n'as qu'à regarder ta montre. » C'est ce que j'ai fait. Il était trois heures moins cinq. Alors elles se sont enfin arrêtées, mais seulement pour ronfler. Ta mère ronfle, Cedric.

— Vous m'en voyez navré.

— *Dire* que tout près de là, pendant que Milly et Dessy étaient occupées à bavarder et à ronfler, une tragédie effroyable était en train de se jouer ! Si seulement j'avais obéi à mon instinct et étais allée voir papa pour lui dire...

— Lui dire quoi, Tante Pauline ?

Pauline secoua lentement la tête et parut hésiter.

— Tout était si triste et lugubre. Comme si on le sentait courir à sa perte.

— Tout comme on sentait Paul et Panty courir à la leur, remarqua Cedric. Vous auriez voulu plaider en leur faveur, peut-être ?

— Je ne pense pas, Cedric, que tu puisses comprendre ou apprécier une impulsion désintéressée.

— Non, acquiesça-t-il avec une candeur parfaite. A mon avis, ça n'existe pas.

— T'ah !

— Si M. Alleyn n'a plus de questions fondamentales à me poser, je crois que je vais quitter la bibliothèque. Je trouve la présence de tous ces amis taciturnes en maroquin particulièrement sinistre. Monsieur Alleyn ?

— Je vous remercie, Sir Cedric, répondit Alleyn joyeusement. Il n'y a plus de questions. Puis-je continuer mon travail ?

— Mais je vous en prie. Considérez que la maison vous appartient. Peut-être voudriez-vous l'acheter. En tout cas, j'espère que vous resterez dîner. Vous et votre propre ami taciturne. Comment s'appelle-t-il ?

— Merci infiniment, mais Fox et moi dînons au village.

— Dans ce cas, murmura Cedric, se dirigeant

furtivement vers la porte, je laisse Tante Pauline vous distraire par le récit de l'innocence de Panty en matière de plateau à fromage, et de sa propre incapacité à écrire des lettres anonymes.

Mais il ne put arriver jusqu'à la porte. Avec une agilité dont Alleyn ne l'eût pas crue capable, Pauline le devança et se posta sur le seuil dans une attitude magnifique, les mains sur le battant, la tête renversée en arrière.

— Un instant ! souffla-t-elle. Un instant !

Souriant, Cedric se tourna vers Alleyn.

— Qu'est-ce que je vous disais ? Lady Macduff. Avec tous ses mignons poussins concentrés dans les personnes de Paul et Panty. La mère poule aux abois.

— Monsieur Alleyn, déclara Pauline, je n'avais pas l'intention de parler de cela à quiconque. Nous sommes une très vieille famille...

— A genoux, dit Cedric, je vous implore à genoux, Tante Pauline, pas le sieur d'Ancred.

— ... et, à tort peut-être, nous tirons quelque fierté de notre ancienneté. Jusqu'à ce jour, pas une ombre de déshonneur n'a entaché notre nom. Cedric est désormais le chef de notre famille. Pour cette raison, et par respect pour la mémoire de mon père, j'étais prête à l'épargner. Mais puisqu'il ne fait que m'humilier et m'insulter et qu'il cherche à attirer les soupçons sur mon enfant ; puisque je n'ai personne pour me défendre...

Pauline s'arrêta comme pour amener quelque importante péroraison. Mais il dut lui arriver quelque chose. Son visage se plissa, rappelant instantanément à Alleyn celui de sa fille. Ses yeux s'emplirent de larmes.

— J'ai toutes les raisons de penser, commença-t-elle.

Elle s'interrompit, terrifiée.

— Peu importe...

Sa voix se brisa pitoyablement.

— Je ne peux pas supporter que les gens soient méchants avec moi.

Et elle désigna Cedric d'un hochement de tête.

— Demandez-lui ce qu'il faisait dans la chambre de Sonia Orrincourt ce soir-là. Demandez-lui.

Elle fondit en larmes et sortit en trébuchant de la pièce.

— *Oh, nom de... !* s'écria Cedric d'une voix stridente, se précipitant derrière elle.

III

Resté seul, Alleyn sifflota mélancoliquement, et, après avoir arpenté la pièce sombre et froide, s'approcha d'une fenêtre, où il prit quelques notes sur son carnet. Ce fut dans cette posture que Fox le trouva.

— On m'a dit que vous étiez ici. Avez-vous fait quelque chose d'intéressant, monsieur Alleyn ?

— Si le fait de fouiner dans un nid de vipères peut présenter un quelconque intérêt. Et vous ?

— J'ai récupéré le flacon de médicament et trois enveloppes. Puis j'ai pris le thé chez M. Barker.

— C'est plus que je n'ai eu dans la bibliothèque.

— La cuisinière et les bonnes sont venues nous rejoindre, et nous avons gentiment bavardé. Ce n'était pas tout jeune, comme compagnie. Les bonnes s'appellent Mary, Isabel et Muriel. Et la cuisinière, Mme Bullivant.

— Et de quoi avez-vous parlé avec Mary, Isabel et Muriel ?

— Nous avons tué le temps en écoutant la radio. Mme Bullivant m'a montré les photos de ses neveux qui sont à l'armée.

— Allez, Fox, fit Alleyn avec un grand sourire.

— Progressivement, poursuivit Fox, qui avait l'air

de bien s'amuser, nous en sommes arrivés au défunt baronnet. Visiblement, c'était un sacré numéro, ce vieux gentleman.

— Je vous crois.

— Tant que M. Barker était là, les bonnes ne se sont pas montrées très bavardes, mais il est sorti au bout d'un moment, après quoi, cela a été du gâteau, comme on dit.

— Vous et vos méthodes !

— Ma foi, c'était bien agréable. Evidemment, elles ne peuvent pas sentir Miss Orrincourt, sauf Isabel, qui a dit qu'on ne pouvait pas reprocher au vieux gentleman de vouloir chercher quelque chose qui le changerait de sa famille. Ce qui est un peu curieux, venant d'Isabel, vu que c'est la plus âgée des bonnes. C'est elle qui s'occupe des appartements de Miss Orrincourt, et apparemment, Miss Orrincourt s'est prise d'amitié pour elle. Jusqu'à l'indiscrétion, même, mais vous connaissez ce genre de personnes.

— Vous, en tout cas, vous semblez bien les connaître.

— Elles ont l'air de s'entendre comme larrons en foire, Miss O. et Isabel ; et pourtant, cela n'a pas gêné Isabel de tout me répéter. Elle est du genre loquace, vous savez, et puis, Mme Bullivant n'a pas arrêté de la titiller.

— Avez-vous réussi à retracer l'histoire du lait ?

— Isabel l'a pris dans un pot au réfrigérateur et l'a laissé dans la chambre de Miss Orrincourt. Le lait qui est resté dans le pot a été utilisé pour divers besoins le lendemain. Miss O. était en train de se déshabiller dans sa chambre, quand Isabel le lui a apporté. Une dizaine de minutes après, pas plus, Miss O. l'a porté chez le vieux gentleman. En général, c'est Isabel qui le réchauffait dans la cuisine, en y ajoutant une poudre dans le genre cacao. Le vieux gentleman s'imaginait que c'était

Miss O. qui le faisait et répétait que personne d'autre ne savait le préparer aussi bien qu'elle. Ce qui faisait bien rire Isabel et Miss O.

— Personne n'aurait donc pu mettre son nez dedans ?

— Sauf si la boîte de cacao a été trafiquée. Et je l'ai récupérée.

— Bien.

— Je ne sais pas si vous pensez qu'elle a pu toucher au médicament, monsieur, mais moi, cela me paraît peu probable. Le vieux gentleman ne laissait personne s'approcher de la bouteille, vu que Miss Desdemona Ancred lui avait un jour administré de l'embrocation par erreur. C'était une bouteille neuve, dit Isabel. Je l'ai retrouvée dans la poubelle. Le bouchon a disparu, mais il en reste suffisamment pour une analyse.

— Un autre travail pour le Dr Curtis. Et la thermos ?

— Gentiment nettoyée, stérilisée et rangée. Je l'ai prise, mais on n'en tirera rien.

— C'est la même chose, je suppose, pour les seaux et les serpillières ?

— Question seaux, rien à faire, mais j'ai récupéré quelques lambeaux de serpillière.

— Et où avez-vous mis toutes ces trouvailles affriolantes ?

— Isabel, répondit Fox gravement, m'a déniché une valise. Je lui ai dit que je devais acheter un pyjama au village, vu que j'étais obligé de passer la nuit sur place, et j'ai fait remarquer qu'un homme n'aime pas trop se promener avec des paquets. Je lui ai promis de la lui rendre.

— Ne vous ont-ils pas vu prendre toutes ces choses ?

— Le cacao seulement. J'ai laissé entendre que la police ne faisait pas trop confiance aux fabricants et que ce cacao avait pu avoir des conséquences fâcheuses. Mais à mon avis, ils ne m'ont pas cru. Vu l'attitude de la famille, je pense qu'ils sont au courant de ce qui se trame.

— Il faudrait être bouché pour ne pas s'en apercevoir.

— J'ai glané deux autres informations qui pourraient nous être utiles, ajouta Fox.

Alleyn se représenta vivement cette petite réunion. Tout en sirotant son thé, Fox avait dû distribuer des compliments, plaisanter, hocher la tête et, sans poser pratiquement aucune question, recueillir un flot continuel de réponses. Il était passé maître dans ce genre de prouesses. Il lui suffisait de laisser tomber quelques allusions anodines pour récolter tout une moisson de rumeurs.

— Il semble, monsieur Alleyn, que la demoiselle, comme l'a dit Isabel, ne faisait qu'appâter le vieux gentleman, et rien de plus.

— Vous voulez dire que... ?

— D'après Isabel, il n'y a pas eu de relations entre eux, répondit Fox posément. C'était le mariage ou rien.

— Je vois.

— Isabel pense qu'avant cette histoire de lettres anonymes, il y avait tout un arrangement entre Miss O. et Sir Cedric.

— Grands dieux, quelle sorte d'arrangement ?

— Eh bien, d'après certains propos de Miss O., Isabel a déduit que, passé un délai raisonnable, Miss O. serait quand même devenue Lady A. Donc, ce qu'elle aurait lâché d'une main, elle l'aurait récupéré, si on peut dire, de l'autre.

— Seigneur ! fit Alleyn. « Quelle singulière créature que l'homme ! » Si cela est vrai, ça expliquerait nombre de simagrées du jeune et vilain baronnet.

— En admettant que Miss Orrincourt ait trafiqué la thermos, monsieur Alleyn, il faudrait savoir si Sir Cedric était au courant de ses manigances.

— Il le faudrait, oui.

— Je sais que c'est bête, continua Fox en se frottant le nez, mais quand on en arrive à ce stade, je passe mon temps à me demander si untel pourrait être un assassin en puissance. C'est idiot, parce qu'il n'y a pas d'assassin type, mais je ne peux pas m'en empêcher.

— Et en ce moment, vous vous posez cette question à propos de Sonia Orrincourt ?

— C'est exact, monsieur.

— Et pourquoi pas ? Il est vrai qu'en dehors d'une certaine prétention, personne n'a trouvé de trait commun à tous les meurtriers. Mais je ne suis pas sûr qu'il faut se houspiller pour avoir pensé : « Cet homme ou cette femme possède des caractéristiques qui me paraissent inconcevables chez un assassin ! » Et ce ne sont pas nécessairement des qualités.

— Vous souvenez-vous de ce que M. Barker a dit à propos des rats dans la chambre de Miss Orrincourt ?

— Oui.

— Il a dit que Miss Orrincourt n'avait guère été enchantée par la perspective d'utiliser du poison et qu'elle s'y était opposée catégoriquement. Or, d'après vous, monsieur, une jeune femme qui aurait caressé, comme on dit, un projet d'empoisonnement, aurait-elle réagi de la sorte ? Hein ? Pas spontanément, en tout cas. Elle aurait pu le faire pour laisser croire qu'elle avait horreur du poison, bien que ce soit chercher un peu loin. Et aurait-elle reconnu aussi volontiers avoir été mêlée à toutes ces farces ? Bien sûr, vous l'avez joliment coincée ; mais j'ai eu l'impression qu'elle était plus embêtée d'avoir été démasquée que parce qu'elle pensait que nous allions soupçonner autre chose.

— Elle était surtout préoccupée par le testament, dit Alleyn. Le sieur Cedric et elle ont mis au point ces farces idiotes afin de dresser le vieil homme contre Panty. A mon avis, c'est elle qui est responsable des ravages causés au tableau. Il se peut que Cedric lui ait dit de ne sévir que sur de la toile sèche. Nous savons qu'elle a acheté le pétard, et lui avoue qu'il l'a placé sur le fauteuil. A mon avis, c'est elle qui a donné le signal de départ en badigeonnant la rampe d'escalier. Ils ont tout planifié ensemble. Il l'a pratiquement reconnu. A présent, ce qui doit l'inquiéter, elle, c'est que l'exposition au grand jour de toute cette affaire puisse influer sur le testament.

— Et pourtant...

— Je sais, je sais... Ce satané poussoir. Très bien, Fox. Excellent travail. Et maintenant, il faudrait sans doute que nous allions voir Mme Henry Ancred.

IV

Millamant différait de sa belle-famille en ce sens qu'elle n'avait rien de théâtral, qu'elle répondait aux questions directement et qu'elle ne s'écartait pas du sujet. Elle les reçut au salon. Avec sa blouse et sa jupe fonctionnelles, elle offrait un spectacle assez incongru dans ce décor. Tout en parlant, elle travaillait sur la tapisserie abominablement compliquée que Troy avait remarquée avec horreur et que Panty avait été accusée d'avoir défaite. Au cours de cet entretien, Alleyn n'apprit rien qui eût pu contredire ou bien éclairer particulièrement les éléments dont il disposait déjà.

— J'aimerais, dit-il après une ou deux minutes, connaître votre opinion personnelle sur la question.

— Sur le décès de mon beau-père ? Au début, j'ai cru qu'il était mort des suites du dîner et de son accès d'humeur.

— Et qu'avez-vous pensé en voyant arriver toutes ces lettres ?

— Je ne savais pas quoi penser. Je ne le sais toujours pas. Et j'avoue que, vu l'excitation et l'incohérence générales, il est difficile d'avoir les idées claires.

— A propos du livre qu'on a retrouvé sur le plateau à fromage... commença Alleyn.

Millamant désigna la vitrine du menton.

— Il est là. Quelqu'un l'a remis en place.

Il s'approcha de la vitrine et souleva le couvercle.

— Si vous n'y voyez pas d'inconvénient, je vais l'emporter pour quelque temps. Vous avez vu Miss Orrincourt le lire, n'est-ce pas ?

— Le regarder. C'était un soir, avant le dîner. Il y a quelques semaines de cela, il me semble.

— Pouvez-vous décrire son attitude ? Etait-elle seule ?

— Oui. Quand je suis entrée, elle se tenait là où vous êtes en ce moment. Le couvercle était levé, et elle semblait feuilleter le livre dans la vitrine. En me voyant, elle a laissé retomber le couvercle. J'ai eu peur qu'il ne se brise, mais il est resté intact.

Les mains dans les poches, Alleyn se dirigea vers l'âtre froid.

— Cela ne vous ennuie pas trop d'allumer le feu ? fit Milly. On l'allume toujours à quatre heures et demie.

Il obéit d'autant plus volontiers que la pièce blanche et vermeille était glaciale. Les allures familiales de Millamant l'amusaient. Elle vint s'installer, avec sa tapisserie, sur un siège devant la cheminée. Alleyn et Fox prirent place à ses côtés.

— Madame Ancred, demanda Alleyn, croyez-vous que quelqu'un à la maison était au courant de ce second testament ?

— Elle, oui. Elle dit qu'il le lui a montré ce soir-là.

— Et en dehors de Miss Orrincourt ?

— Tout le monde redoutait ce genre de chose. Il

changeait sans cesse son testament. Mais je ne pense pas que quelqu'un le savait.

— Peut-être que Sir Cedric...

L'impression que Millamant ne leur poserait aucun problème s'évanouit aussitôt. Ses courtes mains se refermèrent sur son ouvrage comme un étau.

— Mon fils ne savait rien là-dessus, répliqua-t-elle durement. Rien.

— En tant que successeur de Sir Henry, j'aurais cru...

— S'il avait su quelque chose, il me l'aurait dit. Il ne savait rien. Cela a été un choc pour nous deux. Mon fils, ajouta Millamant, regardant droit devant elle, me dit toujours tout... toujours.

— Excellent, murmura Alleyn après une pause.

Le silence irascible de Millamant semblait exiger des justifications.

— Simplement, je voudrais savoir si ce second testament a été rédigé ce soir-là, après que Sir Henry s'est retiré dans ses appartements. M. Rattisbon pourra nous le dire, bien sûr.

— Certainement, répondit Millamant, choisissant un fil de soie couleur moutarde.

— Qui a découvert l'inscription sur le miroir de Sir Henry ?

— Moi. J'étais venue voir si le ménage dans sa chambre avait été fait correctement. Il était très exigeant, or les bonnes sont vieilles et oublient certaines choses. Je l'ai vue tout de suite. Mais il est arrivé avant que je n'aie pu l'effacer. Je crois, fit-elle, songeuse, que je ne l'ai jamais vu aussi en colère. Le premier instant, il a pensé que c'était moi qui l'avais écrit. Puis, il s'est rendu compte, évidemment, que c'était Panty.

— Ce n'était pas Panty, dit Alleyn.

Fox et lui avaient remarqué un jour que s'il y avait une expression qu'un détective savait reconnaître au bout de vingt ans d'expérience, c'était celle d'une sincère stupéfaction. Qu'il reconnut à présent chez Millamant Ancred.

— Mais que cherchez-vous à insinuer ? fit-elle enfin. Vous voulez dire que... ?

— Sir Cedric m'a dit qu'il avait été impliqué dans l'une des farces destinées à Sir Henry et qu'il était au courant du reste. Celle-là, c'est lui qui en a été l'auteur.

Millamant reprit son ouvrage.

— Il essaie de couvrir quelqu'un d'autre, dit-elle. Panty, sans doute.

— Je ne le crois pas.

— C'est très vilain de sa part, répondit-elle de sa voix éteinte. S'il est à l'origine de l'un de ces tours, et je ne pense pas que ce soit le cas, c'est très vilain. Mais je ne vois pas... je dois être stupide, monsieur Alleyn, mais je ne vois pas pourquoi vous vous préoccupez de ces farces somme toute idiotes.

— Croyez-moi, nous ne le ferions pas, si cela ne représentait pas d'intérêt à nos yeux.

— Peut-être.

Puis, après une pause :

— Vous avez été influencé par votre femme. L'innocence de Panty semble lui tenir particulièrement à cœur.

— J'ai été influencé, répliqua Alleyn, par ce que Sir Cedric et Miss Orrincourt m'ont dit.

Elle se tourna vers lui d'un mouvement rigide. Pour la première fois, une note d'anxiété, si anxiété il y eut, perça dans sa voix.

— Cedric ? Et cette femme ? Pourquoi parlez-vous d'eux deux ensemble ?

— Il se trouve qu'ils ont mis ces farces au point ensemble.

— Je ne peux pas le croire. C'est elle qui vous l'a dit. Je comprends maintenant, dit Millamant en montant d'un ton. Ce que j'ai pu être bête !

— Que comprenez-vous, madame Ancred ?

— C'est elle qui a tout manigancé. Bien sûr que c'est elle. Elle savait que Panty était la petite préférée. Elle a inventé un plan, et, une fois qu'il a modifié son testament, elle l'a tué. Et maintenant, elle cherche à compromettre mon garçon. Je l'ai observée. C'est une intrigante diabolique, et elle essaie d'attirer mon garçon dans un piège. Il est si généreux, si bon, si confiant. Il a été trop bon. Maintenant, il est à sa merci, cria Millamant avec force, se tordant les mains.

Face à cette violence, l'image de Cedric encore toute fraîche dans sa mémoire, Alleyn ne sut que répondre. Mais avant qu'il ne pût formuler une phrase, Millamant parut recouvrer une partie de son calme.

— Tout s'éclaire, déclara-t-elle d'une voix blanche. Je me suis tenue en dehors de tout cela, dans la mesure où on peut échapper à leurs scènes perpétuelles et à leur bavardage insipide. J'ai toujours pensé qu'ils avaient raison, mais je préférais ne pas m'en mêler. J'avais même quelque pitié pour elle. A présent, j'espère qu'elle va souffrir. Si je peux vous aider d'une façon ou d'une autre, je le ferai. Avec joie !

« Oh, zut ! songea Alleyn. Oh, Freud ! Oh, nom d'un chien ! »

— Nos investigations n'aboutiront pas forcément à quelque chose, vous savez, rétorqua-t-il. Avez-vous une explication quelconque sur l'identité de l'auteur des lettres anonymes ?

— Mais certainement, répondit-elle avec une obligeance inattendue.

— Vraiment ?

— Elles sont écrites sur le papier dont les enfants se servent pour faire leurs devoirs. Elle m'a demandé il y a quelque temps d'en commander au village. Je l'ai reconnu tout de suite. C'est Caroline Able qui a écrit ces lettres.

Et, pendant que Alleyn digérait cette information, elle ajouta :

— Ou alors Thomas. Ils sont très liés, tous les deux. Il passe la moitié de son temps dans l'aile réservée à l'école.

14.

La psychiatrie et un cimetière

Il y avait quelque chose de positivement rude dans la personne de Milly Ancred. Après les prestations de Pauline, Desdemona et Cedric, il était impossible d'échapper à cette impression. Elle émanait de son corps trapu, de ses mains courtes, du ton monocorde de sa voix et du choix de ses mots. Alleyn se demanda si le feu Henry Irving Ancred, saturé d'ancêtres, de sentiments raffinés et de sensibilité, n'avait pas choisi son épouse parce qu'elle ne possédait pas tout cela... pour sa normalité. Et pourtant Milly, qui idolâtrait son vaurien de fils, était-elle normale ? « Il n'y a pas de normes, pensa-t-il, dans le comportement humain. Fox et moi sommes bien placés pour le savoir. »

Il lui posa les questions de routine, celles qui accompagnent invariablement tous les cas à résoudre, et dont un détective finit par se lasser. Ils reprirent l'histoire de la boisson chaude, sans modifications, mais avec une preuve manifeste que Milly en voulait à Miss Orrincourt de l'avoir détrônée. Puis ils en vinrent à parler du médicament. C'était une bouteille neuve. Le Dr Withers avait modifié son ordonnance, qu'il avait laissée au pharmacien. Miss Orrincourt était allée chercher le médicament en même temps que celui des enfants, et Milly elle-même avait envoyé Isabel le porter à Sir Henry. Il ne devait y recourir qu'en cas de crise aiguë et il n'y avait pas touché jusqu'au soir fatidique.

— Elle n'aurait pas mis de poison dans son médicament, déclara Milly. Ce n'était pas sûr qu'il allait en prendre. Il détestait les médicaments et n'en prenait que quand il était vraiment mal en point. De toute façon, cela ne lui a pas fait grand-chose, apparemment. Je n'ai aucune confiance dans le Dr Withers.

— Ah bon ?

— Je le trouve négligent. Sur le moment, j'ai pensé qu'il aurait dû poser davantage de questions sur la mort de mon beau-père. Il est trop occupé par les courses et le bridge pour s'intéresser à ses patients. Cependant, ajouta-t-elle avec un rire bref, mon beau-père l'appréciait suffisamment pour lui léguer plus qu'à certains membres de sa propre famille.

— Pour en revenir au médicament, lui rappela Alleyn.

— Elle n'y aurait pas touché. Pour quoi faire, alors qu'elle avait la thermos entre les mains ?

— D'après vous, où aurait-elle pu trouver cette boîte de mort-aux-rats ?

— Elle s'est plainte de rats à son arrivée ici. J'ai demandé à Barker de mettre du poison et lui ai dit qu'il y en avait dans le hangar. Mais elle a poussé les hauts cris, déclarant qu'elle avait horreur du poison.

Alleyn jeta un coup d'œil sur Fox, qui prit aussitôt un air bon enfant.

— Alors, poursuivit Milly, j'ai dit à Barker de poser des pièges. Quelques semaines plus tard, quand nous avons eu besoin de mort-aux-rats pour *Bracegirdle,* la boîte avait disparu. Pour autant que je sache, c'était une boîte non entamée. Elle était au hangar depuis des années.

— Ce devait être une vieille marque, dit Alleyn.

De nos jours, on n'utilise plus beaucoup l'arsenic contre les rats.

Il se leva, imité par Fox.

— Je pense que ce sera tout.

— Non, répliqua Millamant d'un ton tranchant, ce n'est pas tout. Je veux savoir ce que cette femme a raconté sur mon fils.

— Elle a laissé entendre qu'ils ont été complices dans cette série de farces, et il l'a reconnu.

— Je vous préviens...

Pour la première fois, la voix de Millamant vacilla.

— Je vous préviens, elle cherche à le détruire. Elle a profité de sa gentillesse, de son bon caractère et de sa joie de vivre. Je vous préviens...

La porte à l'autre bout du salon s'ouvrit, et Cedric passa la tête à l'intérieur. Sa mère, qui lui tournait le dos, continua à parler sans se rendre compte de sa présence. D'une voix tremblante, elle répéta encore et encore qu'on cherchait à le détruire. Le regard de Cedric alla vers Alleyn, qui l'observait. Il esquissa une rapide grimace, triste et résignée, mais ses lèvres étaient blanches, et l'effet d'ensemble fut plutôt sinistre. Il entra et referma la porte avec une grande délicatesse. Il portait une valise tapissée d'étiquettes, appartenant, de toute évidence, à Miss Orrincourt. Après avoir adressé une nouvelle grimace à Alleyn, il la posa derrière un fauteuil. Puis il traversa la pièce sur la pointe des pieds.

— Milly, chérie, dit-il, plaçant les mains sur les épaules de sa mère.

Elle poussa un cri de surprise.

— Et voilà ! Je t'ai fait sursauter. Tu me pardonnes ?

Millamant posa ses mains sur les siennes. Il attendit, se laissant aller à ce contact nerveux et possessif.

— Que se passe-t-il, Milly ? demanda-t-il. Qui fait des misères à petit bibi ? Serait-ce Sonia ?

— *Ceddie ?*

— Tu ne peux pas t'imaginer à quel point je viens de faire l'andouille. Je suis venu « tout dire », comme un grand garçon, déclara-t-il d'un air écœurant.

Il se laissa glisser dans sa posture familière, par terre, s'adossant aux jambes de sa mère. Elle le serra avec force contre elle.

— Monsieur Alleyn, commença Cedric en ouvrant grand les yeux, je suis terriblement navré de m'être précipité ainsi derrière Tante Pauline. C'était tout à fait ridicule. Mais il y a des choses qu'on aime bien raconter à sa façon ; et elle était là à trépigner comme si j'essayais de cacher un cadavre dans mon placard, hélas, tristement désert.

Alleyn attendit la suite.

— Voyez-vous... Milly, ma douce, ça va te faire un choc, mais tant pis... voyez-vous, monsieur Alleyn, il y avait une — comment dirais-je ? une sorte de *connivence* entre Sonia et moi. Ce n'est pas très vieux ; la chère Mme Alleyn était déjà là. Elle, qui semble avoir remarqué tant de choses, peut-être s'en est-elle rendu compte.

— Si moi, je vous comprends, répondit Alleyn, ce n'était certainement pas son cas.

— Vraiment ?

— Essayez-vous de m'expliquer pourquoi vous avez rendu visite à Miss Orrincourt le soir de la mort de votre grand-père ?

— Eh bien, marmonna Cedric avec humeur, après les déclarations de Tante Pauline — et, je dois dire, elle tire ses renseignements d'une visite nocturne aux cabinets antiques du fond du couloir — après cela, il ne me reste plus qu'à me confesser en bonne et due forme, non ?

— Cedric, dit Millamant, que t'a-t-elle fait, cette femme ?

— Mais rien, ma chérie, Dieu merci. C'est ce que

j'essaie d'expliquer. Ne trouvez-vous pas qu'elle est merveilleusement belle, monsieur Alleyn ? Je sais que tu ne l'aimes pas, Milly chérie, et, visiblement, c'est toi qui as raison. Mais j'étais intrigué, et elle s'ennuyait à mourir : ce n'était qu'un petit jeu, sérieusement. Je suis simplement passé la voir en allant me coucher et nous avons bien rigolé de toutes ces choses *effarantes* qui se déroulaient en bas.

— Incidemment, observa Alleyn, vous espériez peut-être entendre les dernières nouvelles sur le testament de Sir Henry.

— Oui, ça, entre autres. En fait, je me demandais si la vache volante n'avait pas été la goutte qui fait déborder le vase. Sonia l'a exécutée avant le dîner. Puis, au cours du repas, le Vieux a lu un testament qui nous satisfaisait tous les deux ; et vu que l'insupportable Panty n'a pas eu un clou, on aurait presque préféré que Sonia n'ait touché à rien.

— Cedric, fit sa mère tout à coup, je ne pense pas que tu devrais continuer, mon chéri. M. Alleyn ne va pas comprendre. Arrête-toi.

— Mais Milly, trésor, ne vois-tu pas que cette brave Pauline a déjà semé une vilaine petite graine de soupçon, qu'il faut déraciner avant qu'elle ne puisse germer. N'est-ce pas, monsieur Alleyn ?

— A mon avis, répondit Alleyn, vous devriez faire une déposition complète.

— Là ! Au fait, où en étais-je ? Ah, oui. Tout se serait bien passé si Carol Able, qui est rationnelle et scientifique à faire peur, n'avait pas fourni un alibi étanche à cette enfant de malheur. Ce qui, évidemment, a détourné le regard soupçonneux du patriarche sur nous tous. C'est ainsi qu'il a rédigé un second testament, et c'est ainsi que nous nous sommes tous retrouvés dans les choux, tous sauf Sonia. Et, pour être tout à fait franc, Milly et monsieur Alleyn, j'ai hâte de savoir si elle l'a réellement assassiné ou pas.

— Bien sûr que oui, répliqua Millamant.

— Oui, mais en es-tu *convaincue ?* Tu sais, c'est pour moi d'une importance colossale.

— Que veux-tu dire, Cedric ? Je ne comprends pas...

— Eh bien, je... peu importe.

— Je crois savoir ce que Sir Cedric entend par là, fit Alleyn. N'était-il pas question de mariage, dans un avenir indéterminé, avec Miss Orrincourt ?

Millamant resserra ses doigts sur l'épaule de Cedric.

— Non ! dit-elle d'une voix forte et catégorique.

— Oh, Milly chérie, protesta-t-il, se contorsionnant entre ses mains, je t'en prie, restons civilisés.

— C'est insensé, déclara-t-elle. Dis-lui que c'est insensé. Quelle idée révoltante ! Dis-le-lui.

— A quoi bon, puisque Sonia lui dira certainement autre chose.

Il se tourna vers Alleyn.

— Vous comprenez, n'est-ce pas ? On ne peut pas nier le fait qu'elle soit décorative, et, dans un sens, cela aurait été amusant. Ne croyez-vous pas que cela aurait marché, monsieur Alleyn ? Moi, si.

Sa mère se remit à protester. Il se dégagea avec un air déplaisant d'irritation et sauta sur ses pieds.

— Tu es idiote, Milly. Quel est l'intérêt de faire des cachotteries ?

— Tu vas t'attirer des ennuis.

— Quels ennuis ? Je te signale que je suis dans la même position que toi. J'ignore la vérité au sujet de Sonia, mais j'aimerais bien la connaître.

Il sourit à Alleyn.

— Quand je l'ai vue ce fameux soir, elle m'a parlé du nouveau testament. Je savais donc que s'il mourait, je serais pratiquement ruiné. Il n'y a pas eu de collaboration de ma part, monsieur Alleyn. Je n'ai pas trucidé le Vieux. *Pas si bête*[1] !

II

— *Pas si bête,* répéta Fox, tandis qu'ils se dirigeaient vers l'aile réservée à l'école. Cela veut dire ce que cela veut dire. D'ailleurs, je n'ai pas eu l'impression qu'il l'était, et vous, monsieur Alleyn ?

— Absolument. Il n'est pas tombé de la dernière averse, notre ineffable Cedric. Mais quel aplomb inouï, Fox ! Grand-père meurt, lui laissant sur les bras un vaste domaine et une rente trop insignifiante pour l'entretenir. D'un autre côté, grand-père meurt, laissant une fortune à sa peu recommandable fiancée. Quoi de plus simple pour Cedric, avec ses ennuis d'argent, que d'épouser l'opulente Miss O. ? J'aurais giflé ce jeune homme, fit Alleyn pensivement, une bonne douzaine de fois, que je me sentirais encore frustré.

— Il va sans doute falloir porter l'affaire devant le ministère de l'Intérieur, dit Fox.

— Oh, oui, je crains que vous n'ayez raison. On nous a dit de prendre ce couloir, n'est-ce pas ? Ah, voici la porte capitonnée. Je pense que nous allons nous séparer, Fox. Vous irez ranger votre bric-à-brac dans la valise d'Isabel, et, à ce propos, je vais vous laisser celle de Miss Orrincourt. Tenez. Puis, discrètement, Foxkin, vous exhumerez le défunt Carabbas et le déposerez dans une boîte à chaussures. Au fait, sait-on qui a supprimé l'infortuné Carabbas ?

— M. Barker, répliqua Fox, a demandé à M. Juniper de venir le piquer. C'était de la strychnine, je crois.

1. En français dans le texte. (N.d.T.)

— Quoi que ce soit, j'espère que cela ne va pas interférer avec l'autopsie. Je vous retrouve à la deuxième terrasse.

Au-delà de la porte matelassée, l'atmosphère n'était plus du tout la même. Les lourds tapis avaient cédé la place aux chemins de couloir ; les couloirs eux-mêmes étaient emplis de courants d'air et sentaient le désinfectant. A la place des gravures victoriennes s'alignaient des tableaux d'un modernisme résolu, réalisés avec un joyeux mépris pour la joliesse confortable, mais certainement décriée.

Guidé par un vacarme infernal, Alleyn se retrouva dans une grande pièce où les protégés de Miss Able étaient réunis autour des jeux de construction, de la pâte à modeler, des tubes de peinture, des marteaux, des feuilles de papier, de la colle et des ciseaux. Panty était en train de diriger un jeu avec des balances, des poids et des sacs de sable ; en cet instant précis, elle semblait être absorbée par une querelle avec un petit garçon. La vue d'Alleyn provoqua chez elle une réaction bizarre ; elle éclata d'un rire affecté. Il lui adressa un signe de la main, et aussitôt, elle fit une chute clownesque et resta par terre, mimant une violente stupeur.

Se détachant d'un groupe éloigné, Miss Caroline Able vint à sa rencontre.

— C'est un peu bruyant par ici, fit-elle sur un ton énergique. Si on passait dans mon bureau ? Miss Watson, voulez-vous prendre le relais ?

— Bien sûr, Miss Able. répondit une dame plus âgée, apparaissant derrière un essaim d'enfants.

— Allons-y, dit Caroline Able.

Son bureau, tout proche, était tapissé de graphiques et de diagrammes. Elle s'assit à une table de travail bien rangée, sur laquelle Alleyn remarqua sur-le-champ une pile de copies sur du papier à lignes jaunes et pourvu d'une marge.

— Vous savez certainement ce qui m'amène, dit-il.

Miss Able répliqua avec entrain qu'elle s'en doutait.

— Je vois souvent Thomas Ancred, avoua-t-elle franchement, et il m'a mise au courant de la situation. C'était un compte rendu fort cohérent, du reste. Car il jouit d'excellentes facultés adaptatives, et jusqu'à présent, il a pu appréhender les événements d'une manière tout à fait satisfaisante.

Alleyn devina que c'était un avis professionnel sur Thomas. Il se demanda si une idylle était née et si elle se déroulait dans cet esprit-là. Miss Able était mignonne. Elle avait une peau claire, de grands yeux et de bonnes dents. En outre, elle paraissait redoutablement saine.

— J'aimerais savoir, fit-il, ce que vous pensez de tout cela.

— Il est impossible de fournir un opinion tant soit peu valable, répondit-elle, sans avoir préalablement analysé, et d'une façon approfondie, leurs personnalités. De toute évidence, le rapport qu'ils entretenaient avec leur père était d'une nature frustrante. J'aurais aimé en savoir plus sur son mariage. On pouvait soupçonner, bien sûr, la peur de l'impuissance, pas totalement sublimée. L'opposition violente des filles au projet de ce second mariage laisse supposer une fixation au père relativement intense.

— Ah bon ? Pourtant, ce n'était pas une union idéale d'un point de vue... ordinaire, ne croyez-vous pas ?

— Si la relation avec le père, affirma Miss Able, avait été gratifiante, les enfants n'auraient pas été aussi perturbés.

— Pas même, hasarda Alleyn, à la perspective d'avoir Miss O. pour belle-mère et pour principale légataire ?

— Ce sont les raisons qui ont dû être avancées

afin de justifier leur antagonisme. Il peut s'agir d'une tentative de rationalisation d'une phobie structurelle de nature essentiellement sexuelle.

— Ciel !

— Mais, comme je viens de le faire remarquer, ajouta-t-elle avec un rire ingénu, il ne faut pas juger à partir d'une simple observation. Une analyse minutieuse pourrait aboutir à une situation infiniment plus complexe.

— Vous savez, dit Alleyn, sortant sa pipe, vous et moi, Miss Able, représentons deux aspects différents de l'investigation. Vous avez appris, de part votre formation professionnelle, à considérer le comportement humain comme une sorte de code ou de cryptogramme, dissimulant la réalité pathologique aux non initiés, mais la révélant au spécialiste. Ma formation m'a appris à voir dans le comportement quelque chose d'extrêmement mouvant, une fois le forfait accompli, et souvent en contradiction avec le forfait lui-même. Il est évident qu'un policier observe le comportement, mais ses déductions risquent de vous sembler complètement superficielles.

Il ouvrit sa main.

— Je vois un homme en train de jouer avec une pipe éteinte, et je me dis que, inconsciemment peut-être, il a envie de fumer. Puis-je ?

— Je vous en prie. C'est un bon exemple, déclara Miss Able. Je vois un homme en train de caresser sa pipe et je reconnais là une manifestation de fétichisme fort familière.

— Ne me dites surtout pas laquelle, fit Alleyn précipitamment.

Miss Able eut un rire professionnel.

— Alors, reprit-il, que pensez-vous de ces lettres anonymes qui nous portent tant sur les nerfs ? Quel genre d'individu les a concoctées, et pourquoi ?

— Elles représentent sans doute une tentative de se faire remarquer et elles ont été écrites par un être dont les pulsions créatives normales ont été déviées. Tenez, dans le cas de Patricia...

— Patricia ? Oh, je vois. C'est Panty, bien sûr.

— Nous n'utilisons pas de surnoms ici. Nous sommes contre. A notre avis, les surnoms peuvent avoir un effet bien précis, surtout s'ils possèdent une connotation péjorative.

— Je vois. Vous disiez, dans le cas de Patricia ?

— Elle a pris l'habitude de jouer des tours stupides aux gens. C'était une tentative pour attirer l'attention sur elle. Au début, ses exploits restaient anonymes, mais maintenant, elle a tendance à s'en vanter. Ce qui est, naturellement, plutôt bon signe.

— Cela prouve au moins qu'elle n'est pas responsable des farces dont son grand-père a été victime dernièrement.

— Tout à fait d'accord.

— Pas plus qu'elle n'a écrit les lettres anonymes.

— Cela, répondit Miss Able patiemment, me semblait parfaitement évident.

— Qui, selon vous, est l'auteur de ces lettres ?

— Je vous l'ai déjà dit, je ne peux pas formuler de suppositions en l'air.

— Ne pourriez-vous pas essayer, juste une fois ? fit-il, persuasif.

Miss Able ouvrit et referma la bouche. Son sang-froid semblait la déserter. Elle regarda Alleyn et rougit. « Tiens, pensa-t-il, au moins, toutes ses analyses ne l'ont pas transformée en iceberg ! »

— Objectivement, dit-il tout haut, sur qui miseriez-vous, parmi les adultes ?

Il se pencha en avant et lui sourit, tout en songeant : « Comme Troy s'amuserait de cette exhibition ! » Et, tandis que Miss Able hésitait, il répéta :

— Allons, sur qui miseriez-vous ?

— Que vous êtes bête, répondit Miss Able.

Son attitude était devenue sinon coquette, du moins beaucoup moins impersonnelle.

— Selon vous, poursuivit Alleyn, l'auteur de ces lettres pourrait-il ne faire qu'un avec notre mauvais plaisant ?

— Ce n'est pas impossible.

Il tendit un long bras par-dessus le bureau et toucha la pile de copies.

— Elles ont été écrites sur le même papier.

Miss Able était rouge pivoine. D'un mouvement singulier et inattendu, elle couvrit le papier de ses mains.

— Je ne vous crois pas, rétorqua-t-elle.

— Puis-je le voir ?

Il tira une feuille de sous ses mains et l'examina à la lumière.

— Oui, fit-il, c'est un papier assez peu courant, avec une marge. Le filigrane est le même.

— Ce n'est pas lui qui les a écrites.

— Lui ?

— Tom, dit-elle.

Ce diminutif fit apparaître Thomas sous un jour nouveau.

— Il en est incapable, ajouta-t-elle.

— Très bien, répondit Alleyn. Alors pourquoi le mentionner ?

— Patricia, poursuivit Miss Able en rougissant de plus belle, a pu emporter un peu de ce papier dans l'autre partie de la maison. Ou bien...

Elle s'arrêta, fronçant les sourcils.

— Oui ?

— Sa mère vient très souvent ici. Trop souvent, à mon goût. Elle n'est pas très raisonnable avec les enfants.

— Où range-t-on le papier ?

— Dans ce placard. Celui du dessus. Hors de portée des enfants.

— Le fermez-vous à clé ?

— Vous n'allez pas insinuer que j'écris des lettres anonymes, moi ? riposta-t-elle aussitôt.

— Mais vous le fermez à clé, n'est-ce pas ?

— Certainement. Je n'ai jamais nié cela.

— Et la clé ?

— Elle est sur un anneau, dans ma poche.

— Le placard est-il déjà resté ouvert ? Ou alors les clés ont-elles déjà quitté votre poche ?

— Jamais.

— Le papier vient d'une boutique du village, n'est-ce pas ?

— Bien sûr que oui. N'importe qui peut en acheter.

— Absolument, opina-t-il joyeusement, et nous pouvons vérifier si cela a été le cas. Vous voyez, il n'y a pas de quoi nous fâcher.

— Je ne me fâche avec personne, répliqua Miss Able d'un ton bourru.

— Parfait ! Parlons maintenant du médicament qu'on a donné aux enfants. Je voudrais retracer son itinéraire. Non pas à l'intérieur de ces malheureux gamins, mais juste avant qu'il n'en arrive là.

— Je ne vois vraiment pas pourquoi...

— C'est normal ; je vais tout vous expliquer. Un médicament pour Sir Henry est arrivé en même temps, et, par conséquent, son histoire est liée à celle du vôtre. C'est pourquoi, ainsi que le pudding l'a dit à la vendeuse, j'aurais besoin d'être servi, m'dame.

Miss Able n'assimila pas immédiatement ce calembour laborieux. Elle considéra Alleyn avec étonnement, mais finalement, le gratifia d'un sourire passablement indulgent.

— Certainement. Miss Orrincourt et Mme Alleyn...

Sur ce, vint la pause familière suivie de l'inévitable explication.

— Tiens ! fit Miss Able.

— Je sais, répondit Alleyn. Vous disiez, à propos du médicament ?

— A vrai dire, j'étais très fâchée contre Miss Orrincourt. Apparemment, elle a demandé à Mme Alleyn de ramener la carriole à l'écurie ; c'est donc elle qui a rapporté le médicament à la maison. Mais, au lieu de le laisser dans le hall, ou bien, comme on s'y serait attendu, de me l'apporter directement, elle s'en est tout simplement débarrassée dans une resserre. Il semble que Sir Henry lui ait fait livrer des fleurs, alors elle a tout laissé en plan. Elle est extrêmement égocentrique. J'ai attendu longtemps. Pour finir, je suis allée de l'autre côté, vers sept heures, pour demander des nouvelles de notre médicament. Mme Ancred et moi avons cherché partout. Finalement, c'est Fenella qui nous a indiqué où ils étaient.

— Le médicament de Sir Henry était là aussi ?

— Oh, oui. Mme Ancred l'a fait monter sur-le-champ.

— Les deux flacons se ressemblaient-ils ?

— Il n'y a pas eu d'erreur, si c'est ça qui vous inquiète. Les deux bouteilles étaient du même type, mais la nôtre était bien plus grande, et elles comportaient toutes deux des étiquettes. La nôtre était également accompagnée d'un papier avec des instructions. Une précaution qui s'est avérée inutile, d'ailleurs, car le Dr Withers est venu ce soir-là pour peser à nouveau les enfants et leur distribuer lui-même les doses. C'est curieux : au départ, il avait été convenu que c'était moi qui leur administrerai le médicament, et je me serais très bien débrouillée ; mais manifestement, ajouta Miss Able avec un rire bref, il n'avait pas confiance en moi.

— C'est sans doute inévitable, observa Alleyn distraitement. Ces gens-là sont obligés de faire attention.

Miss Able n'avait pas l'air convaincue.

— Peut-être, répliqua-t-elle. Mais je ne comprends toujours pas pourquoi il a tenu à venir à Ancreton, alors qu'il est censé être tellement occupé. D'ailleurs, après tant d'histoires, il nous a fallu revenir aux pommades.

— Au fait, demanda Alleyn, avez-vous eu l'occasion de voir le chat Carabbas avant sa mort ?

Instantanément, elle enfourcha son dada professionnel. Alleyn dut entendre un exposé sur l'affection que Panty avait portée au chat et les étranges déductions que Miss Able avait tirées, avec une parfaite virtuosité, de cette relation somme toute banale.

— A ce stade de son développement, la rupture de ce lien a dû causer de graves perturbations.

— Mais, hasarda Alleyn, si le chat avait la teigne...

— Ce n'était pas la teigne, rétorqua Miss Able avec fermeté. Je m'y connais. Ce devait être la gale.

Là-dessus, il prit congé d'elle. De toute évidence, ses sentiments envers lui étaient partagés. Elle lui serra la main d'un geste irrévocable, mais au moment où il atteignit la porte, il crut entendre un son inarticulé derrière lui. Se retournant, il vit que Miss Able le regardait d'un air anxieux.

— Vous aviez autre chose à me dire ? s'enquit-il.

— C'est seulement que je me fais du souci pour Thomas Ancred. On l'a mêlé à toutes ces histoires et on l'a chargé des tâches les plus viles. Il est totalement différent. En fait, il est trop bien pour eux. J'ai peur que tout ceci ne l'affecte.

Et, dans un effort assez laborieux pour revenir à son attitude professionnelle, Miss Able ajouta :

— Psychologiquement parlant, j'entends.

— Je comprends, répondit Alleyn.

A la deuxième terrasse, il trouva Fox qui l'attendait. Il était assis sur les marches, emmitoufflé dans son grand manteau. Les lunettes sur le nez, il était en train de lire le manuel sur les poisons que Alleyn lui avait prêté dans le train. A côté de lui, il y avait deux valises. Dans l'une, Alleyn reconnut celle de Miss Orrincourt. L'autre, supposa-t-il, devait appartenir à Isabel. Puis il aperçut une boîte à chaussures liée par une ficelle. Et, en se penchant au-dessus de Fox, il perçut une odeur nauséabonde.

— Carabbas ? demanda-t-il, repoussant la boîte du pied.

Fox hocha la tête.

— Je suis en train de me poser une question, fit-il, pointant un doigt carré sur un passage dans le livre.

Alleyn lut par-dessus son épaule : « Arsenic. Symptômes. Se manifestent sous forme d'une cachexie et d'une perte de poids progressives ; la chute des poils… »

Fox leva les yeux et désigna du pouce la boîte à chaussures.

— La chute des poils, dit-il. Attendez un peu de voir le défunt Carabbas.

III

— Vous savez, Fox, dit Alleyn tandis qu'ils reprenaient le chemin du village, si Thomas Ancred arrive à supporter que ses moindres soucis soient implacablement étalés au pied de quelque traumatisme vécu dans l'enfance, je pense que lui et Miss Able s'entendront à merveille. Visiblement, elle est amoureuse de lui ; ou peut-être devrais-je dire qu'elle réagirait d'une manière satisfaisante à une relation d'érotisme rationalisé avec ce brave Thomas.

— Lui ferait-il la cour, d'après vous ?

— Je crois que oui. A mon avis, nous en avons eu assez d'Ancreton, mais je vous demanderai de rester, Fox, et d'avertir le pasteur de l'exhumation.

Retournez au château de Katzenjammer dans la matinée et demandez à nos amis s'ils voient un inconvénient quelconque à ce qu'on leur prenne leurs empreintes. S'ils ne sont pas complètement abrutis, ils n'en verront aucun. Bailey pourra arriver par le train du matin et se mettre au travail dans la maison. Vous veillerez à ce qu'il relève les empreintes sur toutes les surfaces qui nous intéressent. Cela ne servira à rien, sans doute, mais il faut le faire. Moi, je vais retourner au Yard. J'aimerais connaître la recette de MM. Mortimer et Loame pour un embaumement de choix. Dès que nous aurons obtenu l'autorisation d'exhumer, nous reviendrons ici. Il y a un train ce soir. Allons manger un morceau à l'auberge, puis je le prendrai. J'avais l'intention de rendre une nouvelle visite au Dr Withers, mais je pense que cet entretien-là pourra attendre. Je voudrais emporter le flacon de médicament et le pauvre vieux Carabbas à Londres.

— Que parie-t-on, monsieur Alleyn ? Qu'il y a de l'arsenic dans le flacon, ou non ?

— Moi, je parie que non.

— La routine, quoi. Ce sera malheureux, tout de même, si on ne trouve rien. Du côté de la thermos, il n'y a rien à espérer.

— Non, que le diable l'emporte.

Ils continuèrent à marcher en silence. Le givre leur picotait le visage dans la pénombre et faisait craquer le sol durci sous leurs pas. Une odeur agréable de feu de bois leur chatouilla les narines, et du bois d'Ancreton leur parvint un bruissement d'ailes.

— Quel boulot ! fit Alleyn tout à coup.

— Le nôtre, monsieur ?

— Oui. le nôtre. Se promener dans la rase campagne avec un chat crevé dans une boîte à chaussures, tout en réfléchissant à la meilleure manière de déterrer le cadavre d'un vieil homme !

— Il faut bien que quelqu'un le fasse.

— Absolument. Mais les détails ne sont pas vraiment ragoûtants.

— Il ne reste plus tellement de doute, n'est-ce pas, monsieur ? C'est un meurtre ?

— Plus aucun doute, mon vieux.

— Enfin, dit Fox après une pause, à première vue, toutes les preuves semblent indiquer une seule direction. Pas comme dans ces affaires biscornues, où il faut d'abord blanchir une demi-douzaine de suspects.

— Mais *pourquoi* l'avoir tué ? Elle savait que le testament était en sa faveur. Elle voulait devenir Lady Ancred. Elle savait qu'il ne lui restait plus beaucoup à vivre. Pourquoi avoir pris ce risque insensé, alors qu'elle n'avait qu'à l'épouser et à attendre ?

— Il n'arrêtait pas de changer son testament. Peut-être craignait-elle qu'il ne le fasse à nouveau.

— Apparemment, c'est elle qui le menait allégrement par le bout du nez.

— Se peut-il qu'elle convoite le baronnet actuel ?

— Pas elle, répondit Alleyn. Pas elle.

— En tout cas, c'est difficile à imaginer. Mais admettons que Miss O. ne soit pas la personne qui nous intéresse et que nous sachions que le vieux gentleman a été trucidé. Qu'est-ce qui reste ? Pas Sir Cedric, car il était au courant du nouveau testament.

— A moins qu'il ne se soit mis en tête d'épouser l'héritière.

— Nom d'une pipe, il y a ça, mais que de risques ! Avec une fortune pareille, elle aurait pu espérer mieux, non ?

— A mon avis, elle pouvait difficilement espérer pire.

— Dans ce cas, poursuivit Fox, disons que nous éliminons ces deux-là. Voyez ce qui nous reste.

— Je le fais sans grand enthousiasme. Ils pensaient tous que le testament lu au cours du dîner était valable. Desdemona, Millamant, le Dr Withers et les domestiques pouvaient s'attendre à quelque chose de relativement confortable ; Thomas était encore plus gâté qu'eux. La famille Kentish et celle de Claude Ancred l'ont eu dans le baba. Parmi les nantis, le seul mobile est la cupidité ; parmi les déshérités, la vengeance.

— Et l'opportunité ? interrogea Fox.

— Si l'analyse de la bouteille de médicament s'avère négative, il nous reste la thermos, qui a été stérilisée, et, pour autant que nous le sachions, Miss O. A moins qu'il ne vous plaise d'envisager une action à retardement, avec Barker agrémentant les langoustines d'arsenic.

— Il faut toujours que vous plaisantiez, monsieur Alleyn.

— Vous auriez dû m'entendre batifoler avec Miss Able, grommela Alleyn. Ça, c'était aberrant.

— Et l'exhumation qui va avoir lieu, énonça Fox après un long silence. Quand ?

— Dès que nous aurons reçu l'autorisation et que le Dr Curtis sera disponible. A propos, l'église d'Ancreton est par là, au-dessus du village. Allons jeter un coup d'œil sur le cimetière tant qu'il fait encore jour.

Ils gravirent un chemin en pente douce, plongé dans l'ombre, et poussèrent le portail du cimetière de l'église St Stephen.

Après les splendeurs discutables du manoir, ce fut un plaisir de contourner cette église, vieille, paisible et solidement bâtie. Le gravier crissait bruyamment sous leurs pas ; dans la haie, on entendait remuer les oiseaux ensommeillés. L'herbe était bien entretenue. Et, quand ils eurent atteint le calme îlot de croix et de pierres tombales, ils s'aperçurent que les carrés de terre et les monticules étaient bien entretenus également. Dans la lumière du crépuscule, il était possible de lire les inscriptions. « Susan Gascoigne, paroissienne de St Stephen. Ici repose celle qui, de son vivant, ne connut point de repos dans son désir de faire le bien. » « A la mémoire de Miles Chitty Bream, qui a veillé pendant cinquante ans sur ce cimetière et qui dort maintenant avec ceux qu'il a loyalement servis. » Puis ce furent les tombes des Ancred. « Henry Gaisbrook Ancreton Ancred, quatrième baronnet, et Margaret Mirabel, son épouse. » « Percival Gaisbrook Ancred », et bien d'autres, nantis d'épitaphes appropriées. Les générations plus récentes n'avaient pas voulu, toutefois, se contenter d'aussi modestes demeures. Un tombeau de marbre surmonté de trois anges se dressait au-dessus de ces humbles pierres. Là, immortalisés en lettres d'or, reposaient le prédécesseur de Sir Henry, sa femme, son fils Henry Irving Ancred et Sir Henry lui-même. C'était ce dernier, lut Alleyn, qui avait fait ériger le tombeau. On y accédait par une porte en teck et fer forgé, ornée des armoiries des Ancred et d'un énorme trou de serrure.

— Il doit y avoir des étagères dedans, observa Fox. Pas assez de place pour le docteur, et pas de lumière. Il nous faudra une toile de tente, ne croyez-vous pas, monsieur Alleyn ?

— Si.

Le couvercle de la grosse montre en argent de Fox claqua.

— Il est cinq heures, monsieur, dit-il. Il faut y aller, si vous voulez boire une tasse de thé à l'auberge et prendre votre train.

— Allons-y, répondit Alleyn doucement.

Et ils rebroussèrent chemin en direction du village.

15.

Le nouveau système

Tandis que Troy attendait le retour d'Alleyn, elle revoyait mentalement l'épisode de leurs brèves retrouvailles. Un par un, elle examina tous les événements : une phrase, un geste, une émotion. La simplicité de son bonheur ne laissait pas de la surprendre ; elle était amusée de se sentir impatiente et comblée à la fois. Elle était désirée, elle était aimée, et elle aimait à nouveau. Bien sûr, d'autres embûches les guetteraient sur la route, elle ne se faisait pas d'illusions là-dessus ; mais pour l'instant, tout allait bien. Elle pouvait se détendre et songer à l'avenir.

Cependant, il y avait comme une mauvaise herbe dans le jardin de son bonheur, quelque chose qui gâchait sa perfection. Bon gré, mal gré, les pensées de Troy ne cessaient d'y revenir. C'était le refus d'Alleyn d'octroyer une place à son travail dans leur relation. Elle en connaissait la cause : cela tenait à sa propre attitude durant leurs premières rencontres, qui avaient eu lieu dans un contexte douloureux ; à son aversion pour le rôle qu'il avait joué à ce moment-là et à son horreur non déguisée de la peine capitale.

Troy savait parfaitement que Alleyn acceptait ces réactions comme faisant partie intégrante d'elle. Il croyait que pour elle, en amour, une éthique en disharmonie avec cet amour ne pouvait que lui nuire. Il lui semblait que si, occasionnellement, son travail conduisait des assassins au gibet, aux yeux de Troy il ne valait guère mieux dans ces instants que le bourreau. C'était seulement par quelque miracle de l'amour, pensait-il, qu'elle parvenait à surmonter cette répulsion.

Mais la vérité toute nue, se dit-elle, désemparée, était que ses idées n'étaient pas en accord avec ses émotions.

— Je suis moins sensible qu'il ne le croit, déclara-t-elle. Peu m'importe ce qu'il fait. Je l'aime.

Et, bien qu'elle fût contre les généralités de ce genre, elle ajouta :

— Je suis une femme.

Elle avait l'impression qu'ils ne pouvaient pas être totalement heureux, tant que cette réticence subsistait entre eux. « Peut-être que cette affaire des Ancred va tout changer, pensa-t-elle. Peut-être que c'est une sorte de leçon morbide. Je suis dedans. Il ne peut pas me garder en dehors de cette histoire. Je suis mêlée à une affaire de meurtre. » Alors, affolée, elle se rendit compte qu'elle tenait pour une évidence le fait que le vieil homme qu'elle avait peint était mort assassiné.

Aussitôt que Alleyn était entré, elle comprit qu'elle ne s'était pas trompée.

— Eh bien, Rory, fit-elle en s'approchant de lui, nous ne sommes pas au début d'en voir la fin, n'est-ce pas, mon chéri ?

— Cela en a l'air.

Il passa devant elle en disant rapidement :

— J'irai voir le patron demain matin. Il me laissera me dessaisir de cette affaire. Cela vaudra beaucoup mieux.

— Non, répliqua Troy.

Il se retourna instantanément pour la regarder. Elle s'aperçut, comme si elle ne l'avait jamais vraiment mesurée auparavant, de leur différence de taille. « C'est ainsi qu'il apparaît quand il interroge les gens », pensa-t-elle nerveusement.

— Non ? répéta-t-il. Et pourquoi ?

— Parce que ce serait affecté, parce que j'aurais l'air d'une idiote.

— Je suis désolé.

— Je considère cette affaire, reprit Troy en essayant de raffermir sa voix, comme une sorte de test. Peut-être qu'il faut y voir la main de Dieu qui cherche à nous mettre à l'épreuve ; encore que je trouve injuste qu'on voie la main de Dieu dans les tremblements de terre et les raz de marée plutôt que dans les récoltes exceptionnelles et les gens comme Léonard ou Cézanne.

— Mais enfin, s'enquit Alleyn calmement, de quoi diable parles-tu ?

— Ne me brusque pas, fit Troy.

Il esquissa un pas rapide vers elle.

— Non. Je t'en prie, écoute-moi. Je veux, je veux vraiment que tu te charges de cette affaire, dans la mesure où ton patron t'y autorisera. Et cette fois, je veux vraiment que tu me gardes avec toi. Il y a un quiproquo entre moi et ton travail. Quand je dis qu'il ne m'ennuie nullement, tu crois que je te raconte des histoires ; et quand je te pose des questions sur ce genre d'affaires, tu penses que je ne suis qu'une petite femme courageuse, qui sait prendre sur elle.

Elle vit un sourire involontaire se dessiner sur les lèvres d'Alleyn.

— Alors que, s'empressa-t-elle d'enchaîner, il n'y a rien de plus faux. Je sais, je n'ai pas été enchantée de voir notre idylle se nouer entre deux cadavres, et je continue à penser que les gens n'ont pas le droit de pendre d'autres gens. Ce n'est pas ton cas, mais c'est toi le policier, pas moi. Et il ne sert à rien de prétendre que tu cherches à coincer un petit voleur à la tire, alors que je sais très bien ce que tu fais et, pour être tout à fait honnête, souvent je meurs d'envie d'en entendre parler.

— Ce n'est pas vraiment exact, n'est-ce pas... cette dernière phrase ?

— Je préfère de loin en parler. Je préfère de loin me sentir franchement choquée et bouleversée avec toi, plutôt que de mariner toute seule dans mes vagues inquiétudes.

Il lui tendit la main, et elle s'avança vers lui.

— C'est pourquoi j'ai dit que cette affaire t'avait été envoyée pour te mettre à l'épreuve.

— Troy, fit Alleyn, sais-tu ce qu'on dit à sa bonne amie aux antipodes ?

— Non.

— Tu es trop pour moi.

— Oh !

— Troy, tu es trop pour moi.

— Je me disais que peut-être, tu préférais que je continue à jouer les violettes.

— La vérité, c'est que j'ai été le roi des imbéciles, que je ne te méritais pas et ne te mériterai jamais.

— Ne parlons donc pas de mérite, veux-tu ? répliqua Troy.

— Je n'ai qu'une seule excuse, mais tu pourras dire en toute logique que ce n'en est pas une. D'après les livres, poursuivre un assassin, pour un détective, est une tâche aussi banale que pour un agent de police ordinaire, cueillir un pickpocket. Mais ce n'est pas vrai. Compte tenu de ce à quoi il aboutit, c'est un travail différent de tous les autres. A l'âge de vingt-deux ans, je l'ai choisi en acceptant ses implications, mais je ne crois pas que je les aie comprises pleinement pendant les quinze années qui ont suivi, jusqu'au moment où je suis tombé éperdument amoureux, de toi, mon amour.

— Moi aussi, j'ai accepté ses implications, une fois pour toutes, grâce à cette affaire des Ancred.

Avant ton retour, j'ai même décidé que ce serait bien pour tous les deux, si, par quelque hasard invraisemblable, il s'avérait que je dispose d'une information, quelque part au fond de ma mémoire, qui risque d'être capitale.

— Tu en es arrivée là ?

— Oui. Et le plus drôle, ajouta Troy en se passant les doigts dans les cheveux, est que je suis convaincue de l'avoir, cette information. Elle est là, dans ma mémoire, et elle ne demande qu'à sortir.

II

— J'aimerais, dit Alleyn, que tu me décrives à nouveau, le plus précisément possible, ta conversation avec Sir Henry après qu'il a découvert cette inscription sur son miroir et du fard sur les moustaches du chat. Si tu as oublié ce qui s'est passé à tel ou tel moment, dis-le. Mais pour l'amour du ciel, chérie, évite de rentrer dans les détails. Peux-tu t'en souvenir ?

— Je pense que oui. En grande partie, même. Bien sûr, il était furieux contre Panty.

— Il n'a pas du tout soupçonné l'ineffable Cedric ?

— Pas du tout. Parce que Cedric... ?

— Oui. Il a réussi à zozoter un aveu.

— Petite fripouille, dit Troy. C'était donc bien du fard qu'il avait sous l'ongle.

— Et Sir Henry... ?

— Il a continué à clamer combien il avait adoré Panty et combien elle l'avait blessé. J'ai essayé de le convaincre que ce n'était pas elle, mais il s'est contenté d'émettre l'onomatopée familiale, tu sais, « T'ah ! » ?

— Absolument.

— Puis il s'est mis à parler de mariages entre

cousins, disant qu'il les désapprouvait, et à cela s'est mêlée très vite la description tout à fait déprimante de...

Troy déglutit et poursuivit rapidement :

— ... de la façon dont il allait être embaumé. Il a été question du petit livre. Ensuite, il me semble qu'il a cassé du sucre sur le dos de Cedric en tant que son héritier, disant qu'il n'aurait pas d'enfants et que ce pauvre Thomas ne se marierait jamais.

— Ce en quoi il se trompait, apparemment.

— Non ! Qui est-ce ?

— Le psychiatre, ou dois-je dire « la psychiatre » ?

— Miss Able ?

— Elle considère qu'il a sublimé sa libido de façon satisfaisante, ou quelque chose de ce genre.

— Formidable ! Bon, alors, comme il n'arrêtait pas de parler de sa mort, j'ai voulu lui remonter le moral, et ça a été un succès foudroyant. Il est devenu mystérieux, disant qu'il avait des surprises en réserve pour tout le monde. Là-dessus, Sonia Orrincourt est arrivée, déclarant que les autres complotaient contre elle et qu'elle avait peur.

— Est-ce tout ? demanda Alleyn après une pause.

— Non... non, ce n'est pas tout. Il a dit autre chose. Je ne me souviens plus quoi, Rory, mais il y avait autre chose.

— C'était le samedi dix-sept, n'est-ce pas ?

— Voyons... Je suis arrivée là-bas le seize. Oui. Oui, c'était le lendemain. Mais je voudrais, fit Troy lentement, je voudrais tant retrouver cette autre chose dont nous avons parlé.

— Ne cherche pas. Cela peut ressurgir tout d'un coup.

— Peut-être que Miss Able parviendrait à me l'arracher, sourit Troy.

— En tout cas, nous allons en rester là pour aujourd'hui.

Ils se levèrent, et elle passa son bras dans celui d'Alleyn.

— Premier essai du nouveau système, dit-elle. Jusque-là, tout s'est déroulé à peu près dans le calme, n'est-ce pas ?

— Oui, mon amour. Merci.

— Ce qui me plaît chez toi, entre autres, fit Troy, ce sont tes bonnes manières.

III

La journée du lendemain fut bien remplie. Après un bref entretien avec Alleyn, l'adjoint du préfet de police décida de demander une autorisation d'exhumer.

— Le plus tôt sera le mieux. J'ai parlé au ministre de l'Intérieur hier et je lui ai dit qu'il se pouvait que nous sollicitions son aide. Alors, n'attendez pas.

— Ce sera pour demain, monsieur, si possible, répondit Alleyn. Je vais aller voir le Dr Curtis.

— Allez-y.

Et, comme Alleyn s'apprêtait à sortir :

— A propos, Rory, si cela pose un problème quelconque à Mme Alleyn...

— Je vous remercie, monsieur, mais pour le moment, elle suit très bien.

— Tant mieux. C'est une drôle d'histoire, hein ?

— Très bizarre, opina Alleyn poliment.

Après quoi, il alla rendre visite à M. Rattisbon.

Le bureau de M. Rattisbon, situé dans le Strand, avait survécu à l'usure des ans, au blitz-krieg et aux bombardements. C'était, comme Alleyn l'avait découvert à l'occasion de sa première visite officielle avant la guerre, un monument discret mais vivant à l'œuvre de Charles Dickens, tout imprégné de la personnalité de M. Rattisbon lui-même. Il y avait toujours le même employé, avec sa manie de lever lentement la tête et de contempler le visiteur d'un air vague, toujours le même escalier casse-cou, toujours la même odeur vieillotte. Et puis, dans son sanctuaire de cuir, de vernis et de vétusté, il y avait M. Rattisbon, le vieil oiseau juridique perché derrière son bureau.

— Ah, monsieur l'inspecteur principal, caqueta-t-il, tendant coquettement sa patte aux serres crochues, entrez, entrez, asseyez-vous. Content de vous voir. M-m-maah !

Alleyn prit place, et M. Rattisbon lui jeta un regard aigu comme la pointe d'une lame acérée.

— Pas d'ennuis, j'espère ? fit-il.

— A vrai dire, répliqua Alleyn, j'ai l'impression que mes visites sont toujours liées à toutes sortes d'ennuis.

M. Rattisbon se tassa instantanément sur son siège, posa les coudes sur le bureau et joignit les bouts des doigts sous son menton.

— Je suis venu vous interroger sur les modalités relatives au testament de Sir Henry Ancred. Ou plutôt à ses testaments.

M. Rattisbon fit vibrer le bout de sa langue entre ses lèvres, exactement comme s'il se l'était brûlé et qu'il espérait, par cette manœuvre, le refroidir. Mais il ne dit rien.

— Sans plus de préliminaires, poursuivit Alleyn, il faut que je vous prévienne que nous avons demandé une exhumation.

— C'est extrêmement gênant, répondit M. Rattisbon après une pause considérable.

— Avant d'aller plus loin, permettez-moi d'observer qu'à mon avis, au lieu de venir nous trouver avec les faits que je vais vous exposer, les héritiers de Sir Henry auraient pu juger bon de consulter leur avoué.

— Merci, merci.

— J'ignore, bien sûr, les conseils que vous leur

auriez donnés, monsieur, mais je pense que cette visite doit avoir lieu, tôt ou tard. Et voici mon histoire.

Vingt minutes plus tard, M. Rattisbon se renversa sur son siège et lança au plafond, en guise de commentaire :

— M-m-mah ! Extraordinaire. Inquiétant. Très.

— Vous constaterez que cette charade semble tourner autour de deux axes. Primo, tout le monde dans la maison savait que Sir Henry allait se faire embaumer. Et secundo, il modifiait sans cesse son testament, ce qu'il a fait, une fois de plus, la veille de sa mort, en faveur de sa future épouse, au détriment de sa famille et totalement en contradiction avec ce qu'il avait annoncé deux heures plus tôt. C'est là, monsieur Rattisbon, que je compte sur votre aide.

— Je suis, répliqua M. Rattisbon, dans une position fort singulière, pour ne pas dire équivoque. H'm. Ainsi que vous l'avez fait remarquer à juste titre, monsieur l'inspecteur principal, la procédure correcte de la part de la famille, et notamment de la part de Sir Cedric Gaisbrook Percival Ancred, aurait été de consulter ce bureau. Il a choisi de s'en abstenir. Mais dans l'éventualité d'une action en justice, il ne pourra pas l'éviter. Apparemment donc, l'objectif principal de la famille serait de discréditer la principale bénéficiaire et, qui plus est, engager contre elle des poursuites judiciaires. Je veux parler, bien entendu, de Miss Gladys Clark.

— De *qui ?*

— ... connue professionnellement sous le nom de Miss Sonia Orrincourt.

— Gladys Clark, fit Alleyn pensivement. Tiens !

— En ma qualité d'avoué de la famille, je suis concerné par ce problème. Tout bien considéré, je ne vois aucun inconvénient à vous fournir les renseignements requis. Qui plus est, j'estime qu'il est de mon devoir professionnel de vous les donner.

— Vous m'en voyez très heureux, répondit Alleyn, qui savait parfaitement qu'avec le temps, M. Rattisbon allait arriver à cette décision. Pour le moment, notre souci principal est de déterminer si Sir Henry Ancred a rédigé son dernier testament à la fin de la soirée qui a précédé sa mort.

— La réponse est un non catégorique. Il a été rédigé dans ce bureau, sur les instructions de Sir Henry, jeudi 22 novembre de cette année, ainsi qu'un autre document, celui même qui a été lu par Sir Henry lors du repas d'anniversaire.

— Tout cela me paraît assez confus.

M. Rattisbon se gratta rapidement le nez avec un ongle.

— C'était une procédure exceptionnelle, répliqua-t-il, ainsi que je me suis permis de le faire remarquer sur le moment. Reprenons les événements dans l'ordre. Mardi, 20 novembre, Mme Henry Irving Ancred m'a téléphoné au bureau afin de m'avertir que Sir Henry Ancred désirait me voir sur-le-champ. Malgré le fait que cela tombait très mal, le lendemain je me suis rendu à Ancreton. J'ai trouvé Sir Henry dans un état d'agitation considérable et vêtu... m-m-mah, d'un costume théâtral. Visiblement, il venait de poser pour son portrait. J'ajouterai entre parenthèses, fit M. Rattisbon, inclinant la tête comme un oiseau, que je n'ai pas eu le plaisir de rencontrer votre épouse à cette occasion, bien qu'elle fût déjà à Ancreton. Mais j'ai eu ce privilège lors de la visite suivante.

— Troy m'en a parlé.

— Ce fut un immense plaisir. Pour en revenir à nos moutons. Ce mercredi 21 novembre, Sir Henry Ancred m'a montré les brouillons de ses deux testaments. Un instant.

Avec de petits gestes saccadés, M. Rattisbon tira de son fichier deux liasses de papier recouvert d'une écriture quelque peu ampoulée. Il les tendit à

Alleyn, qui devina leur nature au premier coup d'œil.

— Voici les brouillons en question, dit M. Rattisbon. Il m'a prié de dresser deux testaments séparés conformément à ces notes. J'ai observé que ce n'était pas la procédure d'usage. Il a fait valoir qu'il était incapable de prendre une décision concernant... euh... les mérites de ses proches parents, et qu'il envisageait parallèlement de se remarier. Son testament précédent, contenant selon moi des dispositions tout à fait raisonnables, il l'avait déjà détruit. Il m'a demandé de rapporter ces nouveaux documents lorsque j'allais revenir à Ancreton pour la célébration annuelle. Le premier a été contresigné avant le dîner et lu par Sir Henry *au cours* du dîner, en qualité de son dernier testament. Il a été détruit plus tard dans la soirée. Le second est le document en fonction duquel nous sommes désormais habilités à agir. Il a été signé en présence de témoins dans la chambre de Sir Henry Ancred le soir même, à minuit vingt... en dépit, ajouterai-je, de mes adjurations les plus pressantes.

— Deux testaments, fit Alleyn, en attendant la décision finale.

— Absolument. Il considérait que sa santé était précaire. Sans formuler d'accusations précises, il a laissé entendre que certains membres de sa famille œuvraient séparément ou de concert contre lui. Eu égard à votre compte rendu parfaitement clair...

A nouveau, M. Rattisbon inclina la tête d'un petit mouvement sec.

— ... je présume qu'il faisait allusion à cette série de farces. Mme Alleyn a certainement décrit en détail l'étrange incident du portrait. Une ressemblance admirable, si je puis me permettre. Elle a dû raconter comment Sir Henry avait laissé le théâtre en colère.

— Oui.

— Sur ce, le majordome est venu vers moi pour me prier d'aller rejoindre Sir Henry dans sa chambre. Je l'ai trouvé encore grandement perturbé. En ma présence, et avec une violence considérable, il a déchiré le plus raisonnable, selon moi, des deux testaments et l'a jeté au feu. Un couple, les dénom més Candy, a été convoqué pour contresigner le second document. Après quoi, Sir Henry m'a annoncé qu'il se proposait d'épouser Miss Clark dans une semaine et qu'il aurait besoin de mes services pour établir le contrat de mariage. J'ai réussi à le persuader de remettre cette question au lendemain et je l'ai laissé, toujours aussi agité et enflammé. Voilà, en vérité, tout ce que je puis vous dire.

— C'est extrêmement précieux, répondit Alleyn. Un dernier point, si cela ne vous ennuie pas. Les deux brouillons de Sir Henry ne sont pas datés. Il ne vous a pas dit par hasard quand il les avait rédigés ?

— Non. Son comportement à ce propos a été très curieux. Il a déclaré qu'il ne connaîtrait pas un instant de paix tant que les deux testaments ne seraient pas libellés dans mon bureau. Mais je ne puis vous répondre. A part le fait qu'ils ont été composés avant le mardi 20, je ne vous serai là d'aucune utilité.

— Je vous serais obligé de les mettre de côté et de ne pas y toucher.

— Mais bien sûr, répondit M. Rattisbon, troublé. Très certainement.

Alleyn mit les papiers entre deux feuilles vierges et les replaça dans leur tiroir.

Ensuite, il se leva, et aussitôt, M. Rattisbon parut s'animer considérablement. Il escorta Alleyn jusqu'à la porte, lui serra la main et débita un chapelet de phrases d'adieu.

— Absolument. Absolument. Très inquiétant. Nullement fondé, sans doute, mais tout de même inquiétant. Toujours compté sur votre discrétion. Extraordinaire. Sur bien des points, je le crains, une famille imprévisible. Naturellement, s'il y a besoin d'un conseil... Eh bien, au revoir. Merci. Toutes mes amitiés à Mme Alleyn. Merci.

Mais à l'instant où Alleyn allait sortir, M. Rattisbon posa une patte crochue sur son bras.

— Je me souviendrai toujours de lui, tel que je l'ai vu ce soir-là, dit-il. Il m'a appelé quand j'allais ouvrir la porte, et je me suis retourné. Il était assis très droit sur son lit, sa robe de chambre étalée autour de lui. C'était un très beau vieillard. J'ai été singulièrement frappé par son apparence. Il a fait aussi une remarque inexplicable, je me souviens. « Je pense qu'on va bien me soigner désormais, Rattisbon, a-t-il dit. Certains sont moins opposés à mon mariage que vous ne le croyez. Bonne nuit. » Voilà, c'est tout. Bien entendu, je ne l'ai plus jamais revu.

IV

L'honorable Mme Claude Ancred avait une petite maison à Chelsea. C'était une demeure qui offrait un contraste saisissant avec Ancreton. Là, tout n'était que clarté et simplicité. Alleyn fut introduit dans un salon blanc au décor moderne, avec, au fond, une grande baie vitrée qui donnait sur le fleuve. Les rideaux étaient d'un jaune pâle saupoudrée d'étoiles argentées, et cette couleur, mêlée à la note cerise clair, se retrouvait dans toute la pièce. Il y avait trois tableaux : un Matisse, un Christopher Wood, et, au grand plaisir d'Alleyn, un Agatha Troy.

— Décidément, tu ne veux pas me lâcher, hein ? fit-il, adressant un clin d'œil au tableau.

A cet instant, Jenetta Ancred entra au salon.

Elle avait l'air intelligente, pensa Alleyn. Elle le

salua comme s'il était un visiteur ordinaire, et, jetant un coup d'œil sur la peinture, dit :

— Vous voyez, nous avons une connaissance commune.

Puis elle se mit à lui parler de Troy et de leur rencontre à Ancreton.

Son attitude générale, remarqua Alleyn, semblait être teintée d'ironie. Rien, avait-elle l'air de dire, ne devait être souligné ou accentué. Rien ne comptait réellement. Exagérer était une manie stupide et gênante. Cette impression émanait de la vivacité de sa voix, de son intonation égale, et de ses yeux et ses lèvres qui formaient de petites barrières souriantes, démentant sans cesse la sincérité de ses propos. Elle dit des choses intéressantes sur la peinture, mais toujours avec l'air de se moquer légèrement d'elle-même. Alleyn eut le sentiment qu'elle cherchait à éluder l'entretien qu'il lui avait demandé.

— Vous avez deviné, bien sûr, fit-il enfin, pourquoi je vous ai priée de me recevoir.

— Thomas est venu me voir hier soir. Il m'a dit qu'il vous avait vu et que vous étiez allé à Ancreton. C'est un incident fort déplaisant, n'est-ce pas ?

— J'aimerais beaucoup connaître votre opinion là-dessus.

— Mon opinion ? répondit-elle d'un air dégoûté. J'ai bien peur qu'elle ne vous soit d'aucune utilité. Je me place toujours en spectatrice absolue à Ancreton. Et surtout, ne me dites pas qu'une spectatrice voit tout. Dans mon cas, elle voit le moins de choses possible.

— Eh bien, répliqua Alleyn joyeusement, qu'en pense-t-elle ?

Elle ne répondit pas tout de suite, regardant la baie vitrée derrière lui.

— Je pense, murmura-t-elle, que c'est une histoire à dormir debout. Rien de plus.

— Si vous arrivez à nous en persuader au Yard, nous serons vos esclaves pour l'éternité.

— Non, mais sérieusement. Ils sont tellement absurdes, dans ma belle-famille. J'ai beaucoup d'affection pour eux, mais vous ne pouvez pas vous imaginer à quel point ils sont absurdes.

Sa voix mourut. Après quelques instants de réflexion, elle ajouta :

— Mme Alleyn les a vus ; elle a dû vous en parler.

— Un peu.

— A un moment, c'était la cinquième colonne. Pauline a soupçonné un gentil petit docteur autrichien, qui depuis occupe un poste important dans une grande clinique. A l'époque, il aidait avec les enfants. Pauline disait qu'elle avait un pressentiment. Ensuite, cela a été le tour de la pauvre Miss Able, qui soi-disant sabotait son autorité auprès de Panty. Je me demande si le fait d'avoir quitté les planches n'oblige pas Pauline à chercher un exutoire à son penchant pour le drame. Ils sont tous comme ça. Naturellement, ils en ont voulu à Miss Orrincourt ; le ressentiment et la suspicion sont indissociables des Ancred.

— Et vous, que pensez-vous de Miss Orrincourt ?

— Moi ? Elle est très jolie, n'est-ce pas ? Absolument parfaite dans son genre.

— Et sa beauté mise à part ?

— Il ne reste plus grand-chose. Excepté une vulgarité franche et massive.

« Mais est-elle si objective que cela, au fond ? se demanda Alleyn. Sa fille a beaucoup perdu à cause de Miss Orrincourt. Se peut-il qu'elle en soit aussi complètement dégagée ? »

— Vous étiez là, n'est-ce pas, questionna-t-il, quand on a trouvé le livre sur l'embaumement dans le plateau à fromage ?

Elle esquissa une grimace.

— Oh, oui.

— Qui, selon vous, aurait pu le mettre là ?

— Personnellement, j'ai pensé à Cedric. Bien que pour quelle raison... Uniquement parce que je ne crois pas que les autres en soient capables. C'était vraiment atroce.

— Et les lettres anonymes ?

— J'ai l'impression que ce doit être la même personne. Je ne vois pas comment l'un des Ancred... après tout, ils ne sont pas... enfin.

Elle avait tendance à laisser mourir sa voix dans un souffle, comme si elle ne croyait pas à l'intérêt de ses propos. Alleyn sentit qu'elle repoussait l'idée du meurtre des deux mains, non pas parce qu'elle la redoutait, mais parce que celle-ci semblait représenter une déplorable faute de goût.

— Vous estimez donc, reprit-il, que leurs soupçons à l'égard de Miss Orrincourt ne sont pas fondés et que Sir Henry est mort d'une mort naturelle ?

— Tout à fait. Je suis sûre qu'il s'agit d'une simple mise en scène. Bien sûr, eux, ils y croient. Cela leur prend de temps en temps, comme ça, sans raison.

— Cela n'explique pas vraiment la découverte d'une boîte de mort-aux-rats dans les bagages de Miss Orrincourt.

— Alors il doit y avoir une autre explication.

— La seule qui me vient à l'esprit, rétorqua Alleyn, est que cette boîte a été placée là délibérément ; or si l'on accepte cette hypothèse, on en accepte aussi les implications, qui sont beaucoup plus graves. Autrement dit, quelqu'un cherche à faire soupçonner un innocent d'un meurtre. En soi, cela constitue...

— Non, non, s'écria-t-elle. Non, vous ne comprenez pas les Ancred. Ils se laissent aller à leurs propres fantaisies sans songer aux conséquences. Cette malheureuse boîte a dû être mise dans ses bagages par une bonne, ou s'y retrouver par quelque accident. Peut-être se trouvait-elle dans l'appentis depuis des années. Toutes leurs angoisses ne signifient jamais rien. Monsieur Alleyn, puis-je vous implorer de considérer cette affaire comme une absurdité ? Une absurdité stupide et dangereuse, mais, croyez-moi, complètement dépourvue de sens.

Elle s'était penchée en avant, les mains jointes. Son attitude trahissait une véhémence et une intensité qu'il ne lui avait pas vues auparavant.

— Si c'est une absurdité, répondit-il, il s'agit d'une absurdité mal intentionnée.

— Idiote, insista-t-elle, méprisable aussi, sans doute, mais d'une façon plutôt puérile.

— Je serais très heureux si tout cela s'avère exact.

— Oui, mais vous ne pensez pas que ce soit le cas.

— Je suis ouvert à toutes les propositions, remarqua-t-il légèrement.

— Si seulement la mienne pouvait vous convaincre !

— Vous pouvez au moins m'aider à combler certaines lacunes. Pouvez-vous me dire, par exemple, ce qui s'est passé au salon, après que tout le monde a quitté le petit théâtre ?

Au lieu de répondre directement, elle déclara en reprenant ses airs habituels :

— Je suis navrée de m'être montrée aussi insistante. Il est idiot d'essayer d'enfoncer ses propres convictions dans la tête de quelqu'un. L'autre a simplement l'impression qu'on proteste beaucoup trop. Seulement, voyez-vous, je connais bien mes Ancred.

— Et moi, j'apprends à les connaître. A propos de la suite du repas d'anniversaire ?

— Deux de nos invités, le pasteur et le squire du coin, nous ont fait leurs adieux dans le hall. Avec un soulagement extrême, les pauvres chéris. Miss Orrincourt était déjà montée. Mme Alleyn était restée au théâtre avec Paul et Fenella. Tous les autres sont allés au salon, et là, il y a eu la dispute habituelle, qui tournait cette fois autour du portrait si scandaleusement saccagé. Paul et Fenella sont venus nous dire que rien n'avait été abîmé. Naturellement, ils étaient très en colère. Il faut dire que ma fille, qui n'a pas encore dépassé le stade du culte des idoles, voue une immense admiration à votre femme. Ces deux enfants ont entrepris avec beaucoup d'enthousiasme de jouer les détectives. Mme Alleyn vous en a-t-elle parlé ?

Troy avait tout raconté à Alleyn, mais il écouta une nouvelle fois l'histoire du pinceau et des empreintes digitales. Son hôtesse s'attarda considérablement sur ce point, cherchant à le faire rire, et faisant, pensa-t-il, grand cas d'un incident somme toute insignifiant. Mais lorsqu'il l'interrogea sur les détails de la discussion qui avait eu lieu au salon, elle devint évasive. Ils avaient parlé de la fureur de Sir Henry, de ses excès à table. Sir Henry avait envoyé chercher M. Rattisbon.

— C'était une de leurs interminables joutes émotionnelles, dit-elle. Tout le monde, sauf Cedric et Millamant, était terriblement hautain et froissé à cause du testament qu'il nous avait lu au dîner.

— Tout le monde ? Y compris votre fille et M. Paul Kentish ?

Elle répliqua, sur un ton beaucoup trop léger :

— Ma pauvre Fen a eu sa dose du tempérament des Ancred, mais pas à l'excès, Dieu merci. Quant à Paul, il y a échappé, heureusement, car il se trouve être mon futur gendre.

— Diriez-vous que durant cette discussion, l'un d'eux a manifesté une rancœur particulière à l'égard de Miss Orrincourt ?

— Ils étaient tous fous furieux contre elle. A l'exception de Cedric. Mais il leur arrive d'être fous furieux contre quelqu'un une bonne douzaine de fois par mois. Cela ne veut rien dire.

— Madame Ancred, répliqua Alleyn, si on vous

dépossède brusquement d'une coquette somme, votre colère n'est pas totalement dépourvue de fondement. Vous-même, vous avez certainement déploré la situation de votre fille.

— Non, fit-elle rapidement. Dès qu'elle m'a parlé de ses fiançailles avec Paul, j'ai su que son grand-père s'y opposerait. Le mariage entre cousins, c'était pour lui le comble de l'abomination. Je savais qu'il le leur ferait payer. C'était un vieillard rancunier. Et Fen n'avait pas pris la peine de cacher son aversion pour Miss Orrincourt. Elle a dit…

Elle s'arrêta net, et il vit ses mains remuer convulsivement.

— Oui ?

— Elle s'est montrée parfaitement directe. Cette liaison la choquait, voilà tout.

— Que pense-t-elle de toute cette histoire… les lettres et tout le reste ?

— Elle est du même avis que moi.

— Qu'il s'agit du fruit de l'imagination des membres les plus fantasques de la famille ?

— Oui.

— Puis-je la voir, s'il vous plaît ?

Le silence qui tomba entre eux fut momentané, une brève interruption du flot paisible de la conversation, mais Alleyn le trouva extrêmement éloquent. Ce fut comme si son interlocutrice avait eu un mouvement de recul pour esquiver un coup attendu et qu'elle s'apprêtait à le parer. Penchée en avant, elle s'adressa à lui avec un air de grande franchise :

— Monsieur Alleyn, je vais vous demander une faveur. Je vous en prie, laissez Fenella en dehors de tout cela. Elle est très nerveuse et sensible. Réellement sensible. Il ne s'agit pas de la sensibilité loufoque des Ancred. Ces malheureux démêlés avec ses fiançailles, le choc de la mort de son grand-père et puis… cette histoire sordide et lamentable : tout cela l'a profondément secouée. Elle m'a entendue vous parler au téléphone, quand vous m'avez demandé ce rendez-vous ; et même ça, ça l'a affectée. Je les ai expédiés faire un tour, tous les deux. Je vous supplie de faire preuve de compréhension et de ne pas la mêler à cette affaire. Vous voulez bien ?

Il hésita, se demandant comment formuler son refus.

Jenetta Ancred avait-elle des raisons plus sérieuses de s'inquiéter que celles qu'elle lui avait données ?

— Croyez-moi, dit-elle, Fenella ne vous sera d'aucun secours.

Avant qu'il ne pût répondre, Fenella elle-même fit son entrée au salon, suivie de Paul.

— Désolée, maman, déclara-t-elle rapidement, d'une voix haut perchée. Je sais que tu ne voulais pas de moi ici. Mais il y a quelque chose que M. Alleyn doit ignorer, et il faut que je le lui dise.

16.

La toute dernière apparition de Sir Henry Ancred

Lorsque, plus tard, Alleyn décrivit à Troy l'entrée de Fenella, il dit avoir été surtout frappé par la présence d'esprit de Jenetta Ancred. De toute évidence, elle n'avait pas prévu une telle tournure des événements, qui l'avait certainement laissée désemparée. Néanmoins, elle ne se départit pas un instant de son assurance tranquille ni de cette note d'ironie qui sous-tendait ses belles manières.

— Que tout cela est dramatique et alarmant, ma chérie, fit-elle. Monsieur Alleyn, je vous présente ma fille Fenella. Et voici mon neveu, Paul Kentish.

— Désolée de vous interrompre, dit Fenella. Comment allez-vous ? Pourrions-nous vous parler, s'il vous plaît ?

Elle lui tendit la main.

— *Pas* maintenant, répliqua sa mère. M. Alleyn et moi sommes occupés. Je t'en prie, ma chérie.

La poignée de main de Fenella avait été pressante et nerveuse.

— S'il vous plaît, avait-elle murmuré.

— Si nous voyions de quoi il s'agit, madame Ancred ? fit Alleyn.

— C'est important, maman. Je t'assure.

— Paul, dit sa mère, ne pourrais-tu pas t'occuper de ton espèce de feu follet ?

— Moi aussi, je pense que c'est important, Tante Jen.

— Mes chers enfants, je crois sincèrement que vous ne savez pas...

— Mais si, Tante Jen. Nous en avons discuté parfaitement à froid. Effectivement, ce que nous avons à dire risque de provoquer des rumeurs et même un scandale public concernant la famille, ajouta Paul avec un air de satisfaction. Cette perspective ne nous enchante guère, mais à notre avis, agir différemment serait malhonnête.

— Nous nous mettons sous la protection de la justice, déclara Fenella d'une voix forte. Il serait illogique et malhonnête d'essayer de contourner la loi pour sauver la réputation de la famille. Nous savons que nous sommes confrontés à quelque chose d'horrible. Mais nous sommes prêts à en prendre la responsabilité, n'est-ce pas, Paul ?

— Oui, opina Paul. Ce ne sera pas de gaieté de cœur, mais nous le ferons.

— Oh, s'écria Jenetta avec véhémence, pour l'amour du ciel, cessez de jouer les héros ! Ancred, tous deux des Ancred !

— Pas du tout, maman. Tu ne sais même pas de quoi nous allons parler. Ce n'est pas une question de théâtre ; c'est une question de principe ou, si tu préfères, de sacrifice.

— Et vous vous voyez vous-mêmes tout empreints de principes et de sacrifices, commenta Jenetta. Monsieur Alleyn...

Ce fut comme si elle avait ajouté : « Après tout, nous parlons le même langage, vous et moi. Je vous supplie de prendre tout ce que ces enfants stupides vous raconteront avec une bonne dose d'humour. »

— Maman, c'est très important.

— Dans ce cas, fit Alleyn, nous vous écoutons.

Jenetta céda, comme il s'y attendait, légèrement et de bonne grâce.

— Eh bien, puisqu'il faut que nous soyons édifiés... Asseyez-vous, au moins, et laissez le pauvre M. Alleyn s'asseoir également.

Fenella obtempéra, avec un charme qui semblait caractériser toutes les femmes chez les Ancred. Elle était, ainsi que Troy l'avait dit, éblouissante. La réserve de sa mère se mêlait chez elle à la beauté éclatante des Ancred, lui conférant une note de délicatesse. « En tout cas, songea Alleyn, sur les planches, elle ne cèderait en rien aux meilleurs d'entre eux. »

— Paul et moi, commença-t-elle précipitamment, en avons discuté pendant des heures. Depuis le moment où nous avons reçu ces lettres. Au début, nous avons décidé de ne pas nous en préoccuper. Nous nous sommes dit que les gens qui écrivent ce genre de lettres sont franchement au-dessous de tout ; et ça nous a fait un sale effet de penser que quelqu'un à la maison aurait pu le faire. Nous étions persuadés que la lettre n'était qu'un ignoble tissu de mensonges.

— C'est précisément, observa sa mère d'une voix égale, ce que j'étais en train de dire à M. Alleyn. Je crois vraiment, ma chérie...

— Oui, mais ce n'est pas tout, l'interrompit Fenella avec feu. Tu ne peux pas te contenter de hausser les épaules en disant que c'est dégoûtant. Excuse-moi, maman chérie, mais c'est tout à fait typique de ta génération. Le fait de ne pas avoir les idées claires. En un sens, c'est ce genre d'attitude qui aboutit à une guerre. C'est ce que nous pensons, Paul et moi. N'est-ce pas, Paul ?

Le visage rouge et déterminé, Paul répondit :

— Ce que Fen veut dire, je crois, Tante Jenetta, c'est qu'on ne peut pas déclarer : « Tout ça est bien malheureux », et ensuite passer à autre chose. A cause des conséquences. Si Sonia Orrincourt n'a pas empoisonné grand-père, il y a quelqu'un à la maison qui cherche à la faire pendre pour un acte qu'elle n'a pas commis ; ce qui revient à dire qu'il y a dans la maison quelqu'un qui ne vaut guère mieux qu'un assassin.

Il se tourna vers Alleyn.

— Je me trompe, monsieur ?

— Peut-être bien, répliqua Alleyn. On peut lancer une fausse accusation en étant de bonne foi.

— Oui, mais, protesta Fenella, dans ce cas, on n'écrit pas de lettres anonymes. Et de toute façon, bonne foi ou non, nous savons que cette accusation est fausse ; que la réaction la plus réaliste est de le dire et...

Elle trébucha sur les mots, secoua rageusement la tête et acheva avec une maladresse enfantine :

— ... et de faire avouer la personne et de la faire réparer les dommages, quoi.

— Si nous reprenions les affaires dans l'ordre ? suggéra Alleyn. Vous affirmez que les accusations formulées dans la lettre ne sont pas fondées. Comment le savez-vous ?

Fenella jeta un coup d'œil triomphant à Paul et débita avec empressement son histoire.

— C'était le soir où elle et Mme Alleyn étaient allées chercher le médicament des enfants à la pharmacie. Cedric, Paul et Tante Pauline étaient invités à dîner ; moi, comme j'avais attrapé froid, je me suis défilée. Je venais juste d'arranger les fleurs du salon pour Tante Milly et j'étais en train de nettoyer la resserre où l'on range les vases. Pour y aller, il faut descendre les marches au bout du couloir qui mène du hall à la bibliothèque. Grand-père avait commandé des orchidées pour Sonia, et elle est descendue les chercher. Je dois dire qu'elle avait l'air ravissante. Toute pétillante, le visage caché dans ses fourrures. Elle est donc arrivée en demandant de sa voix atroce où était son bouquet, et, voyant que c'était une gerbe d'orchidées absolument divines, elle a déclaré : « Un peu petites, hein ? Pas vraiment des fleurs, on dirait. » Tout ce qu'elle avait fait et dit à Ancreton semblait transparaître sur sa figure, et tout ce que je pensais d'elle m'est soudain monté à la tête. J'avais attrapé froid, et, de toute façon, je me sentais malade comme un chien. Alors j'ai tout simplement explosé. J'ai dit que les intrigants les plus vulgaires ont au moins la décence de se montrer reconnaissants. Que nous ressentions tous sa présence dans la maison comme une insulte ; et que lorsqu'elle aurait embobiné grand-père pour qu'il l'épouse, elle ferait certainement la fête avec ses infâmes petits amis, jusqu'à ce que grand-père ait l'obligeance de mourir et de lui laisser son argent. Je sais, maman, c'était affreux, mais cela est sorti tout seul, et je n'ai pas pu m'arrêter.

— Oh, ma pauvre Fen ! murmura Jenetta Ancred.

— C'est la façon dont elle l'a pris qui importe, poursuivit Fenella, les yeux rivés sur Alleyn. J'avoue qu'elle l'a pris plutôt bien. Elle m'a répondu, très calme, que tout cela était bien joli, mais que je ne savais pas ce que c'était que d'être dans la panade, sans aucune chance de percer dans le métier. Elle a dit qu'elle savait qu'elle n'était bonne à rien, excepté le music-hall, mais que cela n'allait pas durer. Je me souviens de ses paroles exactes, une sorte de jargon théâtral de cinquième ordre. « Je sais ce que vous pensez tous, a-t-elle dit. Vous croyez que je mène Noddy en bateau à cause de ce que je peux en tirer. Vous pensez que quand nous serons mariés, je vais m'offrir du bon temps sous son nez. Tout ça, j'y ai déjà eu droit, figurez-vous, et j'imagine que je saurai juger aussi bien que les autres de ce qui est dû à mon rang. » Puis elle a dit qu'elle s'était toujours vue dans la peau de Cendrillon. Que je n'allais sûrement pas comprendre à quel point c'était excitant pour elle, le fait de devenir Lady Ancred. Là-dessus, elle s'est montrée incroyablement franche et complètement puérile. Elle m'a raconté que le soir, dans son lit, elle s'imaginait comment elle allait laisser ses nom et adresse aux gens dans les magasins, et quel effet cela ferait quand on l'appellerait « milady ». « Oh la la, ça va être super ! ». Elle ne se souvenait presque plus que j'étais là, et le plus drôle, c'est que j'avais cessé de lui en vouloir. Elle m'a posé toutes sortes de questions sur l'étiquette, me demandant si, lors d'un dîner, elle allait entrer avant Lady Baumstein. Benny Baumstein, c'est cet affreux petit homme qui possède les spectacles du Soleil. Elle avait fait partie de l'une de ses troupes. Quand j'ai dit que oui, elle a fait « Youpi ! » comme une fille de ferme. C'était effroyable, bien sûr, mais dans un sens, tellement vrai que je l'ai respecté. Elle a déclaré aussi que, évidemment, son « ac-cent » n'était pas si terrible que ça, mais qu'elle allait demander à « Noddy » de lui apprendre à parler plus raffiné.

Le regard de Fenella alla de sa mère à Paul, et elle secoua la tête d'un air impuissant.

— Rien à faire, dit-elle. J'ai tout simplement succombé. C'était atroce et drôle en même temps, et surtout, c'était quelque part réellement pathétique.

A nouveau, elle se tourna vers Alleyn :

— Je ne sais pas si vous allez le croire.

— Sans aucune difficulté, répliqua-t-il. Quand je l'ai vue, elle était furieuse et sur la défensive, mais j'ai quand même perçu quelque chose du même genre. Rudesse, naïveté et candeur, tout à la fois. Toujours extrêmement désarmant. Cela se rencontre occasionnellement chez les pickpockets.

— Curieusement, reprit Fenella, j'ai senti qu'elle était honnête et qu'elle avait des principes. Malgré toute la répulsion que l'idée de son mariage avec grand-père pouvait m'inspirer, j'étais sûre qu'elle ne tricherait pas. Qui plus est, j'ai eu l'impression que le titre lui importait bien plus que l'argent. Elle était pleine d'affection et de reconnaissance parce qu'il allait lui offrir son titre, et jamais il ne lui serait venu à l'idée de l'en empêcher. Pendant que je la regardais, bouche bée, elle m'a pris le bras, et, croyez-le ou non, nous sommes remontées ensemble, comme deux collégiennes. Elle m'a invitée dans son affreuse suite, et je suis restée assise sur le lit, tandis qu'elle s'arrosait de parfum d'avant-guerre, qu'elle se repeignait la figure et qu'elle s'habillait pour le dîner. Ensuite, c'est elle qui est venue dans ma chambre et m'a tenu compagnie pendant que je me changeais. Pas un instant, elle n'a cessé de parler, et moi, j'ai tout enduré comme en transe. C'était vraiment très bizarre. Nous sommes redescendues, toujours ensemble, et là, nous sommes tombées sur Tante Milly, qui avait mis la maison sens dessus dessous en cherchant le médicament des enfants et celui de grand-père. Evidemment, nous les avons laissés dans la resserre. Et, le plus curieux, conclut Fenella lentement, c'est que malgré ma piètre opinion de ses relations avec grand-père, j'ai constaté que je ne pouvais *plus* détester Sonia. Je jure, monsieur Alleyn, qu'elle ne lui a jamais fait de mal. Me croyez-vous ? Pensez-vous, comme Paul et moi, que c'est réellement important ?

Alleyn, qui regardait les mains de Jenetta Ancred se détendre et la couleur revenir à son visage, secoua sa torpeur pour répondre :

— Cela pourrait avoir une importance énorme. A mon avis, il se peut que vous ayez démêlé un écheveau particulièrement embrouillé.

— Un écheveau embrouillé, répéta-t-elle. Vous croyez que... ?

— Aviez-vous autre chose à me dire ?

— La suite, c'est à Paul de la raconter. Vas-y, Paul.

— Chérie, dit Jenetta Ancred.

Ces deux syllabes, proférées de sa voix basse, sonnèrent dans sa bouche comme un nouvel avertissement.

— Tu ne penses pas que tu nous as déjà tout expliqué ? Faut-il vraiment... ?

— Oui, maman, il le faut. A toi, Paul.

— Je crains, monsieur, commença Paul avec raideur et d'un air d'excuse, que tout ceci ne vous paraisse extrêmement évident, et peut-être un peu prétentieux ; mais Fen et moi avons examiné la question sous tous les angles et nous avons abouti à une conclusion bien précise. Il a été clair depuis le début que les lettres visaient Sonia Orrincourt. Elle était la seule à ne pas en avoir reçu, et la seule à avoir bénéficié vraiment de la mort de grand-père. Mais ces lettres ont été écrites avant qu'on ne trouve de la mort-aux-rats dans ses affaires, et, en fait, avant qu'il n'y ait l'ombre d'une preuve contre elle. Par conséquent, si elle est innocente, et en cela mon opinion rejoint celle de Fenella, il n'existe que deux explications. Ou bien l'auteur de la lettre savait quelque chose qui avait réellement éveillé sa méfiance et que nous tous ignorions ; ou bien cette lettre a été écrite par pure malveillance et, n'ayons pas peur des mots, dans l'intention de la faire pendre. Si c'est le cas, la boîte de mort-aux-rats a dû être délibérément placée dans sa valise. Et nous avons l'impression, Fen et moi, que c'est la même personne qui a mis le livre sur l'embaumement sur le plateau à fromage, de peur que personne ne s'en souvienne. C'est pourquoi elle a organisé toute cette mise en scène.

Il s'interrompit et regarda nerveusement Alleyn, qui remarqua :

— Voilà un raisonnement qui me paraît parfaitement sensé.

— Dans ce cas, monsieur, reprit Paul rapidement, vous conviendrez avec moi que le point suivant a son importance. C'est toujours à propos de cette histoire abracadabrante du livre sur le plateau à fromage, qui, je dois dire, jette une lumière assez trouble sur mon cousin Cedric. En fait, si nous avons raison, il nous faudra affronter la responsabilité d'accuser pratiquement Cedric d'une tentative de meurtre.

— *Paul !*

— Je regrette, Tante Jen, mais nous ne cèderons pas.

— Si vous avez raison, et je suis sûre que non, avez-vous songé aux conséquences ? La presse. La mesquinerie. Avez-vous pensé à la pauvre Milly, qui adore ce petit misérable ?

— Nous regrettons, répéta Paul avec obstination.

— Vous êtes inhumains, s'écria sa tante en levant les bras.

— Enfin, dit Alleyn, conciliant, revenons à ce fameux déjeuner, pendant que nous y sommes. Que faisiez-vous tous, avant que le livre sur l'embaumement n'ait fait son apparition ?

Cette question parut les déconcerter.

— Mais nous restions assis, tout simplement, répliqua Fenella avec impatience. En attendant que quelqu'un se lève. C'est Tante Milly qui joue les hôtesses à Ancreton, mais Tante Pauline (la mère de Paul) considère que c'est son rôle, quand elle se trouve sur place. Elle — cela ne t'ennuie pas que j'en parle, Paul chéri ? — elle rechigne un peu et attend toujours ostensiblement que Tante Milly donne le signal imperceptible autorisant tout le monde à quitter la table. Moi, j'ai eu l'impression que Tante Milly nous gardait assis par pur sadisme. Quoi qu'il en soit, nous étions tous là, prostrés.

— Sonia, ajouta Paul, s'agitait en poussant comme des gémissements.

— Tante Dessy a dit que ce serait bien si nous

n'avions pas d'assiettes ressemblant à la mare aux canards après la crue. Ce qui a dû terriblement exaspérer Tante Milly. Elle a répondu avec un petit rire que Dessy n'était pas obligée de rester à Ancreton.

— Et Dessy, continua Paul, a rétorqué que, à sa connaissance, Milly et Pauline avaient caché dans un coin plusieurs boîtes de blanchaille.

— Tout le monde s'est mis à parler en même temps. Sonia a dit : « Je m'excuse, mais à quoi est-ce qu'on joue ? ». Cedric s'est levé en gloussant et s'est approché du buffet.

— Et voici le second point, monsieur, s'interposa Paul avec détermination. C'est mon cousin Cedric qui a découvert le fromage. Il est allé vers le buffet et en est revenu avec le livre, qu'il a laissé tomber par-dessus l'épaule de ma mère dans son assiette. Ce qui lui a causé un choc, comme vous pouvez vous imaginer.

— Elle a poussé un hurlement et s'est évanouie, dit Fenella.

— Maman, fit Paul d'un air abattu, a été assez secouée par l'enterrement et tout le reste. Elle s'est réellement évanouie, Tante Jen.

— Je n'en doute pas un instant, mon garçon.

— Elle a eu peur.

— C'est normal, murmura Alleyn. Les livres sur l'embaumement ne tombent pas tous les jours des plateaux à fromage.

— Nous étions tous, poursuivit Paul, absolument *excédés* par Cedric. Personne n'a prêté attention au livre lui-même. Nous avons simplement laissé entendre que ce n'était pas follement amusant d'effrayer les gens et que, de toute façon, il était infect.

— Moi, j'étais en train d'observer Cedric, déclara Fenella. Son attitude était curieuse. Pas un instant, il n'a quitté Sonia des yeux. Puis, au moment où nous escortions tous Tante Pauline hors de la pièce, il a poussé un petit cri en disant qu'il venait de se souvenir de quelque chose qu'il y avait dans ce livre. Il s'est précipité vers la porte et s'est mis à lire le passage sur l'arsenic.

— Après quoi, quelqu'un s'est rappelé avoir vu Sonia regarder ce livre.

— Moi, je jure, le coupa Fenella, qu'elle ne savait pas à quoi il voulait en venir. A mon avis, elle ne comprenait rien à ce qui se passait. Tante Dessy a fait son numéro en se lamentant : « Non, non, assez ! C'est insoutenable ! ». Et Cedric, qui roucoulait : « Mais Dessy, trésor, qu'est-ce que j'ai dit ? Pourquoi la chère Sonia ne se renseignerait-elle pas sur l'embaumement de son fiancé ? ». Là-dessus, Sonia a fondu en larmes et, disant que nous complotions tous contre elle, elle s'est ruée dehors.

— Le hic, monsieur, c'est que si Cedric ne s'était pas conduit ainsi, personne n'aurait eu l'idée de rapprocher le contenu du livre avec celui de la lettre. Comprenez-vous ?

— C'est juste, acquiesça Alleyn.

— Et ce n'est pas tout, ajouta Paul, une note de satisfaction perçant à nouveau dans sa voix. *Pourquoi* Cedric a-t-il mis le nez dans le plateau de fromage ?

— Parce qu'il voulait du fromage, sans doute ?

— Non ! s'écria Paul, triomphant. C'est là que nous le tenons, monsieur. Il ne touche jamais au fromage. Il a horreur de ça.

— Alors voilà, dit Fenella.

II

Lorsque Alleyn finit par prendre congé, Paul le reconduisit dans le hall et, après une minute d'hésitation, lui demanda s'il pouvait le raccompagner une partie du chemin. Ils sortirent donc ensemble, baissant la tête pour résister aux rafales de vent dans Cheyne Walk. Des nuages déchirés couraient dans le ciel, et le bruit du trafic fluvial parvenait de temps à autre à leurs oreilles glacées. Pendant quelques instants, Paul boitilla allègrement en silence, s'aidant de sa canne.

— C'est certainement vrai qu'on ne peut pas échapper à son hérédité, dit-il enfin.

Et, comme Alleyn tournait la tête pour le regarder, il poursuivit lentement :

— J'avais l'intention de vous raconter mon histoire d'une manière entièrement différente. Sans aucun décorum. C'était aussi le souhait de Fen. Mais quelque chose nous est arrivé en cours de route. Peut-être était-ce l'opposition de Tante Jen. Ou peut-être que dans une situation de crise, nous sommes incapables d'échapper au sens du public. Je me suis surpris en train de faire la même chose là-bas.

Il pointa vaguement le menton vers l'est.

— Le jeune officier sémillant remontant le moral de ses soldats. Cela a bien marché sur le coup, mais le rouge me monte au front, quand j'y repense maintenant. A ça, et à la façon dont nous avons cherché à produire notre petit effet chez Tante Jen.

— Vous avez exposé très clairement votre position, fit Alleyn.

— Un peu trop clairement, répliqua Paul, lugubre. C'est pourquoi j'ai voulu essayer de redire sans fioritures que nous pensons sérieusement que cette histoire de poison a été montée de toutes pièces par Cedric afin de faire modifier le testament. Et nous estimons que ce serait lamentable de le laisser s'en tirer à bon compte. Quoi qu'il arrive.

Comme Alleyn ne répondait pas, Paul ajouta nerveusement :

— Je n'ai sans doute pas le droit de vous demander si vous nous donnez raison.

— Du point de vue éthique, répliqua Alleyn, non. Mais je ne pense pas que vous vous êtes rendu compte des conséquences. Contrairement à votre tante.

— Je sais, Tante Jen est extrêmement pudique. Elle considère qu'il faut laver le linge sale en famille.

— Et elle n'a pas tort, observa Alleyn.

— Eh bien, nous serons tous obligés de nous faire une raison. Mais ce que je voulais savoir, c'est si nous nous sommes trompés dans nos déductions.

— Je devrais vous donner une réponse formelle et équivoque, dit Alleyn, mais je ne le ferai pas. Je puis me tromper, mais compte tenu des preuves dont nous disposons à ce jour, vos déductions me paraissent ingénieuses et presque complètement fausses.

Une brusque rafale de vent emporta ses paroles.

— Comment ? fit Paul d'une voix lointaine et inexpressive. Je n'ai pas bien entendu...

— Fausses, répéta Alleyn avec force. Pour autant que je sache, elles sont entièrement fausses.

Paul s'arrêta net et, courbant la tête contre le vent, dévisagea Alleyn non avec stupeur, mais avec une expression de doute, comme s'il pensait toujours avoir mal compris.

— Mais je ne vois pas... nous pensions... tout concorde...

— En tant que groupe de faits isolés, peut-être.

Ils reprirent leur marche, et Alleyn l'entendit maugréer :

— Je voudrais bien que vous m'expliquiez.

Après une nouvelle pause, il scruta le visage de son compagnon d'un air anxieux.

— Mais cela ne se fait pas, j'imagine, ajouta-t-il.

Alleyn réfléchit deux secondes, et, prenant Paul par le coude, l'escorta à l'abri d'une ruelle latérale.

— Nous ne pouvons pas continuer à converser en hurlant dans la bourrasque, fit-il. Mais je ne vois aucun inconvénient dans le fait de vous fournir quelques explications. Il est possible que, si on n'avait pas soulevé tout ce tollé après la mort de votre grand-père, Miss Orrincourt soit quand même devenue Lady Ancred.

Paul le regarda, bouche bée.

— Je ne comprends pas.

— Vraiment ?

— Seigneur Dieu, rugit Paul tout à coup, vous ne voulez pas parler de Cedric ?

— Mon information, répondit Alleyn, sarcastique, vient de Sir Cedric lui-même. D'après lui, il a sérieusement envisagé de l'épouser.

Après un long silence, Paul reprit lentement :

— Bien sûr, ils s'entendent comme larrons en foire. Mais je ne me suis jamais douté... Non, ce serait vraiment trop... Désolé, monsieur, mais êtes-vous certain... ?

— A moins qu'il n'ait tout inventé.

— Pour brouiller les pistes, fit Paul instantanément.

— Ce serait fort compliqué, et elle aurait pu le nier. Or, son attitude à elle a suggéré une sorte de connivence entre eux deux.

Paul porta ses mains jointes à sa bouche et souffla pensivement sur elles.

— Imaginez, dit-il, qu'il la soupçonnait et qu'il voulait vérifier le bien-fondé de ses soupçons ?

— Ce serait une tout autre histoire.

— Est-ce là votre hypothèse, monsieur ?

— Hypothèse ? répéta Alleyn distraitement. Je n'ai pas d'hypothèse. Pas eu le temps de me remettre les idées au clair. Il ne faut pas que je vous retienne ici, dans le froid.

Il tendit la main. Celle de Paul était glacée.

— Au revoir, fit Alleyn.

— Une seconde, monsieur. Pouvez-vous me dire une chose ? Je vous promets que cela restera entre nous. Mon grand-père a-t-il été assassiné ?

— Oui, répondit Alleyn. Oui. Malheureusement, nous n'avons plus aucun doute là-dessus. Il a été assassiné.

Et il s'éloigna sous le regard de Paul, qui soufflait toujours sur ses jointures gelées.

III

Les murs de toile étaient faiblement éclairés. Ils étaient fixés aux poteaux avec des cordes et luisaient dans l'obscurité. Les taches de lumière provenant des lampes tempête suspendues à l'intérieur formaient des cercles sur leur surface. L'une de ces lampes devait frôler le mur, car l'agent du village posté dehors apercevait clairement les contours des fils et la source même de la lumière.

Il jeta un coup d'œil gêné sur la silhouette immobile de son compagnon, un policier londonien vêtu d'une courte pèlerine.

— Il fait un froid de canard, dit-il.

— C'est vrai.

— Y'en a pour longtemps, d'après vous ?

— Aucune idée.

Notre agent aurait aimé faire un brin de causette. C'était un moraliste et un philosophe, bien connu à Ancreton pour ses jugements sur la conduite des hommes politiques et pour ses opinions indépendantes en matière de religion. Mais le caractère taciturne de son compagnon, et la certitude inconfortable que tout ce qu'il pouvait dire serait entendu de l'autre côté de la toile, le privèrent de toute velléité de conversation. Il tapa des pieds, trouvant un certain réconfort dans le crissement du gravier sous ses bottes. Des bruits leur parvenaient de l'enclos : des voix, des chocs feutrés. Loin au-dessus de leurs têtes, comme suspendus dans la nuit, et illuminés de façon théâtrale par en dessous, trois anges se tenaient à genoux.

— Durant les longues veilles nocturnes, dit l'agent à lui-même, puissent tes anges étendre leurs ailes blanches au-dessus de ma tête.

Tout près de lui, dans l'enclos, la voix de l'inspecteur principal du Yard demanda :

— Prêt, Curtis ?

Son ombre géante se profila soudain sur le mur de toile.

— Prêt, répondit quelqu'un.

— Dans ce cas, puis-je avoir la clé, monsieur Ancred ?

— Oh... oh... euh... oui.

C'était le pauvre M. Thomas Ancred.

L'agent écouta, tout en désirant ne pas écouter, la série de bruits révélateurs qui suivirent. Il les avait déjà entendus le jour de l'enterrement, lorsqu'il était passé de bonne heure pour voir son cousin, le sacristain, mettre la dernière main aux préparatifs. La serrure était très dure. Ils avaient dû l'huiler. Il faut dire qu'elle n'était pas souvent utilisée. Il tressaillit tandis qu'un grincement déchirait l'air froid. « Ces fichus gonds », pensa-t-il. Les taches de lumière s'éloignèrent, ainsi que les voix. Il les entendait toujours, mais à présent, elles sonnaient creux. De l'autre côté de la haie, l'éclair d'une allumette troua l'obscurité. Ce devait être le chauffeur de la longue voiture noire, qui attendait dans l'allée. L'agent du village aurait lui-même volontiers allumé sa pipe.

La voix de l'inspecteur principal, réfléchie par les murs de pierre, lui parvint distinctement :

— Allumez les lampes à acétylène, Bailey.

— Oui, monsieur, fit quelqu'un, si près de l'agent qu'il sursauta à nouveau.

Il y eut un bruit sifflant, et une nouvelle clarté

inonda l'enclos. D'étranges ombres difformes se mirent à danser parmi les arbres du cimetière.

Puis il y eut les bruits qu'il avait attendus avec une délectation quelque peu nauséeuse. Le frottement du bois sur la pierre, suivi du piétinement désordonné de bottes et d'une respiration haletante. Il se racla la gorge et contempla son compagnon à la dérobée.

L'enclos s'emplit à nouveau d'hommes invisibles.

— Directement sur les tréteaux. Là.

Le bois craqua, puis ce fut le silence.

L'agent enfonça les mains dans ses poches et regarda les trois anges, ainsi que la flèche de St Stephen qui montait vers les étoiles. « D'ici peu, on va se taper la cloche, pensa-t-il. Tiens, c'est drôle, les choses qu'on peut dire sans réfléchir. » Une chouette hulula dans les bois d'Ancreton.

De l'autre côté du mur de toile, il y eut du mouvement. Une voix saccadée fit légèrement :

— Si cela ne vous ennuie pas, je préfère attendre dehors. Je ne partirai pas. Vous pouvez m'appeler quand vous voudrez.

— Oui, bien sûr.

Un rabat de toile se souleva, projetant un triangle de lumière sur l'herbe. Un homme sortit. Il portait un lourd pardessus, un cache-nez et un chapeau tiré sur les yeux ; mais l'agent du village avait reconnu sa voix et il se dandina gauchement d'un pied sur l'autre.

— Ah, c'est vous, Bream, fit Thomas Ancred.

— Oui, monsieur Thomas.

— Il fait froid, n'est-ce pas ?

— Tout va geler avant l'aube, monsieur.

Au-dessus d'eux, l'horloge de l'église émit un grésillement préliminaire et sonna mélodieusement deux heures du matin.

— Tout cela ne me plaît pas beaucoup, Bream.

— Ce doit être pénible, pour sûr, monsieur.

— Très pénible.

— Et pourtant, monsieur, ajouta Bream d'un air didactique, j'étais en train de me dire : cette pauvre dépouille, là, c'était quelque chose d'impressionnant, quand on y pense. C'était votre très estimé père en personne, comme qui dirait. Mais maintenant, il est bien loin, en train de recevoir sa récompense ; et ce que vous allez voir, c'est une chose assez banale, en somme. Rien de plus, sauf votre respect, qu'un vêtement usagé. Ainsi qu'on nous l'a prêché, à nous autres, dans cette même église.

— Peut-être, répondit Thomas. Mais quand même... En tout cas, je vous remercie.

Il s'éloigna dans l'allée de gravier. Le policier londonien se retourna pour le surveiller. Thomas n'avait pas entièrement quitté le champ de lumière voilée. Il s'arrêta, tête baissée, près de la vague forme d'une pierre tombale, et parut se frotter les mains l'une contre l'autre.

— Gelé et nerveux, le pauvre bougre, dit Bream à lui-même.

— Avant d'aller plus loin (c'était à nouveau l'inspecteur principal Alleyn), voulez-vous effectuer un examen formel, monsieur Mortimer ? Nous aimerions que vous identifiiez la plaque et que vous constatiez que tout est exactement dans le même état que le jour des funérailles.

Il y eut un raclement de gorge, une pause, puis une voix étouffée :

— Tout est parfaitement en ordre. Notre marque de fabrique, monsieur Alleyn. Le cercueil et la plaque.

— Merci. Allez-y, Thompson.

Un cliquetis de métal fut suivi du léger grincement de vis qu'on défait. Bream eut l'impression que cela durait une éternité. Personne ne parlait. De petits jets de vapeur s'échappaient de sa bouche et de ses narines, tout comme celles du policier londonien, se condensant dans l'air glacial. Le Londonien alluma sa torche. Son faisceau éclaira Thomas Ancred, qui releva la tête en clignant des yeux.

— J'attends, dit-il. Je ne m'en irai pas.

— Très bien, monsieur.

— Bien, ordonna la voix dans l'enclos, tout est desserré ? Allons-y !

— Relâchez un peu, c'est un rajustement de précision. Là. Maintenant, faites coulisser.

— *Nom d'un chien !* fit Bream dans sa barbe.

Il y eut un frottement de bois sur du bois. Puis un silence de mort. Thomas Ancred quitta l'herbe et se mit à arpenter l'allée de gravier.

— Curtis ? Voulez-vous, vous et le Dr Withers... ?

— Oui. Merci. Déplacez cette lumière par là, Thompson. Approchez-vous, docteur Withers.

— Le... euh... le processus est bien enclenché, n'est-ce pas docteur ? C'est un peu tôt, bien sûr, mais je puis vous assurer qu'il n'y aura pas de détérioration.

— Vraiment ? C'est remarquable.

— On est content du travail.

— Je pense que nous allons ôter ce bandage, si cela ne vous dérange pas. Fox, voulez-vous dire à M. Ancred que nous l'attendons ?

Bream vit le massif inspecteur Fox émerger de l'enclos et se diriger vers Thomas. Mais à peine eut-il fait quelques pas qu'une exclamation soudaine et violente résonna derrière lui.

— *Bon sang, regardez-moi ça !*

L'inspecteur Fox fit une halte. La voix de l'inspecteur principal cingla, incisive :

— Calmez-vous, docteur Withers.

Ensuite, il y eut un rapide échange chuchoté.

L'inspecteur Fox s'approcha de Thomas.

— Si vous voulez bien me suivre, monsieur Ancred.

— Oh ! Oui, bien sûr. Absolument. Tout de suite ! répondit Thomas d'une voix aiguë en lui emboîtant le pas.

« Si je me déplace un peu, pensa Bream, quand ils rouvriront les rabats, je pourrai voir l'intérieur. » Mais il ne bougea pas. Le policier de Londres garda le passage ouvert, jetant un coup d'œil impassible à l'intérieur de la tente avant de laisser retomber la toile. Les voix retentirent à nouveau.

— Ce ne sera pas une si grande épreuve, monsieur Ancred.

— Ah bon ? Très bien.

— Voulez-vous... ?

Bream entendit Thomas s'avancer.

— Là, vous voyez. C'est tout à fait bénin.

— Je... oui... je l'identifie.

— Tout va bien, alors. Je vous remercie.

— Non !

La voix de Thomas monta, hystérique.

— Tout ne va pas bien. Il y a quelque chose qui ne va pas du tout, en fait. Papa avait une superbe chevelure. N'est-ce pas, docteur Withers ? Il en était très fier. Et sa moustache. Ça, c'est chauve. *Qu'ont-ils fait de ses cheveux ?*

— Doucement ! Baissez la tête. Ça va aller mieux. Donnez-moi du cognac, Fox, voulez-vous ? Zut, il s'est évanoui.

IV

— Eh bien, Curtis, dit Alleyn tandis que l'auto filait entre les rangées de maisons endormies, j'espère que vous pourrez nous fournir quelque chose de bien précis.

— Je l'espère aussi, répondit le Dr Curtis, réprimant un énorme bâillement.

— Je voudrais vous demander, docteur, intervint Fox, si, d'après vous, une dose fatale d'arsenic pourrait avoir cet effet.

— Quel effet ? Ah, les cheveux. Non, je ne le pense pas. Ce serait plutôt un symptôme d'empoisonnement chronique.

— Et nous revoilà dans les choux, grommela Fox. Ça va être charmant. Des tas de suspects sur la liste, avec Miss O. dans le rôle éventuel de la victime d'un coup monté.

— Tout ne va pas dans le sens de l'empoisonnement chronique, compère Fox, fit remarquer Alleyn. Il aurait pu mourir après avoir rédigé un testament défavorable au meurtrier. Qui plus est, on se serait attendu à une chute de cheveux progressive, pas à une alopécie posthume. Est-ce exact, Curtis ?

— Absolument.

— Alors, insista Fox pesamment, il nous reste le procédé d'embaumement. Serait-ce ça, la raison ?

— Certainement pas, s'interposa M. Mortimer. J'ai communiqué notre formule à M. l'inspecteur principal. Une démarche inhabituelle, mais qui s'impose en l'occurrence. Il vous a sûrement mis au courant, docteur...

— Oh, oui, soupira le Dr Curtis. Formol. Glycérine. Acide borique. Menthol. Nitrate de potassium. Citrate de sodium. Essence de girofle. Eau.

— Exactement.

— Tiens ! fit Fox. Pas d'arsenic ?

— Vous êtes en retard d'un train, compère Fox. Il y a eu du nouveau, pendant que vous étiez à Ancreton. L'arsenic n'est plus utilisé depuis belle lurette, n'est-ce pas, monsieur Mortimer ?

— Le formol, acquiesça M. Mortimer avec hauteur, possède des qualités infiniment supérieures.

— Là, gronda Fox avec une satisfaction extrême,

voilà qui remet les choses à leur place, n'est-ce pas, monsieur Alleyn ? Si jamais on découvre de l'arsenic, on sait qu'il n'a rien à faire là. Ça, c'est positif. De plus, l'individu qui a tablé sur son utilisation par les embaumeurs, a commis l'erreur de sa vie. La défense n'aura pas de quoi monter la tête aux jurés. Le témoignage de M. Mortimer réglera la question une fois pour toutes. Très bien.

— Monsieur Mortimer, demanda Alleyn, Sir Henry avait-il la moindre idée de la méthode employée ?

D'une voix si ensommeillée qu'elle fit penser Alleyn à celle du Loir, M. Mortimer répliqua :

— C'est curieux que vous me posiez cette question, monsieur l'inspecteur principal. Très curieux. Car, entre nous, le gentleman défunt a manifesté un intérêt tout à fait inhabituel. Il m'a convoqué pour discuter avec moi des modalités d'inhumation. C'était il y a deux ans.

— Juste ciel !

— En soi, ce n'est pas très surprenant. Les gentlemen de son rang donnent parfois des instructions détaillées. Mais le défunt était assez spécial. Il... vraiment, fit M. Mortimer en toussotant, il m'a lu tout un petit discours sur l'art d'embaumer. Il avait un livre. Oui, dit M. Mortimer, ravalant un bâillement, un drôle de petit livre. Très vieux. Visiblement, l'un de ses ancêtres a été embaumé d'après cette méthode, complètement démodée, si je puis dire. Sir Henry voulait s'assurer que nous utilisions une méthode similaire. Quand je me suis permis de suggérer que le livre était quelque peu passé de mode, il est... enfin, il a été si contrarié, que c'en était devenu gênant. Très gênant, en vérité. Il a insisté pour que nous employions le même procédé pour... euh... pour lui. Il me l'a ordonné même.

— Mais vous n'y avez pas consenti ?

— Je dois avouer, monsieur l'inspecteur principal, que je... je... la situation était fort embarrassante. J'avais peur que cela ne l'affecte réellement. J'avoue que j'ai opté pour un compromis. Il se trouve que je...

— Vous avez consenti ?

— J'aurais volontiers refusé cette commande, mais il n'aurait pas accepté un refus. Il m'a forcé à emporter son livre. Je l'ai retourné avec mes respects, mais sans commentaire, sous pli recommandé. Il a répondu que le moment venu, je devais suivre ses instructions. Le... euh... le moment est venu et... et...

— Vous avez appliqué votre propre méthode, sans rien dire à personne ?

— C'était la seule solution. Rien d'autre n'aurait été possible du point de vue technique. C'était complètement ridicule. Des ingrédients invraisemblables, vous ne pouvez pas vous imaginer !

— Eh bien, fit Fox, du moment que vous pouvez garantir qu'il n'y avait pas d'arsenic. Hein, monsieur Alleyn ?

— Je dois dire, déclara M. Mortimer, que je ne tiens pas du tout à témoigner dans ce genre d'affaire. Notre profession est une profession délicate, exclusive même, monsieur l'inspecteur principal. Une telle publicité serait fort malvenue.

— On ne fera pas forcément appel à vous, répliqua Alleyn.

— Non ? Mais d'après ce que disait l'inspecteur Fox...

— On ne sait jamais. Courage, monsieur Mortimer.

M. Mortimer bougonna quelque chose dans sa barbe et s'assoupit.

— Et le chat ? s'enquit Fox. Et la bouteille de médicament ?

— Nous n'avons pas encore reçu les résultats.

— Nous étions occupés, se plaignit le Dr Curtis. Vous et vos chats ! Les résultats devraient arriver aujourd'hui. Quelle est cette histoire de chat, du reste ?

— Peu importe, grommela Alleyn. Vous, vous faites vos tests de Marsh-Berzelius sans vous poser de questions. Et le procédé de Fresenius qui ne va pas tarder j'imagine.

Le Dr Curtis qui était en train d'allumer sa pipe, suspendit son geste.

— Le procédé de *Fresenius ?*

— Oui, sans oublier votre chlorure d'ammonium, votre iodure de potassium, votre bec de Bunsen et votre fil de platine. Cherchez une jolie marque verte, que le diable vous emporte.

— C'est donc ça ? dit le Dr Curtis après un long silence, jetant un coup d'œil sur M. Mortimer.

— Peut-être.

— Compte tenu de la situation générale ?

— C'est notre version à nous.

— Etait-il chauve au moment de la mise en bière ? s'enquit Fox tout à coup.

— Non. Mme Henry Ancred et Mme Kentish y ont assisté toutes les deux. Elles l'auraient remarqué. Et puis, ses cheveux étaient là, Fox. Nous les avons ramassés pendant que vous prodiguiez des soins à Thomas.

— Ah !

Fox réfléchit quelque temps, puis appela en haussant la voix :

— Monsieur Mortimer ! Monsieur Mortimer !

— Eh... ?

— Avez-vous fait attention aux cheveux de Sir Henry pendant que vous le prépariez ?

— Hein ? Ah, oui, répondit M. Mortimer avec empressement, mais d'une voix embrumée de sommeil. Oui, absolument. Nous l'avons tous remarquée, une chevelure magnifique.

Il bâilla abominablement.
— Une chevelure magnifique, répéta-t-il.
Alleyn regarda le Dr Curtis.
— Ça colle ? demanda-t-il.
— Avec votre marque verte ? Oui.
— Pardon ? fit M. Mortimer anxieusement.
— Ce n'est rien, monsieur Mortimer. Nous sommes à Londres. Vous serez dans votre lit au lever du jour.

17.

L'introuvable Miss O.

— Notre affaire a pris le chemin traditionnel de la boule de neige, Troy, déclara Alleyn au petit déjeuner.

— Des complications qui se rajoutent au fur et à mesure ?

— Un tas de choses troubles, en l'occurrence. Des choses peu alléchantes, dont la plupart sont bonnes pour le rebut. Veux-tu un compte rendu provisoire ?

— Seulement si le cœur t'en dit. As-tu assez de temps ?

— A vrai dire, non. Mais je peux répondre à une ou deux questions rapides, si tu me les poses vite fait, bien fait.

— Tu les connais sûrement toi-même.

— Ancred a-t-il été assassiné ? Je pense que oui. Est-ce Sonia Orrincourt qui a commis ce meurtre ? Je n'en sais rien. Je le saurai, sans doute, quand nous aurons reçu le rapport de l'analyste.

— S'il trouve de l'arsenic ?

— S'il le trouve à un seul endroit, alors je crains que ce ne soit Sonia Orrincourt. S'il le trouve à trois endroits, c'est Sonia Orrincourt ou une autre personne. S'il n'en trouve pas du tout, alors, à mon avis, c'est l'autre personne. Mais je ne suis pas catégorique.

— Et... cette autre personne ?

— Ce n'est pas plus difficile, je suppose, de s'interroger sur une seule personne, que sur plusieurs.

— J'aimerais autant savoir, si tu peux me le dire.

— Très bien.

Alleyn le lui dit. Après un long silence, elle répondit :

— Cela paraît complètement irréel. J'ai du mal à le croire.

— Tout ce qui se passait à Ancreton, n'était-ce pas un peu irréel ?

— Si, bien sûr. Mais s'imaginer que derrière toutes ces émotions et exhibitions couvait une chose pareille... Je ne peux pas. Et que de toutes ces personnes... ce soit celle-là !

— N'oublie pas que je peux me tromper.

— Il n'est pas vraiment dans tes habitudes de te tromper, je trouve.

— Le Yard, répliqua Alleyn, croule sous mes bévues. Tu n'as qu'à demander à Fox. Troy, est-ce très pénible pour toi ?

— Non, répondit Troy, c'est surtout déroutant. Je n'ai aucune attache à Ancreton ; je ne peux donc pas me sentir personnellement impliquée.

— Tant mieux.

Au Yard, Alleyn retrouva Fox qui l'attendait avec la boîte de mort-aux-rats.

— Je n'ai pas eu l'occasion d'entendre le récit de vos aventures à Ancreton, Foxkin. La présence de M. Mortimer a perturbé notre train-train, hier soir. Comment cela s'est-il passé ?

— Très bien, monsieur. On a eu les empreintes sans problème. Enfin, quand je dis sans problème... il y a eu tout de même des scènes, comme on aurait pu s'y attendre, avec cette famille. Miss O. a fait des histoires, refusant tout net de se laisser approcher, mais j'ai réussi à la calmer. Personne d'autre n'a réellement protesté, bien que, à voir Mme Kentish et Miss Desdemona, on ait pu croire qu'elles montaient à l'échafaud. Bailey est arrivé le matin de bonne heure pour s'occuper des empreintes dont vous avez parlé. Nous avons trouvé une bonne impression dans la peinture sur le mur de la tour de Mme Alleyn. C'était bel et bien Miss O. Ses empreintes sont également dans le livre. Avec beaucoup d'autres, bien sûr. Il y en a partout sur la couverture, vu qu'ils ont tous dû le regarder, après qu'il a été servi sur le plateau à fromage. J'ai aussi examiné les lettres, mais cela n'a rien donné. Elles ont circulé de main en main, évidemment. Même chose dans la resserre. L'embrouillamini habituel, question empreintes, et du bric-à-brac aux endroits où ça n'a pas été balayé. Rubans de couleur de chez le fleuriste, feuilles et tiges, fragments de cire à cacheter, papier cadeau et ainsi de suite. J'ai tout récupéré, au cas où il y aurait quelque chose. Puis j'ai profité de l'occasion pour aller faire un tour dans la chambre de Miss O. Il n'y a rien là-dedans : juste de la littérature frivole et quelques lettres d'hommes écrites avant l'époque Sir Henry. Il y en avait une, plus récente, d'une jeune personne. Je l'ai retenue par cœur. « Ma chère S. Bravo, ma fille, tiens bon et n'oublie pas les copains quand tu seras Lady A. Crois-tu que ton chéri pourrait faire quelque chose pour moi dans le métier ? Je ne suis pas une fana de ce Shakespeare, mais il a peut-être d'autres tuyaux. Met-il des chaussettes au lit ? Amitiés, Clarrie. »

— Aucune allusion à l'ineffable Cedric ?

— Pas un mot. Nous avons jeté un coup d'œil sur le placard de Miss Able. Il n'y a que ses empreintes à elle. Je suis repassé voir M. Juniper : d'après lui, le dernier paquet de ce papier a été pris, avec d'autres choses pour la maison, il y a une quinzaine de jours. Il y a deux types d'empreintes sur le poussoir de la chambre de Sir Henry : les siennes et celles du vieux

Barker. On dirait que Sir Henry s'y était cramponné, essayant de tirer dessus, et qu'il l'a arraché.

— C'est ce que nous avons pensé.

— M. Juniper s'est mis dans tous ses états, quand j'ai commencé à lui poser des questions. Je n'ai pas eu de problèmes de ce côté-là ; mais il m'a fait tout un discours sur les précautions qu'il prenait et il m'a montré son registre. Il dit qu'il vérifie toujours tout deux fois. Et qu'il est particulièrement prudent parce que le Dr Withers, lui, est du genre tatillon. Apparemment, il y a eu des mots entre eux. Le docteur a jugé que le médicament des gamins n'était pas bien, et M. Juniper l'a pris comme une insulte. Il dit que le docteur a dû se tromper lui-même, et qu'il s'en prenait à lui pour sauver la face. D'après lui, le docteur est un peu noceur et aussi grand amateur de courses ; et comme il avait perdu des sommes rondelettes et qu'il était inquiet, il a dû se tromper en pesant les enfants, ou quelque chose comme ça. Mais cela ne peut pas concerner le médicament de Sir Henry, car c'était la préparation habituelle. J'ai découvert aussi qu'au moment où il l'a faite, il n'avait plus d'arsenic et il n'en a toujours pas reçu.

— Une chance pour M. Juniper, commenta Alleyn avec une pointe d'ironie.

— Ce qui nous ramène, poursuivit Fox, à cette boîte.

Il posa sa grosse main à côté d'elle sur le bureau.

— Bailey l'a examinée en long, en large et en travers. Et là, nous avons trouvé quelque chose, monsieur Alleyn. Il serait temps, devez-vous penser. Cette boîte, donc, porte les empreintes habituelles. Celles des membres de l'expédition, en fait. Elles sont latentes, mais Bailey leur a redonné de la netteté et il a pris quelques bonnes photos. Il y a Mme Kentish d'abord. Elle a dû y toucher à peine. Miss Desdemona Ancred l'a apparemment prise par les bords. M. Thomas Ancred l'a saisie plus fermement par les côtés et il l'a manipulée à nouveau, quand il l'a sortie de son sac. Mme Henry Ancred l'a tenue solidement par le fond. Les empreintes de Sir Cedric sont un peu partout, et là, vous remarquerez des traces autour du couvercle, où il a essayé de l'ouvrir.

— Sans grande conviction, semble-t-il.

— Oui. Sûrement qu'il a eu peur d'avoir de la mort-aux-rats sur ses petites mains manucurées. Mais le fait est que...

— Pas d'Orrincourt ?

— Aucune trace. Aucune marque de gants non plus. C'était tout poussiéreux, et, à l'exception des empreintes que nous avons relevées, la poussière n'a pas bougé.

— Intéressant. Eh bien, Fox, maintenant que Bailey a terminé avec cette boîte, nous pouvons l'ouvrir.

Le couvercle était dur, et il fallut un penny et une force considérable pour le soulever. Un dépôt de son contenu l'avait scellé. La boîte était aux trois quarts pleine, et la pâte grisâtre portait des traces de l'objet qui avait servi à la puiser.

— Il nous faudra un cliché micrographique de ça, dit Alleyn.

— Si c'est Orrincourt, notre oiseau, monsieur, il y a des chances que nous soyons obligés de remettre cette boîte à la défense, non ?

— Nous devrons consulter un spécialiste, Fox. Les gars de Curtis pourront se prononcer quand ils auront fini le travail en cours. Mais continuez donc, comme disait l'Immortel, votre captivante narration.

— Il n'y a plus grand-chose à dire. J'ai également jeté un coup d'œil sur la chambre du jeune baronnet. Lettres de relance, lettres d'avovats, lettres de son agent de change. Visiblement, il était dans la panade. J'ai fait la liste de ses principaux créanciers.

— Pour un policier sans mandat de perquisition, vous vous êtes très joliment débrouillé.

— Avec l'aide d'Isabel. Elle a pris goût à l'investigation et fait le guet dans le couloir.

— Vous êtes inégalable avec les femmes de chambre, fit Alleyn. Une technique magistrale.

— Hier après-midi, je suis passé chez le Dr Withers pour lui dire que vous aviez décidé une exhumation.

— Comment a-t-il réagi ?

— Il n'a pas dit grand-chose, mais il a changé de couleur. Evidemment. Ils n'aiment pas ça, eux. Les retombées sur leur prestige professionnel et tout le reste. Après réflexion, il a déclaré qu'il aimerait être présent. J'ai répondu que, de toute façon, nous comptions là-dessus. J'allais sortir quand il m'a rappelé. A la hâte, et un peu comme s'il avait peur de se ridiculiser. « Dites, vous n'allez pas attacher beaucoup d'importance à ce que ce crétin de Juniper a pu vous raconter. C'est un fieffé imbécile, cet homme-là. » Dès que j'ai quitté la maison, ajouta Fox, j'ai tout noté pour rapporter ses paroles correctement. C'était au moment où la bonne me raccompagnait.

— Curtis lui a demandé hier soir, après que nous avons tout rangé au cimetière, s'il voulait venir assister à l'analyse. Il a accepté. Il soutient que les embaumeurs ont dû utiliser une substance qui a causé la chute des cheveux. Naturellement, M. Mortimer s'est senti atteint dans son orgueil professionnel.

— C'est une thèse qui ne déplaira pas à l'avocat de la défense, observa Fox d'un air sombre.

Le téléphone sonna, et il décrocha le combiné.

— C'est M. Mortimer, fit-il.

— Oh, mon Dieu ! Prenez-le, Fox.

— Il est occupé en ce moment, monsieur Mortimer. Que puis-je pour vous ?

Le téléphone grésilla laborieusement, et Fox dévisagea Alleyn avec une stupeur croissante.

— Un instant.

Il reposa le récepteur.

— Je n'y comprends rien. M. Alleyn n'a pas de secrétaire.

— Qu'est-ce que c'est ? s'enquit Alleyn impérieusement.

Fox posa une main sur le récepteur.

— Il dit que votre secrétaire a téléphoné à son bureau il y a une heure pour demander de répéter la formule de l'embaumement. C'est son associé, M. Loame, qui a répondu. Il veut savoir s'il a bien fait.

— Loame a-t-il donné la formule ?

— Oui.

— Espèce d'abruti, lâcha Alleyn violemment. Dites-lui qu'il a tout gâché et raccrochez.

— Je préviendrai M. Alleyn.

Fox reposa le combiné. Alleyn le saisit et tira le téléphone vers lui.

— Ancreton, 2a, fit-il. Appel urgent. Faites vite.

Et, pendant qu'il attendait :

— Il se peut que nous ayons besoin d'une voiture sur-le-champ, Fox. Téléphonez en bas, voulez-vous ? Nous emmènerons Thompson. Et il nous faudra un mandat de perquisition.

Fox alla téléphoner dans la pièce voisine. Lorsqu'il revint, Alleyn était en train de dire dans le récepteur :

— Allô, puis-je parler à Miss Orrincourt ?... Partie ?... Quand rentrera-t-elle ?... Je vois. Allez me chercher Miss Able, Barker, s'il vous plaît. Scotland Yard à l'appareil.

Il se retourna vers Fox.

— Il faut qu'on y aille. Elle est allée à Londres hier soir, et on l'attend pour le déjeuner. Enfer et damnation ! Pourquoi diable le ministère de l'Intérieur ne se manifeste-t-il pas avec ce rapport ? Nous en avons besoin tout de suite, désespérément. Quelle heure est-il ?

— Midi moins dix, monsieur.

— Son train arrive à midi. Nous n'avons pas l'ombre d'une... Allô ! Allô ! Miss Able ?... Alleyn à l'appareil. Je vous en prie, ne me répondez que par oui ou par non. Il faut que vous fassiez quelque chose d'urgent et d'important. Miss Orrincourt rentre par le train de midi. Vérifiez, s'il vous plaît, si quelqu'un est déjà parti la chercher. Si ce n'est pas le cas, inventez n'importe quel prétexte pour y aller vous-même avec la carriole. Si c'est déjà trop tard, accueillez-la à son arrivée à la maison. Emmenez Miss Orrincourt dans vos quartiers et gardez-la auprès de vous. Dites-lui que je l'ai ordonné et n'acceptez pas de refus. C'est urgent. Elle ne doit se rendre dans aucune autre partie de la maison. Est-ce bien compris ?... Sur ?... Parfait. Au revoir.

Il raccrocha et vit Fox qui l'attendait avec son chapeau et son pardessus.

— Un instant, fit-il. Ce n'est pas assez.

Et il se tourna à nouveau vers le téléphone.

— Demandez-moi le poste de police de Camber Cross. C'est le plus proche d'Ancreton, n'est-ce pas, Fox ?

— Cinq kilomètres. Mais ils ont un agent qui habite Ancreton. Il était de garde hier soir.

— C'est à lui que je pense. Bream... Allô !... Inspecteur principal Alleyn, Scotland Yard. Votre agent, Bream, est-il dans les parages ?... Pouvez-vous me le trouver ?... Bien ! L'auberge d'Ancreton. Je vous serais très obligé de l'appeler. Dites-lui de se rendre sur-le-champ à la halte d'Ancreton. Une certaine Miss Orrincourt va descendre du train de midi. On viendra la chercher du manoir. Il faut qu'il laisse partir la carriole sans elle, qu'il l'emmène à l'auberge et qu'il m'y attende. Très bien ! Merci.

— Ça va marcher ? demanda Fox.

— Il est en train de déjeuner à l'auberge et il a son vélo. Il n'y a pas plus de deux kilomètres de distance. Allons-y, Fox. Si, le moment venu, M. Loame se fait embaumer par sa propre entreprise, j'espère qu'ils vont le rater. Qu'a-t-il dit, précisément, ce soi-disant secrétaire ?

— Simplement que vous lui avez demandé de faire confirmer la formule. C'était un appel interurbain, mais bien entendu, Loame a pensé que vous étiez revenu à Ancreton.

— Et il a dit à l'assassin du pauvre Ancred qu'ils n'avaient pas utilisé d'arsenic, faisant voler toute notre mise en scène en éclats. Comme dirait Miss O., ça, c'est un copain ! Où est mon sac ? Allez, venez.

Mais avant qu'ils n'eussent atteint la porte, le téléphone sonna à nouveau.

— J'y vais, dit Alleyn. Avec un peu de chance, ce sera Curtis.

C'était le Dr Curtis.

— Je ne sais pas si ça va vous plaire, fit-il. C'est le rapport du ministère de l'Intérieur sur le chat, le médicament et le défunt. Les premières analyses sont terminées. Aucune trace d'arsenic.

— Parfait ! répondit Alleyn. Dites-leur de chercher de l'acétate de thallium et appelez-moi à Ancreton, quand ils l'auront trouvé.

II

Ce ne fut pas le seul contretemps de la matinée. Au moment où ils descendirent à la voiture qui attendait en bas, ils tombèrent sur Thomas, très pâle et pincé, qui se tenait sur la première marche.

— Ah, bonjour, dit-il. Je suis venu vous voir. Il fallait absolument que je vous voie.

— Est-ce important ? demanda Alleyn.

— Pour moi, répliqua Thomas avec un air innocent, très. Je suis venu exprès par le train du matin, vous savez. Je me sentais obligé de le faire. J'y retourne ce soir.

— Nous partons pour Ancreton à l'instant.

— Ah bon ? Alors, je suppose que vous ne... ? Ou bien cela ne se fait pas ?

— Nous pouvons vous emmener avec nous. Certainement, répondit Alleyn après une pause imperceptible.

— C'est une chance, hein ? observa Thomas, mélancolique.

Il monta à l'arrière avec eux. Le brigadier Thompson était déjà installé à côté du chauffeur. La voiture démarra, et le silence à l'intérieur dura si longtemps que Alleyn se demanda si, au fond, Thomas avait réellement quelque chose à dire. Tout à coup, ce dernier se mit à parler, si abruptement que ses compagnons furent pris au dépourvu.

— Tout d'abord, dit Thomas d'une voix forte, je voudrais m'excuser pour hier soir. Quelle idée de s'évanouir ! Je croyais avoir laissé ce genre de choses à Pauline. Tout le monde a été si gentil, les docteurs et vous aussi, fit-il, souriant faiblement à Fox. M'avoir ramené à la maison et tout. J'étais vraiment confus.

— C'est normal, tout ça, répondit Fox avec bonhomie. Vous avez eu un sacré choc.

— C'est vrai. Un choc effroyable. Et le pire, vous savez, est que je n'arrive pas à m'en débarrasser. Quand j'ai enfin réussi à m'endormir, cela a été abominable. Les rêves et tout. Et ce matin, la famille qui m'a bombardé de questions.

— Vous n'avez rien dit, bien sûr, fit Alleyn.

— Ainsi que vous me l'avez demandé, mais ils l'ont très mal pris. Cedric était hors de lui, et Pauline a décrété que je me désolidarisais de la famille.

Honnêtement, Alleyn, je n'en peux plus. Cela ne me ressemble guère, pourtant. Il faut croire que moi aussi, j'ai hérité le fameux tempérament.

— Pourquoi voulez-vous nous voir, au juste ?

— J'aimerais savoir. C'est l'incertitude. Je voudrais savoir pourquoi papa a perdu ses cheveux. Je voudrais savoir s'il a été empoisonné, et si vous pensez que c'est Sonia Orrincourt. Je suis la discrétion même, je vous assure ; et si vous me le dites, je vous donne ma parole d'honneur que je ne le répéterai à personne. Pas même à Caroline Able, bien qu'elle puisse expliquer sans doute pourquoi je me sens si bizarre. Je voudrais savoir.

— Tout depuis le début ?

— Oui, si cela ne vous ennuie pas. Tout.

— C'est une requête de taille. Nous ne savons pas tout. Nous essayons, fort laborieusement, d'assembler les morceaux, et je pense que nous avons reconstitué pratiquement tout le puzzle. A notre avis, votre père a été empoisonné.

Thomas frotta les paumes de ses mains sur le siège du conducteur.

— Vous êtes sûr ? C'est horrible.

— Le poussoir de la sonnette de sa chambre a été bricolé de façon à ce qu'il ne puisse pas fonctionner. L'un des fils a été déconnecté. Le bouton ne tenait plus qu'à un fil, et, quand Sir Henry l'a agrippé, l'extrémité en bois est restée dans sa main. C'est par là que nous avons commencé.

— Cela a l'air d'un simple détail.

— Il y a des choses bien plus complexes. Votre père a rédigé deux testaments, sans en signer aucun jusqu'au jour de son anniversaire. Le premier, il l'a signé, comme il a dû vous l'annoncer, avant le dîner. Quant au second, le testament en vigueur, il l'a signé plus tard dans la soirée. Nous pensons que, hormis son avoué, seuls Miss Orrincourt et votre neveu Cedric étaient au courant de cette action. Elle a gagné énormément, grâce à ce nouveau testament. Et lui a beaucoup perdu.

— Alors pourquoi le garder sur votre liste ? s'enquit Thomas aussitôt.

— Parce qu'il y figure de toute façon. Pour commencer, lui et Miss Orrincourt ont été à l'origine de toutes les farces.

— Ciel ! Mais la mort de papa n'était pas une farce. N'est-ce pas ?

— Il est possible qu'elle ait été indirectement causée par l'une d'elles. C'est la toute dernière farce, la vache volante sur le portrait, qui a dû inciter Sir Henry à opter pour la seconde variante.

— Je ne suis absolument pas au courant de tout ça, fit Thomas, atterré. Je n'y comprends rien. J'espérais simplement vous entendre dire si c'était Sonia ou non.

— Il nous manque encore un morceau du puzzle. Sans lui, nous ne pouvons rien affirmer. Ce serait enfreindre nos règles les plus strictes que de révéler le nom d'un suspect à une personne concernée dans une affaire en cours.

— Alors, ne pouvez-vous pas faire comme dans les romans ? Me donner un ou deux indices ?

Haussant un sourcil, Alleyn jeta un coup d'œil sur Fox.

— Quand on ne dispose pas de toutes les informations, je crains que nos indices ne signifient pas grand-chose.

— Tant pis ! Autant les connaître. Tout plutôt que cette affreuse inquiétude dans le vide. Je ne suis pas aussi bête que je dois en avoir l'air, ajouta Thomas. Je suis un bon producteur de théâtre. J'ai l'habitude d'analyser les personnages et j'ai l'œil pour la mise en scène. Quand je lis le scénario d'une pièce où il y a un meurtre, je trouve toujours l'assassin.

— Eh bien, répliqua Alleyn, dubitatif, voici quelques faits épars, qui valent ce qu'ils valent. Le poussoir. La teigne des enfants. Le fait que les lettres anonymes aient été écrites sur le papier dont les enfants se servent pour faire leurs devoirs. Le fait que seuls Sir Cedric et Miss Orrincourt savaient que votre père avait signé le second testament. Le livre sur l'embaumement. La nature de l'empoisonnement à l'arsenic, et le fait qu'on n'en ait pas trouvé dans son corps, dans son médicament ni dans le corps de son chat.

— Carabbas ? Est-il concerné, lui aussi ? Vous me surprenez. Continuez.

— Comme il perdait ses poils, on l'a soupçonné d'avoir la teigne et on l'a supprimé. Mais il n'avait pas la teigne. Les enfants, si. On leur a administré un médicament qui agit comme un dépilatoire, or eux n'ont pas perdu leurs poils. Le soir de sa mort, le chat se trouvait dans la chambre de votre père.

— Et papa lui a donné un peu de lait chaud, comme d'habitude. Je vois.

— Les traces de lait ont été nettoyées ; et la thermos a été ébouillantée et réutilisée. Aucune analyse chimique n'a été possible. Quant à la boîte de mort-aux-rats, elle était scellée par un dépôt et elle n'avait pas été ouverte depuis très longtemps.

— Donc Sonia n'a pas mis d'arsenic dans la thermos ?

— Il ne provenait pas de la boîte, en tout cas.

— Il n'y en avait pas du tout, si ça ne... si...

— Pas du tout, semble-t-il.

— Et vous pensez que d'une façon ou d'une autre, il a absorbé le poison du Dr Withers contre la teigne.

— Si c'est le cas, l'analyse le montrera. Cela reste à prouver.

— Mais, dit Thomas, c'est Sonia qui l'a rapporté de la pharmacie. Je me souviens avoir entendu quelque chose de ce genre.

— Oui, c'est elle qui l'a rapporté, en même temps que le médicament de Sir Henry. Elle a laissé les bouteilles dans la resserre. Miss Fenella Ancred était là, et elles ont quitté la pièce ensemble.

— Et le Dr Withers, enchaîna Thomas, comme un enfant qui poursuit une histoire, est venue ce soir-là pour donner le médicament aux enfants. Caroline était assez ennuyée car il avait dit qu'elle pourrait le faire. Elle avait l'impression, fit Thomas pensivement, que cela mettait en doute sa compétence. Mais il n'a rien voulu savoir et ne l'a pas laissée y toucher. D'ailleurs, ça n'a pas marché. Ils auraient dû devenir chauves comme un œuf, mais ils ne le sont pas devenus. Chauves comme un œuf, répéta Thomas en frissonnant. Oui, je vois. C'est papa qui l'est devenu, bien sûr.

Il demeura assis très droit, les mains sur les genoux, pendant vingt bonnes minutes. La voiture avait quitté Londres et filait dans la campagne figée sous le givre. Dans un effort délibéré, Alleyn reprit l'évolution de l'affaire : le compte rendu de Troy, long et détaillé, les dépositions fleuries des Ancred, la visite chez le Dr Withers, l'épisode du cimetière. Qu'est-ce que cela pouvait bien être, que Troy avait oublié et qu'elle croyait important ?

Avec cet air déconcertant qu'il avait de se remettre à fonctionner, Thomas rompit le long silence.

— Vous pensez donc, déclara-t-il très brusquement et d'une voix aiguë, que soit Sonia soit l'un de nous lui a donné le médicament des enfants. Mais nous sommes totalement dépourvus d'instincts meurtriers. Vous me direz sans doute que la plupart des assassins ont été par ailleurs des gens doux et gentils, comme le vampire de Düsseldorf, par exemple. Mais le mobile ? D'après vous, Cedric savait que papa avait signé le testament qui le déshéritait presque entièrement ; donc, ce ne peut pas être Cedric. De son côté, Milly ignorait qu'il avait signé un second testament ; et comme elle était tout à fait satisfaite du premier, ce ne peut pas être elle. Cela concerne également Dessy. Elle n'était pas particulièrement ravie, mais elle n'était pas surprise ni inquiète non plus. Ensuite, mais j'espère que vous ne pensez pas... Enfin, enchaîna Thomas précipitamment, nous en arrivons à Pauline. Pauline aurait pu se sentir blessée à cause de Paul et Panty, et aussi d'elle-même ; mais c'est vrai, ce que papa a dit. Son mari ne l'a pas laissée sur la paille, et, de plus, elle n'est absolument pas rancunière. On ne peut pas dire que Dessy, Milly ou moi avions désespérément besoin d'argent ; ni que Pauline, Panty ou Fenella (j'avais oublié Fenella et Jen) soient portées sur les revanches sanguinaires. Ce n'est vraiment pas le cas. Et Cedric, lui, pensait que sa position était claire. Et *franchement,* acheva Thomas, vous ne pouvez pas soupçonner Barker et les femmes de chambre.

— Non, répondit Alleyn, en effet.

— Apparemment, il faut que vous suspectiez quelqu'un qui avait besoin d'argent à tout prix et qui en a reçu un peu grâce au premier testament. Quelqu'un qui n'avait pas d'affection particulière pour papa, bien sûr. Or, Cedric est le seul à correspondre à cette description, et ce n'est pas lui.

Après avoir énoncé cette vérité profonde, il se tourna vers Alleyn, posant sur lui un regard troublé et inquisiteur.

— Je trouve que c'est un résumé tout à fait exhaustif, fit Alleyn.

— Qui cela peut-il bien être ? s'interrogea Thomas, découragé.

Puis il ajouta avec un coup d'œil oblique :

— Evidemment, vous avez recueilli toutes sortes de renseignements dont vous n'avez pas parlé.

— Et dont je n'ai pas le temps de parler, rétorqua Alleyn. Les bois d'Ancreton commencent au-delà de cette colline. Nous nous arrêterons à l'auberge.

L'agent Bream, posté à l'entrée de l'auberge, s'avança pour ouvrir la portière de la voiture. Il était écarlate.

— Alors, Bream, dit Alleyn, mission accomplie ?

— Pour ainsi dire, monsieur, répondit Bream, non. Bonjour, monsieur Thomas.

Alleyn, qui était sur le point de descendre de voiture, s'immobilisa.

— Quoi ? Elle n'est pas ici ?

— Ce sont des circonstances, fit Bream indistinctement, indépendantes de ma volonté, monsieur.

Il désigna d'une main une bicyclette appuyée contre le mur. Le pneu avant pendait en lambeaux autour de la jante.

— Le caoutchouc n'étant pas de la meilleure...

— Où est-elle ?

— A mon arrivée, après avoir parcouru deux kilomètres...

— Où est-elle ?

— Là-haut, répondit Bream misérablement, dans la maison.

— Montez ; vous nous raconterez ça en chemin.

Bream se percha sur un strapontin, et la voiture redémarra.

— Vite, dit Alleyn au chauffeur. Je vous écoute, Bream.

— Ayant reçu, monsieur, des instructions par téléphone du poste de Camber Cross, alors que je prenais mon déjeuner à l'auberge, j'ai voulu me rendre, au moyen de ma bicyclette, à la halte d'Ancreton, à onze heures cinquante précises.

— Très bien, très bien, dit Fox. Et votre pneu a éclaté.

— A onze heures cinquante et une, monsieur, il m'a éclaté sous le nez. Ayant examiné les dommages, je suis parvenu à la conclusion que ma bicyclette était hors service. Par conséquent, j'ai couru.

— Pas assez vite, visiblement. Ignorez-vous qu'on doit se maintenir en bonne forme physique, dans la police ? s'enquit Fox avec sévérité.

— J'ai couru, monsieur, rétorqua Bream dignement, à la vitesse d'un kilomètre et demi en dix minutes. Je suis arrivé à la halte à midi quatre ; le train étant parti à midi une, et ces dames étant toujours visibles dans leur carriole sur la route du manoir.

— Ces dames ? fit Alleyn.

— Il y en avait deux. J'ai vainement essayé d'attirer leur attention en élevant la voix. Après quoi, je suis retourné à l'auberge, ayant ramassé en chemin ce fichu vélo.

Fox maugréa dans sa barbe.

— J'ai ensuite prévenu le commissaire par téléphone. Il m'a passé un savon et a dit qu'il téléphonerait au manoir pour demander à la dame en question de revenir. Mais elle ne l'a pas fait.

— Je pense bien, répliqua Alleyn. Elle a dû l'envoyer sur les roses.

La voiture franchit le grand portail et s'engagea dans les bois. A mi-chemin, ils croisèrent ce qui semblait être l'école tout entière : les enfants marchaient en chantant, dirigés par l'assistante de Caroline Able. Ils s'écartèrent pour laisser passer la voiture. Alleyn ne vit pas Panty parmi eux.

— Ce n'est pas l'heure habituelle de leur promenade, remarqua Thomas.

La voiture s'arrêta enfin dans l'ombre de l'immense demeure.

— Si tout le reste a bien marché, dit Alleyn, elle doit être à l'école.

— Vous parlez de Caroline Able ? s'écria Thomas, alarmé.

— Non. Ecoutez-moi, Ancred. Nous allons à l'école. Il y a une entrée indépendante par derrière :

nous passerons par là. Voulez-vous entrer dans la maison, mais sans souffler mot de notre arrivée ?

— Entendu, répliqua Thomas, bien que j'avoue ne pas tout à fait...

— Tout ceci est extrêmement confus. Allez-y.

Ils regardèrent Thomas gravir lentement les marches du perron, pousser la grande porte et faire une brève halte dans le vestibule sombre. Puis il se retourna, et la porte se referma entre eux.

— Vous et moi, Fox, déclara Alleyn, nous allons à l'école. A mon avis, le mieux serait de lui demander de nous accompagner à Londres pour donner sa déposition. Si elle refuse, ce sera embêtant : nous serons obligés de franchir un pas de plus. Avancez la voiture jusqu'au bout du bâtiment.

La voiture fit demi-tour et alla s'arrêter devant une porte plus petite dans l'aile Ouest.

— Thompson, vous attendez dans la voiture avec Bream. Si nous avons besoin de vous, nous vous ferons signe. Venez, Fox.

Ils descendirent, et la voiture s'éloigna. Mais au moment où ils s'approchaient de la porte, Alleyn s'entendit interpeller. Thomas venait de redescendre les marches et courait vers eux en gesticulant. Son manteau flottait derrière lui.

— Alleyn ! *Alleyn !* Attendez !

— Quoi encore ? fit Alleyn.

Thomas arriva à leur hauteur à bout de souffle. Il saisit Alleyn par le revers de son pardessus : son visage était livide, et ses lèvres tremblaient.

— Il faut que vous veniez, dit-il. C'est affreux. Il s'est passé une chose affreuse. Sonia est là-bas, horriblement malade. Withers dit qu'elle a été empoisonnée. Et qu'elle va mourir.

18.

L'ultime apparition de Miss O.

On l'avait transportée dans une petite chambre appartenant à l'école.

Lorsque Alleyn et Fox, que Thomas avait accompagnés jusqu'à la porte, entrèrent sans se faire annoncer, ils tombèrent sur le Dr Withers, qui était en train de mettre dehors Pauline et Desdemona. Pauline semblait être au beau milieu d'une crise d'hystérie.

— *Dehors,* toutes les deux. Et sur-le-champ, je vous prie. Mme Ancred et moi ferons le nécessaire. Ainsi que Miss Able.

— C'est une malédiction. Je le sens. Une malédiction qui pèse sur cette maison. Voilà ce que c'est, Dessy.

— J'ai dit dehors. Prenez ce billet, Miss Ancred. J'ai tout noté clairement. Appelez mon cabinet et dites qu'on m'envoie toutes ces choses immédiatement, dès que la voiture arrive. Votre frère pourra-t-il conduire ma voiture ? Parfait.

— Il y a une voiture avec un chauffeur dehors, dit Alleyn. Fox, prenez le billet, voulez-vous ?

En entendant la voix d'Alleyn, Pauline et Desdemona, qui étaient en train de reculer en direction de la porte, se retournèrent et, avec des cris incohérents, se précipitèrent dans le couloir. Après avoir pris possession du billet, Fox les suivit.

— Mais que diable faites-vous là ? questionna le Dr Withers. Sortez !

Il foudroya Alleyn du regard et se tourna à nouveau vers le lit. Millamant Ancred et Caroline Able s'y penchaient déjà, manipulant, avec difficulté semblait-il, quelque chose qui se débattait en laissant échapper des sons rauques qui n'avaient rien d'humain. Une odeur nauséabonde flottait dans la pièce.

— Otez les habits, mais posez-moi ça sur elle. Il faut qu'elle reste couverte dans la mesure du possible. Voilà, très bien. Prenez mon veston, madame Ancred, s'il vous plaît : je ne peux pas travailler ainsi. On va essayer l'émétique encore une fois. Attention ! Veillez à ce que je ne casse pas le verre.

Miss Able s'écarta, les bras chargés de vêtements. Millamant se recula un peu, tenant le veston du docteur. Ses mains remuaient nerveusement.

Là, sur un lit d'enfant recouvert d'une étoffe aux couleurs gaies, se tordait en agonisant Sonia Orrincourt. Son corps gracieux se convulsait de révolte, et son beau visage était marqué par la douleur. Tandis que Alleyn la regardait, elle s'arc-bouta et sembla le dévisager. Ses yeux étaient injectés de sang ; une paupière était retombée et tressautait. Tel un jouet mécanique, elle ne cessait de contracter un bras, le plaquant sur son front dans un salamalec à répétition.

Alleyn resta là, au fond de la pièce, à attendre. Le Dr Withers semblait l'avoir oublié. Après l'avoir gratifié d'un regard interdit, les deux femmes retournèrent à leur tâche. Les cris rauques, les spasmes et les soubresauts montèrent en un crescendo insoutenable.

— Je vais lui faire une nouvelle piqûre. Essayez d'immobiliser son bras. Très bien. Maintenant, enlevez-moi ça. Allons-y.

La porte s'entrouvrit. Alleyn se rapprocha et, apercevant Fox, se glissa dehors.

— Notre gars doit revenir d'un moment à l'autre avec les affaires du docteur, marmonna Fox.

— Avez-vous appelé le Dr Curtis et Cie ?

— Ils arrivent.

— Thompson et Bream sont-ils toujours dans les parages ?

— Oui, monsieur.

— Allez les chercher. Renvoyez les domestiques dans leurs quartiers. Fermez toutes les pièces où elle est passée depuis son arrivée. Parquez toute la famille et qu'ils restent ensemble.

— C'est déjà fait, monsieur Alleyn. Ils sont tous au salon.

— Très bien. Je ne veux pas la laisser maintenant.

Fox leva son pouce.

— Des chances de la faire parler ?

— Aucune pour l'instant, d'après ce que j'ai pu voir. Avez-vous découvert quelque chose, Fox ?

Fox se rapprocha de lui et entonna une litanie basse et rapide :

— Elle a pris le thé avec le docteur et Miss Able dans la chambre de Miss Able. Il était venu voir les gamins. Elle a envoyé la petite Kentish leur commander du thé. Elle n'aimait pas trop celui de l'école. Quant au reste de la famille, on leur a servi le thé à la salle à manger. Barker a apporté un second plateau de l'office avec du thé pour une personne. Mme Kentish a préparé une seconde théière à la salle à manger. Miss Desdemona a mis des gâteaux secs sur le plateau. Et Mme Ancred a donné le tout à Miss Panty. Miss Panty l'a rapporté ici. Miss O. a été prise de malaise avant que les deux autres n'aient touché à quoi que ce soit. La petite fille était là et elle a tout vu.

— Avez-vous récupéré le service à thé ?

— C'est Thompson qui l'a. Mme Ancred a gardé

son sang-froid et dit qu'il fallait le mettre de côté, mais dans le remue-ménage autour de la patiente, le plateau a été renversé. Elle a laissé Mme Kentish s'en occuper, mais Mme Kentish a piqué une crise de nerfs, et pour finir, c'est Isabel qui a tout balayé. Il y en avait partout : du thé, de l'eau chaude, de la porcelaine brisée. Mais il doit rester des traces quelque part, si jamais nous en avons besoin. Cette petite fille est très futée, ma parole.

D'un geste vif, Alleyn posa une main sur le bras de Fox. Dans la chambre, les sons inarticulés cédèrent la place à une sorte de babil sonore et rapide — « Ba-ba-ba-ba » — puis cessèrent abruptement. Au même moment, un chauffeur en uniforme apparut à l'autre bout du couloir. Il portait une petite mallette. Alleyn alla à sa rencontre, prit la mallette et, faisant signe à Fox de le suivre, regagna la chambre.

— Voici votre trousse, docteur Withers.

— Très bien. Posez-la. En sortant, dites à ces femmes de prendre contact avec sa famille, si elle en a une. Car s'ils veulent la voir, il faudrait qu'ils se dépêchent.

— Fox, voulez-vous… ?

Fox s'éclipsa.

— J'ai dit : « En sortant », répéta le Dr Withers, courroucé.

— Malheureusement, je dois rester. C'est une affaire qui concerne la police, docteur Withers.

— Je sais parfaitement ce qui s'est produit. Mais mon devoir est de m'occuper de ma patiente, et j'insiste pour qu'on libère cette chambre.

— Si jamais elle tombe dans le coma… commença Alleyn, le regard rivé sur le visage effrayant, aux yeux et à la bouche entrouverts.

— Si elle reprend connaissance, ce qui n'arrivera certainement pas, je vous préviendrai.

Le Dr Withers ouvrit la mallette, et, levant les yeux sur Alleyn, déclara avec force :

— Si vous ne nous laissez pas tranquilles, j'en toucherai deux mots au chef de police.

— Ça ne va pas du tout, vous savez, rétorqua Alleyn vivement. Nous sommes tous les deux en service et nous resterons là tous les deux. Votre patiente a reçu de l'acétate de thallium. Je vous suggère de continuer les soins, docteur Withers.

Une exclamation violente échappa à Caroline Able.

— La mixture contre la teigne ? dit Millamant. Mais c'est absurde !

— Comment diable... commença le Dr Withers. Bon, bon, très bien. Désolé. Je me fais du souci. Madame Ancred, je vais avoir besoin de votre aide. Etendez la patiente...

Quarante minutes plus tard, Sonia Orrincourt mourut sans reprendre conscience.

II

— La chambre, dit Alleyn, va rester telle quelle. Le médecin légiste s'en occupera à son arrivée. En attendant, je vous demanderai d'aller rejoindre les autres au salon. Madame Ancred et Miss Able, voulez-vous suivre l'inspecteur Fox ?

— Au moins, Alleyn, fit le Dr Withers en enfilant son veston, permettez-nous de nous laver les mains.

— Oui, bien sûr. Je vous accompagne.

Millamant et Caroline Able échangèrent un coup d'œil et se mirent à protester faiblement.

— Vous devriez comprendre... renchérit le Dr Withers.

— Venez avec moi, je vous expliquerai.

Ils le suivirent en silence. Fox sortit le dernier, adressant un hochement de tête sévère à Bream, qui était dans le couloir. Bream vint se poster devant la porte.

— Vous vous rendez certainement compte, déclara Alleyn, que cette affaire relève de la compétence de la police. Miss Orrincourt a été empoisonnée, et nous n'avons aucune raison de penser qu'elle a pu absorber du poison de son propre gré. Il se peut que je sois obligé de faire fouiller la maison (voici le mandat), et il faut que je fouille les personnes qui s'y trouvent. Entre-temps, aucun de vous ne doit rester seul. Une auxiliaire féminine va arriver de Londres, et vous pouvez, naturellement, l'attendre, si vous le désirez.

Il regarda les visages de ses compagnons, qui tous les trois reflétaient le même épuisement. Ils s'étaient tournés vers lui avec un air de ressentiment. Il y eut un long silence.

— Eh bien, répondit Millamant enfin, dans un écho de son rire habituel, fouillez-moi. Mon désir le plus cher en ce moment, c'est de m'asseoir. Je suis fatiguée.

— J'avoue, commença Caroline Able, que je ne vois pas très bien...

— Tenez ! s'interposa le Dr Withers. Ça vous convient ? Je suis le médecin de ces dames. Fouillez-moi, puis laissez-les se fouiller réciproquement en ma présence. Cela vous va ?

— Parfaitement. Je vois qu'il y a une pièce vide à côté. Fox, voulez-vous accompagner le Dr Withers ?

Sans plus de protestations, Withers pivota sur ses talons et se dirigea vers la porte ouverte. Fox la referma derrière lui.

Alleyn se tourna vers les deux femmes.

— Nous ne vous retiendrons pas longtemps. Mais si, en attendant, vous souhaitez rejoindre les autres, je peux vous y conduire.

— Où sont-ils ? s'enquit Millamant.

— Au salon.

— Personnellement, répliqua-t-elle, au point où j'en suis, peu m'importe qui me fouille et qui regarde.

Bream toussota d'un air embarrassé.

— Si vous et Miss Able voulez m'amener dans la salle de jeux des enfants, qui doit être libre, je serai heureuse d'en finir au plus vite.

— Oui, bien sûr, fit Miss Able, c'est une position très saine, madame Ancred. Enfin, si *vous* n'y voyez pas d'inconvénient.

— Très bien, dit Alleyn. On y va ?

Il y avait un paravent dans la salle de jeux, sur lequel on avait collé des primitifs italiens. Sur une suggestion d'Alleyn, les deux femmes se retirèrent derrière ce paravent. Tout d'abord, ce furent les vêtements extrêmement fonctionnels de Millamant que l'on vit émerger, un à un. Alleyn les examina, Miss Able les ramassa ; puis le processus fut inversé. Rien ne fut trouvé ; et Alleyn escorta les dames à la salle de bains. Finalement, ils franchirent la porte matelassée et traversèrent le hall en direction du salon.

Là, Desdemona, Pauline, Panty, Thomas et Cedric étaient réunis sous l'œil vigilant du brigadier Thompson. Pauline et Desdemona étaient en larmes. Les larmes de Pauline étaient réelles et disgracieuses. Elles avaient laissé de petites traces, semblables à celles d'un escargot, sur son maquillage discrètement soigné. Elle avait les yeux rouges et l'air effrayé. Desdemona en revanche, le regard embué, était tragique et toujours aussi belle. Thomas, les cheveux ébouriffés et les sourcils haussés jusqu'à leur limite, était assis en regardant d'un air anxieux dans le vide. Cedric, pâle et déconcerté, était visiblement, avant l'arrivée d'Alleyn, en train d'arpenter la pièce. Un coupe-papier tomba de ses mains et rebondit bruyamment sur une vitrine qui contenait des bibelots.

— Bonjour ! fit Panty. Sonia est morte, dites ? Pourquoi ?

— Chut, ma chérie ! Chut ! gémit Pauline, essayant vainement d'attirer sa fille dans ses bras.

Panty se planta au milieu de la pièce et regarda Alleyn bien en face.

— Cedric, déclara-t-elle d'une voix forte, dit que Sonia a été assassinée. C'est vrai ? C'est vrai, Miss Able ?

— Seigneur, répondit Caroline Able d'une voix mal assurée, voilà ce que j'appelle une remarque stupide, pas toi, Patricia ?

Tout à coup, Thomas s'approcha d'elle et mit un bras autour de ses épaules.

— C'est vrai, monsieur Alleyn ? insista Panty.

— Toi, tu files et ne t'occupes pas de ça, répliqua Alleyn. Au fait, n'as-tu pas faim ?

— Si, et comment !

— Alors demande à Barker de ma part de te donner quelque chose de vraiment bon, puis mets ton manteau et va à la rencontre de autres, qui rentrent à la maison. Vous permettez, madame Kentish ?

Pauline agita ses mains, et il se tourna vers Caroline Able.

— C'est une excellente idée, dit-elle d'un ton plus ferme.

La main de Thomas reposait toujours sur son épaule.

Alleyn conduisit Panty vers la porte.

— Je ne partirai pas, annonça-t-elle, tant que vous ne m'aurez pas dit si Sonia est morte.

— Très bien, ma grande, elle est morte.

Un chœur d'exclamations retentit derrière lui.

— Comme Carabbas ?

— Non ! rétorqua sa tante Millamant avec force, ajoutant : Pauline, faut-il que votre fille se conduise ainsi ?

— Ils nous ont quittés tous les deux, dit Alleyn. Maintenant file, et ne t'inquiète pas pour ça.

— Je ne suis pas spécialement inquiète, fit Panty. Ils sont sûrement au ciel, et puis, maman a dit que je pourrais avoir un petit chat. Mais on aime bien savoir ce qui se passe.

Sur ce, elle sortit.

Se retournant, Alleyn se retrouva face à Thomas. Derrière Thomas, il aperçut Caroline Able, penchée sur Millamant qui cherchait à reprendre son souffle entre deux sanglots spasmodiques, tandis que Cedric la regardait en se rongeant les ongles.

— Excusez-moi, bégaya Millamant, ce doit être le contrecoup, je pense. Merci, Miss Able.

— Vous avez été absolument formidable, madame Ancred.

— Oh, Milly, Milly ! se lamenta Pauline. Vous aussi ! Avec vos nerfs d'acier. Oh, Milly !

— *Mon Dieu !* marmonna Cedric, farouche. J'en ai par-dessus la tête, de tout ce cirque.

— Toi, dit Desdemona avec un rire professionnellement amer. Dans un contexte moins tragique, Cedric, ç'aurait été drôle.

— *Assez,* taisez-vous, tout le monde !

La voix de Thomas résonna avec autorité, et le pénible brouhaha chargé de reproches et d'impatience cessa instantanément.

— Vous êtes tous bouleversés, c'est certain, dit-il. Les autres aussi. Caroline l'est, et moi, je le suis également. Qui ne le serait pas ? Mais on ne peut pas continuer à se jeter toutes les émotions à la figure. C'est très éprouvant pour les autres, et cela ne nous mène à rien. Je vais donc vous prier de vous taire, car j'ai quelque chose à dire à Alleyn ; et si je ne me trompe pas — ce qui est le cas, d'après lui — vous pourrez tous vous payer une bonne crise d'hystérie. Mais moi, il faut que je sache.

Il s'interrompit, toujours posté en face d'Alleyn.

Quelque chose dans sa voix et dans son attitude rappela à Alleyn Panty. « On aime bien savoir ce qui se passe », avait-elle dit.

— Caroline vient de m'apprendre, reprit Thomas, que selon vous, quelqu'un aurait donné à Sonia le médicament destiné aux gamins. Elle dit que Sonia a pris le thé avec elle. Il me semble donc que quelqu'un doit veiller sur Caroline ; et ce sera moi, car j'ai l'intention de l'épouser. Vous êtes sans doute tous surpris d'entendre cela, mais c'est comme ça ; alors ne vous donnez pas la peine de faire des commentaires sur ce sujet.

Continuant à tourner le dos à sa famille pétrifiée de stupeur, Thomas, l'air à la fois perplexe et déterminé, saisit les revers de son veston et poursuivit :

— Vous m'avez dit que d'après vous, c'est avec ça que papa a été empoisonné, et vous devez penser certainement que le même individu a assassiné Sonia. Eh bien, il y a quelqu'un qui a prescrit cette drogue aux enfants et qui n'a pas laissé Caroline y toucher ; quelqu'un qui a prescrit également un médicament à papa ; quelqu'un dont tout le monde sait qu'il a des dettes ; quelqu'un qui a reçu une coquette somme de papa et qui a pris le thé avec Sonia. Il n'est pas dans cette pièce, dit Thomas, et je voudrais savoir d'une part où il est, et d'autre part, si c'est lui, l'assassin. Voilà.

Mais avant que Alleyn ne pût répondre, on frappa à la porte, et Thompson entra au salon.

— Un appel de Londres pour vous, monsieur, annonça-t-il. Le prendrez-vous à côté ?

Alleyn sortit, laissant Thompson en faction et les Ancred bouche bée. Il trouva la petite salle du téléphone de l'autre côté du hall, et s'étant attendu à quelqu'un du Yard, il fut stupéfait d'entendre la voix de Troy.

— Je ne t'aurais pas appelé, si ce n'était pas

important, fit-elle, à trente kilomètres de là. J'ai téléphoné au Yard, et on m'a dit que tu étais à Ancreton.

— Un problème ?

— Non. Simplement, je me suis souvenue de ce que Sir Henry avait dit ce matin-là. Quand il a découvert l'inscription sur son miroir.

— Tu es un ange. Qu'est-ce que c'était ?

— Il était particulièrement fâché parce que Panty — et il a insisté sur le fait que c'était Panty — avait dérangé deux documents importants sur sa table de toilette. Il a dit que si elle avait pu les comprendre, elle se serait rendu compte qu'ils la concernaient de près. C'est tout. Cela a-t-il un sens quelconque ?

— Un sens énorme.

— Je regrette de ne pas m'en être souvenue plus tôt, Rory.

— Cela ne nous aurait rien appris, plus tôt. Je serai à la maison ce soir. Je t'aime énormément.

— Au revoir.

— Au revoir.

Lorsque Alleyn ressortit dans le hall, il vit Fox qui l'attendait.

— Il nous a donné du fil à retordre, le docteur, déclara Fox. Bream et notre gars sont avec lui. Je me suis dit que mieux valait vous prévenir, monsieur Alleyn.

— Que s'est-il passé ?

— En le fouillant, j'ai trouvé ça dans la poche gauche de son veston.

Fox posa son mouchoir sur un guéridon et le déplia, révélant une petite fiole fermée avec un bouchon. Elle était pratiquement vide. Il restait juste un peu de liquide incolore au fond.

— Il jure qu'il ne l'a jamais vue, dit Fox, mais il l'avait bel et bien sur lui.

Alleyn contempla longuement la fiole, avant de répondre :

— Voilà qui règle le problème, Fox. A mon avis, nous allons prendre un risque.

— Demander à une certaine personne de venir au Yard ?

— Oui. Et la garder là-bas, pendant qu'on analyse ce qu'il y a là-dedans. Mais je n'ai aucun doute à ce propos, Fox. Ce sera de l'acétate de thallium.

— Voilà une arrestation que je serai content de faire, dit Fox pesamment. Ça, c'est sûr.

Alleyn ne répondit pas, et, après une nouvelle pause, Fox pointa le menton en direction du salon.

— J'y vais ?

— Oui.

Fox s'éloigna, et Alleyn resta seul à attendre dans le hall. Les rayons du soleil filtraient à l'intérieur à travers les innombrables vitraux. Un patchwork de couleurs primaires tapissait le mur à l'endroit où l'on aurait dû accrocher le portrait de Henry Ancred. L'escalier disparaissait dans la pénombre, et là-haut, sur le palier, on entendait le tic-tac d'une horloge invisible. Au-dessus de l'immense cheminée, le cinquième baronnet brandissait fièrement son épée contre un orage éternel. Une bûche incandescente atterrit en chuintant sur la grille du foyer ; et quelque part à l'office, une voix s'éleva, recevant une réponse placide.

La porte du salon s'ouvrit. Un vague sourire sur les lèvres, Millamant Ancred en sortit d'un pas ferme et se dirigea vers Alleyn.

— Vous vouliez me voir ? dit-elle.

19.

Rideau final

— C'est la quantité de détails qui m'a déroutée au début, dit Troy lentement. Je voulais à tout prix inclure les farces dans le schéma de l'ensemble, mais ça ne collait pas.

— Ça colle, répliqua Alleyn, mais uniquement parce qu'elle s'en est servie après coup.

— Tu ne pourrais pas me redonner les grandes lignes, Rory ?

— Je vais essayer. Il s'agit d'un cas d'obsession maternelle. Une femme dure et froide, qui voue une adoration morbide à son fils. Miss Able t'expliquerait tout cela de façon exhaustive. Le fils est criblé de dettes, il aime le luxe et jouit d'une réputation extrêmement douteuse auprès des autres membres de la famille. Millamant les déteste à cause de cela. Un jour, en vaquant à ses occupations quotidiennes, elle entre dans la chambre de son beau-père. Les brouillons des deux testaments sont sur la table de toilette. L'un laisse à son fils, qui est l'héritier, une fortune plus que confortable pour entretenir le titre et la propriété. L'autre le prive de tout, à l'exception des biens inaliénables. En travers du miroir, quelqu'un a gribouillé : « Grand-père est un vieux sagouin. » Son beau-père arrive avant qu'elle ait pu remettre de l'ordre dans les papiers. Il soupçonne aussitôt, et tu peux être sûre qu'elle partage et encourage ses soupçons, sa petite-fille, réputée pour ses farces, d'être l'auteur de l'inscription insultante. Millamant est une figure familière dans sa chambre, et il n'a aucune raison de la croire responsable d'une blague aussi idiote. Encore moins soupçonne-t-il son auteur véritable, Cedric Ancred, qui a avoué depuis que cela faisait partie d'une série de farces, que lui et Sonia Orrincourt avaient mise au point afin de dresser le vieil homme contre Panty, jusque-là sa préférée. Millamant Ancred quitte donc la chambre, emportant dans son esprit tortueux le souvenir des deux brouillons. Elle sait que le vieillard change de testament aussi souvent qu'il se met en colère. Déjà, Cedric n'est pas très bien vu. Les jours suivants, progressivement peut-être, ou alors dans un brusque accès de rancœur, une idée germe dans la tête de Millamant. Le testament sera lu au cours du dîner d'anniversaire. En admettant que ce soit celui qui est favorable à Cedric, quelle chance ce serait si Sir Henry mourait avant d'avoir changé d'avis ! Si le dîner est copieux, et qu'il mange et boit, ce qui est fort probable, d'une façon déraisonnable, n'est-ce pas logique qu'il ait une crise et qu'il meure pendant la nuit ? Et si, par exemple, on se servait des langoustines en boîte ? Elle commande donc des langoustines.

— Seulement au cas où… ?

— Probablement pas plus. Qu'en pensez-vous, Fox ?

Fox, assis près du feu, les mains sur les genoux, répondit :

— D'après Isabel, elle l'a commandé le dimanche d'avant, quand elles ont parlé du dîner.

— Le lendemain de l'incident du miroir. Et lundi soir, le lundi avant l'anniversaire, lorsque Cedric, Paul et sa mère étaient sortis, Millamant Ancred s'est rendue dans la resserre où elle a trouvé une grosse bouteille marquée « Poison » pour les enfants, et une bouteille plus petite destinée à Sir Henry. C'est Sonia Orrincourt qui avait laissé ces bouteilles sur un banc ; elle était tombée sur Fenella Ancred, et elles sont remontées ensemble. Pas un instant, elle n'est restée seule dans la resserre.

— Pendant que moi, dit Troy, je ramenais la carriole et revenais par la porte Est. Si... Si jamais j'avais laissé Sonia s'en occuper et que j'avais porté le médicament à l'école moi-même...

— Pardonnez-moi de vous interrompre, madame Alleyn, dit Fox, mais l'expérience nous a montré que quand une femme se met en tête d'empoisonner quelqu'un, rien ne peut l'arrêter.

— Il a raison, Troy.

— Eh bien, fit Troy, continue.

— Elle a dû gratter la cire à cacheter du pharmacien avant de pouvoir retirer les bouchons ; Fox en a retrouvé par terre, ainsi que des allumettes brûlées. Elle est allée chercher un autre récipient. Puis elle a vidé la bouteille de Sir Henry, l'a remplie de thallium, et, en cas d'échec, a mis le reste dans sa propre fiole. Ensuite, elle a rempli d'eau la bouteille des enfants, et elle a refermé et recacheté les deux flacons de M. Juniper. Lorsque Miss Able est venue chercher le médicament des enfants, Millamant a tout fouillé avec elle. C'est seulement plus tard, quand Fenella est descendue, qu'on l'a retrouvé ; et Millamant a été la première consternée en apprenant que Sonia l'avait si négligemment laissé dans la resserre.

— Mais si, dit Troy, il avait eu besoin de son médicament avant qu'elle ne connaisse le contenu du testament ?

— Il y avait la vieille bouteille qui en contenait encore. A mon avis, Millamant l'a enlevée au cours de la soirée d'anniversaire. S'il s'était agi du testament défavorable à Cedric, elle l'aurait remise en place et elle aurait conservé l'autre pour une occasion plus propice. En tout cas, elle s'est débrouillée pour n'être jamais seule entre le moment du dîner et le lendemain matin. Barker a frappé à la porte de la chambre qu'elle partageait avec Desdemona. Elle avait parlé à Desdemona, souviens-toi, jusqu'à trois heures du matin... bien après la mort de Sir Henry. Elle s'est construit une sorte d'alibi d'urgence avec la même attention méticuleuse qu'elle a consacrée à son absurde tapisserie. En un sens, c'est ce qui l'a perdue. Si elle avait risqué cette nuit-là une incursion solitaire dans la chambre de Cedric, elle aurait certainement appris que Sir Henry avait signé le second testament et elle aurait tenté désespérément de l'empêcher de prendre son médicament.

— Elle n'avait donc pas l'intention, à ce moment-là, de jeter les soupçons sur Sonia ?

— Pas du tout. La mort de Sir Henry devait apparaître comme l'issue naturelle d'un écart de régime et d'une crise de fureur. C'est seulement quand on a connu les termes de son nouveau testament qu'elle a eu cette autre idée.

— Une idée ignoble.

— Et aussi complètement dans le style du personnage... tortueuse et élaborée. Sonia représentait un obstacle entre Cedric et l'argent. Eh bien, Sonia devait disparaître, et le second testament serait annulé. Elle s'est souvenue avoir surpris Sonia en train de lire le livre sur l'embaumement. Elle s'est aussi souvenue de la mort-aux-rats et de l'antidote imprimé sur l'étiquette en cas d'empoisonnement à l'arsenic. Alors, les lettres anonymes, rédigées sur le papier d'écolier qu'elle avait elle-même acheté au village, ont atterri sur la table du petit déjeuner. Un peu plus tard, comme personne ne semblait avoir saisi le message, le livre sur l'embaumement a surgi sur le plateau à fromage ; et, finalement, la boîte de mort-aux-rats a fait son apparition dans une valise de

Sonia. A peu près au même moment, Millamant a subi un choc épouvantable.

— Le chat, dit Fox.

— Carabbas ! s'exclama Troy.

— Carabbas avait été dans la chambre de Sir Henry. Sir Henry lui avait versé du lait. Mais la bouteille de médicament était tombée dans sa soucoupe et, peu de temps après, Carabbas a commencé à perdre ses poils. Pas étonnant. Il avait lapé de l'acétate de thallium, le pauvre vieux. Millamant n'a pas supporté de l'avoir constamment sous les yeux. C'en était trop pour ses nerfs d'acier. Elle l'a accusé d'avoir la teigne et l'a fait supprimer avec l'assentiment empressé de tout le monde sauf Panty. Puis elle a attendu la suite des événements, tout en les suscitant discrètement. Elle a mis la boîte de mort-aux-rats dans la valise de Sonia Orrincourt et s'est jointe aux autres dans leur expédition. Elle a affirmé que la boîte avait été pleine, mais les domestiques n'étaient pas de cet avis. De plus, elle a oublié de dégager le couvercle qui était bloqué par un dépôt depuis des années.

— Mais tout risquer et tout miser sur la présomption que les embaumeurs allaient utiliser de l'arsenic ! s'écria Troy.

— Cela n'avait pas l'air d'un gros risque. Sir Henry avait ordonné à Mortimer et Loame d'en utiliser ; et M. Mortimer lui avait fait croire qu'ils suivraient ses instructions à la lettre. Cependant, l'aplomb lui a manqué un peu après l'exhumation. Elle a appelé les embaumeurs, se servant sans doute des notes les plus basses de sa voix masculine, et elle s'est fait passer pour mon secrétaire. Loame, cette espèce d'âne bâté, lui a donné la formule. Millamant a dû traverser alors un moment difficile. Le seul moyen d'échapper à la ruine financière était pour Cedric le mariage avec une femme qu'elle abhorrait et contre laquelle elle avait comploté. A présent, elle savait qu'elle ne réussirait pas à nuire à Sonia Orrincourt comme elle l'avait prévu. Elle ignorait toutefois que nous allions remonter la piste de l'acétate de thallium. Elle avait gardé le surplus de ce qu'elle avait versé dans la bouteille de Sir Henry : il ne restait plus qu'à attendre le moment propice. Il était encore possible de se débarrasser de Sonia ; Cedric pouvait encore récupérer l'argent.

— Elle est sûrement folle.

— Elles sont toutes comme ça, madame Alleyn, remarqua Fox. Les empoisonneuses se conduisent toujours de la même façon. Elles tentent leur coup une deuxième fois, et une troisième et une quatrième aussi, si l'occasion se présente.

— Son ultime idée, reprit Alleyn, a été de jeter les soupçons sur le Dr Withers, qui a grandement bénéficié des largesses de Sir Henry, et cela dans les deux testaments. Elle a mis du thallium dans le lait lorsqu'on a envoyé un plateau de thé à Miss Able, sachant que Withers et Sonia Orrincourt étaient là et que Sonia était la seule à prendre du lait. Un peu plus tard, elle a glissé la fiole dans le veston de Withers. Après la mort de Sonia, pensait-elle, l'argent finirait par revenir à Cedric.

— Une sale affaire, ne trouvez-vous pas ? commenta Fox, placide.

— Abominable, fit Troy dans un souffle.

— Et pourtant, continua Fox, je parie dix contre un qu'elle s'en tirera avec une sentence à perpète. Qu'en pensez-vous, monsieur ?

— Oh, oui, acquiesça Alleyn en regardant Troy. A moins qu'elle ne soit acquittée, purement et simplement.

— Mais enfin... commença Troy.

— Nous n'avons aucun témoin oculaire, madame Alleyn, pour consolider notre thèse. Aucun.

Fox se leva sans hâte.

— Et maintenant, si vous voulez bien m'excuser. La journée a été longue.

Alleyn alla le raccompagner. Lorsqu'il revint, Troy avait repris sa position coutumière sur le tapis devant la cheminée. Il s'assit et, l'instant d'après, elle se pencha vers lui, posant un bras sur ses genoux.

— Rien n'est jamais clairement défini, dit-elle, quand il s'agit de ses propres opinions. Rien.

Il attendit.

— Mais nous sommes ensemble, ajouta-t-elle. Réellement ensemble, cette fois. Pas vrai ?

— Absolument.

Ngaio Marsh

"La qualité de l'œuvre de Ngaio Marsh est irréprochable. Intelligence, sens de l'intrigue, maîtrise du style et technique parfaite".

Sunday Times

"La talentueuse Ngaio Marsh au rang d'Agatha Christie et de Dorothy Sayers".

Times Lit. Supp.

"...Un brillant écrivain de romans policiers..."

News Chronicle

"Ngaio Marsh, c'est parfait. De quoi satisfaire l'amateur de romans policiers le plus exigeant".

New York Times

"...Ses romans ont autant de classe que ceux d'Agatha Christie et Dorothy L. Sayers..."

Sunday Dispatch

"...Nul doute que Miss Marsh fait partie des auteurs les plus doués. Non contente de nous livrer de passionnantes énigmes policières, elle nous permet en plus d'aiguiser notre intelligence et notre perspicacité..."

Times Lit. Supp.

"Une réussite dans la littérature policière".

Books

"...Difficile pour Miss Marsh d'améliorer sa technique..."

New Statesman

COLLECTION NUIT

DEJA PARUS

n° 1 Ngaio Marsh
Et vous êtes prié d'assister au meutre de...

n° 2 Ngaio Marsh
L'assassin entre en scène.

n° 3 Ngaio Marsh
La clinique du crime.

n° 4 Ngaio Marsh
Mort en extase.

n° 5 Ngaio Marsh
Un vrai crime d'artiste.

n° 6 Ngaio Marsh
La mort en gants blancs.

n° 7 Ngaio Marsh
Un piège pour Miss C.

n° 8 Ngaio Marsh
Au jeu de la mort.

n° 9 Ngaio Marsh
Cauchemar à Waiatatapu.

n° 10 Ngaio Marsh
La mort en embuscade.

11-12 Ngaio Marsh-Patricia Wentworth
Meurtre en coulisses.
Le chemin de la falaise.

Ngaio Marsh

LA
VIEILLE DAME
TRÈS DIGNE
DE LA LITTÉRATURE
POLICIÈRE
ENFIN PUBLIÉE
EN FRANCE.